·张昌山 主编·滇云八年书系·旧刊文存·

今日评论
文存 五

JINRI PINGLUN WENCUN

张昌山 ◎ 编

云南出版集团

云南人民出版社

目 录

第二卷第二十三期（1939年11月26日）

时评   1
   敌人在钦州湾登陆   1
   苏倭商务谈判   2
   敌与第三国   3
   美国准备制日   4
宪政的经济基础   张德昌   5
走上宪政之路   王赣愚   8
经济建设之基本原则   伍启元   12
建筑艺术与都市建设   郑祖良   16
运城一月
   ——山西回忆之一   潘世征   20

第二卷第二十四期（1939年12月3日）

时评   28
   桂南战局   28
   英德间的经济封锁   29
   敌毒我人民   30
敌国外交的末路   王迅中   31
制宪与国民大会   王赣愚   35

广西胜利的基础	唐理凌	39
闲话生物学的课程	潘光旦	42
谈诗底演变和朗诵诗	李廷揆	46

第二卷第二十五期（1939年12月10日）

时评		52
苏芬纠纷恶化		52
广西战事		53
救济昆明学生		54
物价变迁的根本原因与偶然原因	维 谷	56
法律之中国本位化	陆季蕃	60
地方行政改进问题	毛树清	63
略论花苗与瑶人的几何纹样	岑家梧	66
边城散曲	查 克	69

第三卷第一期（1940年1月7日）

时评		74
新年捷报		74
美日商约的前途		75
实施新县制		75
政治经济化	陈岱孙	77
物质建设现代化与思想道德现代化	贺 麟	82
集权与民主		
——一年来国内政治的动向	王赣愚	88
戏剧与批评	柳无忌	93
鹿 泉	亦 此	98

第三卷第二期（1940年1月14日）

时评　　　　　　　　　　　　　　　　　　　　　　　　103
　　敌阁危机　　　　　　　　　　　　　　　　　　　　103
　　东南欧的外交局势　　　　　　　　　　　　　　　　104
　　敌机轰炸滇越铁路　　　　　　　　　　　　　　　　105
暹化与华侨　　　　　　　　　　　　　　陈序经　　　106
整饬法界风纪　　　　　　　　　　　　　张企泰　　　112
谈我国海军重建问题　　　　　　　　　　无　它　　　115
鹿泉（续）　　　　　　　　　　　　　　亦　此　　　121
火　　　　　　　　　　　　　　　　　　向长清　　　125

第三卷第三期（1940年1月21日）

时评　　　　　　　　　　　　　　　　　　　　　　　　129
　　敌米内新阁　　　　　　　　　　　　　　　　　　　129
　　风云变幻的东南欧　　　　　　　　　　　　　　　　130
　　美日会缔定新商约吗？　　　　　　　　　　　　　　131
　　德国与荷比中立　　　　　　　　　　　　　　　　　132
论虚文政治　　　　　　　　　　　　　　王赣愚　　　134
论省县机构之调整　　　　　　　　　　　毛树清　　　139
《出勤在乌托邦中》（书评）　　　　　　潘光旦　　　142
一生　　　　　　　　　　　　　　　　　流　金　　　149

第三卷第四期（1940年1月28日）

时评　　　　　　　　　　　　　　　　　　　　　　　　154
　　斥《汪日密约》　　　　　　　　　　　　　　　　　154

法币发行总额　　　　　　　　　　　　　　　　　　155
　　　关于小学教师　　　　　　　　　　　　　　　　　　156
　日本内阁的更迭与今后的政局　　　　　　　　王迅中　157
　工业化的社会条件　　　　　　　　　　　　　张德昌　162
　对中国法学的希望　　　　　　　　　　　　　朱　正　167
　漠南游击　　　　　　　　　　　　　钱能欣　刘秀南　173

第三卷第五期（1940年2月4日）

　时评　　　　　　　　　　　　　　　　　　　　　　178
　　　举国讨汪　　　　　　　　　　　　　　　　　　　178
　　　敌米的恐慌　　　　　　　　　　　　　　　　　　179
　　　昆地院机构及人事的改进　　　　　　　　　　　　180
　我国农林的新展望　　　　　　　　　　　　　顾谦吉　181
　日苏关系一瞥　　　　　　　　　　　　　　　史国刚　185
　论小学教师的待遇（上）
　　　——一个普及教育的根本问题　　　　　　陈友松　190
　漠南游击（续）　　　　　　　　　　钱能欣　刘秀南　194
　在赣江上　　　　　　　　　　　　　　　　　冯　至　200

第三卷第六期（1940年2月11日）

　时评　　　　　　　　　　　　　　　　　　　　　　203
　　　巴尔干协商国会议　　　　　　　　　　　　　　　203
　　　苏倭谈判破裂　　　　　　　　　　　　　　　　　204
　　　昆明变更粮食管理办法　　　　　　　　　　　　　205
　统制物价的几个理论问题　　　　　　　　　　伍启元　207
　说人事　　　　　　　　　　　　　　　　　　王赣愚　214

论小学教师的待遇（下）	陈友松	218
谈法语发音	陈定民	223
影	颜 瑟	229

第三卷第七期（1940年2月18日）

时评 232
  威尔斯访欧 232
  敌国明年度预算 233
  美国二次对华贷款 234
宪政运动中的几个问题 邹文海 235
未来的国民大会
  ——关于职权增置的一点意见 王赣愚 240
救济云南盐荒之我见 吴 铎 244
谈谈导师制 樊星南 248
《我国各地乡村物价指数图》（书评） 巫宝三 251
兽 医 向 意 254

第三卷第八期（1940年2月25日）

时评 259
  桂南大捷 259
  日本向南太平洋的扩展 260
  美国对日禁运问题 261
宣传不是教育 潘光旦 262
日本财政之回顾与前瞻 王迅中 267
我们的反攻 王敬立 271
汪贼与倭寇——一个心理的分解 傅斯年 275

同　乡	辛　代	280

第三卷第九期（1940年3月3日）

时评		285
苏芬战事与北欧局势		285
龙主席关怀民食		286
技术人员教育		287
一九四〇年的美国	钱端升	289
工业化与伦理	张德昌	294
谈两性差异	陈雪屏	298
节约运动与民族	潘光旦	304
群　众	叶　金	308

第二卷第二十三期（1939年11月26日）

时评

敌人在钦州湾登陆

最近敌人在广州西南钦州湾附近登陆，占据防城钦州等据点，分兵北犯，日来与我军正在粤桂边界左近大寺，小董，大直圩一带激战。敌人此次进犯的目的在于窥伺广西，希望能乘我不备夺取南宁是显而易见。证以敌人登陆后敌机不断的狂炸南宁，迁江，武鸣等重要南桂城市，敌人野心之何在，当更无可疑。

南宁昔为广西省会，今为桂南重镇，且为往年桂越的孔道，其地位自有相当的重要。以位置论，南宁虽然是在广西，而实密迩广东，去钦州直径距离不过一百公里。在内地城市中，它是较易于受海上的威胁。敌人对于此地垂涎已久，现在的进攻，在军略上，是没有什么可惊讶的。

敌人窥伺广西的动机及其目标不外下列数点：（一）切断我们桂越国际的交通，以加强其封锁我们的计划。从沿海主要城市失守之后，我们国际的交通只余西南西北两路，西南一路以桂越，滇越，滇缅三线为主。桂越公路久已成功，而桂越铁路亦正在日夜赶筑，因为地形的便利，桂越一线对于东南战场的供应有相当的便利。封锁既为敌人策略之一，切断此主要交通线，自是他们蓄意已久的计划。（二）在军事外交俱困之时，希望能得一局部胜利以自解。今年夏天我们已经听见敌人将在秋间北入长安中迫宜昌，南取桂柳的宣传，晋南困战已经证明敌人不能越黄河一步，湘北大败又打破其中部行兵的计划。欧战并没有给他们以任何的外交活动的机会，而美国的态度日见强硬。这种种的苦闷压迫着敌人军阀不得不寻一出路。窥伺广西的企图可以说军事进攻的尾声，而外交失败的解嘲。（三）威胁西南各省。广西一向是反日情绪最高的一省，而密迩着广西的云贵两省又是今日后方的重镇。敌人希望能一方面给广西以打击，而另一方面，于争得据点后北边对湘南桂北，西对云贵两省，作更接近的威胁，以扰乱我们的后方。

对于军事的变化，我们军事最高当局早已谆谆告诉我们应该处以"无骄""无馁"的态度。粤南的战局，我们也应该作如是观。敌人在北海附近登陆的企图蓄意已久，我们军事当局亦早已详知。防御方面已有精密的准备。广西不但为反日情绪最高省份之一，且民众组织之严密亦为他省所不及，其能尽量发挥军民合作之效自不待言。行见敌人此方面军事计划也要蹈过去的覆辙，陷淖愈深，自援更不易矣。（山）

苏倭商务谈判

据莫斯科方面消息，莫洛托夫与东乡交涉的结果，关于苏倭商务协定，双方已同意根据最惠国待遇的原则，即将开始谈判。虽然关于地点问题，双方尚有争持，因为苏俄主张在莫斯科举行，而日本则主张在东京举行，所以谈判日期尚未能具体决定。不过这仅是时间问题，对于谈判本身不至有多大变卦。

谈判的内容如何，现在未便预测。据一般观察，苏日贸易并无发展的希望，与其谓为具有经济上之重要性，毋宁谓为具有政治上之重要性较为准切。

日本是一个先天不足的国家，重要原料大部缺乏，尤其自对华作战以来，军需原料如汽油钢铁等消耗激增，过去大部仰给自美国，但美日商约废止明年一月生效，军需原料输入即将中断。暴日不得不一面向美国请求续订商约，一面另想办法，而油产及铜铁丰富的苏俄便成了乞怜的对象。苏俄对于日本的丝织品，机器，电气设备，船只等虽也未尝不需要，但显不如日本要求原料之迫切。所以经济谈判对于日本利益较大，需要亦较迫切。但这种助日资源的办法无异助长暴日的侵略气焰，对华固不利，苏俄的远东领土也未尝不感威胁，所以除非苏日的远东的冲突性根本解除，机警的苏俄当局谅当不能无所顾虑。所以我们认为苏俄即使为着政治上的需要，而对日举行商务谈判，重要原料的对日输出，为数亦必极有限制，借小惠以羁縻，使暴日成为苏俄经济上的俘虏。

苏倭经济谈判的重要性还在政治方面，因为目前双方的政策都需要暂时的苟安，苏俄因在西欧一面赞助德国与英法为难，一面积极扩张势力于波罗的海，在远东方面当然不愿与日本为难，且可收转移暴日视线南向与英国为难之效。同时暴日梦想利用欧战的机会，早日解决对华战事，为减除关东军的威胁起见，为利用对俄谈判以威胁英法让步计，亦盛有与俄暂求苟安的必要。所以经济谈判和划界问题实系同一的性质。

不过苏倭在远东的暂时妥协，对于中国的抗战前途，将发生怎样影响？苏俄外交政策的基点是自身决不卷入战争漩涡，但对于他国间的战争毋宁是抱着欢迎态度。暴日的大陆阴谋人所共知，而对苏的威胁也是显明事实，赞助中国抗战以消耗日方实力，即是减除暴日将来对于苏俄远东领土的威胁。对日暂时妥协与援华政策是两件事，在俄国看来，不但毫无抵触，且可相得益彰。所以我们深信苏俄的援华政策决无因对日苟安而有丝毫变更的可能，何况苏日划界商务谈判困难颇多，还未必能顺利成功呢！（迅）

敌与第三国

敌因在华战事无进展，国内经济困难日增，外交地位孤立，又因欧战爆发，贸易与输运正易推进，很想结束在华战事，利用机会专力牟利，以求在短时期补偿一年来在华战争的费用，所以外交方面，对英法半威胁半拉拢，对苏俄求妥协，对美国施敷衍。同时深恐美国明年一月间不继续商约或对日施行经济制裁，所以此时积极向苏俄讨好，签订满蒙停战协定之后，继之求订商协和货物交换的协定，以求改善对苏关系，以减缓军事方面的忧虑，亦以反应美国对敌的压力，此外还想利用西伯利亚铁路假道运输货物赴德。

敌近来对美采取敷衍的手段是很明显的，不管敌国内报纸对美放出如何强烈的抨击论调，说如何对美决不让步，如何遇必要时不惜对美用武力。这些言论都只是为国内消费之用，实际上敌近来步步对美想施敷衍，在东京，在华盛顿，在上海进行谈判，甚至于南京本月初驱使汉奸宴请英法教会人士"交换意见"。但是所谓维持第三国在华权益仍只是口头话而已，如本月正在敷衍美国之时，敌在沪某机关对一个英商公司和二个美商公司宣称将立即禁止他们在华收购鸡蛋，说此项货物将由敌某公司完全统制。该敌公司已屡次夺获英美商所购鸡蛋，并阻碍他们营业的进行。日美在华未决案件从前已积有六百余件之多，而这些对美权益侵犯的事情仍在发生。美国对此早已看清，废止商约和采取报复行动的决心并非敷衍所能了事。敌人虚伪的表示不会发生什么效用。英法虽然因欧战发生而撤退它们驻津的军队，而根据英官方的宣称，英政府关于远东仍对美取密切的联络。英首相近曾对日本人民声称英对日无仇视之意，而同时英政府亦极注重本身的原则。我们仍可相信英国远东政策之未变，而愿根据九国公约维持中国的主权与独立。（佶）

美国准备制日

自欧战爆发以后，美国是唯一有力制裁暴日的国家。尤其在东方，大家有很大的希望寄托在美国身上。美国的表示又如何呢？十月十九日格鲁的痛斥"东亚新秩序"谬说的演辞，是斯汀生的《远东之危机》以后的第一篇有声有色的正义之言。十月十九日以后到现在止，这一个多月来，美国的态度行动日趋明朗切实，充分证明美国有最大的决心，准备制裁国际强盗的日本。我们只举这一个多月来的几件要事来看，自从上月二十二日赫尔申明美国决心维持上海租界现状后，继之即有增强太平洋安全舰队的准备。本月十五日美国当局表示英法在远东之利益并未放弃，美国的坚决态度，尤当予以维持。十九日报载美亚洲舰队司令哈特上将将赴马尼拉开会讨论："是否荷兰卷入欧战时，美国将代其保护东印度殖民地"，紧接着就是廿一日的美国申明维持九国公约的决心。决定在日美商约废除之日（一月廿六日）以前，增强美国在远东的海军力量。凡此种种都证明美国在东方决不对强盗让步，美国有教训不遵国际条约者的决心，凡此种种都证明美国没有辜负欧战和东方对他的期望。

日本的反应又如何？日本一向用"以夷制夷"的办法对付西洋国家，读过《蹇蹇录》的人都明白日本在第一次中日战争时怎样运用的一套把戏。现在这一套不大能奏效了，图穷匕见，真相又是完全露现。二十二日报载日本在华北对美侨施行各种非礼侮辱，各种行动都表明日本是文明圈以外的国家。对于这种国家，空言警告没有用，只有实际制裁才能使强盗得着教训。（长）

宪政的经济基础

张德昌

六中全会闭幕了。这一次会议有一个很重要的决议案：就是定期召开国民大会，加紧促成宪政建设。这次决议的用意是要提前结束训政，早日开始宪政。不久以前，第四次的国民参政会曾有一个决议案，请求政府召开国民大会，实施宪政。国民参政会的决议案是一个建议，现在这个建议已正式被政府采纳了。

宪政运动在中国有三十九年的历史。这三十九年中，有过三个宪法，一个信条，四个政府法，三个约法。在每一个宪法草案里，都有人民权利义务的规定。从光绪卅四年颁布的宪法起，到民国廿五年公布的宪法草案，都明白的载着人民有言论，著作，出版，集会的自由，都明白的载着人民的身体，非依法律，不得逮捕，监禁，处罚，人民的财产及居宅，非依法律不得侵犯，但是事实上这三十多年来，每个人民都尽了纳税的义务，而有多少人享得了宪法上的自由和保障？这个原因是在哪里？我们知道宪政包括两件事情，一是宪法的条文，一是条文的执行。徒有法律条文的颁布，没有执行的机构，不能称为宪政的实行。在过去，制法的人很多是不守法的人。守法的人都是不明法的，不知法的人。法律，无论是根本法，还是普通法，对于这两等人都是有事时不能引用，无事时置之脑后的无根的附着物。得之不觉珍贵，失之并无足怪。为什么会有这种现象呢？我们知道在西洋社会里，宪法是奋斗争取得来的。西洋宪法观念的萌芽时代在中古城商业发展以后。中古前期是一个农业的，封建的社会，支配各地社会的有两种力量：一为封建领主的个人意志，一为农村积传下来的风俗习惯。从十一世纪起，城市兴起，商业渐渐发展，新兴的商人阶级到了十四五世纪已成了社会上一个有实力的阶级。这些人的思想行为和原有的农村社会不同。原来支配农村社会的不成交法，对于新的商人阶级不合需要。所以商人对于封建领主（不论是君主，诸侯或是教会）必须要争求自由，自治。在争求奋斗的过程中，旧的领主阶级有权而无资财，新的商人阶级有财力而无治权。经过了无数的冲突，讲价还价，商人终得到了城市的自治权。自治权的获得是付了很高的代价的。在获得的人非常珍惜重视，大家把自治的证书高高的挂在城里公共会厅里。每一个条文的遵行与否，是大家一齐所关心的事。因为这些事情直接影响他们的生活。因为这些条文是经了无数的争斗得到的，因为这些条文的获得是付了很高的代价的。中古以后的西洋社会，是城市的扩大，支配社会的主力是由城市扩大到乡村的商业势力。宪政运动，自英国的大宪章，法国的宪法，美国的宪法，都是争斗得来的，都代表社会经济发展到一个阶段后一个共同的要求。他们注重宪法的获得，更注重条文的执行。我们的宪法运动为什么失败了？我们的宪政运动是天上掉下来的。自前清光绪以至民国若干年，政府换了无数次，治者变了，而大多数人民未变。由君主立宪到民主立宪。由内阁制到总统制，今日的法，昨日宪法草案，城圈里官海起伏，此来彼去，但是农村仍是依然如故。经济不发达，交通不便，百分之八十以上的人都过着水平线以下的生活，他们除知道报纸是包花生米用的以外，不知报纸为何物，他们要这个出版自由干什么！除了迎亲送葬，赶庙会以后，更无别会，他们又何必管那个集会结社等等的自由！这就不能怪为什么我们过去的宪政运动没有成就。

今日的宪政实施，不当以开放政策，召开国民大会了事。我们应当把天上掉下来的宪政使之牢牢的生根于中国土地之上，使宪政的实行和民众的真正需要相合。使每一个人因此而珍贵宪法，遵守宪法，使少数人的护法变为多数人民的护法。我们以为宪政的实行，无论自县单位着手，还是从充实上层政治机构着手，必须向两件事情努力做去，使人民的生活和宪政结成一片，能得宪政的好处。这两件事情是什么？第一，我们必须保障大多数的人民有最低限度的人的生活。第二，我们必须求一般人有最低限度的人权保障。

我们全国最多数的是农民，而这些人的生活连最低限度的人的生活都没有保障。这些人最迫切的要求，不是宪法，而是生活。他们奋斗的对象，不是宪法的取得，而是不可征服的自然。他们没有科学的帮助，没有官厅的指导，终年本能的习惯的同水旱，虫灾，疾病，交通状况奋斗。这些人终年与兽争食，以人作兽，在饥饿线上挣扎，有多少人死亡于水旱，多少人死亡于疾病。因为人命不值钱，没有统计，我们不得知其确数。真正宪政的实行不能同这种事实并存。我们要建设一个现代宪政国家，不能容许这种事实存在。在从前，农田水利列为吏治要事之一，运河，贮水，堤防，以及灌溉工事，政府在没有科学帮助之情况之下，为民兴筑，成了最伟大的成就。今日我们谈宪政，起码我们要从救民于死亡，渡之于人的生活上着手。

有了最低限度的人的生活，我们还得向第二件事情努力，求一般人有最低限度的人权保障。一般人不问是官，公务员，或是乡下人，在法律上必须真正的平等。一般人的身体，非依法律，不得随意逮捕，拘禁，审问，处罚。一般人的财产，非依法律，不得征用，查封或没收。凡违法侵害人民的自由权力者，被害人民一定要从法律上得到赔偿。在任何情形下，官要守法，力量不能代替法律，人民要知法，受害一定要据法力争。否则宪法徒成具文，宪政仅是空话。

最低限度的人的生活和最低限度的人权保障两件事情，是有连带关系的。因为没有人的生活，所以得不到生活保障。我们的社会，在过去不能说没有一件非法侵害的案件发生，但是我们可以说还没有听说过一个因受损害即争求法律保护的社会运动。这个原因在哪里？这是在于我们的社会仍是一个中古农村基础的社会。在中古社会里，领主的意志就是一半法律，一个农民要对于领主争辩，没有好处可言。政治的不统一，交通的不发达，使法律，正义变成了花费成本太高，极其艰难的事。西洋社会的法律一般化是中古以后的事，严格的说，是十八世纪以后的事。十八世纪以后的西洋社会，经济已发展到了一个阶段，一般人可以化六便士打一个电报，出一便士坐一英里的火车，已有了人的生活，所以人权有了保障。

今日在中国谈宪政，我们不敢有什么奢望，只希望能做到这个最低限度的事。

走上宪政之路

王赣愚

建国在抗战中开始,而实施宪政是建国必经的途径。我们此时似不必再事"要否宪政"的争议,而应注全力于"如何开始宪政"的检讨。

实施宪政,早是一般人士的呼吁;中央体悉舆情,多年来即有相当准备;要不是因为抗战军兴,我国大致已在宪政大路上迈进了。敌人的侵华战事,延误了我们的宪政两年余;但是中央的决心丝毫未改,国人的期望亦始终不变,这是极可欣忭的一种现象。

我渴望宪政早日开始,并且承认目前适得其时。抗战以来,中国有空前的统一,以往促成分裂的因素,都在大洪炉中溶化,而渐成了不可抑遏的民族意识。宪政的实施,本来以国家统一为先决条件,倘国家不统一,则地区各自为政,党派又各行其是,宪政虽灿然大备,结果亦无裨治理。民元以来,制宪的经验,实含有深长的教训。国体虽号称共和,统一基础却未稳固,于是在上者既乏爱惜宪法之心,而在下者又无拥护宪法之力。宪法本身固无可非议,无如宪法以外的环境不佳。立宪不成,岂止可惜而已!

统一未完成,而侈言制宪,则所谓制宪,便是少数人的事,而与一般人民似不相干。民元南京临时约法,在防止袁氏擅专,其对人立法之意已明。民三袁氏另订新约法,别出心裁,独创极权制度,实不过为称帝之阶梯。自帝制失败后,国会重开,但南北分裂之局已成,军人盘踞中央政权,所谓制宪,又是昙花一现。十一年国会再度复活,惟当日议员,仅以制宪为幌子,实则注目光于金钱,其所完成之宪法,终难掩饰贿选之罪嫌。十五年国民革命军北伐,人民最大要求是统一中国,似乎除此别无要求。十九年国民会议，虽有训政时期约法的颁布，可是一般人民并不加以重视。即就近数年观察，国内有不少人高喊立宪，政府亦无时不忙着制宪，但谁敢说不是各具心肠，互相标榜，想假大法，以遂其私。我始终相信具宪政，只能实现于统一完成之后；倘统一犹未完成，则毁法者既有机可乘，执法者亦不能有诚意。三十多年我国的经验，更是历历不爽。

有人或以为目前我国的统一，还未十分稳固，仅可说是外敌侵入时发生的暂时现象。传统的封建思想，到今已否完全涤除？朝野行动意见，到今已否溶成一片？中央政令的奉行，到今又是否毫无问题？表面上，国内似无破坏统一者，而实际上有否其人？这些疑虑不无相当根据，我们也不敢完全否认。不过我们受了两年多苦战的经验，从现在起实在还应痛下最大的决心，促成国内实质上的统一，如果要这样做去，则实施宪政，显然是根本要着。抗战以来，全国比较团结一致，分崩离析局面渐次消除，此时制定宪法，实施宪政，当然比以前已少了许多困难，所以我说当前是立宪的绝好时机。

在欧美各国，宪政的来源，实出自人民的政治自觉。这种政治自觉，不但形之于言论，并且表之与行动，于是乎发动革命，于是乎成立宪法。试观欧美人为争求宪政所作的牺牲之浩大，及其爱护宪法无微不至之热忱，诚使我们不了解国人为何有宪法而不加保障？为何行宪政而缺乏诚意？我们细想即知此中最大原因，就是一般人昧于制宪立宪的重大意义，所以根本没有什么要求的表示。政府实行宪政之有无诚意，大致以人民要求为依皈；如果人民对宪政漠不关心，在位者或为势迫，或为利诱，没有不枉用宪法，以遂其私。这是事实，不是迂谈。这次抗战竟震动了国人的政治自觉，大家在政治上从观念以至行动，决然加以自我的检讨。时至今日，谁都感觉以往政治未臻统一，致使国力分裂，予外寇以可乘之机。根据着这种认识，国人在促进团结上，所以有极大的成功。现在人民之要求立宪，动机在哪里是比较清楚。国家要长期安定，当从政治建设入手，由实施宪政以奠定新的政治秩序。已经成了全国所共认的一个目标。

我常想中国此时如能开始宪政，建立政治常轨，则国内团结必可较有把握。不过此时开始宪政，未必即须促现政权的转移，最要紧的还是使抗战结束以后，政权更替有固定的方式。我又想宪政的妙处，就是在使政权从甲转移到乙，由乙转移到丙，有轨可循，安若无事。依现状观察，国内各党各派，在抗战的前提下，齐一思想，凝结感情，政权更替当然不至发生大问题。但是到了抗战终了以后，政局未必即趋于我们所期望的那样稳定，谁也不能保证国内不会因政权更替问题，而掀起意外的纠纷。所以这时候，倘能审度政治的现况，参凭人事的分野，逐渐把政权加以合理的安排，则对于今后中国政治的推进，必有极大的效用。宪政完成之后，政权的所属，是必取决于民意，民意是最后的仲裁者，党争不诉于武力，人民要谁上台，谁便上台，政党政治因而纳入正轨了。

中国战后政治的归趋，大致是多党政治。自从抗战以来，国民党以外之各党各派，已可以合法存在；一般预料在战事结束之后，国内将有更多的政党出现，因此所引起的问题之比较复杂，乃我们想象得到的。在现今民主国家里，政权的运用，要不能不以民意为依归，集中民意又不能不假手于政党。我们对政党决不能因感情上偶然的爱憎，而任意决定其存废；民治无政党，便寸步难行。从政党的合法活动中，民意可以凝结，政治主张可以集中，民主精神由此始能渐次实现。英法美那些国家，容许各党公开自由活动；这种政治方式，在中国果能收到实效，亦未始不可采用。在抗战现阶段上，倾轧不已的党争，几成时代过去；但目前颇不固定的党派合作，亦未出以最理想的方式，这时如果不积极建设政治常轨，也很可能种下了来日摩擦的根苗。我对我国政党政治前途，虽抱着十分乐观，然就现状观察，也不免有些忧虑。只为着这个缘故，所以热望宪政能于此时开始，又能从速完成。

我也承认中国要走上政党政治的常轨，必须等待抗战结束之后；但并不相信在抗战期间，无法开始宪政。如今抗战几乎要成了长期的局面，我们殆不能因此而使宪政永为辽远的祈求。其实，这是国内政治亟应力求改进，断不可以维持现状为已足。当然，现在是"军事第一"，"胜利第一"，我们只宜在不妨碍军事范围以内，积极树立宪政规模，为国家奠定长治久安的基础。这个认识是万不可少的。

基于这个认识，我又连想到统一军权问题。宪政先进的国家，无不设法制驭军队，使其保持中立性；除一个国家军队以外，绝对不许有属于某党某派的军队。这个条件倘已具备，则党争虽然频繁，终不至促成国家分裂。民元以后，宪政屡遭失败，其主因就是军权不统一，因此党派关系失调，结果往往是武力的直接冲突。所以现在为了建国的需要，我们必须养成和平政治的习惯，让各党各派遵循宪政正轨以求发展；以武力从事政争，不能视为政党活动，而是军阀惯技。要避免前此覆辙，此时应即把党的武力悉交归国家，丝毫不容放松。倘军权无法统一，宪政再度尝试，恐怕只是再度失败。由此而观，我国今后立宪政治，其应为以"选票"代"枪杆"的和平政治，则是毫无疑义的。政权的更替，必须取决于选举，各党公开争权，即以党外人民为仲裁者，评是非，诉曲直，谁进谁退，因以决定。这是宪政的常轨，和平政治的真谛。

际兹抗敌御侮的时候，国人莫不极端反对任何形式的内战；以国家利益为前提，政党活动逐渐放弃了暴力手段，而惯于和平政治的方式。在中国实行普选是一时不可能的，但这不能成为反对宪政的理由。不过我相信抗战结束以后，如果政局稳定加固，就有试行普选的时期。随着教育的普及，选举权当然也要慢慢推广，因为普选本来不能一蹴可及的。至如从地方自治做起的宪政方案，我也是极不赞成的。关于这点我已在另文讨论，这里不再提。（参阅拙著《都市与自治》，本刊第二卷，第七期。）

最后，宪政实施之后，必然是党治结束。当知我们此时为抗战要实行军政，为建国要实行宪政，这中间绝对不容勉强迁就，一切须以国家利害着想。在"期成"宪政的过程中，我们似不容故意非难党治，抹杀党治的效用。在国事现阶段上，党治问题已不成争论的对象。在今日，党治不外是手段，是统一抗敌的手段。我们的光明大路是以执政党为中心，由其他各党派及多数无党派的国民，按照一定步骤，共同完成救国建国的巨大事业。处现势下，高唱"不分党派""不争政权"之说，命意即在节省人力，财力及物力，作御侮守土之用。在这种认识之下，今日朝野要求宪政，其目的也不过是使国内团结更进一步，走向更高一级。

国民党六中全会，现已议定召集国民大会日期，实施宪政势在必行。献身政治的人，万不要以为宪政开始，便有机会攫取政权，其余各事尽可置不过问。须知在"期成"宪政的期间，朝野上下都得担负起职分上应有的责任。如此群策群力，我们才能为真正的宪政，奠立永久而良好的基础。

经济建设之基本原则

伍启元

经济建设应该遵守"经济原则"。

在一定的时间和一定的环境中,每一国家所能运用的资源是有一定的限制的。但每一国家所需要的建设是无穷的,使这有限的资源,能够得到最适当的处置,就是我们所说的"经济的原则"。

我们如要使国家的资源能够得到适当的支配,我们就得认清本末,处处从"根本"的地方着手。换句话说,我们当认定几个主要目标,凡与这些根本目标有关的,我们就集中精力去做,凡与这些目标没有关系的,我们都不必分心去顾虑。必要如此,全国的资源才能集中到适当的用途,才能得到适当的处置。

什么是今后经济建设所应有的目标呢?为着要解答这个问题,我们应先明白我国的根本问题是甚么。我们以为中国的根本问题,是在怎样建设一个现代的国家。经济建设应该是这个"建国"大业中之一部分。所以一切的经济建设,都应该以"建国"为目的。凡与建国有关的,我们应该集中力量去做;凡与建国没有重要关系的,都是枝节问题,都用不着注意。

一个国家要成为一个"现代国家",应该具备两个条件。(一)对外方面,它是一个"权力国家"。它要有足以保障国家生存,推进国家利益的军队,它要有抵抗外国侵略的能力。(二)对内方面,它是一个"警察国家"。它要能维持社会的安宁,公共的秩序,和全国的统一。因此今后的经济建设,应集中于这两个目标上面。一方面我们应集中大部分的经济力量,去增强我们保障生存和抵抗侵略的国力。从生产的立场来说,我们应该尽力建立我们的国防产业,一个国家必要能够制造所需用的枪弹火药,战车,战舰,飞机大炮,和其他最新式的武器,它才能不受外国的威胁。但生产军需器具,绝不是建设几个兵工厂,汽车厂,飞机厂,和造船厂那么单纯的事。近代军需工业是重工业之一环:整个重工业有办法则军需工业自然跟着就有办法;整个重工业没有基础则军需工业也无法发展。所以我们对于基本工业如钢铁工业,机械工业,化学工业,重要矿业……都应该作十二分的努力。到了重要工业和军需工业建树起来的时候,我们便算是完成建国的第一个条件。但为着使这一方面的经济建设能够顺利进行,为着使国内能够安宁统一,我们另一方面必要从经济方面使国家具备安宁和统一的条件。发展交通,是促进统一和维持统一的最好办法。无论过去几年间政府公路政策的影响怎样,公路确对完成中国统一方面,有很大的助力。所以今后我们应仍继续努力,完成我国西南和西北的公路网,以奠定西部团结统一的基础。但从经济的立场,改良天然河道,开浚人工运河,其经济价值远较公路为大。这种工作也是我们所应特别注意的。但为长久之计,我们应当计划修筑铁路。交通发展之后,地方与地方间商品的流通增多,人与人间的接触较易,地域思想便会逐渐消失,地域斗争便会逐渐减少。这对维持国内之统一是最有用的工具。至于维持社会的安宁和秩序,最重要的办法是使人民"足食"和"足衣"。中国虽然主要是一个农业的国家,但中国的粮食问题和衣料问题都不是不严重的。从中国历代的变乱起,直至近年共产党之战争止,都可以说是人民衣食不足之结果。达到人人能够足食足衣的境地,应该是经济建设主要目标之一。总括起来,经济建设应该集中于三点:即(一)建立国防工业和基本工业,(二)发展陆路交通和水道交通,和(三)增加粮食生产和衣料生产。

这三个目标不只适用于战后的经济建设,它们也同样地应该是战时经济建设的目标。当然,在抗战期中,军事第一,胜利第一,所以一切经济设施都应以军事为中心,而一切生产事业,都"应以供给前方作战之物质为第一任务"。但军需工业的树立,其目的就在供给前方作战之物质,所以不但与抗战没有冲突,而且是战时经济所急需的经济建设。不过在战争的时候,因为军需工业一时无法立即树立起来,所以大多数的军用品不能不靠外洋输入。有时为便利输入军用品起见,我们且不能不牺牲军需工业的树立。因为中国交通工具缺乏,每天所能输入的吨数有限。我们如要运入军火,有时我们便无法运入为建树军需工业所不可缺少的机器。但在环境允许之下，政府当局仍应以建立国防基本工业为经济施政的首要目标，这是毫无疑问的。其次，在战争时期，交通建设也是急不容缓的。交通建设不只可以加强我们的统一力量，它并且可以灵活我们的军事交通。尤其是在今日抗战根据地的西南和西北，因为交通原就十分落后，更有急起直追之必要。至于粮食和衣料的问题，在抗战中也有同样的重要。在我们大后方的西南和西北中，衣料和粮食也不是没有困难的。大体说来，西南各省（特别是西康和云南），衣料是很缺乏的；而在西北各省，粮食是不足的。怎样在西南方面增加衣料出产和建设纺织工业，怎样在西北方面改进农业生产技术和提高粮食产额，实是战时经济的几个重要问题。从上面所说，可见建立国防工业，发展水陆交通，增加粮食和衣料三点，也应该是战时经济设施的主要目标。

我们以为政府对于经济建设方面，应该集中力量于这三个目标。除此以外，任何其他与这三大目标无关的经济活动，政府都不应该注重。今日推论经济建设的人，每每注意于枝节的问题，以为事事都有建设的价值。这是一大错误。当然，自表面上看，任何"建设"，只要能够完成，都是好的。即使所建设的是化妆品的工厂，只要能够成功，谁能说是不好？但一个国家的资源是有限的，我们如多用了一部分资源去生产化妆品，我们便少一部分资源去建设基本工业，建设交通，或增加粮食和衣料的生产。

在这里我们应该声明一点，即我们在分析一种经济活动是否与这三大目标有关系，我们应该采取较广泛的立场。例如桐油的生产，表面上看来，似与这三大目标没有关系，但细加思索，便知桐油的生产和建立国防工业或发展交通都有很密切关系。因为在今日的中国，我们如要建立国防工业，我们非向外国购买机器不可，同时我们如要发展交通，我们也非向外国购买许多材料不可，我们既不能不向外国购买机器和原料，我们就得设法增加我国的特产（如桐油等出口物件）的生产，和利用这些特产去换取外国的机器和枪杆。可见桐油和其他特产的生产，实与我们的目标有很密切的关系。桐油不过是一个例，从这个例可见许多生产都是与我们的目标有关的。

其实我们所提出的几个目标，特别是发展国防工业一点，很早便已被注意到。在数十年前，清代曾左李诸人，便有发展国防工业的计划。他们之所以失败，并不是由于他们要练新军和要办兵工厂，而是由于他们没有使整个国家适合于这个建国防的大业。无论建设军需工厂或树立国家军队，都不是一件单纯的事。例如举办一个兵工厂，绝不是单纯地购买机器和建筑房屋便算成功。我们必要有适当的人，去办理这工厂。但要有适当的人，我们首先要问国家的教育能否供给这些人才；其次我们要问负政治责任的人是否能够利用这些适当的人才去办理这件事。因此便涉及教育制度和政治机构等问题。由此可见我们必要使整个国家的各方面都能配合经济建设，然后经济建设才能成功。

近来有些谈论经济建设的人，却注意于中国社会性质等问题，引起了许多不必要的争论。其实无论中国人经济结构怎样，无论中国经济应该往哪一条路走，建设国家的路向只有一条，绝不因经济制度而有所改变。我们不必讨论资本主义的因素在中国经济占取什么地位，我们不必讨论中国目前需要资本主义，社会主义，还是其他主义，因为无论现存的或将来的经济制度怎样，我们必要把国防工业和基本工业建设起来，我们必要把国内交通树立起来，我们必要把人民衣食问题解决，我们才能生存。历史上无论共产主义的俄国，或法西斯主义的意德，尽管有左右之不同，它们建国的道路是一致的，它们都是在建国的开始，用全力去建设国防的工业和维持人民的衣食的。中国如要建国，在经济方面只有我们所说的一条路可走。因此我们应该把一切精力集中于上面所提出的三大目标，把全国资源动员到这三个适宜的用途。必要如此，经济建设才可以说是符合于"经济的原则"。

建筑艺术与都市建设

郑祖良

"都市建设是近代最有力的文化运动。"

——Otto March

艺术是时代的象征,每一时代的变迁和人类的进化都藉它表现出来,其中尤以在伟大的建设事业最为显著。从现世纪的初期到今日,人类在艺术领域的改进,一般都承认属于"创作"和"时代精神的表现"。此等倾向和过去停留长久岁月的"慕仿"和"因为历史的陈迹"只学说相比较,实令人很容易发现现代艺术进步的神速了。

大家都已经充分地认识:艺术的改进是不应着眼于装饰艺术作家的个别的改进。因为艺术各部门是有着相互的密切的关系存在着,不容许作个别的发展的。因此,我们——从事于艺术领域的工作者——应该从大处着手,力求改进和创作,务使能够把现时代(伟大的时代)的特殊精神表现出来。如是艺术才能达到意义的改进。在这里我们所谓从大处着手,就是指应该从建筑艺术部门的改进开始,因为建筑艺术获得进步,住宅建筑才有进步;住宅建筑获有进步,室内装饰才有进步,室内装饰获有进步,专供装饰的艺术作品,才有进步(如绘画和雕刻)。假如我们希望显现艺术作品改进的意义,价值的动机以及实行的勇气,那么就一定应该从建筑艺术的改进开始。

建筑——它有着庞大的形体,于是就被认为最具体的艺术作品(它和雕刻,绘画一样是宇宙间造型艺术的作品)。从内部说:它和室内装饰有着密切的关系;从外观言,又和都市的道路系统的计划与都市的市容都有着它的特有的决定因素，因此，我们与其要谈论现代建筑艺术的重要，毋宁更进而谈都市建设的重要。因为为表显新建筑改进的意义与价值，都要从整个都市的改进开始。都市的建筑无疑的是根基于力学计算方面。而一般土木工程师大抵致力于这一部门的工作。可是都市的永久性和美术的价值而使都市能垂久永者，那真非建筑艺术莫属了。

在过去，从事于艺术部门的改进的途径，大抵是从艺术的渺小作品而改进于建筑艺术乃至于都市建设方面。然而，我们已经认定艺术之单纯（个别的）改进，对于整个艺术界的改进是永没有多大的意义与价值。所以我们的主张是应该把单纯的改进工作加以抛弃。这里待我们把前一世纪人类对于都市建设的观感和努力加以一番论述。

前世纪可算工业发轫的初期，此时人类的生活都已开始受工业的约束了。关于工作和休息的时间的支配，交通的设施和住居问题的解决等，都趋向于工业化的适应。他们的唯一的改善途径，并没有注意到致力于艺术上的追求以从事于改进的工作。最近五十年来，我们从许多都市的建设事业观察，已感觉到人类的意志渐趋转变，生活上的需求亦由于工业化而渐趋于艺术化了。当时建筑家 Camillo Sitle 在他的名著《都市建设》（1890）一书曾根据审美的观感，举出市道路与广场的配置和建筑造型的计划，对于都市美术化有着极大的影响。其他如绿地，花木，喷水池，纪念碑等也都是点缀都市的景色的要件。结论并提出"都市建设的要旨，在使各项建筑物应该能都和环境相互调和并与空间相配称"的主张。

因为一般观感与人类智慧的向上，遂使群众对于建筑艺术与都市建筑底关连渐渐得到认识。从昔日各自经营不受任何约束的习惯因此渐渐改除了。以现在的看法，建筑不过是沿道路或广场百千楼宇之一；为整个都市中底建筑群之一小部分，在地基的占用上及建筑的造型上将影响于街道（甚至整个市容）的观瞻，实不容漫无限制而各自为计的。

在今日，都市的个人主义的建筑物，已充分暴露它是日趋于失败之途，这是不能避免的事实。此等在式样上毫无公共标准（秩序）极不一致而零碎，参差，复杂的建筑形体随处都可发现，高低的形态，曲折有如锯齿，由此等混乱的现象而生出衰颓的现象，致我们的视觉接触之下，精神每有痛苦和不愉快的感觉。关于建筑之形体问题（Problem of form）究应采取何种方法使其臻于完善之境？名建筑师 Le Corbusier 氏的主张是："应向市政府提议，请求对于市上一切建筑取缔伤害，奖励良善的形体"。这实在是一个适切的办法。

　　大抵一般人对于建筑的平面计划及图样上所表示的道路及广场位置之所在能够相当了解，并且能够推测该建筑物完成以后的大体外观，至于建筑集落的分割计划（地段的划分）与未来所形成的环境之优劣，该地区对于整个都市的影响，则非一般民众所能深切的认识。因为整个都市是有着它的虚和实的区分的，譬方建筑物的形体就是实体，其余空间，道路，广场，（空地，绿地）都是虚体。而都市美的表现即在虚与实两者的分配适当与调和，才能造成整个都市底容态的优美，故一般人只个别的从建筑的实体去观察，实在很难获得切实的理想之实现。从此种论据出发，我们认为当某一都市的计划实施时，应该把全市作整个的合理的去作集落计划和交通的规划，不独要使该计划的成就达到裨益于道路系统的适切与景色及市容的壮丽；并且于都市底目的性与机能性的满足能够充分达到，于市经济，市卫生及市行政能作各方面的获益与要求的满足，尤属重要的条件。因为现代都市建设的演进，已由审美的观点而入于经济，卫生之讲求。换句话说：在今日来谈建筑艺术，已不复偏重于建筑物本身造型的设计，钩心斗角的去求个体之美观，而应该注意建筑底平面的规划，以求适合于经济，和卫生的要求。今日的都市计划也是一样，不复偏重于美术建筑，而应该以建筑分区作段落的规划为入手的要图。以求造成良善的理想都市，所以今日的都市计划家实不啻一个研究土地的学者。

　　关于都市建设底建筑段落的划分，上面已经说过，应该将全市土地做个规划，对于建筑面积和空地面积亦应同时加以明确的规定，否则都市人口渐次增加，建筑面积每易向市郊四周作自然的拓展，而形成环绕式的建筑地带，结果将原有的市区层作包围的形态。为了避免此种最不合理的发展，我们应该在每个建筑段落开始划分的时候，采用了蜘蛛网式的都市计划的系统，道路从市中心向郊外放射，这也是现代都市计划家所公认的基本原则。

　　市建筑假如能够作划一的集落计划，在构成上将影响于一般市民的心理，使人立见活泼清新而觉有趣，并将有留心于都市计划底高尚的心情，像巴黎的 Rue de Rivoli Place Vosges，温尼斯（Venice）的 Procuracy 等，能够把此种新美的建筑样式集合为一区域，当能把市中心的精神提起，甚至思想亦因之而日趋于高尚。

都市绿地是调剂都市的新鲜空气，增进市民健康与壮大市容的一个要件。（在都市计划家眼中有"都市的肺"的称号，其关系于都市的重要实可想而知）。其位置的分配与面积的划分，实宜在计划实施之初详加考虑，通常以广场之所在，正当中心区及市民居住地带之附近为最适宜，俾房屋有园艺的观感，居民获得休憩的便利，达到住居地带的需求之满足。

我们应该深切地认识广植树木的重要性，无论所建筑的是适合新时代的统一的建筑，抑或是因袭古典的建筑，树木对于市民的身体和精神都是一样的需要，并且它能够显扬建筑艺术之美，它实在是人类与自然的良伴。Lacorbusier 说："建筑物为吾人工作的场所，而工作又为吾人最高尚的需要，假如获得绿树浓荫充满吾人之目前，足以增进吾人心意之安宁，以求创造的愉快。一般受大城市建筑之压迫，烦闷，窒息等可畏情状，将因此而稍杀也。"至关于住宅建筑问题，我们是求完全改用新式的建筑法，并须有新的设备，此等设备是应该适合于现代人的生活方式的。并且，应该以审美的观念去设计，使住居能够和现代的精神互相和谐。

运城一月
——山西回忆之一
潘世征

时间是在半夜四点钟。

狭轨隧道上行进着的十多辆木篷车在一个建筑得相当良好的车站上停了下来。

车的陡然停顿,使像睡在摇篮里半寐半醒的状态中的几百个人,一个个都蒙蒙的从假寐中醒了过来:

"到哪儿了?"

"是临汾车站吗?"

"……"

并不能知道是什么地方,但跟着就传来了集合的口笛声,每个人都背上了铺盖卷,提起了小皮箱,借着别个人的手电筒的光芒,走下了车厢,黑暗中在车站上整起队来。

从汉口领着五百多从全国各地到山西来参加抗战的青年的人,他站在比较高的一个黑暗的石条上高声的喊着:

"……现在各位的目的地已到达了,我们就留在运城受训,不必到临汾去了。运城民族革命大学第三分校派来迎接各同志的人已在这里。因为汽车不够,行李先由汽车运进城去,各位步行去,好在路不远……"

行李装上了汽车,几个同志守着车,先走了。全体的人整着队,由迎接的人领导着,走上另一条陌生的黄土路上,进向城去。

在两所楼房中间分队的安置下了行李,大家走向餐厅中间。

连着七天的火车行程，在此夜的气息中，未有过半个夜的睡觉，没有吃过一餐饱饭。此时五百个人都感觉一些食品和一碗热汤的需要——大家随着火车的生活叫出：

"我们要加煤加水，否则会不能前进的！"

在这餐厅中所有的食物是白〇〇和小米稀饭。

——白馒头小米稀饭：稀淡的只是无味。

对着它望望，每个人尝了一口，失望的放在桌上，饿了一天的肚子虽然要补充，但，这在惯于白米饭和良好菜蔬的外乡人，"不是俺们老乡"吃不下去，可奈何！

我们的目的地是——临汾。但现在我们是在另一个地方住下了。

我们需要一顿良好的东西饱饱肚子，有的是不能下咽的东西。

离开汉口已是近万里的路了。想着才离开的同蒲道，想着潼关风陵渡那浩荡的黄河水，想着陇海道上重重的山洞，想着平汉道上初春的细雨，想着武汉的人山人海，更想到已沦陷了的故乡——心中是不能忍受的难过。

是的，为救祖国的危急，这是我们来的目的，管不到目的地，只要是抗战的前线，更管不到粮食的好坏，只要能果腹。

想着，又吃下了几口馒头和小米稀饭后，在黑夜中摸着走回安置行李的地方，打开行李，和着衣，卷着被，倒下极疲劳的身体，进了好梦中间。

梦中，仍就像睡在摇篮似的火车中，六天的铁篷车，一晚的木篷车，在精神上留下了一种惰性。

在洛阳附近的途中过了旧历新年，今天才是年初三。

过新年是大家都爱的，虽然敌人曾经到过离运城四百多里的地方，但毕竟有四百多里，何况现在敌人又被击退到离此六百里以外灵石以北去了，有得过一天好日子谁不愿意。

每家店铺门前，贴着一尺长，六寸宽的红条子：

"旧历新年，休息五日"

里面传出了竹战的声音。

间或有几间汤团店，地方不大，门却开着，把小块的方糖做成汤团，却是利市百倍，家家坐满了各色各流的人。还有几家吃片儿汤和挂面的铺子也开着门，当然也像汤团铺一样的受人欢迎。

五百个新到运城的杂色学生对着这北国的风味都觉到无穷的兴趣。因为初到，没有规律的束缚，没有工作的牵制，于是散布在每一条街，每一个角落。

他们是有目的地——加煤加水，准备发动马力，得到加速向前的机会。

到的第一天——这样；第二天——仍是这样；第三天——还是这样。……

在这三天中，分了组，编了队，从楼房中搬到了五所平房中间去。第一所内住军队政治组的人，第二所中住军事组的人，第三所中住行政组的人，第四所中住民运组的人，第五所中住生产技术组的人。

每一间屋子中住八个人，八个人就编有一小队，一所房屋中有三十间屋子，就有三十个小队。

小队中人没有事，在室内混得很熟，同到室外去混，又走出了校门去混。满街布着没事做的人在混。

这是一种堕落的生活，觉悟的人不再混了，自内心发出来需要工作的需求。

学校因为初办，没有派下负责主持的人来，没有工作做，最近也不能对来的同学加以训练，学校是没有章程，没有目的的。

百般无聊中，一部分人就自动的做出了工作来：

在街头上发现了××组××队的壁报。

在学校内贴出了××组××队创办歌咏队，座谈会招请同志的布告。

在《山西日报》上也见到了民大文艺研究会出版的特刊。（《山西日报》原在太原出版，太原失守后，即迁到运城出版，每日四开张一页。）

但这些工作都是只有一部分人在干，大部分的人仍是睡觉，吃馒头，三天来白馒头也吃习惯了。肚子饿，这种馒头也觉得不错。

白天混了过去，晚上可没有电灯，一支洋烛下不能做什么事，睡在炕上唱起流亡曲来，江苏人把松花江改成了黄浦江，"九一八"改成了"八一三"，一个人唱，一所屋子的人都和着唱起来。

民族革命大学第三分校的主任发表了。

于是在到运城后的七八天，举行开学典礼了，典礼中来了阎司令长官——也就是我们的校长所派的代表：学校的总务主任，报告民大在二十六年十月十五日开始筹备的经过，并且说到学校的学生，我们乃知道临汾及运城已有三千多人，在西安郑州等地有续来几百人的消息。

民大是拥有多量的学生的：留学生，大学生，中学生，小学生，工人，商人，份子是极混杂的。

"自我的教育"，"集团的训练"，是本校的目标，第三分校席主任的报告。

开学典礼举行过了，学校算是正式上课了。

布告栏中把教育计划草案公布出来，分着共同必修科目，系别必修科目。

但，因为初开学，教授还未到，除了受松懈的军训以外，每一个人依然在街道上混，新年是过去了，店铺受大群新来的学生军人的影响，都打开了大门来做生意。

这样混决不是办法，闲着吃白馒头的人们，闻说临汾总校传来的一个消息：

"托匪汉奸张慕陶被捕"。

一时种种传说满布了各处，一部人起劲的召开了反汉奸大会，引起了闲着等待的人们的新刺激。

传单，标语，宣言……

……

事过之后，又仍是混着。沉静不是办法，我们来的目的是要工作的。

于是乘着旧历的元宵节，举行了扩大救国宣传大会，各小队推出代表，组织了筹备会，把全校的力量来发动；并且联合了第二分校和民大附设的儿童团。白天，在运城的四郊乡间，演出铁道剧，作了各项的宣传工作，晚上，集合了三个团体的同学，一千五百人左右，举行提灯会。

相对的，本地人的龙灯和元宵的盛会也同时在街头举行，四乡的人满布了运城，把它表面上演成了一个莫大的盛况。

但过后又沉静了下去。

学校中请人作演讲，就算是上课，接连的有人演讲抗战的认识，民主问题，法西斯研究，帝国主义论，国共今昔观等等；同时也把山西省当局组织的牺牲同盟会，公道团等介绍了。晚上烛光的下面，开小组研讨会，讨论着各项救国的问题。

为着准备打游击，曾决定了一天，全校同学从运城出发，走过了干枯盐池，爬上中条山的山背，作了一次大规模的野外演习。下乡民运工作也常常举行。

不知怎的，一切的一切，对运城的民大三分校是没有持续性。几次举动的结果，只使全校日形消沉下去。许多学生，听说灵石及长治两方面的战况日趋紧急，纷纷的向学校请长假，坐着同蒲车打了回头票。

丁玲率领着的西北战地服务团从北面来到了运城，他们否认是为了晋中战事关系而来的。但在一次文艺座谈会及一次欢迎大会之后，他们即又沿着同蒲南路去，立刻过了风陵渡，向西安去。

要求请假的人日多，学校当局也只要来请就准许。请假的人闻说长治的敌军已南下晋城，到达了孟县，并且有过黄河打到孟津把陇海铁路袭断的消息，都只可奔向西安方面去。

战事显然愈来愈紧张了，武汉方面的报纸已不再来。

同时传着一个消息，中央命令要把民族革命大学改为什么训练班。这消息好像把学生地位降低了似的，大家心中愈感失望。

某一个晚上，学校吹起了紧急集合号，召集了全体同学，在大礼堂中举行紧急会议。会场门口。横着了一条白布，上面写着："精神动员大会"。

总校方面的许多教员都来了：李公朴，徐懋庸，李哲民，王淑明，史若絮……

席主任报告了精神动员的意义，希望全体同学信任山西当局的抗战决心，在运城安心读书下去。

李公朴曾在三分校演讲过两次，这是第三次了。他用他那善于辞令的嘴，说出了几句动人的话："我要生在山西，死在山西，永不离开山西。"这已足够引起每一个人的热烈鼓掌了。

他演说后接着是徐懋庸演说。他仍用着带有宁绍口音的国语，说他死要死得值得，若是在山西无所工作，像以前一样的吃白馒头，是死得不值得的。他的结论是："我日内要离开山西。"

他的演说完毕，立刻引起了莫大的争辩，有学生登台演说的，有教员登台演说的。最后有一个学生站起来质问学校当局几点，他说学校应当对学生有领导的办法，否则不应当再骗学生了，但他话未说完就被人把他轰下台去。一场精神动员大会，结果更动摇了每一个人的信心。

李公朴在他演说完以后，就说他有事到临汾总校去，但不久，我们都得到他已到西安的消息。"死在山西"的一句话，却仍旧在每一个人的记忆中。

教员走完。每天只有上术课。

一早到操场上，上了几个钟头术课，就会发出警报的号角声。

敌机在警报过后，时常会在运城的天空上面经过，但没有投过弹。大致是在潼关一带投了弹，飞回太原去的。

一部分胆大的学生常在警报声中去吃点心，走到城中心几家面店中，关在店门里面，面店主烧片儿汤给他们吃。

晚上开小组会议的时候，讨论了"保卫晋南"的大纲，分析着现势，晋南重要性和如何保卫它的各项问题。

在警报中，也有几次是成了下乡做民运工作的时间，把讨论保卫晋南的言论，个别的向老乡们谈述。

二十七年二月二十七日上术课时，席主任介绍了一位正在蓄养着胡子新从总校来的游击教官来训话，他穿着新军装，摸着一寸长的胡子，足足讲二个钟头的游击战术，使全体的同学，对他发生了莫大的兴趣。

在休息十分钟的时间中，许多同学都拥到他的四围，听他发表意见。

休息后的演说，把他上两个钟头未曾讲完的战术作了一个结论后，他突然转变了他的语调：

"现在战事打到什么地方了？"

"在灵石，晋城！"不知谁回答他。

"哈！哈！报纸把你们骗得这样好。"他打了一个哈哈，笑了笑，立刻正颜厉色的说："告诉各位，敌军离我们只有一二百里路了。……"

"那么临汾失守了？"又有人问。

"不，但是……不用多说，只有一二百里路了。告诉你们，必要的时候，中条山就是各位的去处。"

说时，他看着中条山的山麓，很自然地使每一个人向着南，望着离城几十里，我们曾踏上过它脊背的一座大山。

"大家想想，"他大声地喊出，"现在你们有稳固的组织吗？现在你们能抵抗敌人吗？"

大家肃然无声。

"不用想了,现在立刻报告,我们组织起来,马上走到中条山中间去受实际的训练。"

他摸出了一本拍纸薄,分给各中队的人去签名。

这时离开下一班上课还有几十分钟,但吹起了散课号来。

各队的队长不理会游击教官的演讲,叫出了立正的口号,接着用跑步的口令,把学生带到了各部本部去。

但有一部分学生,是自动的退出了队,跑到那教官的面前,签上名,准备去打游击。

各队中间引起了很大的辩论,有人对这教官的行动发生了很大的疑问,有几中队为了这个问题,作了全队的集体讨论。

白天在辩论中过去,晚上有几中队为了要加强自己一队的团结力,在自己的食堂中开座谈会。

忽然有别队的人来把几个小队长叫了去,小队长回来又分别的叫了别的同学出去。出去就不再见回来。有人好奇的出外去打听消息,也是一去不复返。

中队长来报告,要大家立刻回到各小队的寝室去,回去睡觉。

座谈会解散了走出食堂,不知怎的路灯全都没亮,在黑暗中到了自己的队部。队部四围,见着先出去的小队长和同学在守门。——以往在各中队部门前是没有守卫的。

后来才知道:那游击教官已把三十多个人带走,晚上有来校劫枪的消息。

这一晚,全队交替着守卫自己的队部,学校的大门也加多了守卫的同学。但幸而并没发生什么事,一夜平安的过去。

游击教官引起的风波随着战况的紧张而不受人注意。

第三天的早上,运城的《山西日报》已不见出版。

主任早上接到了总校的命令,自即日起,把全校的九个中队开拔向河津去集合。

于是这天从正午起,把最末的第九个中队最先开拔,倒过来每一小时出发一中队。

每小队改编为九个人,由一小队长率领,发三支枪。行李用驴车拖着走。

下午,敌机几度来轰炸运城,把火车站一带炸成了平地。

最后一中队在晚上九时左右出发，出发的时候，知道了临汾早已失守。据说失守以前，只留一连兵守城，到敌军攻到，不战而退入山中。

运城有同样命运的可能！

不能知道一切真实的消息，盲目的恐惧在心头。

行李捆在驴车上，坐上了守卫，同时出发。

几日来紧张和不安的心绪使人已疲极不堪，拖着沉重的脚，走上了黄土的路，走到火车站附近，踏在积有寸来深的泥沙上，开始了茫茫的征途。

运城本身给我的印象并不坏，一个多月没有下雨的地方并不曾觉到干燥得难受，生活程度在那儿是并不高，我合上眼就会记起了那北国的一个爽直的地方……

但是！运城，别矣！何日再能重见。

本期撰者：

张德昌先生是经济史专家，从经济观点来讨论实施宪政问题，颇有独到之见。

伍启元先生是西南联大教授。郑祖良先生现在国立中山大学，专究建筑艺术。潘世征先生肄业于国立云南大学。

第二卷第二十四期（1939年12月3日）

时评

桂南战局

　　桂南战事近日已入紧要阶段了。南宁陷落后，敌人已窜至郁江南北两岸，日来正分兵四出，略取外围据点，而我军方在南宁四周予以重击。湘北大战后，前线沉寂的局面复因此打开。

　　敌人图桂的目的很清楚。一是图截断桂越国际交通线，一是威胁西南各省。南宁既沦敌手，此后敌人军略有三条路可走：（一）固守南宁不作再深入之计划，而以南宁为空军根据地，以扰乱我们的后方。（二）北攻柳州桂林，希图控制两广，策应湘鄂。（三）西窥贵滇。这三条路之第一条是军事上无法深入时，敌人最可能的策略。第二条路是在敌人自以为军事相当顺利时，最野心的行动。第三条是一个行险侥幸的尝试，在军略上，是自投绝境的办法。

　　南宁虽然是桂南城市，而实在密迩粤东海口，易受海上的威胁，敌人之所以能于短期内占陷者，地形之便利实为一大理由。日来桂境大军云集，益以桂省民众总动员的力量，敌人最野心的控制，柳州桂林的计划自是空想。敌人第二条路，我们相信，是走不通。在此北进受挫后，如果敌人不耐困守南宁，而必要深入，则进兵西窥，也不是绝不可能的事。固然如果敌人真由南宁沿西江西上，孤军深入，桂西的丛山就是他们天然的坟墓。然而过去期间，因为战事侧重于华中，华北各区域，桂贵滇三省间防御工作，容有未周之处。天堑不能自守，而必须人为之守，则今日桂贵滇的守备，不能不谓为策万全之要务。我们相信我们军事当局已早为未雨之绸缪。桂西，贵，滇地形难攻易守，有相当得力之部队，此一隅之西南后方当固若金汤。益以桂北大军南下的打击，使敌人困迫于桂南一隅。到这个地步，我们便取得一个主动的地位，而敌人困守南宁一条路，也不见得就没有困难了。（山）

英德间的经济封锁

欧战爆发已经两个多月了，大规模的军事战尚未开始，颇有"只听锣鼓响，不见人出来"的样子。双方两月以来都致力于经济战。德国实行大陆封锁以对英，英国则以海洋封锁政策而困德。最近德国除对中立邻邦威迫使其在贸易上让步外，更积极以潜艇水雷战术，破坏英国航业。英国也采取进一步的报复手段，二十七日国王下令加紧封锁德国，断绝德国出口贸易，检查中立国船只，没收出口的德国货，虽有六七国抗议，英国已毅然不顾，决定实行新办法了。

双方的经济战，刚刚开端，成效如何，目下远非预断之时。我们只能拿今昔的情形来比较。这一次欧战，许多人预断德国在经济上不能持久，但是我们同时也不能忽视最近德国在大陆上所造成的新形势。德国自并捷，合奥，瓜分波兰以来，对于邻近诸国，增加了控制力。不问苏德携手之动机如何，德国既少东顾之忧，复得原料上的接济；意大利的中立，目下难看出他会加入战团。凡此种种，均今异于昔。今日双方经济上的争执之地，为介于两大之间的中立各国。如果英国能取得对于中立各国绝对的控制权，德国或许要重遭上次之覆辙。反之，如果德国能加紧大陆封锁，则成败前途将益难言。第一次欧战德国在经济战上何以失败了？第一，无疑的是由于英国海运监督的收效。中立国在英国海军威迫之下，不敢与德贸易，致德国原料供给日稀。第二，德国的同盟国，土耳其农产原即不足，平时一部分食粮需俄国供给；匈奥帝国的农产品原可自给，但国家组织不健全，战事一开始，便发生不足的问题。此外如保加利亚平时原有剩余，但开战后也不能自给。波兰比利时的占领地，都不能给德国以农产品的帮助。这些国家增加了德国的担负，他们的粮食问题，德国不能不分别周济。第三，德国与邻邦的交通状况不敷应用。德国在土耳其获得香油，羊毛，金属等原料品，在罗马尼亚购得的麦子，均以交通简陋，堆存原购地，无法大量运出。现在这些情形都在改变，多少年积得的经验，现在及今后将要发挥出来，成败之数，大大难言。我们绝不当以上次欧战经济封锁的成效，作为判断此次经济战前途的标准。（长）

敌毒我人民

金陵大学副校长贝德士近发表南京毒物调查报告，内称南京城内现沿街出卖毒物，三分之一的人口吸鸦片烟，孩童亦吸海洛因，伪政府平均每日卖出鸦片三千两，每月收入三百万元，为"维新政府"的主要维持费。敌毒我人民是敌一贯所用的政策。这种政策的目的不在维持伪政府的财政，而在毁灭我民族。敌在各占区对我人民则鼓励其用毒物，对自己军民吸鸦片或白面或打吗啡的则处以重刑。敌所最明了的是：人吸了鸦片或其他毒物，则不成为人，有了毒瘾的人就不是能抗战的人。这种毁灭我民族的办法比经济侵略更要狠毒，更要严重。目前南京的情形足以代表所有沦陷区内的情形。无论哪个地方，只要敌人势力一达到，马上烟毒，梅毒，赌场，淫场就跟着艺妓和木屐子同来，鬼世界和黑暗地狱马上出现。中国人好鸦片好赌的弱点被敌人尽量地利用。最可惜的是那些沦陷区内的青年，他们的意志和健康，敌人更想用毒物和其他的引诱来毁灭来破坏。战前中央政府对禁毒所做的几年的工作和所花的精力现在敌人想完全推翻。从前在东北和冀东，敌人已开始用毒化政策，在高丽在台湾用毒化政策，现在在华北华中华南沦陷区里亦用毒化政策。

欧美有不少有心的人士对中国毒物问题很关心。战前有位勒斯特女士曾冒险在冀东一带做了一个很详细的日本毒化中国人的情形的调查，发表之后，很引起世界的注意。现在金陵大学副校长贝德士调查南京毒物的详情，使世界知道。我们对于这些位有勇气富热诚和维护人道正义的朋友很应该表示感激。同时我们对于后方禁毒的工作还应该加强进行。四川云南贵州等省以往鸦片烟的种吸是很普遍，即在目前处处仍显出这毒物所遗留下的影响，如合格壮丁人数比例上的缺乏，和健康以及作事精神和负责心等等都与所中烟毒的深浅程度有密切关系。我们要抗战建国，对于这民族根本的一个问题，千万不可不认真地去解决它。（佶）

敌国外交的末路

王迅中

敌国因为对华战事无法进展，便迁怒到列强各国的援华政策，所以舆论界早已喊出"外交战"的口号，而所谓的"对欧政策"，亦成了敌国当局争论的焦点。平沼内阁时，五相会议前后举行了六十余次之多，迄无具体决定。德苏协定使力主加强轴心关系的军部暂稍敛迹，稳健外交的主张渐趋抬头，所以平沼辞职后，元老重臣等本主奏荐以协调外交著称的广田弘毅组阁，被军部骂为媚英外交的宇垣一成亦呼声甚高，虽因军部反对未成事实，但已暗示了敌国外交的动向。

阿部以庸碌人选，组阁之初，虽也接受了军部的要求，但就任后，内外政策大部仍循元老重臣的主张，尤其外交方面，对于欧美列强，采取协调主义。适欧战爆发，敌人认为"天赐良机"，立即宣布中立，梦想利用欧美各国无暇东顾，借协调之名，诱胁列强在远东让步，俾得早日解决对华事件。所以近日来敌国的外交颇为活跃，野村外相与美国驻日大使格鲁的会谈，驻苏大使东乡与外委长莫洛托夫的折冲以及英日恢复谈判的传说，都说明了敌人的幻梦。据中央社上海十三日合众电称："此间观察家多信日方业已策动'协和攻势'，深冀中日战事可以早日结束，美国可以不致诉诸经济报复手段，而日方利用欧战所造成之有利于日本的国际贸易形势，陆军方面亦非例外。"但敌寇的这种阴谋能达到目的吗？

先就美日关系言：欧战发生后，英法苏无暇全力东顾，美国在远东的地位更趋重要，隐然有领导列强的趋势。暴日深知对华问题若不得美国谅解，英法即使让步，亦决无济于事，所以对美外交成了暴日外交的主要关键。且自经济方面而言，暴日自对华作战以来经济危机日趋深刻，方冀利用欧战机会，扩充生产，振兴对外贸易，但美国废弃美日商约，明正即将生效，日本不但有原料缺乏之虞，输出方面亦将大受打击，所以不得不汲汲于续订美日新商约。且军需原料大部均仰给于美国，欧战发生后，欧洲国家的来源断绝，对美的依赖更为增加。所以舆论方面虽然虚张声势，广播反美论调，但外交当局则不惜卑躬屈节，忍辱求好。野村外相不顾美使格鲁谈话之谴责，仍与举行会谈，驻华日本加藤专使亦与沪美总领事高斯举行平行谈话，对于七七事变后美国在华所受损失，允与赔偿，过去扣押美国侨财产亦应发还。日本驻美大使馆亦暗示可对美让步。敌人的目的显然是梦想以尊重美国在华权益，使承认日本所造成的既成局面，并企图续订美日新商约，消极地减小美国对日经济压迫的可能性，积极地增进对美输入输出，以图趁欧战之机，扩充海外贸易，扩大军需生产，解救因对华战事而引起的经济及军事危机。日圆的贬值改与美金联系，虽系顾虑英镑涨落不定，但亦暴露了敌人企图增进美日经济联系的幻梦。

但是美国的答复是什么呢？格鲁大使十月十九日在东京日美协会上的演说，一则曰："所谓建设东亚新秩序中，竟有取消美国人民久已在中国取得之权利，此为美国人民所反对者。现时美国人民对于日本军队在华之行动及其目的，愤慨之心日益增加。"再则曰："美国人民对于远东之局势，认为若令其继续长此以往，必致将彼等发展世界安宁秩序之愿望破坏无遗，美国在华权益之受损害，全系日本在华当局所推行政策之结果。美国人民已接到各方报告，深信日本现正努力在亚洲大陆上大部分土地内设立日本独占利益之统制，并在该区内实行封锁经济制度。凡此种种事实，再加以在华之滥施轰炸，侮辱美侨及任意干涉美国权利等事件，遂至形成今日美国人民对于日本之态度。"本月四日格鲁应野村之邀，举行非正式谈判时，除重申十月十九日之演说主旨之外，并提出三点，促起日方之注意：（一）若美日关系再不好转，则更有恶化之可能；（二）美国曾定于明年一月开会，若届时两国间之关系已趋恶化，则国会有通过封锁日本议案之可能；（三）日本应在消极方面及积极方面，均有所表示，消极方面应即停止反美运动，积极方面应对改善美日关系有具体表现。美参院外委会主席毕德门一再表示俟日美商约于明年一月满期后，将努力促使国会决议授权罗斯福总统，对主要军需及原料，停止对日输出。副国务卿威尔斯亦两次发表谈话，抨击日本在华军人对于美侨的狂妄行动，并否认国务院有与日本订立新商约之意。舆论方面亦多主张对日实施经济封锁，强其就范。

除了言论外，美国在军事方面亦调遣大批军舰飞机增防太平洋，巩固各海军根据地，其目的正如电讯所传，除在心理上对日施行压迫外，并将实行积极训练，以便于必要时，奉命实施对日封锁。最近美国亚洲舰队司令哈特，及驻沪总领事高斯赴菲列宾与美驻菲专员塞尔的会议，以及美国的积极增防菲岛，也充分表示了美国在远东的戒心及对日的敌意。美国态度的坚决严正，决不是日寇的"尊重美国在华权益"的空洞诺言所能转移的。日寇既不能放弃"东亚新秩序"即"既成局面"，美日会议显无接近的可能。并且即使敌寇外交当局愿意对美大让步，军部是否能忍耐等待，根本还是疑问。阿部与野村之任劳招怨，势所必然，而美日关系亦将日趋恶化。

次就苏日关系而言，自苏德签订互不侵犯条约后，防共轴心瓦解，暴日当局虽有不变初衷的愤语，但实际则感外交之孤立，而对苏渐趋软化。且阿部内阁成立之初，即以全力解决对华事件号召国人，为减少苏俄对关东军威胁起见，亦感有妥协之必要。所以除以屈服方式，与苏签订诺蒙坎停战协定外，复进行边境划界谈判。双方意见不洽，虽一度陷于停顿，但不久即传改由莫斯科及东京两地举行。现驻苏大使东乡已与苏俄外委长莫洛托夫开始谈判。苏俄驻日新使史梅丹宁亦于十一月六日抵东京，倭外务省发言人一再表示亦将开始谈判。总观连日电讯所传，两国谈判不仅限于划界问题，经济谈判亦将同时举行。外务省方面希冀进而解决年来诸悬案，如北海渔业等问题，桦太石油采掘权等。少壮军人中很有一部分人主张与苏签订互不侵犯条约。舆论则更希望苏俄撤除在华权益。

苏俄自与日本签订停战协定后，虽予世人不少的怀疑，十月三十一日莫洛托夫在苏维埃会议席上的演说，不但表示划界谈判可赓续进行，且谓有举行商务谈判之可能，更给暴日以很大的鼓励。目前苏俄注视欧局发展，在远东方面不愿与日启衅，虽系事实，但这不过是暂时的权宜之计而已。苏俄和日本在远东的势不两立，无论就双方的利害，政策或思想而言，决无妥协的可能。援华即所以保障西伯利亚，也是显明的事实。所以我们相信关于边境问题，苏日即使妥协，但一纸文书岂能使关东军安心撤退伪满边境的三十万防军。关于苏日经济谈判，据莫斯科方面的消息，东乡与莫洛托夫交涉结果，双方已同意根据最惠国待遇原则，即将开始商务协定谈判。谈判的内容如何，现虽未便预测。但据一般观察，苏日贸易并无发展的希望。与其谓为具有经济上之重要性，毋宁视为政治作用较为确切。日本是一个先天不足的国家，重要原料大多缺乏，尤其是对华作战以来，军需原料如汽油钢铁等消耗激增。美日商约废止，明年一月生效，军需原料输入即将中断，暴日不得不一面向美国请求续订商约，一面乞怜于油产钢铁丰富的苏俄。苏俄对于日本的丝织品，机械，电器设备，船只等虽也未尝不需要，但显不如日本需要原料之迫切。所以经济谈判对于日本利益较大，需要亦较迫切，无异于助长暴日的侵略气焰，对华固不利，对苏也未尝不是威胁，所以除非苏日的远东冲突性根本解除，机警的苏俄当局谅不出此。但欲消除两国的根本冲突，又谈何容易。所以我们认为苏俄即使为着政治上的需要，而对日举行商务谈判，重要原料的对日输出，为数必极有限，藉小惠以窃縻而已。苏倭经济谈判的重要性还在政治方面，因为目前双方的政策都需要暂时的苟安，而且苏俄尚可藉以转移暴日视线，使南向与英法为难，暴日也可利用对苏谈判，以威胁英法。所以经济谈判和划界问题，实系同一性质。

不过苏日若在远东暂时妥协，对于中国的抗战前途，将发生怎样的影响？目前苏俄外交的基点，是自身决不卷入战争的漩涡，但对他国间的战争，毋宁抱着欢迎的态度。暴日的大陆阴谋，人所共知，对苏的威胁也是显明事实，赞助中国抗战以消耗日本之实力，即是减除暴日对于苏俄远东领土的威胁。对日暂时妥协与援华政策，在苏俄看来，不但毫无抵触，且可相得益彰。所以我们深信苏俄的援华政策是始终一贯，即使与日本暂时妥协，亦决无丝毫变更可能。对于诺蒙坎停战协定后苏俄之继续援我，益足证明苏俄之决心。何况苏日划界及商务谈判困难颇多，还未能顺利成功呢！

再就对英法关系而言：英法因欧洲战事而无暇全力顾及远东，当然引起暴日很多奢望，所以近日所传英日谈判将继续举行，以及英法撤减华北驻军的消息，确与我们不少思虑。不过我们深信列强在华权益是一整个问题，在不关重要的枝节问题上，英法为权宜计，小让步虽极可能，但若涉及对华根本问题，决无迁就可能，而美国的态度更是决定的因素。所以暴日的趁火打劫，徒然暴露了它的狰狞面目，亦增英法对日恶感，与解决对华事件之本旨，遽背道而驰。

综上所述，欧洲战事虽给与了日寇调整外交的机会，但其失望亦必更甚。因为困难的原素是在问题本身，对华战事已成骑虎，进既无完成"新秩序"之能力，退又乏撤师言和之胆识。这个困难决不是人事与时机所得侥幸解决的。近卫平沼知难而退，庸碌的阿部更何能焉？目前外交的活跃徒然暴露了敌人的焦灼与不安，趁火打劫的迷梦将更增加敌人的失望与苦闷！

制宪与国民大会

王赣愚

　　国民大会的召集日期，依照最近六中全会议决，已定为明年十一月十二日，屈指相距还有一年。这次国民大会的召集，其任务在制定宪法，并决定施行日期。从二十四年起中央曾对国民大会召集，一再展延，使一般国人渐渐由热烈而冷淡，甚至由冷淡而失望。最近第四次国民参政会，又决议请求召开国民大会，实施宪政，所以这次六中全会对此有重要决定。我们惟望这一次的国民大会能如期召集，延期足以使其失去威信。

　　国民大会原来因为抗战而展期召集，现在又因抗战将成长期局面，乃决不再事迁延，致违众望。在抗战期间，召集庞大会议，本是十分困难。幸亏国民大会代表，在民二十五六年已由各省市选出了四分之三，其余四分之一现在仍须继选，此中纵然有若许难题，但当局果真处之以至公至诚，则亦不难迎刃而解。照此看来，在既定期间内，各种选举当可赶办完竣，最重要的还是如何纠正两年前选举所患的弊病和缺点。

　　现在国大选举正在积极筹办。我们渴望宪政早日开始，只有共策它圆满的完成；而中央当局既有实施宪政的诚意，亦应依法推进选举，俾使国民大会得以如期召集。我常追想日俄战争以后，清廷屡有预备立宪的表示。但迟迟未肯确定施行的日期，结果虽颁布了所谓"宪法大纲"及"十九信条"等项法规，亦不足收拾人心，挽救危局。又常追想帝俄时代，屡议立宪政治，而始终犹豫莫决，至掀起国内反抗专制的怒潮，而公开革命实已于一九零五年露其端倪。其后，俄皇虽宣布宪法，召集国会，亦无以保全土崩瓦解的帝国。往事昭彰，殷鉴不远。所以无论如何，我们希望明年的国民大会如期召开，中央不宜托故藉词，一再缓延。不但集会不要缓延，并且办选应力求完妥。倘不此之图，势将引起普遍的猜疑，甚至普遍的失望。我以为明年的国民大会，是中国政治的一大关键，政府果能善为运用，则国内团结之程度，必因之更大增高。

宪法是国家的根本大法。良好宪法产生，不但团结民众，于此得其体现，而且民权主义，亦于此得其基础。不过，宪法所生的效果如何，本与产生宪法的机关之性质，息息相关。换言之只有贯彻民主精神的制宪机关，才能产生举国共同爱护的宪法。宪法贵在施行，施行胥赖国人爱护。一国人民如果缺乏护法精神，则宪政前途必受顿挫而无疑。各国制宪经验给予显著的例证。一九一九年德国韦玛宪法，因为通过于社会民主党操纵多数的国民会议，德人始终认是该党一手造成的文书，虽然它不失为战后一个最完善的民主宪法。又如数年波兰及奥大利两国制宪的方式，极其暧昧不明，以致大家都视其宪法为一党一派把持政权的工具。至若民国十二年的"曹锟宪法"，虽其内容规定比较精审，但其产生纯以掩饰贿选为动机，最终为国人所唾弃。这些史实已够证明制宪会议愈公开，制宪手续愈光大，其结果愈能获取国民信任，愈能养成护宪的精神。

民二十五年公布的国民大会选举法中，关于圈定候选员的规定，特受一般人士的指摘。次年四月，中央对圈定办法，除特种选举外，决定一律取消；但此外又另定中央候补执监委员为当然代表，并增加政府指派代表二百四十人。当然代表人数增加，固属有限，但此种办法似与民主原则相背驰，到今仍难获社会的同情。至于指定代表办法，按中央的用意，在于罗致各方人才，参与制宪大业，以济选举之穷。原则上固无可非议，但运用上是否不生弊端，则我们莫敢保证。老实说来，取消"圈定"，代之以"指定"，未必使国民大会代表民意的程度大为增高。纵令"指定"系政府罗致人才的办法，可是被罗致之人才，是否真能代表党以外的政见，依然是疑问。如果这项办法不取消，我们只望政府本大公至诚之态度，慎重人选，俾免一般疑惑。

我个人并不反对政府党人为制宪会议之当然代表，但其额数不宜过多。十余年来秉政的国民党，既成国家统一的中心势力，自然不可无相当额数的代表，参加制宪大业。倘因此而谋操纵多数，使人民对政府实行宪政之诚意，殊不能无疑。在我们看来，"制宪会议"不完全开放，其预知之结果，就是一般国民对其所产生的宪法，便怀厌恶之念，将来毁法枉法，恐怕都要坐因于此。现在我们所需要的，是名符其实的"制宪会议"，是包括各方人才，尽量反映民意的"国民大会"。明年的国民大会，既负责制宪的重要使命，它的性质应该如何？它的选举法应该怎样求全？此时实有详加审虑之必要。

依照建国大纲程序，国民大会的召集，就是训政时期的结束，是宪政时期的开端。到了宪法制定以后，则全国人民以国民大会方式，行使政权，因为国民大会本是宪政时期中国人民行使政权的最高机关；其组织，为全国各自治县人民直接选出代表所组成；其职权，为代表人民对于中央官员行使选举权及罢免权，对于中央法律行使创制权及复决权。但是明年召集的国民大会，却与宪政时期的国民大会截然不同；前者是产生宪法的机关，而后者则系依宪法所产生的机关，二者性质迥然相异，不容混为一谈。以前者接充而成为后者，本是中央预定的计划。但到了二十六年，中央又决定将国大组织法第一条修改为"国民大会制定宪法并决定宪法施行日期"，同时并删宪法草案第一四六条，以免两法显然冲突。

自从中央缩小国民大会职权后，国人争相揣测其用意所在，以为这是政府延缓宪政的表示。其实直到现在，国内执此以非难政府者，仍大有人在。依他们的见解，国民党既云还政于民，既云结束训政，即应坦然让明年召集的国民大会，接充为第一届国民大会，而执行宪法所赋予之职权。这样一来，这一次制宪的国民大会之召集，即算是宪政告成之时。当然宪法一经制成，立即颁布施行，在欧西各国殆成惯例。不过，在我国抗战现阶段上，宪法制定之后，应该定在什么时候实施，绝非理论问题，而是事实问题。明年的国民大会，制定宪法之后，还须参照事实环境，慎重决定施行时期。时势所趋，召集国民大会，制定宪法，恐怕只算是宪政的开始，而未必即是宪政的实施。我们结束党治，实施宪政，实不得不视战事演变为转移，我预测最终是要在抗战终了以后。

平心论事，国民大会职权缩小，并非完全无弊。譬如国民大会于通过宪法之后，任务便算终了，当即解散。至宪法施行日期，又须筹办选举第一届国民大会，在财力上及人力上，都是不甚经济。又如宪法制定后，选举第一届国民大会，尚需相当时日，势必无形延搁宪政日期，无以速慰民望。不过从另一方面观察，中央改变国大专为制宪会议，本来有值得注意的两大理由,(一)国民大会的制宪任务终结,立即变成为宪政的第一届国民大会,一会兼负两会的职务,必致淆乱系统。这两个机关既不同其性质,揆之情理,其组织不容无别。(二)明年国民大会职务缩小,可使其聚精会神于制定宪法,以免顾此失彼之虞。制宪是建设现代国家的重大事业,理应审慎将事,纵令耗费若许财力人力,亦非虚掷浪费。

明年十一月的国民大会,一定成为划时代的"制宪会议"。此一会议,除制定宪法外,并无其他职权;除临时召集外,并无一定任期;又除代表民意外,并无其他作用。欧西各国,每当建国之始,就有"制宪会议"的召集,以决定国家的基本组织。制宪的国民大会,就职权上言,虽较宪政的国民大会为狭小,然前者的重要性却在后者之上,因为一是产生宪法的机关,一是依据宪法而产生的机关,二者之间含有母子的关系。再就组织上说,明年召集的国民大会,系负责制定全体国民共同遵守的根本大法,似不容任何党派所操纵;而宪政时期的国民大会,则是代表民意并监督政府的主要机关,亦何尝不可让许各党用公开手段,互争议席。此理至为显明,不待烦言而解。

我们为爱护宪政前途计,深望国人认清"制宪会议"的重要性,勿使其变成名不符实的机关,则国家幸甚!

广西胜利的基础

唐理凌

敌军欲在钦防一带登陆,以伺进攻广西,此阴谋已非一日。此次敌在鄂北及在湘北会战大败后,为对国内人民掩饰计,因而作再度的冒险。据今日的情势,敌军窜过十万大山后欲以突击急进的战略攻取南宁;目下战事已在南宁城区发展。

其实敌军进犯广西的阴谋早已在我当局的预料中,且已作周密的防范和准备。远在五年以前,广西在各方面的建设都有显著的进步。在军事上的表现,是民国制度的设立,征兵制度的推行和全省教育的军事化。

此次敌我在桂南展开激战,首先我们应该认识清楚,广西自有其地域上的特殊性,因此战斗的准备和展开,当然也有其特殊的设施及应付的方略。去岁六月左右,作者曾于南宁造访广西绥靖署南宁行营主任李××将军,当时谈及南宁的保卫问题,李主任表示抱有极大的乐观。他以为敌人进犯南宁无异于是作自杀的冒险,至于保卫南宁的准备工作,只是保卫整个广西的准备工作的一环,假如敌人进犯南宁,其野心当然不会在攻取南宁后就此止步。而我方的保卫战,也当然不会仅以南宁作为整个战略的对象。换句话,我们的战略自有整个的系统,战事的推行,其间的变化当然不是直线式的发展下去。我方的胜利,随着战事的进展自然会一层一层的建立起来。

事实上目前桂南战事进行的情形也是如此。保卫广西的准备和设施,我们早就开始于三年以前。数年来广西民众在政治思想方面实有惊人的进步,他们早已建立起民族至上国家至上的坚强的信仰,并决心和乡土共存亡。加以民性的坚毅,耐劳,勇敢,强悍,于是形成了广西保卫战的胜利的强大基础，这基础广泛地建立在广西的民间，这种潜伏力量将能予敌人以重创，已是毫无疑义。

首先就广西的民众组训来说。广西在民众重于士兵的原则下，早把每一个壮丁组训或军事化。民团制度的推行，在各方面的收获实不可轻视。征兵制度的开始远在民二十二年，距今七年的长时间中，广西民众实已达到民兵合一的地步。广西全省共有二三〇九乡镇，二三七一二村街，这些单位通通是在整个系统下有机地组织起来的。这种广大的组织，在三位一体（村长，兼民团后备队队长，国民基础学校校长）的制度下，团结的强韧性随处都可以见到。这是一条贯穿广西全省的铁练，随时随地都可以将敌人困于死地。

为了想进一步了解广西的基层组织，作者曾于去岁七月间到桂南一带的郁林，陆川，北流，横县，武鸣，龙州，实阳，贵县，桂平，平南，蒙山，容县，苍梧等县去旅行一次，同时参加了十几个村街民大会。第一个印象，是觉得广西基层行政机构的简单和严密，广西一切基层组训的成功，不能不说是因为有如此一个简单严密而统一的行政机关做基础。在这种基础上想把民众广泛地组训起来当然是很容易的。由此，我们可以进一步看到广西乡村建设和民众心理建设的成功。

广西有着庞大数目的乡村干部。如广西的民团干部学校，广西地方建设干部学校，数年来已积极的训练出许多乡村干部人才，他们分布到每一个乡镇村街去负起建设乡村组训民众的重责，三位一体的职位也就是为他们设立。

从村街民大会中我们可以看出广西民众的组训已不是形式上的空谈。每次大会的举行，他们解决了许多重要的公共问题，他们在民主化的氛围中自动干出的成绩确是惊人的。对于敌我军事政治的演进他们有着水准以上的了解，并且在农事烦忙中抽出许多时间学习打游击战。在平时他们是生产者，在战时将是具有雄厚的作战能力的军队。有些人对广西的兵力发生怀疑，这种想法是错误的。事实上广西的民众和士兵就没有什么分别，只要动员令一下，全省的民众就会在最短时间内完全军事化。

广西对于妇女方面的组训也有相当的成就。南宁妇女队的成立和训练在去年五月间就已经开始，她们受各种配合战时环境的特殊训练，以及像壮丁一样的受军事教育，农村妇女队的成立就更为普遍。

广西全省军事化的教育已实施六年。初中以上的教育，经过六年的严格训练后，现在每个学生都是军事政治的干部人才。知识分子能和抗战确切地配合起来，必要时回到家乡去做动员工作，他们所能供献的力量实是不可限量的。过去两年余广西学生军在前线和后方工作的成绩，正反映出这种力量的不可轻视。最近广西政工团和各种青年团的成立，不久当能发扬出更光荣的成绩。

广西教育的范围极广大普遍，方式也极复杂。全省民众自学龄以上的每一个人都受过适当的教育。以成人教育来说，自本年初开始以来，到最近已实施过三届的训练。最末一届（第四届）现在已将告结束。这四届成人教育的施行，目的非仅在扫除文盲，从成人教育的课程和训练，可看出成人教育实具有更重大的军事意义。成人教育着重于培养每一个成年的男女都有正确的政治信仰，军事知识和能力。

广西在最高领袖所指示的"政治重于军事""游击战重于正规战""运动战重于阵地战"的原则下，近年来对于发动民众的工作在各方面都有具体的成绩表现。譬如，去年五月间，横贯于陆川，郁林，广州湾之间的一条于我防守不利的公路是被当地民众和学生军合作去破坏的。在十万大山一带，我方军民早就种下了倾覆敌人的种子。南宁的外围和城区，一切歼灭敌人战斗力的工作也做得十分切实。即使敌人得到南宁，我们确信他的收获只不过是空城一座而已。值得注意的，倒是他正在此时深深地陷入了自杀的泥潭。

过去我们常常听到广西政治组织的健全，在最高领袖指出"政治重于军事"的今日，配合起广西坚强的军事基础和已经普通动员起来的民众，我们相信不久广西必能有伟大的胜利表现出来。

广西的抗战也就是保卫整个西南的抗战，广西和云贵两省的关系很密切，因此，广西的胜利尚期待着安居后方民众的帮助。

闲话生物学的课程

潘光旦

我总觉得近来学术界与教育界有一个不健全的趋势，就是，对于生物学的忽视以至于藐视。

高中生物学的课程本来比较的多，最近忽然减少了。

高中学生会考本来要考生物学的，后来是不考了。

二十八年度统一招生的结果，理科系别的分配是这样的：

化学　268

物理　195

地学　128

生物　 98

选习生物学的是最少，比任何它种自然科学为少。听说本年统一招生的结果，也是一样，也许专习生物学的人总数比去年还要少。这一届在招生报告没有出来以前，我们不敢断定，不过就昆明一隅报名的学生而言，报考生物学的人，比起其他学系来，真令人起凤毛麟角之感；这是我个人曾加以约略的计算而确乎知道的。

就去年教育部规定的文法学院共同必修科目而言，生物学虽若没有受忽视，事实上却没有得到应有的注视；应有而不能有，其结果与忽视相等。共同必修科目表里说，文法学院学生在六种数学及自然科学——数学，物理，化学，生物，生理，地质——中任选一种。比较严格的说，这任选的办法是不妥当的。就六种的独立的价值而言，我们固然无所用其轩轾，但就它们和文法学生前途的关系而言，六种的价值是不一样的。由前之说，文法学生对于这六种或五种（生理宜乎并入生物，抑或单独自成一门，尚有问题）科学应当都有机会打上一点根底，即应完全攻读，而不应任选一种。这一点，至少我个人是赞成而希望大学教育迟早能做到的。一个大学生终究是一个大学生，他是讲自由教育的，在他进而专攻一种学问以前，他应当打上一个很广的根基，我们不妨说这根基是越广越好；根基不广的流弊，近年来我们实在见得太多了。不过这一点在目前学制之下既做不到，我们就不得不说由后之说的话了。

由后之说，则与文法学生关系最较密切的一门自然科学，显而易见是生物学。数学是一切科学的基础与工具学问，任何人在资质许可范围之内，应当多学；大学期内入门的数学也是谁都应当读习，不成问题的。不过四种自然科学之间既可抉择，则我们应该作一个最有利的抉择，就是，选习生物学，即不妨将生物学从其他自然科学中提取出来，另成一格，而指定为文法学生必修的自然科学。一百年前，法人孔德创为科学级层的说法，一方面承认数学为一切科学的基础，而社会科学与人文科学为一切科学的堂构，而居其间的自然科学亦自有其演进的层次，自下而上，是天文，地理，理化，生物等。我们建造房屋，对于基址的研究，也许不违过于深入，但对于最切近建筑物的一层土壤沙石，无论如何应当先有一个充分的认识，否则，也许房子造在沙滩上，经不起一番风雨，就倒塌了。对于文法学院的学生，这一层最上的基址，无疑的就是生物学。如今共同科目的规定把它和其它的自然科学完全等量齐观，不分轻重，显见是不大承认百年来科学界所公认的级层的道理，而没有把生物学分有应得的注视归还给它。分有应得而得不到，事实上等于受了忽视以至于藐视。

再就教育部不久以前颁发的大学院系二，三，四年级必修与选修的课程而言，一种忽视的倾向也是无可讳言的。仅仅就和生物学比较最有关联的社会学系说，这种忽视最是无可隐饰。全部课程中，和生物学最有直接关系的只有"人口问题"一门，其它如家庭，种族，优生一类的课目，就在选修的学程里，也找不到影子。这样一个官定的课程单，不要说与上文所议论的注重基础的精神不合，就和中外大学所已有的编制课程的经验相比，也太失诸自我作故。

家庭制度，家庭问题，或家庭社会学，不见于社会学系的课程是最可诧异的。从社会学的祖师孔德始，大多数的社会学家公认家庭是社会组织的中心，重心，与单位。法国有一派很有力量的社会学说与社会改革论是以家庭做出发点的。反观中国社会，家庭的地位的重要，无疑的要在任何社会制度之上；这种地位的重要有它的好处，也有它的坏处，但无论好歹，研究社会问题的人如何可以把它轻轻放过，何况以科学家自命的比较严格的社会学家所注意的更不在好歹的评判？我很疑心，这一类的忽略，一半固然由于根本不认识社会的生物基础，一半也未始不由于规定课程的人，于不自觉之中想对目前很流行的一种社会病态取一个让步。试看目前国内的领袖阶级里，有几个是有健全的婚姻与家庭经验的。殊不知唯其健全的经验少，从社会问题的立场看，才更有设立科目，加以讨论研究的必要。

优生学是一门比较新鲜的学问，在很多外国的大学里，至今还没有列为课程之一，不过二十年来，至少就美国而论，新列这学程的大学，已经是一年多似一年。优生的学说，是多少以生物学为体而以社会学为用的。就品性遗传而言，固应属于生物学系，但就流品选择而言，则应属于社会学系，而流品选择一端实较品性遗传为重要，至少品性遗传可以并人一般的生物遗传学程，而流品选择事实上无所隶属，势非另设学程不可，而最适当的设置的地方是社会学系。如今社会学系的课程里便根本没有它。

这个挂漏也是很可以诧异的。就革命的理论说，率土之滨，有哪一个不服膺民族主义的，但十多年来大家只晓得口头和人家争所谓独立平等，而于如何提高民族的一般品质以取得独立平等以至于超越别人的地位，则完全不问，岂不是大可诧异？提高民族的品质是争取独立平等的最基本的手段，而优生学不是别的，就是研究如何提高民族品质的一种学问。这一点，似乎高谈民族主义的人到今日还不认识。

再就抗战的现实论，目前我们每一分钟就在用我们民族的生物的本钱。这本钱是哪里来的？本钱究有多大？这本钱的好坏如何？成千成万的壮丁天天向外开拨，为民族御侮，以至于为民族牺牲，这些壮丁的壮的程度如何？何以有的壮而中选，有的不够壮而不中选？航空学校招取飞行学生，又何以数百人中只能取一两个？为什么不一榜尽赐及第，使于训练之后，人人变做第一等的飞行员？这些问题可以说从来没有人提出问过，更没有人答复过。大家只晓得就祖宗遗留下来的本钱尽量的用，并且居然还知道挑好的用，至于祖宗如何把这本钱累代积蓄下来，更如何还积下一些特别良好而有用的本钱，更如何进而增加这种本钱的利息，使更作本钱的一部分，连中山先生自己在民族主义里都没有好好的问过与答复过。岁寒而后知松柏之后凋；王天庚《拜张江陵祠》诗有"边疆危日见才难"之句，这一类老话我们犹且未能充分的加以咀嚼，自无论在抗战时期中联想到民族分子的品质问题了。

　　优生学一类的课程受人忽视，一部分也是由于成见，而部颁课程在这方面的挂漏也不妨认为无意中对这种成见的一个让步。这成见是很深广的。一般人，除非有人就某一个人的某一个特点特别指给他们看，是不相信遗传的；更不懂得什么叫做选择或淘汰；这些人十九是天生的拉马克主义者。不过即就拉马克主义而论，我们主持政教的人在生物学方面的努力也不免少得可怜。我们政治的领袖里，至少有两位是从前专攻生物学的，这两位都是拉派；不过他们似乎都没有能行其所学，其中一位，也许因为太讲究适应环境的缘故，和他的同行比较起来，已不免令人兴"南枝向暖北枝寒"的慨叹。他们在当政的时候，也许没有参考到苏俄政府在这方面的努力。苏俄的政治哲学是笃信拉马克主义的，十年以前，并且还用过政治的力量，想教这种主义成为现实；他们从奥国请了一位专家去，不幸在应聘到任的前夕，这专家在舍身崖上舍身死了。在我们中国，连这一类的努力也还寻不出来。寻得出来的只是某次有一位政治领袖劝人民多种树，说树多以后，大家处绿油油的环境之中，人种自然而然的会改良！这种劝告也许是不错的，猴类变猿，猿类变人，不都是在绿油油的环境中发生的么？

　　上文所说的成见，不幸不止是一般人的，也是社会学界的。近年来稍微好些，在十年前，许多社会学家就不大参考生物的立场，更不免反对遗传与选择的学说。不但社会学界有此成见，连同专攻人口问题的人有时候也难免。有专从经济学的立场来研究人口问题的数量的，站在这个立场，人口不过是一个人口的数量问题。社会学家与人口学家有时候还不免有此种偏见，一般人自不足深怪了。

　　不过无论如何，生物学与生物原则的比较受人忽视与藐视的趋势是不健全的。一个不理会社会的生物基础的民族，一个但知利用生物本钱而不知自觉的与自动的来增加这种本钱的民族，是危险的。一个民族，但知医农畜牧之利而研习生物学，不知为民族自身内在的健康而研习生物学，也是十分浅见的，并且迟早要食浅见的果。要避免危险，纠正浅见，研习生物学的人和执掌教育制度的当局都还得有一番努力。

谈诗底演变和朗诵诗

李廷揆

一、写诗

近年来大家绝无心肠分着为新诗或旧诗再作辩争,是一件极自然却很可能的事情。什么都摆在那儿,新诗到今天任量与质方面皆比尝试集时已进步不知多少。譬如眼下有人能填一阙《满江红》,若较岳武穆填的更铿锵鹰扬对民气更有激发力量,谁又肯说作者精力是徒然白费的。

进一步,看看古今诗体的形式,不拘长短句比五言七言摆脱若干束缚,到元曲时的自用加用衬字又已解放成什么程度,凡通晓中国诗体演变历程的人总都不好辜负先人们一片苦心;写新诗或续新诗的也还都不大勉强计较那些字句长短协韵方法等属于规律方面的问题了。苟因一二十年来我们很少欣赏到理想的像样作品,乃将咎过统统让诗的体式规律负责而写的人技巧不担一点份,不似乎欠些公允吗?这不公平可耽误了很多事确不是应该的。

诗,老实些说,可有两种不同态度表现出来。一种是流露自然的,作者技巧已是一个足够力量的动机(自然,徒善于雕琢辞藻熟用格喻只够技巧的一面,其与作品得失仍缺少极可重视的相关度),它反映的自是一篇写出来近于完整无缺的诗章。若表现力量不够强,还得多靠兴奋苦闷诸情绪以及其他名利欲望一类的额外刺激来助产,成就的怕是些片段草率的句子。凑凑敷敷的莫看成诗。从学习作诗训练娴熟成写诗须很费番力气,单在书的规律体式或一时情感激励上耗工夫的却永不会写到家。

二、诗的演变

为便于说明艺术各部门间的关联，有人画就一个圈子，然后将其一一嵌到比较适当位置去。位在最高首的是小说，最丰富地含蓄着"意义"的；顶下面则是表现"存在"最稳定的雕刻。这图解还曾用小小箭头勾出从具象的存在表现至抽象的意义说明底的方向来。而诗的位置恰在位置中庸的音乐与小说之间。这排列没有什么不妥当处。初民因捉住袋鼠而高兴就顺口喊出一首韵脚不甚清楚的诗句；这首诗倘仍能将就多数人的共同欣赏兴味，会不期而然慢慢化作流行一时的歌子。诗的任务初初只在率直歌唱感情，故与音乐关系原来无从分开。

人间世没有静止想象，诗渐渐从音乐的牵挂脱身。很多诗不再能为人所歌唱，借着协韵节奏只有被吟诵的方便了。末了在自由诗发皇时，诗的音乐成份竟仅能在无音的内容之和谐律动上求表现。我们不妨说，如其有修养，今日一位聋哑病人，他这残疾也并不能耽误他去欣赏自己所喜好的诗章。

弃掉这个，抓取那个，打算抛开音乐成份的诗就打算再同小说攀成更高贵的友谊，从艺术演进观点看，这么办原无不可。反正诗在艺术圈子里位置固定了，写诗兴趣仅有右左，而诗的本质实为转不扭的：聪明人放心美的音乐成份在诗里绝不能扫净也就听它向前流。

宜于阐明所含蓄的意义，小说是留意对象意识的；故诗也在这方面一天天发展起来。像工笔书，诗人的笔多少年偏喜欢沾染些理性的写实趣味。一篇雪景应该使读者的幻想呈有一幅洁白可爱世界同引起鞋底踏过的松软沙沙声音听觉；说病苦的在很少几行里就得道出忧蹙的呻吟；追近万物人事本相是此时争学的上乘能耐。

然而所谓情绪表现总算形成文艺的必需条件。看出文艺同其他门学问什么地方两样，还不是靠这份力量吗？如仅按追求真实的本事，文艺得向深奥哲学和朴直科学低头。参悟道理的诗人们这又任着禀赋难同的个性走开笔了。没人再肯将呕心血工夫花在单为描摹自然上边。那是呆呆浪费。一枝神笔也消不掉它与自然间永不泯灭的那段距离，这令一代诗人全灰了心。他们是被逼着改了笔的。

个性表现在文艺里的是作家的气质，气质是私己生活经验的儿子。歌德将大自然比作年青的顽皮姑娘那么难以捉摸，故有某某生活环境的也就仅可思慕或赞叹她的某某一面。诗人们片面努力，令我们挺容易联想到印度盲人认识大象的故事。

乘固者终年躺在乡村折磨自己，藉僻陋的林泉题材写下他为准备世外幻乐的人生哲学。一篇天鹅，作者最用力处在于为很多哲人穷生所道不出的那点含蓄曲折道理；至于描摹那匹小飞禽身躯若何窈窕脆舌若何灵巧，他看来实在都太简单了。另一派有着优越境遇的则生活颇任性懒散而浪漫。就着他们所时刻接触的，又只有在女人肢节滋味里或波斯壁衣的色彩上选择故事。莫论这二种人其一如何自居高雅另一个如何迹近浮夸颓靡，我们的印象对于这些谁也爬不出"偏颇"坑子的人只是贫枯的。

不能或竟缺少胆气在题材上走极端，满可额外找寻出路。诗人中不乏巧于"听觉联想"的，他们常常挑拣与安排些字眼，务使能由几行里隐约传达出个什么音乐。字面上描写着剃头手艺的，念出来似真有剪刀摩擦的耳边丝索。若是一个夜寺的题目，顶好这篇诗里能零星摆些与丁冬相同的清澈声韵（这类轻巧声音其实还不宜吟诵，更够味的是单在眼睛里默品）。

利用"官能交错"的心理现象，使诗的形式格外丰富起来，另一些人又推敲诗形的建筑。西洋诗在这方面尤其费过工夫；手头有朋友林蒲君一章诗亦正可作例看：

> 说是牧羊女，无心
> 搬移一面阻隔大漠风
> 的砖石，长城缺了口。
>
> 骆驼整队闹入天安门。
>
> 大戈壁跟着南来了，
> 腊月里，风夹胡沙。
> 墙角，瓦屋，一夜
> 积存一尺白雪，……
> 谁记冰雪里
> 曾有过春天？
> 圆圆天顶下，飘着，
> 鸽子拖带银铃，

> 一圈，又一圈，……
>
> （怀远两章之一）

这诗在形式安排上十分值得留心体会。"骆驼整队闹入天安门"左右都空着一行，与前八行合拢着，多么像一串大兽在一座古建筑前缓缓踏着蹄子。我并曾同作者商量：如末后五行肯皆往上提一二格，则令读者又仿佛觉得城楼角尖正有群鸽子在盘桓斜翅，诗的意义可因此得许多出意的收获。

西洋文字多半是用字母缀成的，有人想到利用这种弹力的便宜花工夫。瞥见一首英文诗，这诗往往将后一字头几个字母紧尾在前字之后，或将一字陡地上下直排，大写小写也极其随便，读来极不痛快；过后才恍悟那是一首描写爬山的诗，排列不三不四以象征山路坎坷崎岖。使读者皱眉费力怕正是作者暗中得意地方。

在本能被否认以前，好奇心理也还可以解释诗里许多问题。传统写法劝人尽力避免抽象字眼或术语，一向无人违背这近于科律的吩咐。然而今春三月号的《诗刊》（*Poetry*）载有一首诗，题名《虚幻的象征》（*Symbols for Deceit*）共六节。例如一四两节：

> Above the grassy lure
> Of the quicksands
> I build my house
> Upon the stiles of loglo
> （草绿惹人
> 其上用流沙
> 我建我房子
> 以逻辑为跻脚。）
> My mansion sags to the northward
> It's legs gnawed thin by doubt
> And burdened by the weight
> Of conscience
> （我们的厦邸斜向北方，
> 柱腿被疑惧毁蚀得单薄了

且载荷着
　　本性的重量。）

　　真够别致，这首诗许多特意用的字眼皆是非传统的。据那刊物编辑介绍，作者A.M.Sullivan是纽约人，曾出过几本集子，并是盖里诗（Gaelic poetry）的一个权威。由他这风格，我们已可窥出诗在他旗帜下可能的发展方向。

　　各自有着独特生气，现代诗被我们说成璀璨的。然总嫌偏畸！偏近于废。因而许多诗派轮流闯过棚棚一时瑰丽夺目的花朵，即先后谢败再不给人振作的印象了。长久下去，诗的发展速度怕很滞涩，像学习曲线点到高原现象出见的时候。许多人在发愁。

三、朗诵诗

　　近些年有些人为补偿晚近诗派的病态发展，肯在另一面去从事于朗诵诗运动。这尝试确是正当的。大家对它盼望甚深，一如写在骈文发皇之后的韩愈文章，今日朗诵诗可以作"起衰"的工。这运动如为烟地升起了，抗战以来并渐渐活跃在我们的城乡甚至于防线前后。我们如何诠释这问题？

　　以先的诗人只有力量顾及到自身，他考虑如何承继前一诗派，有成就后顶多犹疑身后的开拓；朗诵诗有起色地方就在将诗的纵线横横向四面延展去。它的特质不止于讲究朗诵，所要求的听众与传统的还有些不同。由以前那些任意乔装面上染着朱斑绿鬓的诗人在咖啡店或一个星期夜会里唱出的杰作不能说是朗诵诗（即使因作者能极力唱而得到满堂喝彩的听众）；朗诵诗是念给最大多数人听的。

　　原理上大众也有接受朗诵诗机会。它与木刻一样是有着原始力量的。照初民的诗与音乐关系及今日发掘的古年石洞中着色壁刻上看，如何使我们易于意会这道理。木刻同朗诵诗还有相同地方，它们皆为两份艺术因子造成：前者是图画加雕刻的，后者是诗加音乐的。

　　驱策文艺演变到高深地步靠每时代里极有限的一些人，欣赏这样文艺只是他们有份；为了接近大众知能水准，把诗再从那些少数人手里拉近于原始的地位，这手段才是明哲的。第一要着在减少作家气质成份。诗人要放松私己生活经验却迁就体贴大众所共有的,他的意识应该展得很敏很广。

今天我们的朗诵诗有人嫌它成就太浅陋,这不满意是可允许的。但彻底办法还在给它建设的批评。比如有位朋友说,眼前的朗诵诗宛如铁工,他外形肌肉固甚丰美;面前红火夺走很多氧气,因而使他面色总是青灰不振的。这话有道理值得寻味。内容充实的朗诵诗在抗战两年多的今天尤觉需要,单描写鬼子杀人放火怕已嫌单薄无力,大众的意识今已超过这个了。

然而我意思传统诗仍有它的读者,不写朗诵诗也并不就无诗可写。发动后方沉溺于酒梦的那些满腹经纶自命的人,还不能靠朗诵诗。使瑰丽字眼里填些目前需要的意识,他们始比较有感受希望。此刻已没有蓬首垢面蓄长指甲的诗人,大家应量能耐与兴趣各自走正当的笔。

本期撰者:

王迅中,王赣愚及潘光旦诸先生,在本刊常有文章,兹不必介绍。唐理凌与李廷揆两先生均是西南联合大学学生。

第二卷第二十五期（1939年12月10日）

时评

苏芬纠纷恶化

数月来，苏芬两国进行谈判，各执所见，互不让步，终陷入僵局。双方近日已决诉诸武力了，废止互不侵犯条约，此举引起了全世界人的注目。

其实苏芬谈判，自始即以军事为正面，而以外交为副面。在谈判进行中，两国调动军队之频繁，已为人所共见。芬兰是个弱国，处在现势之下，依然坚决不挠，我们十分佩服。不过它也何尝不知自己无力抗御，所以如果领土完整仍可保持，似亦甘心对苏联作相当之让步。试看芬兰早在苏方宣布绝交之前，就向其提出照会，主张将争议提付仲裁，并允许撤退芬军。但对方仍不相信和平方式可以达到目的。现在芬兰新政府已经成立，这又是芬兰退让的一种表示。苏联要求条件之一，即是政府改组；哪知新政府产生后，它又拒绝与之谈判，但要承认"人民政府"为交涉之唯一对手，其用意何在，我们是局外人，似不必作恶意的揣测。

芬兰与列宁格勒相距匪遥，苏联政府以此表示不安，乃向其提出修改边界之要求。芬兰为维护主权计，未作完满答复，谈判由是搁浅。但平情论事，苏联处境之优，军力之大，对弱小的芬兰之袭击，似不必过虑，在军略上采取防御措置，其用意不外是要根绝西顾之忧。须知欧战爆发以后，苏联积极树立波海霸权；为达到此项目的，其版图之逐渐扩展，及若干小国之蒙受不利，是必然之结果。今番苏联对芬坚索所求，依靠外交未能收效，凭藉武力总可成功。芬兰虽拥有若许之新式军备,然究竟能否予苏联以有效的抵抗,我们不能不怀疑。

苏联在力使芬兰就范中,对美国的态度,亦不容忽视。战后的芬兰,对美国战债如数偿还,在欧洲树立了好榜样,深获债务国的欢心。此次苏联侵芬一举,美人对之异常愤懑。依一般观察,美国当局虽一时不会对苏断绝关系,但美苏邦交之逆转,却是大有可能。更进一步言,苏芬事件,决不单是苏芬两国间之事,如不能适当解决,对于目前远东形势,也要发生很大影响。我们这时只有一面希望苏联尊重美国善意,对芬兰事件早加解决;一面又希望美国除加道德制裁外,不要给予日本以离间美苏感情之机会。至如国联之无力处理苏芬冲突,殆是我们预料所及的。(贡)

广西战事

上月十五日敌军由钦州湾登陆,攻占钦州湾防城,不十日即进逼南宁,我军奉命转移阵地。广西民团夙以精锐著称,防务亦称巩固,加以地形险要,十万大山为南宁之天然屏障,而丧失如此之速,诚出一般意料。国民于庆幸湘北大胜之余,突闻此惊耗,怎能不忧形于色,尤其在西南后方的人们。据说这次敌军绕道偷越十万大山,亦系汉奸领路,使我们不禁想起去年敌军在大鹏湾登陆的惨痛回忆。但观近日来的战事发展,对我日趋好转,敌军的冒险行动又将蹈全军覆没的危机。

敌军自攻占南宁,略取石埠后,即分兵北犯,一路向东北攻宾阳,一路北向袭武鸣。敌军进攻宾阳武鸣的目的,是否仅在巩固南宁据点,抑更有进一步企图,虽未便妄测。但宾阳北通柳州桂林,为入湘要道,武鸣亦为赴贵所必经,不但影响整个广西,且有威胁湘贵之可能,战局之严重,决非等闲可比。

据近日电讯,敌军虽猛力进攻,邕宾路(南宁宾阳间)始终胶着于七塘八塘之间,邕武路(南宁武鸣之间)亦毫无进展,我军复在郁江南岸,发动游击战争,进攻钦县防城,威胁敌军后路。此后的战局,对我必更趋有利。第一就军力言,我国援军源源开到,战斗力节节增强;反之敌军则因后方我游击队之活跃,维持交通线既须分去大量兵力,前线军队必愈趋减少,作战力亦必趋薄弱。第二就地形言,郁江北岸山地连绵,敌军重兵器既难发挥效力，我军反可凭险据守，以逸待劳。第三就运输给养言，广西地瘠民贫，易于坚壁清野，益以民团游击队之活跃，敌军给养补充困难，愈深入危机必愈大。所以即使敌军能再侥幸前进，我们尽可有理由信赖当局，广西战事定有制胜把握，敌人愈深入，即愈易达到"聚而歼之"的目的。（迅）

救济昆明学生

　　昆明的生活费是全国各地最高的，昆明又是大学生人数最多的地方。多数在昆明大学生的经济和生活问题，目前可以说是严重到一个空前的程度。一面因为他们大多数家在战区，有许多与家里无法通音问，有的家庭财业受战争的损失，或家长失业，还有的即家中有钱可寄，而汇兑不通。使昆明学生生活近来愈见困难的原因，是二三个月来的昆明物价的飞涨。如比较本年九月间昆明与重庆二处生活必需品的物价，我们可以看出两处生活费用高低的不同，和在昆明谋生的困难。米每公斗在昆明是五元五，在重庆是四元四，猪肉每斤在昆明是一元二，在重庆是五角五，猪油是二元二与五角，盐每斤是七角与一角五，炭是十八元与四五元。自战事开始以来，教育部已拨出专款由各校分配贷金与救济金来救济学生。过去物价尚未大涨时，这救济办法解释了不少学生的生活痛苦，但屡次物价高涨之后，每月所领到的贷金或救济金的数额只抵得伙食费的一半。因此"吃饭"根本发生问题。目前补救的办法固然应由教育部添加昆明学生每月贷金和救济金的数额，但增加之后，如米价柴价又飞涨，则生活的维持又要发生问题。一二个月来云南省政府所规定的抑平米价的计划，需要努力推进。所定积米不得过六个月的消费量，嫌于过大，可减低至一个月为标准，并应明显指出可以积存的最高数量。至于积米的登记，侦查，告发和处罚都应立即施行。

　　关于学生本身方面，应特别指出的是每位想求领贷金或救济金的应自问良心自己应不应该去请领。从前曾发生过不幸的例子，如家庭接济相当充足而仍请求救济，领到贷金去吃馆子看电影，而真正需要救济的人反而没得到救济。把贷金救济金给一位不最需要的拿去，亦就使得一个真正需要的人得不到救济。这是个精神和道德的问题。

　　学校方面不但可以更仔细地审查各请领人的情形，还可进一步考虑可否把救济制度改为一种劳动酬报制度。这固然会增加学校的事务，但是让大学生把上体育课的时间花在修路建筑校舍防空洞等劳作,除了同样地可以增进身体健康之外,还可使他们觉得他们不白拿国家的钱,可以培养他们有一种"见不劳而获则心不安"的精神,在这读书人"文质彬彬"和只谈劳工神圣而实际上劳工还在被贱视的中国,工读制度是应施行的。(佶)

物价变迁的根本原因与偶然原因

维 谷

关于物价增高的原因和统制物价的可能，各方面讨论很多，大概列举许多原因和方法，逐一讨论。我们觉得这样讨论，不容易将物价上涨的根本原因，和偶然原因，分别清楚。所谓根本原因是墨子所说的大故有之必然无之必不然之原因。而所谓偶然原因，则是在根本原因上附加上去的原因。对于物价上涨的刺激，偶然原因，有时比之根本原因，更为重要。但对于物价统制的效率，则根本原因要比偶然原因难于统制得多。所以我们觉得有分别说明的必要。

在上次欧战时，北欧各国，物价上涨，也引起过经济学者间的争议。大约注重实地观察的人，均以为货物供给减少而需要不相应减少为物价上涨之根本原因。他们注重在物质供需方面。理论经济学者，虽不反对物质减少之影响，而特别注重于货币数量之增多。以为货币数量增多，为物价上涨之根本原因，因为货币数量如相应减少，则货物之需要减少。如此则货物之供给虽减少，物价亦不致上涨，卡塞尔对于外汇变迁有名的货币购买力平价说，也是根据这种货币数量说出发的。

这两种解释虽然不同，而其根本原因出发点是同的。双方均承认货物供给减少，为物价上涨之一主要原因。从简单的货币数量说出发，虽可以主张，"货币数量减少，足以抵消货物供给缺乏之物价上涨"，因而以货币数量之多可以作为物价上涨之原因，但货币与物价之关系，实在不如此简单，货币数量即使减少，亦不能使国民收入的分配，发生一种适合的变化，使每人购买力变更的综合，恰恰抵消物质供给减少的影响。并且若干货物的需要线，其伸缩性强。若干货物之需要伸缩弱。因而物价影响也不同。日用必需品如粮食之类，物价虽涨，需要不会狠减。所以这种物价之涨，如其根本原因为供给缺乏之故，则货币数量减少，不能使其物价充分下降。如在恐怖的心理笼罩下，它仅有上升的可能，所以我们觉得，认物质供给之缺乏，为战时物价上涨之根本原因，比较合理。既然根本原因，系物质缺乏，而且不是简单的减少货币数量所可救济。所以统制方法，不能不对于物质的供需方面着手。各国统制物价，往往对于某种货物，特设管理机关，如粮食分配制度等等。这种办法，即使能够注意到分配，限制恐怖式的物价上涨，然而终不能增加生产，所以也不能根本解决问题的本身。物价即使不涨，而问题的严重，并不因物价之不涨而可以消弭。故如有物质缺乏的现象，成为物价上涨的根本原因，则根本救济方法不是统制所可为力。

但物质缺乏而通货数量不减，则物价之上涨，又在根本原因之外，另加偶然原因。如同时生产贸易数量减少，需要通货量少，原有之不用通货并入新通货之内，则物价之增，可以高于通货数量之增。而偶然原因之力量，可以大于根本原因。反是，生产贸易发展，则新通货为供给新用途而发行，物价之增，可以少于通货数量之增。这种说法，自然只是粗枝大叶的准确，但亦很可以据此以观察国内各地物价涨落的情形。

兹将渝昆津沪四处之批发物价列后，以资比较。

渝昆津沪四地批发物价指数表

〔一九三七年七月（昆明八月）为一〇〇.〇〕									
	一九三七		一九三八				一九三九		
	九月	十二月	三月	六月	九月	十二月	三月	六月	八月
沪	103.3	13.4	110.7	25.4	131.1	132.4	142.9	158.4	109.9
津	——	110.4	28.3	132.8	138.8	135.2	149.6	176.8	——
渝	108.4	103.3	133.7	234.8	150.3	172.5	188.1	137.2	153.5
昆	107.5	103.7	23.9	150.3	182.0	23.2	274.1	153.5	432.2

国内通货数量，战前民国廿六年七月为十四万万四千四百余万元，去年六月为十七万万二千余万元，今年六月为廿六万万余万元。以后方物价比较，则重庆物价两年内增加百分之一二九·二。昆明物价上涨百分之三三二·二。昆明之涨，远过于一般通货数量昭示之涨度。重庆昆明在战时后方，生产贸易均有增无减，照理其货价不应上涨如许。显见此等物价之

涨，并不是通货数量一个原因所能说明的。应有其他偶然的特殊的原因在内。申津物价，在法币发行紧缩之下，亦复上涨，虽其涨势较缓，可见亦非以货币数量直接解释所能通。

　　汇价对于一部分物价，自有影响。但汇价之涨跌，根本系于国际收支，换言之，亦根本系于物资供应。物质缺乏，进口增加，出口减少，则汇价日跌。故汇价一原因，仍为物质缺乏所派生之附属原因。但战时汇价，先用人为方法维持，然后又放弃维持。故汇价所影响之物价上涨，不像物质缺乏之物价上涨，不是循序的缓的上涨，而为偶然的突然上涨。兹将法币对英汇率及其指数列后，如与上列物价指数比较，觉得昆明物价所受汇价影响特别大，而重庆等各地都比较小。这表示昆明物价之涨又另有原因在。

上海对英汇率及其指数表（一九三七年七月为一〇〇）

	一九三七		一九三八				一九三九		
	九月	十二月	三月	六月	九月	十二月	三月	六月	九月
汇率	14.25	14.25	13.9375	9.000	8.0615	8.000	8.000	5.3598	4.115
指数	100.0	100.0	97.8	63.1	56.5	56.1	56.1	37.5	28.9

　　运输费用，为物价各地差异之重要项目。兹将重庆之进口洋货，进口土货，及当地土货，当地原料物价收录于后。可见当地产品售价，在战时非但不涨而反下跌。此愈足见通货数量一说之不能解释。甚至物资缺乏之根本原因，至少就此项重庆指数而言，亦不存在。进口土货与进口洋货，其售价均上涨，而洋货之价，尤甚于土货，则表示外汇关系以外，又有共通之运输费用关系在内。但昆明的运输费用，当不能比重庆更高，而昆明物价偏高于重庆，则可知运输费用以外，又定有其他重要原因。

重庆土产与外来物价指数表（一九三七年一月至六月为一〇〇.〇〇）

	一九三七		一九三八			一九三九	
	九月	十二月	三月	六月	九月	十二月	二月
进口洋货	130.9	44.6	120.7	126.7	263.6	370.8	830.7
进口国货	128.4	28.1	169.8	201.3	234.7	261.9	275.6
土产	82.1	69.3	89.8	76.6	86.3	101.8	128.3
土产原料	88.6	81.7	96.5	80.1	83.9	98.8	107.0

以昆明之进出口物价比较，出口物价之涨，几与进口物价，并驾齐驱。而两种物价之涨，又与粮食价颇相应。有时粮价之涨，且超过进出口物价之上。均为当地产，是可相当于重庆物价中之当地土产物价。重庆之土产物价跌而昆明之土产物价高，是物质缺乏的根本原因。在重庆可认为不生直接关系，而在昆明则是否有关，不能遽断。至于通货数量一原因，也难断定。或者重庆之生产贸易盛于昆明，故通货数量同一增加，而重庆表示为物价之跌而昆明则表示其涨欤？原来通货数量涨则物价各地应普通同涨，但运输极度困难，或通货不能互通，则两地之物价，亦可以成为绝缘的各自涨落。换句话说，重庆之通货数量，与昆明之通货数量，彼此各自发生特殊的影响。但昆明之进口物价，即与外汇价相比，亦觉得其涨度之速，甚于外汇之跌落。而粮食之价，亦高于重庆，且其涨度不为渐进的而为突然的，则表示昆明物价之涨，一方面似有根本原因"物质缺乏"之存在，一方面复有偶然原因之交错。是欲谈统制，更应当对于根本之物质缺乏及外来之刺激原因，同时设施矣。

昆明进口货出口货与粮食物价指数表（一九三七年八月为一〇〇.〇）

	一九三七		一九三八				一九三九	
	九月	十二月	三月	六月	九月	十月	六月	八月
出口货	95.5	99.4	181.8	163.1	192.6	215.9	297.9	375.4
进口货	102.3	108.7	129.9	180.3	193.7	217.0	265.3	564.5
粮食	96.0	96.2	115.1	158.4	175.8	129.8	325.4	375.8

总括来说，根本原因，物质缺乏，重庆指数中表示不存在。通货原因，重庆指数中，表示亦不存在。外汇运费二原因则均发生，昆明指数则为较复杂。表示各种原因均存在。或至少物质缺乏，通货数量两原因，即使不存在，而其影响亦为其他原因所掩，不能单纯凭指数观察了。

法律之中国本位化

陆季蕃

我国旧法既有悠久的历史，又具有庞杂之内容，是人所尽知。不幸到前清末叶，在西洋法律输入后，编订新律时，乃被废弃，虽有张之洞，劳乃宣诸人依明刑弼教之说，反对新律，但是仍不能挽回旧法的堕势。嗣后民刑各律草成，旧律中所含的礼教精神，被保存者已经无几，而最近国民政府施行之新法，不论形式或内容，和旧律几乎毫无联系。这种革新，与其说是为收回法权，毋宁说是近七八十年来，我国社会变动的结果。

我国自秦汉以降，迄于晚清，社会组织未脱离封建制度。在这个时期中，虽百家之说，曾争鸣一时，但唯有儒家礼治思想，最合专制者之需要，而社会的中心观念，乃为儒家的"正名""齐礼"所盘据。这种礼治思想，不但形成当时的政治理论，并且渗透于法律中，整个法律被"礼"所笼罩。《曲礼》中所谓："夫礼者所以定亲疏，决嫌疑，别异同，明是非，道德仁义，非礼不成，教训正俗，非礼不备，分争辩讼，非礼不决，君臣上下，非礼不定，官学事师，非礼不亲，班朝治军，莅官行法，非礼威严不行"。就是说"礼"是社会关系之规范，若违反这种规范，固为礼教所不容，法也就从而刑之。故有"礼者禁于将然之前，而法者禁于已然之后"的说法。

从前所谓"法"含有"刑"的意思，因法之原字为"瀳"。所以"法"完全是裁判规范，以保证礼之实现，礼不过是行为规范。凡违"礼"之行为，不论有关民事还是刑事，均处以刑罚，比如《大清律例》规定："凡私放钱债及典当财物，每月取利，并不得过三分，年月虽多，不过一本一利，违者笞四十，以余利计赃，重者坐赃论罪"，就是民事处以刑罚的好例。唐律明律中类似这种规定，不一而足，无须繁引。

　　这种"礼""法"不分的思想，在现行法规里，已经是荡然无存。从表面上看来，是旧律刑法过重，有背人道，外人不肯受其拘束，为收回法权计，不得不输入西洋法律，放旧法的礼教精神。其实我国自鸦片战争以后，外国商品随着洋枪大炮的掩护，输入内地，内地的交易因而逐日频繁，社会关系也就由封建社会渐变为商业社会，终有类似欧美先进国的资本制之出现。在这种商业关系频繁的社会里，当然不是以正名，齐礼为背景的旧律所能满足中外商人的需要，如果勉强使它存在，不但不能使商业关系圆滑进行，并且还要桎梏它的发展，自然要被废弃，选用最适合商业上需要的法律，这也像德国摒弃日耳曼固有法——以农业社会为背景的法制——而采用罗马法似的，虽然时代不同，兴替的意义却无轩轾。而最适合商业社会需要的法律，当然是以自由平等为前提的个人主义法制——现代市民法。为什么现代市民法能适合商法上的需要？因为商品本身是死的，不能自动交换，若使它在市场里，能和其他商品自由交换，那么，非尊重商品所有人的意识自由和地位平等不可，否则，不仅不能找到适当的顾主，并且也不能选择有利价格，今时，现代的商业关系已经是国际化了，商业上的习惯也随着带有国际性，如果一定适用旧律，无异隔绝中外商业关系，这不仅是外国商人感觉不便，就是我国商人又何能认为满意呢？所以旧律一定要被废弃，这和封建社会要被商业社会扬弃，是有同样的意义。

　　不过，我国商业特别发达的地方，不外各省的通都大邑，至于穷乡僻壤还是度着封建式的自给自足的经济生活。换言之，我国社会已经发展到商业社会阶段的，只是通都大邑，其余穷乡僻壤仍是保有封建社会色彩，这也是封建社会被扬弃的时候，必然要有的现象，毫不足怪。在乡村里的民众既过着和都市不同方式的经济生活，那么，他们对新法制——现行法——的需要，自不若通都大邑里市民之迫切，这就是现行法能通用于都市，而扞格于乡村的一个主要原因，并不是老百姓不接受，是因经济生活方式不同，不容他们接受。结果就发生法律与社会分离的现象，真能受它保护的，不是多数民众，却是少数富豪大贾和欧化的知识分子。因而在司法方面，民众方面和研究者方面，都异口同声的说现行法有削足就履之弊。最近有些人为抗战建国而憧憬将来法治之实现，由嫌怨现行法的态度，进而持批判的态度，把中国本位文化运动渐渐的应用到现行法律上。

这种态度是很可庆幸的，因为我国输入西洋法制虽不比其他科学为迟，但是它的进步却缓，回顾国内新法制的发展史，到现在足有五六十年历史，始终未脱却抄袭和全盘搬运的方式，离由批判而建立新中国法的途径还远，幸而随着敌人的炮火，把沉淀在国内社会文化下层的顽固者振醒——学法律者富有保守性，大有抛弃死记和硬解法条的精神来批判现行法的趋势，这不是很可喜吗？

使西洋法律中国本位化固然是可喜现象，不过我们决不能忘却现行法不能普遍的适用于全国的症结。因此在走向中国本位化的途中，不能坐在象牙塔里，幻想几个口号，一如抗战前本位文化运动的方式。一定要走到十字街头，看看社会实况，认清社会结构的本质后，再预测将来演进的趋势，然后我们从新旧法中吸取有机部分，咀嚼消化，使旧法变成新法，新法更能成为新中国文化之一部。既不要"掊击旧物"，力谋洋化，也不要搬运古董，装做博古。更不能像张之洞所说："旧学为体，新学为用"，使旧法局部化，也不要像抗战前文化界所说："新瓶装旧酒，旧瓶装新酒"的形式问题。总之，我们应当使新旧法浑然一体，变成化合状态，不能分解，完全成为新中国自己的法律。

地方行政改进问题

毛树清

抗战以前，国内论坛上对于行政效率问题，曾有过一度热烈的讨论，尤其是地方行政的改进，从理论演到事实，确有着不少局部成绩的表现。可是自从军兴以后，因为军事外交的紧张，我们很少能看到关于行政方面的具体意见。如果说"一面抗战一面建国"的方针，是我们今日行动的准则，那末，地方行政改进问题，仍值得我们的密切注意与研讨。

西南是复兴民族的根据地，四川更是西南经济政治的重心。为着供给军事的资源，为着巩固后方经济的基础，开发西南与建设川康，已成为刻不容缓的事业，最近国民参政会提供方案于前，蒋委员长兼理川政于后，凡百俱举，颇有一番更新蓬勃的气象。今后着手的初步工作，无疑的将是加强行政效率与健全县政机关。因为建设的重心，不在都市而在广漠的农村。

三个月前，笔者在川南一带考察县政，虽然所走的地方不多，然耳闻目染的事实，已可推见过去症结之所在。尤其是各地主管长官的经验谈，从实况中体验出来的困难，值得我们详密慎思和精审的探讨。

第一是地方行政的人才问题。中山先生在《建国大纲》里明定："县"为地方自治的单位，今日的地方行政机构，也以"县"为转折的重心。县政府的上级机关，以四川省而论，约有卅余单位，这些单位，都有直接命令县政府的权限，所以县政府每天接到的命令函电，少则十余，多至数十。而且每道命令，都有"限期完成"的工作，万一延误，便有"贻误戎机"的严重处分。情形虽然急迫，但辛勤的县长，每天廿四小时，没有一分钟空余闲荡的时间，还勉强能应付过来。最尴尬的情景，乃是：同时有两个上级机关的命令，而内容互相抵触；或者是：两道互相矛盾的命令，先后到达，费了很大的力量完成的工作，不但不为上级机关所嘉许，而且还受了申诫或谴责。举个例说吧：四川省的公路局有直接命令县政府的权职，今年春末，曾命令川南某县，利用就地征兵的办法，限期完成某段公路路基。于是那位县长，火速下乡，召集保甲长，星夜动工，但因为时值农忙，地方士绅请求缓办，县政府当然无权核准，继续进行土方工程，不遗余力。而当地士绅，深感此时征工，影响农民生计非小，故又密呈省政府民厅，再请缓解，并且希望以后兴建，照工给价。如此事隔月余，因工作进程紧张，路基修筑，如期完成。正欲呈报上峰，忽然接到民厅批示："准予从缓办理"，并示明该段路基，今后将招商承包。那位县长聆读之下，真是啼笑皆非，个人的辛劳，姑且不算，试问在良心上，将如何对得起老百姓？更将如何计算这一笔牺牲农忙的损失？

记得哪一位名人说过："谁能够治好一县的事，谁能够做好一个好县长，他以后便能胜任专员，民政厅长，甚而至于内政部长。"这句话可以说含有百分之百的真理。县长的责任这样重，县长的应付这样难，所以县长的人选，便非得有学问有强才的人不可。可是今天的情况怎么样呢？说来痛心。今日中国的政治制度，可以用一句话来概括，便是：头重脚轻。中央的机关，庞杂繁复之令人摸不着头脑，许多鲜闻寡见的衙门，整日闲着没有事做。而县政府的情形，恰巧相反，四个科长七八位科员，几名录事，普通县政府都不到二十名办事的人，要管几千百件繁复的事，试问何能不因循苟且？单就兵役一科来说：这件事对抗战的关系是何等重大，章程法令又是何等繁复，弊实虚报又是何等众多，但县政府内仅仅只有二三个人管理这件事，纵使他们的才力充足，但是要管理一县的兵役，要做到明察秋毫，完全合于"三平"原则，简直是绝对不可能的梦想。

四川许多县份，建教都并成一科，科长十之八九都是学教育的，这样才能勉强使几所学校，照常开门。至于建设呢？那简直就谈不上了！建教科内有一名技士（很少是懂得建设的专才），技士的工作，说来奇怪，他从早到晚，也整日价在忙，忙些什么呢？就是"造表""造数目字"。据说：目前国府入川以后，上级机关的视察员，调查员，几乎无日不光临，而这些视察员，都是带了大批表格来的，一到县里，表格向县政府一丢，限几天填完，事情就完了。于是苦死了那位建设技士，开夜工填表，造数目字。当然啰，这些数目字，全是他肚里想出来的。这种现象，在高叫"建设川康"的时候，回顾头来看一看地方行政的建设工作如此，不能不说是一件痛心的事。

因为"头重脚轻"，不少真才被浪费了，行政不谈改革地方行政则已，要谈，便得先注意及此。有人说：县政府虽然人少，但县政工作有大批保甲长帮忙，只要保甲长办好，什么都可推行。不错，但在这里，便引出第二个问题来了。

第二个问题是财力的问题。今日中国的财政现象，也完全是"头重脚轻"的畸形发展，中央机关的待遇高，所以人才集中都市，两者有密切联带关系。前面说过：地方行政的重心在"县"，而县政府经费之短绌，不可言喻。四川金沙江上游的某县，全年建设经费预算仅五元，尤属闻所未闻。而保甲经费的拮据，因而造成无数扰民违法的勾当。保甲长待遇微，不够生活，于是勒诈乡民，无恶不作。保甲办公费不敷开支，于是就地摊款，中饱舞弊，层出不穷，人民不堪其扰，国家政令，无形中受到阻害。保甲户口不整理清查，兵役的积弊，永无清除之一日。笔者曾碰到一位联保主任，他居然公开大骂："兵役法大半狗屁。"据他说，"如果完全要照兵役法来做，保甲长不但无油水可捞，而且要贴钱，这样干一年，家里的耗子都得饿死。"保甲人员如此，何能谈改进地方行政？要健全地方行政，先要整理保甲组织，而选派干练的人才与适当的增加地方行政经费，是两个刻不容缓的前提！

说到县政人员待遇的微薄，那更是不堪设想，科员的薪给，大抵不满卅元，还得打上一个折扣，既不能事父母，又不能养妻子，难怪他工作不能安心。一路上经过许多小县，尽是赤足草履的科长科员，有几位贤明的县长，很体悉佐治人员的困苦，特地从他自己的薪给上，抽出一部分来津贴部属，才得以勉强维持。但回到重庆一看，情形便大不相同了，物价指数的高昂，使一般公务人员，在大漩涡里打圈子，虽然待遇的数目已高得可怕，但据说还很难生活。我常常直觉的想：为什么大家要挤在一起，广漠的农村里，不是正需要人力和财力吗？

总括起来说，改进地方行政的关键，最急要的，便是矫正"头重脚轻"的畸形现象。裁并中央与省的骈枝机关，使真才和财源流到农村里去。同时，还得改正过去的"不屑为"的错误观念，不要以为县政工作的地位太低。记得蒋委员长在某次县长训练班上有过这样一段话："县长是行政工作的基本干才，他是大政治家的训练场，因为只有县长，才是真正的亲民之官。我很后悔，因为我以前没有一个当县长的机会。"领袖的训辞，是数十年从政经验的结晶。到今天，改进地方行政，确是抗战救国的基本条件。

略论花苗与猺人的几何纹样

岑家梧

花苗分布在贵州和云南的东南部，他们自称为"A-mon"，花苗是汉人给他们的名称。据说因为他们爱穿花衣裳，所以就叫他们做花苗。田雯的《黔书》卷一云："花苗，衣裳先以蜡绘花于布而染之，既染去蜡则花见，饰袖以锦，故曰花苗。"此说大致可靠，因为在苗族中，花苗的服饰，的确是最富于艺术意味的。

花苗无论男女，每人必备花衣一件。在花衣上刺绣着彩色花纹，在妇女的裙上，亦取蜡染法，施以蓝地白花的纹样。他们的纹样是很别致的，我们先举出下列的三种调查报告：

1. 鸟居龙藏氏一九〇二年间于贵州青岩采集得花苗围裙标本一件，据称：裙上的彩色花纹有井筒形，十字形，三角形，四角形，"均属几何学的花纹，全为直线毫无曲线。"

2. 贵州省政府民政厅年来派员调查省内苗族，据其报告，大花苗的织布，"多以彩色线或羊毛，镶织花纹，色甚鲜明，形状不一，有长方，三角，锯齿，十字等形，以几何学眼光观之，则多利用平行线，以状其花纹。"

3. 余上年在云南梁王山麓一带所见花苗衣服上的花纹有 ▨, ◇, ✢, ☆。雕刻在口琴上的又有 ▨, ▨, ▨ 等纹。无论蜡染，刺绣，雕刻或绘画，表现出来的全是几何纹样。

可见花苗对于纹样的构造，大概是不会用圆圈，点子与弯曲线，而光用直线构成几何纹样。近于写实的图案，更不易见了。

据我们目下所知，西南诸民族中，纯粹使用几何纹样的除了花苗之外，还有散布于两广的猺族。猺人也爱穿花衣裳,他们的纹样,尤与花苗的类似。中山大学研究院所藏杨成志先生采集广西猺人的标本,衣服上刺绣的花纹全为菱形,十字纹等几何纹。广东北江猺人的花纹,据李方桂先生说:"花纹形状,皆为几何式的,利用直线,平行线,方形,三角形,菱形等制成各图样,然绝不用曲线及圆形。"

花苗的纹样为什么会与猺人的类似?根据文化传播的原理是很难解释的。大概纹样的形式,往往能代表一个民族特有的精神文化的一方面,而苗与猺,据中外学者的意见,二者确是同一种族。最先是台维斯氏(H.R.Davies)根据苗猺的语言同系,在 *Yunnan* 一书中,将苗猺同并入蒙克麦语系(Moukhmer Family)。后来丁文江先生亦以苗猺同属一系。凌纯声先生则主张苗猺同属一群,而把他们并入蒲人类。又据颜复礼,商承祖二先生的调查,广西凌云猺人自称为 mien,与苗人自称 A-mou 或 mon 相同,云:"盘古猺……其人自称曰 Yumien。考苗人自呼曰 mun,作人字之意。mon,mien 两字,目异而音子同,其间之直接关系显而易见,则 mien 字当即 mon 字之变态,亦作人解,似无可疑。昔日汉人呼南方异族统称曰蛮,盖即该字之译音耳。"可知苗猺实系同族而异名。

同时,王兴瑞先生更就海南岛的苗人与广西猺人的语言及历史传统,互相比较,所得的结论是:"我们与其说海南苗人及广西的苗,无宁说是广西的猺,或者可以更确定的说就是广西的蓝靛猺。"苗猺既是同一种族,他们的纹样世代相传,其类似点之多且切,那就毫不足怪了。

这两个使用几何纹样的民族,如果要追溯到他们的来源,恐怕多少与汉代的武陵蛮有关。从武陵蛮爱穿斑斓衣裳这点来看,与今日的花苗就颇为类似。从《汉书》卷二六述槃瓠的后代云:"经三年,生子一十二人,六男六女。槃瓠死后因自相夫妻,织绩木皮染以草实,好五色衣服,制裁皆有尾形。其母后归,以状白帝,于是使迎至诸子,衣裳斑斓,语言侏离,好入山壑,不乐平旷。"花苗因为崇信基督教的原故,槃瓠传说,经已失传。但猺人对于槃瓠狗王的传说,依然甚盛。那么,我们假定这个使用几何纹样的槃瓠族,自秦汉以来,他们从湖南出发,一支沿广东的北江南下,分布于广东北部与广西的东北部以至西北部;另一支则由湖南向西分布于贵州的西南部及云南的东南部。前者称为猺,而后者则称为苗。至于苗猺二字的转变及其迁移途径若何,那只好待他日详述了。

苗猺的种族关系既明，我们进而考察他们的几何纹样究竟代表什么意义？鸟居龙藏氏以为花苗的纹样正足代表柔弱阴郁的性格。但我们认为一种具风格的纹样，除了代表一民族的性格之外，往往具有其他的社会意义。原来一切简省的纹样，大都是由写实体演化而来的。昆斯兰（Queensland）土人的牌盾上面，绘了许多棱形及锯齿形的几何纹样。据格罗塞氏（E.Grosse）的研究，有些是象征蛇皮的斑纹，有些象征鸟羽毛及爬虫类的鳞介。荷尔美斯氏（W.H.Holmes）在巴拿马海峡一带初时看到印第安人陶器图谱上的几何纹样，以为毫无意义，但详细观察的结果，才知道是象征鳄鱼的形状。这些几何纹样所象征的对象物又都是这些民族所崇拜的动物，他们藉着装饰上的图腾同体化（Assimilation of totem）而使他们的图腾单位，益趋严密。这差不多是初民艺术上最普遍的事实。苗猺既崇拜槃瓠为图腾，他们的服饰上当有许多是象征着狗的样子。据龙新民先生调查而知："猺人女人帽之尖角，像狗之两耳，其腰间所束之白布，必将两端作三角形，悬于两耳之后，长约五六寸，亦像狗之两耳。男人腰带结纽于腹下，垂以若干铜钱者像狗之生殖器。"然则猺人的几何纹样中有象征狗形者必无疑义。但我们今日所见猺人的纹样，确知其为象征动物的只有马，为鹿，猺语叫作DZiu，畲为蜈蚣，猺语为Tsen-sap。大概流传既久，原意已失。而余在云南东部所见花苗女子的裙上绘有许多平列的直线与十字纹，问他们是代表什么意义时，他们答道："那是水田，因为我们花苗以前有许多水田，后来都给汉人占去了，现在只好在裙子上绘着这些花纹，留个纪念。"这显然是后起的观察。然而我们由此可见几何纹样的确含有它的社会意义，此刻花苗的社会经济生活已与昔日大有不同，纹样虽然不变，但它却随着社会的变革而消失去了它的原意，换上了另外一套的功能。

我们由于上述花苗与猺人纹样的研究，得到下列二项的综结。第一：花苗与猺人不特从语言上，风俗习惯上，就是从两族使用的几何纹样上亦可证明其为同一种族。今后研究苗猺种族来源问题，可多得一旁证。第二：苗猺的几何纹样，最初是代表着一种宗教意识，于苗猺社会负有特殊的用意。但是经过悠久的时日，到现在多已失去它的原意，代之以另一种新的意义与功能。

边城散曲

查 克

晨 曦

　　早晨，冷清的街上流着菓香，瘦嶙嶙的驮马驮着两筐菓，一步一步地在光滑的石板路上蹒跚。

　　街口的菜市，拥满了人，舒领的女人，手提着精巧的小竹篮，在人海中觅取一天的滋养。新嫁娘，脸上留着昨夜的晕红，学着老练的主妇们，争斤论价。菜贩子，鬼机灵，用瓢冷水浇进青豆米去，压分量，经验告诉他们准有一公斤的外块。厨师的一脸肥膘，赛似屠架上的猪肉，在挂钩上颤动，用手揉揉眼皮，心里盘算一下菜单，从卖莲花白的菜担上起，一直蹒跚到豆腐摊，篮里放满了：一点韭黄，几块豆腐，四头蕉白，二斤肉，一手提菜篮，空下的抓只肥母鸡。

　　阳光爬上楼窗，人们还在酣睡，街上冷清得没有一点声息。三五成群的小学生，穿一身青绿制服，腋下挟几本书，默默的滑过冷清的街，走向学校，小小的心温着第一课要背诵的书。

　　××楼，一天的花市，在早晨特别灿烂。乡下人肩一担花，顶二十里的露水，要在这儿换两顿温饱，花梗大得骇人，连根带叶一起掘来卖，根上还带着泥土，不像江南的花贩是卖花，这儿的是卖树。从菜市回家的太太们要在这儿捎回点晚香玉，美人蕉……

　　八点半，报童抓一叠报，在冷清的方石路上吆喝，右手接过带份日报去办公的人的钱，左手在一家炭火铁架上买张烤饵块，多涂辣酱，塞塞心。

汽车，"呜"的声飞掣电闪的穿过街，冲破了沉寂；等待换班的岗警有点困意，刚依靠在指挥灯下的方木柱打盹，又被汽车惊醒。

西皮帽的生意人，在四方形的洞隙里露出两只朦胧的眼，看看天，天空挂个大太阳，也许涂一朵云。

十一点，本地人吃早饭。十二点小伙计下铺板，全城的店铺开始营业。

晨曦，晨曦的阳光算是白过。

郊　野

晴半个太阳，阴半天云，边城的天难揣测。好好的天色，就许落雨，落过一阵子雨，赶紧出太阳，把黑云赶得无影无踪，谁也不碍着谁，算是给边城润一润枯燥的心。

西山，像巨人，用手扪着胸，仰卧在滇池。头顶上涂一大片云，酱赭，褐灰，昏黑……

大×楼点缀在城边，有一条苍幽的古道通去，左边是稻田，右边是流入滇池的溪河，两排耸高的金鸡纳霜树，在空中打成结，搭座长棚；白日里给行人遮太阳，黄昏，看月光透过树梢映在水上，漉一片碎银。

千百个村庄一个模样；两排矗直的苍松夹一道黄浊的流水，绕过村，村前有座土地祠，土头土脑的小泥胎端坐在灰土龛内，面前摆几张黄纸，烧两炷香，享受一村子的烟火。方石块铺成的小路，曲曲的拐进村，路边蹲只秃尾巴的黄狗，干瘦得只剩下骨头。石头砌成的河沟，没有湾，像谁在绿色纸上画一条线，笔直的，可是一拐弯，就是九十度的角。

古城是建在庞大的绿原上，同时，也是在庞大的山谷里，四周是秃顶的山峦围绕，白云挡着盘山的公路。稻子田成年都是水汪汪的，可就是长得不好，矮矮的有点可怜相；莲花白，冬瓜，长得壮，随你称称哪棵也有十来斤重。绿野的风物是美的，夕阳下，看水牛在池塘里撒个欢，洗个澡。

成群的骡马，来自荒凉的山那边，山那边也许是一个不通人世的寨子，穿着原古的装束，唱着原古的歌。驮马驮十六块方砖，两棵粗木材，或是一担松炭，两筐菜蔬，默声行在羊肠小道上，"蹄他蹄他"的是马蹄响，拐过山腰，昂昂头，颈铃响彻了绿野的沉寂；马伕子"喝"一声把皮鞭落在马背，尖起喉咙唱一支山歌，歌声里充满了原始性的情调。远远的望见城堞的顶，嘘一口气，招呼着马群挤进狭隘的城门。

晚霞涂一片绛紫，在苍灰色的远山之巅；庞大的红日，下堕，下堕……乱鸦噪走了黄昏。

古城的心

古城恢复了昨日的繁华，古城的心开始颤动。

爱热闹的人荡在热闹的街上。

女人：涂口红，烫曲发，满身逃税的舶来品，吐着甜心的话。男人：除去西服挺直，革履崭新外，下工夫的是光亮的头。乡下女人头戴三片瓦帽，穿一身奇异的装束，杂在人海蠕动。

这边是新翻造立体式的大厦，那边是土块堆成的饵块店，流线型的汽车停在古香古色的牌坊底下。

古城成了博物馆，不同世纪的物品聚在它怀里，抗战把历史在这儿展开。

外来的人渐渐的多，古城渐渐的长胖，半个城的狭街都在拆房屋，当局命令临街的店限期搬，展街宽；说来凄凉，每个商店只剩下一堆土，没倒的土壁上留两个字——"新式……"

影院的生意好，说得起"歌舞升平"四个字，虽然这字眼用得有点不合时，可是，君不见"××大戏院约在明春节可筑成，为本市空前最大之娱乐场；此外，据悉××影戏院亦在动工中云"的新闻！疏散不疏散由你，发财的机会哪能轻易放过？

这儿公园名刹倒是挺多，可惜不得其门而入，到处碰壁，大门虚掩，站一岗位，看看字牌，写得明白："军事重地，停止游览"。

"保持清洁，培养卫生，增进美感。"稀有的白壁上涂几个半图案式的黑字，乍看，仿佛是卖卫生豆汁的广告；再看乃是当局警惕市民生活的标语。

新建筑完成的已是不少，有酒店，有银行，有旅馆……然而，建筑一年而未完成的也挺多。这儿动土木就是慢，一间岗警楼子要造五个月零十四天，何况一幢楼，一条街，说起来有点假，想起来也可能。

外来人开张的铺面渐渐多，本地人也学着装收音机，藉以锣鼓多捞几个顾客，可是十回购物总有六次交易不成功，进门不招呼，问价不爱搭腔，要买就拿着，不买就算完，好像这家店铺不指望门市上赚钱。可别说对外省人有歧视，本地人去买东西也是一般。

夜　曲

　　一座不通行的城门洞，两端垒满人高的麻袋包，外面挤着人，人山人海的把个狭小的进口围得风雨不透，踮起脚跟，把头颈拉长，噪嚷着，里面的人倒安闲，不慌不忙，慢吞吞用斗量米，看来景色有点像赈灾，可是送进钱才能换出东西。——告诉你，这是抢买公米，公米比私米便宜几块钱。

　　"明天再来喽！"太阳落下山，买不着米的人拖着步子，沉重的，走了。这是夜曲的前奏。

　　夜，渐渐的沉淀，由苍茫变至漆黑。

　　空皮的载重车乘着月色赶回城，在一条昏暗的大街上通过，"哗啦，哗啦"的直响，车轮子有毛病，车身破烂不堪，也没有装只喇叭，司机干脆用手死命的拍车厢，代替了招呼。间或，一个乡下人在昏黑中阻了汽车去路，车突然停下，司机操着一口江北口音臭骂一顿，又开走，好在被骂的听不懂对方的意思，算是白骂，谁也不吃亏。

　　夜的古城比白天还要热闹，女人的瞳子作了夜的太阳。

　　有钱，去的地方多：新开张的××酒家，最时髦的××室，到××春化十八块法币吃碗云南名产的熊掌，凑四个人打八圈牌，陪爱人到×湖看月亮，找个僻静地方谈心。

　　茶馆里高朋满座，品一口茶，"呼"的抽一阵子大水烟筒的黄烟，再吃两碟松瓜子，别瞧事情容易做，没有训练绝对干不来，全仗坐劲大，有耐心。不到十一点绝不回家，天天如是，年年如是，精神好！

　　成衣店里做丧事，三只八仙桌子搭座台，肥不溜丢的和尚穿半身鲜明的红袈裟，端坐在台上，面向着外面，桌上两支蜡烛燃得明亮，映照着和尚的嘴巴在动，念念有词。这是常见的事，人生最后的一幕，一家丑陋的成衣店摆出在一条狭隘的街上。

　　窗临在大街，当午夜醒来，听卖夜曲的瞎女人在秋风里咽泣，歌声伴着没配弦的胡琴，随着不安的心颤抖。

本期撰者：

"维谷"是一位经济学家的笔名。陆季蕃先生是国立湖南大学教授。毛树清先生现在重庆中央政治学校，专究地方行政问题。

岑家梧先生现在昆明南开大学经济研究所，致力于西南民族问题的研究。"查克"是一位西南联大学生的笔名。

第三卷第一期（1940年1月7日）

时评

新年捷报

在我们庆祝抗战第三个新年的时候，各路传来若干重要捷报。这确是使我们兴奋的消息。桂南的敌人，从陷南宁之后，猛力北进，希望能乘我不备，取柳州，以北迫桂林，西胁黔滇。然而阻于八塘昆仑关之后，敌人的锐气已呈再衰三竭的现象。昆仑关前后彼夺我克已有两次。敌人再夺昆仑关后，即分踞沿邕宾公路各要点，顽强抵抗。而我军于正面侧面同时发动猛烈攻击，使敌前后联络完全切断，所有各据点之敌，均为我就地歼灭，昆仑关遂于上月二十日再度为我克复。总计此役敌人之被歼灭者约在二联队以上，合邕江南岸被我围歼之敌约有一个半旅团有奇，造成局部歼灭战最成功之战例。粤北的战事，敌人于一月前，即就其在粤之三师团，一混成旅，及若干之海军陆战队，加以近卫兵团，并调集潮汕及深圳方面之敌军，分三路向韶关猛扑，及旧年年底敌人进至翁源附近，我伏军突起，四面猛攻激战两昼夜，敌全线动摇，其中路近卫兵团有一联队，在良口全部被歼，左右两翼，大为震动，仓惶南窜。我军沿途加以包围聚歼，总计前后伤毙敌军一万数千人，夺获军用品无算。粤汉南段之敌，至此遂告总崩溃，而我军乃造成湘北大捷后的大胜利。桂南粤北的捷报是较为重要的。他如赣北，鄂南，湘北等处，我军亦有局部的胜利。

总观一个多月来的敌军的动态，我们知道最近敌人的策略又注重华南，尤其粤桂一方面。因为南宁的失陷比较的快，敌人也许就以为华南方面有机可乘，便倾力猛扑。此次粤北迎头痛击，足以打破敌人这个新的迷梦。在我们方面，我们除向前线将士致最大的敬意外，更应该因此而坚定我们抗战必胜的信念。（山）

美日商约的前途

美日商约，到本月二十六日就满期了。满期后会不会成立新的商约？在新商约缔定之前，会不会有什么临时商约过渡？凡此种种都是关心远东局势的人所急待知道的。日本的急于要和美国谈判，是当然的事。美参议院外委会主席毕德门说：他的对日经济封锁之是否即行提出，要看美日东京谈判结果如何而定。截至现在止，东京谈判毫无线索可言，是人所共知的。在此期间，日本玩了许多花样，迫诱美国上他的圈套。去年末日本方面同苏联妥协，造出日苏携手的空气，用意是耸动美国的视听，但是美国人明白日本的用意，故并无日本所预期的反应。这一个花样既不奏效，乃进而示小惠，扬言将开放长江。日方发言人说关于长江的开放，业也开始"真正"之准备。但是美国不是如日本所想像的大少爷一样，经过多次的事实教训，美国已充分认识日本只知道"坚强之态度与武力"，美国人已充分明了日本的真正目的是"驱逐白种于中国之外"独霸东亚，这一套花样既又揭穿，于是图穷匕见了。美侨在华北，在上海又颇受日本军人的侮辱，日本国内的报章开始激烈攻击美国，反对开放长江。对于这一切的举动，美国抱静观态度在看。《纽约时报》的意见至少可以代表一部分美国远识之士的见解："日本现在已成了美国最大的敌人。日本军人统治者的欲望，是要驱逐白人于亚洲之外，为美国设想，应在美日商约到期之前，尽量钳制日本"。这就是说，对于国际强盗必须用惩戒方法来对付。现在全世界关心远东问题的人都在期待美国进一步的动作，在最近三个星期内会有重要的发展，我们当静心的期待。（长）

实施新县制

近来中央对县以下各级组织之调整，比过去任何时期更加注意。经过许多时的详密研究，拟定了所谓《县政改革方案》，嗣由国防最高委员会决定，先就五省择定两县试行。去年九月间，国府颁布《县各级组织纲要》；近日行政院又通令全国各县，自今年一月一日开始实行。这项纲要的制定，是根据蒋总裁《改进党务与调整党政关系》的重要演说，及各方人士多年的实验结果。所以，最近六中全会，"认为此一法案，乃实行宪政真实之保障，亦为使中国造成近代国家必由之途径"。

今年国内的要政，是完全新县制。如果认真实施，基层组织必益臻健全。依据上述纲要以推行县政，应兴应革的事固多，但我们以为以后改革县制，其目标应是使省政府指挥自如，县府秉承灵敏，减少行文手续，增加命令效能。要达到这项目标，似乎首须探讨现状下县政弊根所在。以往县府组织之复杂，监督机关之繁多，县府财政之支绌，其流弊显然是法令停滞难行，诸事趋名避实。这种病象如今倘仍无法救治，新县制终难于完成。中央当局现既从事改进新县政，我们深望其能从严密县府组织，提高县长权限，及增加全县经费做起。组织，权限与经费，三者互相关联。组织如能严密，权限才可运用裕如；同时权限如能运用自如，则经费必定无形增多。当然，实施新县制之能否收效，主要关键乃系于人才之质与量。"令行惟法，成效在人"，县政亦莫能例外。县政人员俸给之微薄，训练之欠当，考核之懈弛，足使贤者裹足不前，不肖滥竽充数。中央当局在此亦应特加注意。（予）

政治经济化

陈岱孙

政府是否适宜于执行种种经济业务,也许在理论上,还是一个热烈争辩的问题,而在实际上,近代国家之逐渐扩大其政府经济业务的范围是一个不可抹杀的趋势。这一个趋势,因为近三十年来两个大变动,骤然大为增强。一个变动就是一九一四年的世界大战。还有一个变动就是一九二九年以后的世界经济大萧条。一九一四年的世界大战是拿破仑战役以后最大规模的战争,并且是第一次证明近代大规模战争,不但是两个国家,或集团国武力优劣的比较,而是双方经济力强弱的比较。为适应当时战争的需要,加强国内的生产,增进国内经济机构的效率起见,各交战国不能不放弃前此对于工业放任的态度,而由政府加以干涉,甚至由政府收为公营。一九一四年大战结束后,虽然有些国家又恢复战前制度,然而在多数国家里,政府经济业务的扩大已由临时变为永久的情形。一九二九年后的世界经济萧条又给这个情形一个新的激力。这一个阶段的主要对象是金融与商业。一方面,过去自动的金属本位货币制度,经战后恢复的试验,到此宣告破产,而国内经济恐慌与一国的金融制度政策复表现深切的关系。另一方面,国际市场因世界经济萧条而紧缩,对外贸易不能不另谋增加输出减节输入的新途径。于是金融贸易变为政府经济业务的势力范围。举凡今日耳熟能详的货币政策,汇兑统制,贸易管理,贸易制度等等办法都是这个趋势新的具体表现。近代国家经济机能的增加,固然不尽由于此两大变动,而此两大变动确予以有力的推激。共产主义的国家如苏联,极权主义的国家如德意无论矣。上者,所实行的主义是要把社会上一切的经济机能都归于国家,当然是这个趋势极端的表现。后者，虽然政体与上者不同，而从另外一个起点也可以得到相似，虽然不是相同，极端的结论。就是号称自由民治的国家，近年来计划国营经济的呼声也甚嚣尘上，而局部政府经济机能的增加更是明显的事实。照现情观察，这个倾向不是一个暂时的情形而是一个方兴未艾的趋势，不是一时救急的方法而确有一个永久的重要性。这个趋势所引起经济及社会的问题，我们不在此讨论。我们所要提出的问题是属于政治一方面，是要探讨，如果这个趋势充分发展，现代国家的政治机构是否需要彻底改造，我们对于国家的传统观念是否要完全更变。

我们传统的国家观念，与现代的政治机构，是建筑在自由主义的基础上。自由主义是以个人为主体，国家是为个人而产生而存在的。自由主义主张个人之间要平等，而假定政治的平等可以造成个人间一切平等。所以自由主义于主张民治政体以求得个人政治平等之外，对于其他个人的行为，尤是个人的经济行为，主张采取放任态度。至于由国家代替私人来执行这些经济行为当然更是绝对不在允许之列。在这些原则之下，国家的主要机能，如果不是唯一的机能，是"警察"（极广义的警察）。在政治一方面，这"警察机能"在于保护个人的生命，财产，自由，福利等等。举凡军备，司法，警察（狭义的），卫生等等政务都是这"警察机能"具体的表现。在经济方面，这"警察机能"是在于维持个人之生产自由，契约自由，竞争自由。国家是一个公正人，是经济行为秩序或规律的维持者。这经济行为的规律就是契约自由，竞争自由等等。只要个人的经济行为不违背这些规律，国家总采取放任的态度。反之，如果个人的经济行为破坏了这些规律，使得契约不自由，竞争不自由，生产不自由，国家就要出来干涉，而干涉的目的也就是恢复这些规律。在这些规律恢复之后，国家又退立一旁，尽他公正人，监视人的职责。例如工资的高低由劳资双方磋商决定，物价的高低是由买卖双方磋商决定。这是一种契约的自由。如果劳资两方中的一方，能够利用特殊的情形，胁迫对方，成立一个单方有利的契约，或者买卖双方中有一方能利用特殊的情形做成一个独占的状况，契约自由，竞争自由的规律就被破坏了。在这个时候，国家就要执行"警察"的任务出面干涉。所以在自由主义基础上，国家的主要机能是广义的警察。而这一"警察机能"，在政治方面是积极的，在经济方面是消极的。又所以我们对于国家的传统观念实在是一个较为狭隘的"警察国家"，而我们现代政治的机构实在不过是一个能够运用这警察机能的组织。

在自由主义盛行的时期,"警察国家"未尝不是一个正确的国家观念,一个足以应付一般需要的政治机构。然情势的演变已经逐渐否认自由主义的永久性。上述的趋势是事实的证据。至于理由,也不是难于寻觅。自由主义假定在政治平等条件之下,如果生产,契约,竞争的自由能够维持,个人间经济关系,就是处于均等的地位。在这均等地位之下,个人的收获,无论均与不均,都是公平。这一个假定,根据若干年来的经验,未必可以成立。因为在现在经济制度之下,个人的经济地位,大有悬殊。表面上,生产,契约,竞争,尽可自由,而两造在磋商契约,履行竞争的时候,其所凭藉可大不相同。在此经济地位悬殊之下,个人经济的机会并不均等,则生产,契约,竞争的自由也不是公平的经济行为规律。国家只做一个公正人,维持这些未必是公平的规律,希望得到一个经济公平,恐怕只是一个理想。然而近代自由主义的经济制度逐渐衰落,由于此理论上的缺点者少,而由于实际困难者多。自由主义经济以物价为枢纽,以为一切经济现象行为都可以随着这枢纽,以相互适应。所以虽然在表面上,自由主义的经济制度似乎无组织,而可以运行不紊。实际上,这个完满的解释有许多实际的困难。我们所能经验的经济情态,很少能够像理论家所推测的,适合这些适应的规律。我们的经济制度,不但表面无组织,而且不见一定能运行不紊。每若干年即发生一次的经济萧条就是我们经济制度一个致命伤。固然我们现在还不能说明到底商业循环的真实理由安在,我们也不能说它一定是自由经济主义的附属品,然而我们不能否认它是我们过去所实行之自由经济主义的一个病态。再就管理论,私人经济一向都是以效率自豪的。而过去每遇有重要变故,例如战争,政府为适应急需起见,常有征收个人事业,由政府管理的需要。也许私人营业的效率是限于个别营业的内部,一遇到全局的经济问题,这散漫的个人营业因为没有联络的作用,便失去它的效率。近代战争既然是两方整个国力的比较,而战争恐怕不是一时可以废止的东西,则现代各国执政者当然不能让本国经济的发展由其随兴所之,而不加以注意。这种环境不是当初主张自由经济主义者所认为理想的环境。再者,自由经济主义还需要一个自由的国际经济合作。这个实际的条件今日也不具备。国家经济主义,在近三十年来,不但没有衰落,并且与日俱长。而以经济政策做国际政治的工具更是十二分时髦的办法。只就应付而言,旧式自由经济的机构已感捉襟见肘之窘，更说不上积极的对抗了。所以不论就理论上，或实际困难上说，旧式的自由经济主义已走到穷途的阶段，此后一页的经济史恐怕多少要渲染上一层很浓厚的计划国家经济的色彩。

我们并不是说计划国家经济是一剂万应灵药，我们更没有盲目于计划国家经济的种种可能缺点。如果自由主义经济产生种种不公平的结果，压迫与抵抗，阶级的冲突，实际的困难，计划国家经济到它充分成熟的时期，也未尝不可以产生另外一种的不公平，新的压迫与抵抗，新的阶级冲突与新的实际困难。不过这不在我们讨论范围之内。我们所注意者只是，无论为好为坏，国家的经济机能一定大大的扩增。也许各国的情形与程度未必一致，而其趋势恐怕无可否认。

在这新环境之下，我们对于国家的观念当然必须改变，现在的"警察国家"的政治机构必须扩大以应付这新的情况。我们不能预测，我们对于国家的新观念应该如何，因为这要看一个国家的经济机能预备扩充到何程度。极端的情形是一个政府把现在所有私人经营的经济业务一概收为国有经营，于是"警察"的机能乃变为政府机能中很小的一部分，而政府的机构更要大加变更扩大以执行此新增之任务。固然不见得所有的国家都有这个极端的转变，然而转变程度的深浅并没有变更这问题的性质。如果狭义的政治任务是现代国家中心，则将来国家的中心无论在数量或重要上一定是经济。

将来国家的机构有两个主要的问题，一个是执行这些新机能内部本身组织机构的问题，一个是这些新机构相互的联系与这些新机构和现在"警察国家"已有政务机构离合联系的问题。第一个问题，虽然也不是较为容易，而较有途径可循。内部机构的健全，简言之只有两方面。一方面是技术，另一方面是管理。在这两方面，将来政府的经济机构尽可借镜于现在的私人经济组织。如果计划国家经济的规模较小，政府大致要模仿私人企业各种经验上所得的成法。如果计划国家经济的规模大，政府将吸收大部分私人的经济业务。这些私人业务在变为政府业务的时候，把一切技术管理的成法都一起带进去，而变为政府机构的成法。在技术和管理方面，我们不相信政府业务与私人业务有若何性质上之不同。然而在管理一方面，政府的业务确有一个危险。这个危险也就是一般反对国家扩充其经济机能的主要理由，因为没有私人做推动力，政府业务的管理最容易衙门化。这也就是我们所说机构内部问题较有途径可循，而也不见得较为容易者。

这些新机构相互的关系与这些新机构和现在"警察国家"已有之政务机构联系离合的问题是新国家机构改造主要的问题。最简单，而同时也是最不彻底的办法，就是把这些新机构勉强附属于现在"警察国家"已有之政务机构之下。如果计划国家经济的规模甚小，这个简便的办法也许可以勉强应付。然如果规模稍大，则在性质上，"警察国家"本不适应主持经济事务，而在实际上，尾大不掉，一切事务恐怕难于进行。第二个办法便是把新经济机构与现在之政治机构完全分立。二者之间有一个联系的制度，而不互相附属。第三个办法便是根本改造现有的政治机构，举凡现有之各种行政，司法，立法的机构都加以改造，根据着新国家的观念（各种机能重要的比较），以组织成各种新的机构。这三种办法，何者最为适宜却是可以讨论的问题，而各方面的实验也可以给我们以具体的材料。苏俄国家托拉斯的制度与意大利"法团国家"的理论都可以说是在这方面的试验，这些试验是否成功尚有待于时间的证明。然而我们是否能够，就理论上先给上述各种办法以一个论断，是有待有关政治制度者的讨论与研究的。

　　我们近来盛倡经济建国。在这个世界潮流激荡中，我们经济建国的途径，恐怕也多少带有计划国家经济的倾向。我们的国家机构也是一个传统的"警察国家"。如何变更这个"警察国家"的政治制度以成为一个新国家的政治制度，也是一般盛倡经济建设者所应注意之问题。然而在中国，如何使国营经济事业不衙门化，官僚化也许是一个更切近的问题。

物质建设现代化与思想道德现代化

贺 麟

作者根本认为,在今日的中国——抗战建国的中国,厉行现代化实为首要的急务。而"现代化"的含义,我们又嫌一般人说得太狭隘了一点。一般人所了解的现代化差不多就是实业化,工业化甚或机械化的意思。也有少数人在那里谈行政机构现代化的,似乎已经稍微扩充了一些现代化的意义。因为所谓行政机构现代化大约是指行政机构法治化而言。但最令我感觉奇怪的,何以竟寂焉无人在那里谈现代化的思想,现代化的道德?何以很少人倡导道德思想应力求现代化?我并且还要进一步追问,假如思想道德不现代化——单求实业,军事,政治的现代化是否可能?

对于这里所提出的问题,同样的合乎常识,同样的持之有故言之成理的答复,大约不外两种说法:

第一种比较流行的说法,大概是说,人类的思想形态和道德生活乃物质环境的反映和为物质条件所决定。只要生产方式,物质条件一经现代化了,则思想道德即如影之随形,立即不成问题地随物质条件之现代化而现代化了。譬如,"守时刻"便是现代化的道德观念之一。若只是空口宣传人应当"守时刻",实际上决不会生任何效力。但假如有了铁路的物质条件,则人便自然为这铁路所决定而遵守时刻了。因为火车的开行是不顾个人的方便的。不注重物质建设的现代化,而只是凭空去讲思想道德的现代化,那就是陷于主观的空想,不能把握客观实在的说法。

不过这个表面上似乎很动听,而且很切实际的说法,也有不少的困难。即以铁路的例子而论,铁路的管理,全靠人力,假使这些管理铁路的员工不遵守时刻，或不认真管理，则这个铁路，就会常发生误点的事。又譬如，中国有几百万华侨散布在外国，在美国的华侨尤其甚多。这些华侨完全居住在现代化的西洋大都市里，但他们还是供奉的关圣帝君与财神，思想行为可以说是纯全是中国式的。特别令人难于了解何以现代化的物质环境未能如形影相随般决定他们的思想道德。又如现代都市中的阔少，他们的物质生活可以说是早已十足地现代化了，而他们脑子里也许全是些旧式官僚的陈腐思想，一点现代精神也不能代表。况且还有一个比较难于回答的问题：究竟因为人思想上，生活上有了节省时间增加工作效率的需要，才去求物质建设现代化，还是因为物质条件自身自动地便现代化了，于是又由这自动的现代化的物质条件进而自然地又推动了，改革了人们的思想与道德。要解答这些困难，于是有一些揭橥新哲学的人，又提出人类思想一方面是物质条件的反映，为物质条件所决定，但一方面又能反作用物质条件。而这种新哲学其实仍然回到心物交感的旧说。这种旧说，只是一种常识的说法，并没有多少学理的基础。而且这种心物交感的旧说，每每为旧式的神学家及唯心论者所利用。哪知道这种新哲学反堕入心物交感的旧说中。至于物质条件要发展到什么程度，人类思想要被物质决定到什么程度，思想方能对物质条件加以反作用，谁也不能加以科学的说明。其实心物交感说或心身交感说只是一种常识的看法，殊乏科学事实和哲学理论的根据。说有形的物质可以影响或决定无形体的心灵已经够神秘了。说到了某种情形下，心灵又能反作用反影响物质，更是神秘难理解了。所以现在尚没有一种专门科学，能够专研究物质如何决定心灵的事实。也没有一种专门科学在研究心灵如何反作用物质。足见那些闹得甚嚣尘上的物质条件决定思想形态论和那些心灵反作用物质条件的说法，仍不是很科学的说法。说得如果平稳一点，尚可为健康常识所容许。但假如这些本来契合常识的说法，为政治的信仰，主义的口号所歪曲，那就成了一种有作用的武断了。

至于对于我篇首所提出的问题的第二种说法，大概是认为中国自新文化运动以来，语言文艺，思想道德，早已现代化了。现在一般人之注重现代化，皆是思想已经现代化之成效。现时中国所有的这一点现代化的成绩，皆是前一时期思想道德现代化的产物。因思想学术的现代化总是预为物质建设的现代化奠立基础。清末人所提出"中学为体，西学为用"的主张，实即是单求物质工具的现代化，而不求思想道德之现代化。其所以终归失败，即由于不明了体用之合一而不可分性。"体"的方面，若没有现代化的思想道德以植之基，则"用"的方面，徒生硬地输入些现代化的物质工具，也绝不会消化利用而有成效。离开思想道德的现代化，而单谈物质工具的现代化，便是舍本逐末。

　　平心而论，这种说法较之前一种说法，其合于常识，合于事实，恐只有过之无不及。我们虽指不出持此说的代表人物，但我想这应是大多数提倡新教育，新思想，新道德，新文化的人所隐约抱持的见解。因为如果照极端的下层决定上层，物质条件决定思想道德的人的说法，则我们所有这些学术机关，文化机关，皆可一律改为工厂，改成实业机关，而将所有的一切学术文化，思想道德完全听凭物质环境，经济条件去决定好了。因为我们可以不必从学术或教育下手以求思想道德之现代化，只须从物质生产之现代化着手即可决定思想道德使之现代化，岂非一举两得（单求物质生产现代化，而思想道德亦自然随之而现代化，故曰一举两得），事半功倍吗？然而事实上这些文化学术机关既不能改为工厂或实业机关，而且这些学术文化机关有其特殊的工作，独立的使命，亦非经济实业所能决定，所能代替。反之，认为学术文化思想道德之现代化，完全应从学术文化思想道德之本身着手，决无其他捷径，乃是这些从事新教育和新文化运动的人的共同信念。而且这些倡导物质条件决定一切的人，每每并不是现代化的实业家，经济家或工程师，而大都仍在那里从事思想改革的工作，在那里用此派的思想去推翻彼派的思想，以图改变青年的思想。足见他们口头上虽在说物质条件决定思想，而他们事实上所作的工作，仍然是以思想决定思想，以思想影响思想的宣传工作，而不是以物质条件决定思想的经济实业的工作。

　　据我所知道，持思想道德为体，经济实业为用的说法，对于现代的经济实业或资本主义思想道德的背景或基础，给以充分的理论发挥和事实根据的人，当推德国新康德派的大社会学家韦巴（Max Weber，1864—1920，著有《宗教社会学》及《经济史》等巨著。英人R.H.Tawney所著 *Religion and the Rise of Capitalism* 一书，其内容几完全为韦巴之 *Religionssoziologie* 一书的撮要报告）。我愿意先约略介绍韦巴的思想，然后再加以批评。韦巴认为近代的资本主义乃建筑在一种"职业的伦理"上面的。所谓"职业的伦理"或资本主义的精神包括有下列各成分：一种以正确的科学原则为根据的合理组织和管理的经济企业，为市场销售而生产，为民众，为社会而生产，为金融的目的而生产，须有最热心，最有道德，最有效率的劳动，也就是一个人完全尽忠于他的职业的劳动。

韦巴指出近代资本制度所包含的心理的和生活的态度，可用近代资本主义的精神的建设者佛兰克林的许多名言作例证，如："时间就是金钱"，"信用就是金钱"，"金钱生金钱"，"尊重秩序，信实，勤勉，效率，真诚，确实和公正，系在任何领域，特别通商的领域成功所必不可少的条件"。如果没有类似佛兰克林所提出的这些思想和道德观念，近代资本主义恐怕是不能实现的。近代资本主义的发展，足证这些观念早已灌输到西方社会和民众心里了。

韦巴进一步指出，这些代表近代资本主义精神的职业伦理发源于路德，和喀尔文的新教，和新教中的经济伦理。韦巴认为近代资本主义的精神，就是新教及其行为的规则和实际的伦理精神。当近代资本主义未发生以前，这种精神已经在新教的田园里预显着，养育着，预备着了。换言之，资本主义的精神在资本主义之前发生。任何经济组织的产生，必有思想或观念的因素为之先导，为其决定成分。韦巴列举新教为近代资本主义奠立精神的基础处，他说，新教把人类的生活大规模地转变为合理化；新教对于世界的职业给予伟大的伦理的价值，新教崇拜劳动；新教首先提倡个人对于自己职业的工作有秩序的，忠实的，热心的操作，应把它当作自己的神圣职务，使人放弃纯粹的遁世思想，而回头注意人间的而且是宗教的职务；新教又复鼓吹老实地赚钱，乃是上帝所嘉许的活动。简言之，资本主义的精神，本质上即是新教的精神。韦巴又举了许多统计事实以证其说。他指出自宗教改革以后，经济上居领导地位的国家，就是新教的国家（如荷兰，英国，美国等）。至于天主教或非新教的国家，则特别落后。因为新教的"经济伦理"的教育和对于人民的训练，目的都在于使他们适合于资本主义的经济。新教的精神对于灌输那建设和管理近代资本主义的企业所必不可少的习惯和生活方式比较成功。据韦巴所得的统计材料，德国皈依新教的人民在经济上比非新教的人民占优胜。而且他们的子女进实业和商业学校的百分率也比较高些。新教徒如法国的 Hugenots、英国的 Quakers 等，虽备受旧教压迫，但在工商业下却大显兴盛。即在天主教徒素是富裕阶级的国家里也赶不上多半由较贫穷的阶级募集而来的新教徒。

总之，韦巴的总结论，是认为近代资本主义的实现，并非由于物质的自动，经济的自决，乃凭藉许多理智的，政治法律的，精神的，道德的，宗教的条件而成。他叫做"合理的长时间存在的企业，合理的簿记，合理的技术，合理的法律，与夫合理的精神态度（Gesinnung），生活态度，和合理的经济道德"。

从我们现在看来，韦巴立说也许太偏，他所举的统计事实，也许不尽可靠。但他却至少指明了实业经济的思想与道德背境，他并且昭示我们近代资本主义乃是宗教精神与经济企业合流的产物，换言之，以宗教精神去发展实业，去创造物质文明，才会产生近代的资本主义。至于他所说新教与经济发达的关系也并不远于事实。即以中国而论，职业学校最初大都为教会所办。教会学校出身的学生，从事医工及商业的人，恐怕也要多些。又如相信耶教回教的人中，从事工商业的人比较多；相信佛教道教的人而从事工商业者，似乎异常之少。而传统儒教中人，大都以耕读传家，农业者占绝大多数，而工商业者比较少。足见宗教和宗教的伦理，对于经济实业的影响，实异常之大。所以，根据韦巴这种说法，要想产生现代化的经济实业，不仅须先有现代化的思想和伦理，且须先有现代化的宗教为前提。

至于韦巴学说的困难，据我个人意见，至少有两点。第一，他太偏重新教对于近代资本主义的决定力量，几乎有替新教作宣传的嫌疑。他把近代资本主义的发达，完全归功（也可以说是归罪）于马丁路德及喀尔文等少数宗教家，未免太抹煞了许多大发明家，实业大王，科学家，政治家，思想家等对于资本主义的贡献。这与把中国近年的现代化的建设归功于少数新文化运动的领袖，把欧洲的大战，归罪于达尔文的进化论和尼采的超人哲学，皆同是无甚意义不合事实的说法。

第二，韦巴只是就事实立论，未能指出思想伦理与经济实业的逻辑的必然关系，既就事实立论，则新教的经济伦理影响经济实业的发展，与经济实业对宗教改革的影响，和伦理思想的变迁，均同样地是摆在眼前的事实，韦巴如果取忠于事实的科学态度，就不应偏重一面，而完全抹煞其他一面。

根据对于上面两方面的批评，我愿意简略地提出一些中和的见解如下：

一，就事实言，也可以说就常识言，但不能认作科学的理论或哲学的学说，经济实业可以影响（不必用"决定"二字）思想道德，思想道德亦可影响经济实业。但被动的为经济所影响的思想道德，非真正的有意义有价值的思想道德。反之，为思想道德的努力所建设的经济实业，方是真正的经济实业。不然，未经过思想的计划，道德的努力而产生的物质文明，就是贵族的奢侈，贪污的赃品，剥夺的利润，经济生活的病态。

二，就哲学理论言，精神与物质乃同一实在之两面，经济实业与思想道德乃同一社会生活之两面，不能互为因果，互相决定。为研究方便理论系统计，可以说，心为心因，物为物因。思想决定思想，经济决定经济。哲学家不能解决经济实业工程方面的问题。实业家也不能解答哲学上的专门问题。即普通所谓桃树不能开李花的道理。一个哲学思想可以使国富民强，一个实业建设可以产生伟大的哲学体系，皆是不可能的奇迹。

三，就思想与道德的本质言，思想为理性的规范所决定，而不受物质条件的决定。为物质条件所决定的也许是感觉，意见，情欲，而不是理性的思想。真正的道德行为乃为自由的意志和思想的考虑所决定，而不受物质条件的决定。为物质条件所决定的行为，只是被动的，茫昧的，奴役的行为，非真正的足以发展个性，扩充人格的道德行为。

四，就经济实业的本质言，经济实业乃道德努力的收获。德哲 Munsterberg 说实业乃是一种 ethical achievement，实值得我们深长思虑的不易之论。

五，就学术文化的提倡言，各部门的文化学术事业均应分工合作，各自分头去求自己所从事的那一部门之现代化。实业经济应现代化；军事政治也应现代化；思想道德也应求现代化。各人要站在自己的岗位努力从事于本分内的工作现代化。军事家实业家不必坐候思想道德现代化以作指导。思想家科学家也不必企望以经济实业的现代化来现代化青年的思想与道德。

集权与民主
——一年来国内政治的动向

王赣愚

近一年来，中国政治可说是朝两个方向走，一面力求事权统一，指挥灵活，以期增进行政效率，适合战时需要；一面又积极团结全国力量，使人民有更大之自由，与更多之参政机会。前的倾向，姑称之"集权"；而后的倾向，则称之为"民主"。为抗战要实行"集权"，为建国要促进"民主"，这中间存着绝对的联系性，丝毫没有冲突。战时需要强有力的政府，而强有力的政府，又不能不有人民力量为其后盾。所以我说"集权"与"民主"，在此时似相反而实相成。抗战第一期中，这两种倾向，大体上已经同时出现，但到了最近一年，更有显而易见的进展。

试先言"集权"。

蒋委员长对于第二期的抗战，有着极重要的指示，这就是"政治重于军事"。在第一期抗战中，因为政治与军事脱节的关系，使战局发生于我不利的变化。因此近一年来，我们当局从事推动政治赶上军事。其实，战时所谓"政治"，首重行政，而行政如何能与军事配合，这是当前待决的问题。国家在战时行政上，贵乎求权力之集中，及行动之敏捷，以谋应付急变。欲达到此项目的，第一必须调整机构，第二又必须改善人事。机构与人事，二者宛如形影，机构如果健全，人事便易于改进；同时人事完满，则机构能运用自如。这几乎成了一定不易之理。

关于机构的调整，在抗战之始，中央已着手进行；而最值注目的，是二十七年一月中央行政机构上的调整。行政院各部会及军事委员会各部会，均已合理的归并，职权的淆乱似不如从前之甚。表面上，党政军之间，虽有密切的联系，但尚未能融成一体，以致促成战时机构的不紧凑和不灵活。到了二十八年年初，我国又进入党政军大整理的时期。此时召开的五中全会，议决在抗战期间设置国防最高委员会，统一党政军之指挥，代行中央政治委员会的职权。就组织上言，该会以国民党总裁任委员长，以五院院长，外部部长，军委会正副参谋总长，及中央常委三人任常务委员。就职权上言，中央党部所属的各部会，以及国民政府五院军委会所属的各部会，悉归国防最高委员会指挥；而且这个新设的机关，为企求机构的灵敏，效率的增加起见，对于党政军一切事务，不必按平时程序办理，得以命令便宜行事。国防最高委员会之迅速设置，实为一年来我国政制上的最重要改革。抗战已到了第二时期，领导国事之首脑部分，自应充分发挥效能，以便当机立断，应付一切。国防最高委员会，系顺应这种需要而产生。就其人选及组织观察，确能加强党政军之密切联系，而使整个国家机构非常强化。这是值得我们称道的。

二十八年"集权"的趋势，又因领袖地位之增高，更得健全的进展。军事最高统帅，本早为军委会的蒋委员长；自廿七年四月临全大会修改党章，设置总裁后，党权又因而集中于其身。翌年，国防最高委员会成立，复以总裁当然为其委员长。本届六中全会开幕后，蒋委员长不辞艰苦，又兼任行政院院长，于是党政军三者均在统一指挥之下，各尽其抗战之效能。不过，从另一方面观察，现阶段政治上，还存着一个莫大矛盾，这就是党政军人大权已高度集中了，而中央政治机构虽迭经调整，仍是重复零乱，其流弊则职权相混，责任不明。欲彻底实行集权，似不能认现行机构为已完满。本届六中全会又通过"加强中枢机构"一案，规定社会及卫生署改隶行政院，贸易自成为一部，农林水利亦成一部，这是调整机构上的再度企图。坦率地说，现行中央机构为求全计，仍有彻底改革的必要。过去情形不必讲，最近一年来政府新添机关甚多，其组织似乎一样重复，其职权似乎一样矛盾，我们只希望在新年的开端，当局正名敷实，再加调整，以收政令统一之效。

以上所论，详于中央而忽于地方。然行政集权之趋势，近一年来在地方也有具体的表现。譬如行政院议决《战区各省省政府设置行署通则》，许战区各省于必要时设省政府行署，以省政府委员为主任，下设秘书，政务及警务三处，或其中之一，或二，以代行省政府职权。再如政府为统一职权及增进效率起见，曾经通令规定各省行政督察专员，一律不兼县长，但仍应兼任区保安司令；专员公署与保安司令部，向系分别设置，近已由院核准合并组织，又如行政院颁布《战区各县县政府组织纲要》，赋予战区各县县政府以便宜行事之权。总之，抗战军兴以来，战区日益扩大，各地方行政组织，势须重加调整，适合战时需要。至于县以下行政机构之调整，近一年来当局亦曾有整个的筹划，国府于九月十九公布《县各级组织纲要》，将来如能实行，则基层组织必更臻健全，这是毫无疑义的。

其次，机构虽然迭经调整，但人事还未满人意，亦为行政效率的障碍。在此战时，政府在积极方面，固应厉行考试制度，罗致全国人才，共商大计；但在消极方面又当铲除不良政风，惩治贪污失职，以提高行政效率。关于战时人事的调整，在这一年内，除考试院举行高等考试外，中央社会部又居然发起组织所谓"战时人才调济协会"图谋"解决战时人事配合问题"，俾使"人尽其才，事尽其功"之效。这一措施确实适合机宜的。至如严惩贪污一端，政府迭经三令五申，对于违法失职官吏之惩罚，多较原有刑法惩戒法为严。国府于二十七年六月有《惩治贪污暂行条例》的颁布，在近一年内复屡次下令整饬吏治，告诫公务人员，务各"尊重法纪，砥砺廉洁"，足见当局在抗战期间仍不忘培植政风的重要。此外，同年十一月间，国府又颁布《公务员服务法》代替旧有的《公务员服务规程》，这一类整饬吏治的法令能否生效，当然只有看政府有否切实执行的决心。要使政治能赶上军事，我们非从改善人事入手不可。因此我们希望自二十九年起，当局能在这一方面雷厉风行地做去，这样对于政治的推进，定有很大裨益的。

再言"民主"的倾向。

近一年来，全国上下，都在力求加紧政府与人民间的联系，使政府法令得以更迅速更切实的执行。欲如此，则设置民意机关，是急不容缓的。原拟召开的国民大会，因抗战军兴而延期，乃于抗战周年纪念之日，成立了国民参政会以为战时之民意机关。这个机关非但能在此时收集思广益之效，而且能在此时能替国家树立民主政治的规模。在现制下的国参会，姑不问其产生方式如何，也不问其职权大小如何，如果人选得宜，运用稳当，亦可使政府与人民由此溶成一体，开政治统一的新局面。

国参会第一次大会的最大收获，是使《抗战建国纲领》得到全体一致的热烈拥护，表示我们的统一，加强我们的团结。第二次大会在这项纲领之下，更进而注重各项实际问题，结果也很圆满的完结了任务。近一年来国参会任期延长，又开过两次大会。在第三次开会时，是值得注目的，是若干参政员的"确立民主制度"的提案。此项提案内容，共举理由六点，共举提议三点，而其结论则主张改善增强现有的国参会，使能代表人民为民的机关，并用渐进的方式，使之具有监督行政的权利。在这次大会闭幕词中，议长蒋曾指示民主政治的三大要义，实为中国政治史的重要文献。第四次大会对于我国政治的推进，也有伟大的贡献。这次通过要案多起，而尤其重要的是"请政府定期召集国民大会，制定宪法，实行宪政"。召集国民大会一案成立后，即由议长依照该案所定办法，指定参政员组织"宪政期成会"，协助政府促成宪政。

建国在抗战中开始，而实施宪政是建国必经的途径。中央体悉舆情，毅然采纳国参会的宪政议案。依照六中全会议决，国民大会召集的日期，已定为二十九年十一月十二日，其任务为制定宪法，并决定施行日期。国民大会原来因为抗战的展期，现在又因抗战将成长期局面，乃决不再事迁延，致违众望。在抗战期间召集庞大会议，本是十分困难；幸亏国民大会代表，在民二十五六年已由各省市选出了四分之三，其余四分之一现在仍须续选。此中纵然有若干难题，然当局果真处以至公至诚，则亦不难迎刃而解。照此看来，在既定期间内，各种选举当可赶办完竣，最重要的还是尽量纠正两年前选举所患的弊病与缺点。

这一年来国内的"民主的倾向"，又由各省市参议会的成立，而更充分地表现出来。二十七年九月间，国府颁布《省市临时参议会组织条例》以后，即通令各省市定廿八年一月一日为参议会成立的日期。在此短促时期中，许多省份或因情形特殊或因筹备不及，未能如期设立。但在这一年内，各省市无不积极筹备，以符中央期望。直到现在，各省市参议会已经成立者，计有四川、云南、贵州、湖南、湖北、浙江、福建、江西、安徽、青海、广东、广西、河南、陕西、山东、甘肃等十六省及重庆一市。省市参议会，就其目的言，与国参会相仿佛，是国民政府在抗战期间为集思广益，团结全国力量而设。该会虽不能与普通省或州议会相比拟，但在此时却算是我国促进省（市）政兴革的民意机关。就其职权上言，对于施政方针行使决议，建议及询问三权以外，省市参议会对于未经省市政府执行的议决案，如经次期集会三分之二维持原案或修正原案时，还有权督促省市政府付诸实施（除呈经行政院核准免于执行者外），这种职权为国参会所未有，如果运用适当，定会发生很大的效能。

然而，有些人对于地方参议会的设置，自始就发生了疑惑，以为在此战事紧急时遍设民意机关，不但有碍事权集中，且会惹起意外纷扰。我们看法却不尽如此。战时固不必添设旁枝机关，但绝不可缺乏沟通人民与政府的民意机关。在现制下，省（市）是地方机构的最上一级。国家许多建设事业，实际上必须听各省擘画推行，而中央干涉权亦有其相当限制。省市参议会适于抗战第二期中筹设，其职务之重大，当可以想见了。从经验上说在近一年内，各省市参议会，对地方当局的施政，随时兴开，已能使法令与实情融会贯通，溶成一片。我们敢信这个组织对抗战建国工作，均有莫大的帮助。

综上所言，最近一年间，我国政治在"集权"与"民主"交流并进中，确有着飞跃的进步。"集权"与"民主"虽似是两种不同的倾向，但到了战时未尝不可相辅而行的。二年多的抗战经验告诉我们：抗战需要"集权"，又需要"民主"，而"民主"也只有从坚决抗战中，才能容易实现。当然，这一年来，我们在政治上之所以能有这样的进步，无疑的是由于国内统一与团结的形成。统一与团结，虽早已实现于抗战之始，但当时还觉不够，随着战局的演进，我们仍在企求意志之齐一化，行动之纪律化，今后果能不断地向着这一方面迈进，政治与军事配合问题，在以后是不难解决的。

戏剧与批评

柳无忌

话剧的兴起,在中国文坛上仅有短短的一二十年历史,实际上剧团的组织,话剧的表演,观众的普及,更是晚近的事。在抗战前几年始,做出一点成绩来,话剧从旧剧中解放出来,它起始自书本搬到舞台上去,有一个职业的根蒂,得到了群众,抗战就来临了。但是这个神圣自由之战,并没有扑灭了正在滋长中的话剧运动,为一股热烈火焰所激动的青年,他们在抗战的旗帜下拥戴着剧运向前迈进。抗战的戏剧繁荣起来了,它大量的产生着,普遍的演出着。这似乎是一个奇迹,但实在也是自然的趋势。它充分的表现出戏剧与社会的密接。一方面,话剧的历史尚浅,另一面,话剧的前途又无限量,所以我们需要一个正确的批评标准,作为写剧的基础,作为指导剧运的南针。这个标准可以在戏剧与人生的关系中寻求出来。

先从人生与文学说起。英国批评家亚诺德曾有过一句话,诗是人生的批评。诗既如此,其他文学何独不然?这句话的至理,在于把平常我们所认为文学乃人生表现理论,更推进一步。……文学不仅反映人生,更从而批评之。这是我们希望文学所做的一种积极工作。我们希望将来要到一个地步,使文学不可离人生,人生不可离文学。后者似乎不是普遍的现象,有许多人们对于文学无缘。让我们这样说吧,这是他们自己的缺点,生活上的一种遗憾;而且,倘使那些人能够培植一些文学的修养,他们的生活将更丰满,他们的人生观将更完备。同时,我们看见相反的有一班爱好文学之士,他们不嫌文学无功无利,最多不过是一个虚名,却仍旧执诚从事于创作,这可见文学有其迷人的魔力——这吸引力的起源即是因为文学与生活有紧凑的关系。

文学中最接近人生的多方面的是戏剧，戏剧最适合于人生的批评。戏剧为什么能亲近人生？要明了这点，先应明了戏剧与其他文学的区别。简单的说，戏剧不同于小说诗文，因为它不仅是写着，读着，它是写着为演出的。一部成功的剧本，一定可以在舞台上排演。倘使戏剧而不能表演，它是诗剧，它属于诗曲之类而不属于戏剧。剧本的上演是戏剧最大的显明的特点。戏剧是动作，其他文学仅是动作的描写与叙述。希腊人明乎此理，其中言"戏剧"的意义就是"动作"。在剧台上许多人演着，动着，说着，那不是动作是什么？读小说史诗时我们用脑眼想象动作，观剧时整个的动作显现在我们的眼前，举凡演员的一步一语，都直接的感应在我们的神经系上，当然我们倍觉戏剧的亲切了。戏剧还有一个特殊的地方，它是用全部对话构成的。在近代小说中，对话亦占重要地位，但不比戏剧那样没有对话不能成戏。对话在剧中可分为独白，谈话，及对话，此外尚有实白等等，可谓极尽变幻的能事。在台上每一刻有对话，有动作，戏剧真可称为动的文学，好如其他种文学均是静的文学一样。古代有行吟诗人，史诗与歌曲都是朗诵的，现在连吟诗的风气都要提倡，由于印刷的发达，有许多人是看诗而不读诗的了。再说，戏剧是合作的文学，不同于诗歌小说是个人的文学。此种合作的精神在演戏时完全表现出来。一个剧本的演出需要各方面的人才，作者，演员，导演，化妆员，舞台监督以及许许多多的次要的帮忙人员。排戏本身即是一幅人生的写照，热闹闹的，乱哄哄的，充满了社交的意味，这与小说诗歌仅限于作者的摇头弄笔，或工人的机械式的排字，校对，装订，不可同日语了。

　　在动的合作的文学中所表现出的，乃是活跃的人生。固然，这人生只能是一小部分，或可以为人生的剪影，但伟大的戏剧往往能得其精髓，肖其轮廓。而且，剧作家可以寓表现为批评。一位风景画家从多幅自然的景物中选出一幅最美丽的图画，绘描在他的画布上，同样的，一位有天才的剧作者知道如何从人生万千的变幻及错综的关系中取出一部分最精彩的动作，搬演在剧台上。这个人生的故事，由于取材的得当，编排的巧妙，会昭示出事物的因果，环境的影响，人类的接触。莎士比亚以为演剧的目的，自始至今，乃是为自然写照，自然即是人生；同时，戏剧更须表现德行的相貌，卑鄙的印象，这是我们所说的人生的批评了。

　　戏剧与人生的联系明白后，反过来看，我们亦应以人生批评戏剧。我们要重新为剧评估一个价值，定一个标准，而人生即是评剧的大好标准。这意见并不新颖，却是切实。在历史不长的中国的戏剧运动中，我们尤应找出这样一个评衡的理论，作为戏评的出发点。当一个观剧者看完一出戏后，他不必问这剧是否合于批评家的规律，或名作者的模范，他不必兢兢于戏剧的历史及理论，他应当用一种常识的态度问着：有多少真实的人生在这剧中？是怎样的人生？是怎样的社会意义？从这些问题的答复中，剧本的价值估定了。

普通的说，我们可以从三方面把人生作为戏剧的评衡：一，剧情；二，人物；三，对话。这三者是构成剧本的要素，是批评时所不能不顾及的。希腊大批评家亚律士多德说得好：故事是戏剧的灵魂。可见故事在剧中的重要。问题是：哪样的故事经得起人生的批评？浪漫的时代过去了，新浪漫剧的复兴仅是昙花一现。现实的生活是如此的逼切，它不容许人们再徘徊于过去的追恋，神奇的迷惑中。就是浪漫的故事也得合于现实的条件；就是历史的演出也得适应今人所知道的过去生活。剧作者运用想象力构造一个故事，可是他的剧情必须仿佛现实，使观众看了不觉其真假，暂时消失疑惑之心，以为实在是一片千真万确的人生。剧情而能引起这样一种真实感，让人们对于生活有新的观念，新的刺激，新的疑问，那么这剧已是相当的成功了。

从西洋戏剧史上看来，描写人物的演进有三个阶段：最初是英雄式的人物，然后有理想的以至现实的人物。古代希腊剧中的人物是如此进化着，近代剧中的人物也是如此。到了最近的几十年，在自然主义的熏陶下，剧中的人物除了少数例外，可说是完全为现实所支配。芭蕾有新浪漫主义的色彩，奥尼尔回到希腊三部曲的作法，但是他们所表现在舞台上的角色还是活泼泼的二十世纪的男女，或少数十九世纪末期所剩下的老前辈。中国的话剧是一个新兴的产物，它没有传统的观念，它当然更应把现实的人生作为基础，描状着一群新中国的典型人物，但是我们不能把典型与公式相混，我们的人物描写绝不可公式化，以至于千篇一律。这类的人物是死的，木乃伊式的；而我们评剧的标准要求有活的多方面性格的人物。剧情既然要确肖人生，剧中人物亦常从真正的人生中找出例子来。

倘使故事是戏剧的灵魂，人物是它的躯体，那么对话是它的服装。躯体应该是灵便的，活动的，服装呢，却不可过事奢侈，因为华丽的服饰反不自然，徒有其外表。戏剧对话的用韵正如女子穿高跟鞋，走起来有节奏，神气活足，然而太矫揉造作，妨碍着行动。无韵体在现代剧中亦不多见，仅是少数人为满足一己的兴趣而写作。所以戏剧回到了它自然朴素的服装，日常的语言。现实的人生与活的人物，需要一种日常的对话，每天所说的听到的言语。但是我们要避免一般的误会，以为剧中的对话可以随便写着。好像服装虽应朴实，但亦需合于身段，不能太长或太短，太肥或太瘦。对话亦是如此，它应该适宜于每个人物的个性，恰如其年龄，地位，及环境。戏剧家辛基为描写爱尔兰的农民生活，在当地的群岛上住了多时，学习一切人情，风俗，语调，然后他的剧本达到了一种真实的人生味儿。这是普通对话的效果，说话应有选择，经济，提示力，这几点自易卜生以来已成为剧作家的天经地义了。

戏剧与人生的关系既有定论，它对于社会的影响亦是很大，所以它有宣传的力量。因此我们不得不谈到戏剧中艺术与宣传的关系。一部剧不必在技巧上有相当的成就，因其艺术的完美，始能有宣传的功用。谈剧不能不谈其技艺。好似木工，铁匠，厨子等行，各有特殊手艺，剧作家也独自的有他的技艺。写剧并不是容易的事，但也不是困难的事。不容易的地方，是因为这是专门的工作，不是轻率从事，一举成功的；不困难的地方，是因为如果作者能有相当的练习修养，熟谙技艺后，即可运用自如，随心所欲。近代剧作家如易卜生，萧伯纳，都是造剧大匠，他们虽不重艺术，而他们的剧本已是无上的艺术珍品了。

艺术是文学创作的首要条件，但是技巧的熟练不一定能使作品伟大，一部有价值的名剧，是含有其他重要因素的。十八九世纪欧洲各国有所谓"好剧本"出现，其所谓"好"者，即指舞台的技巧方面：动人的故事，巧妙的结构，有趣的人物，轻松的谈话，在演出时无一处不使观众得到满意的娱乐。然而戏剧的目的，不只是娱乐，戏剧的价值不仅在艺术，唯美论已成为过时的文学理论，为艺术而艺术的学说更不能引用于人生批评为出发点的戏剧。戏剧固然是一种艺术，但亦有它对于社会的功用，它是一种宣传，但比其他文学更有宣传的力量。依照萧伯纳的看法，剧台只是一个讲坛，在那里借着剧中的角色作者现身说法。其实剧台比一个传道师的讲坛更能号召和影响着听众。戏剧寓教训于娱乐，它有浓厚的兴趣，使观剧者在不知不觉中受着感动。它引起同情或厌恶，愉快或悲哀，恐惧或怜悯。在听众心弦上所激动的情绪是不可磨灭的，它如一颗种子，将有萌芽的日子。在剧台上演员的一举一动酷如人生，有真切之感，较他种文学之仅凭藉想像者有更大影响。戏剧的宣传普及于一般大众。不好文学的人们能欣赏剧本的演出，即是目不识丁的群众，亦能为戏剧所激动而或涕泗横流，或放声大笑。无怪乡下人见了剧台上曹操那样的奸相，误以为真，要攘臂而起，扑除国贼了。

　　这种宣传的潜力我们要好好的利用：在抗战时期戏剧已成为有力的宣传工具。我们看了一张标语，只觉得白纸上几个黑字，过目即忘；看一幅漫画或木刻，有时会思索一下；看一篇小说或文章，在脑中起一点感想；当我们看到一部成功的剧本在舞台上演出时，因为这是真实的人生的片段，能得着深刻的印象，永远的存在心中。凭着这个理论，我们应该鼓励抗战剧的写作及上演，我们亦相信剧本的技巧与内容有同样重要。有了好的技巧，始能得到最大的感动能力，最有效果的宣传作用，在抗战期话剧的兴起不是偶然的事件。从话剧的最初阶段，我们已渡到一个过渡的阶段，抗战给了它新鲜的生命，热诚的激动，确切的目标，前进的方向，只要我们能坚强地把握住戏剧与人生社会的相互关系，我们可以断定的说，待他日胜利的光明来临时，我们将见剧运领导着其他文学走入一个伟大的时代。

鹿 泉

亦 此

　　一九三七年，抗日战争爆发以后，第二个月的一个黄昏，我和我的三个准备投军的伙伴，同在正太路获鹿车站候车，打算穿过太行山的有着不调和的轻佻名字的娘子关，然后转到荒山重叠的晋北去。

　　像候车人空落无着的头脑般的，又干枯又冷漠的赭紫色的烟霭，玻璃框上下品的西洋画里的云彩似的，拉成单调的平行线。棱角嶙峋的获鹿山，背依着露水光色的天空。车站外参差的黄草和已经摇落的洋槐跟榆树林，翘出槎桠的枝干和茎子。原野被高粱的残茎和起了红斑的大叶子铺满，到处是褐色的。车站外面新修的公路翻起新鲜黄土。为防空壕挖起的土所污染了的小票房，显得残破而且荒凉。

　　单薄的衣衫，已耐不住晚来的凉气。我和我的伙伴志伟肩头靠肩头，缩住脖子抄着手，坐在我们共有的相当大的行李卷上！那是我们从他家里裹带出来的——另外的一对爱人，在月台木栅旁挤在一起，低着头，又走又谈。在危急中才感到爱人们是自私的。

　　由保定府逃难来的一些难民，大半还是逃难得起的。等车已等得麻木了似的，和行李的堆垛挤在一起，东倒西歪的。由各别的堆垛便可以分别出是各别的家庭。婴孩们无声地吮着母亲特别留心掩盖的奶头。细颈流鼻涕的小姑娘，猫似的偎在大人的衣襟后面。

　　车因了石家庄的轰炸，已一昼夜没有消息。

　　一种茫然的哀愁融在黄昏里。

　　此地离目的地还有六百多里。夜里也许还没有车来，有车也未必允许给我们坐。或者人们一高兴也许把我们这流亡客扣留……我们不愿想这些，因为它只会破坏我们底憧憬的。可是这时候，我们除掉这肥皂泡似的憧憬，连肚皮也还空着呢。

"你会骑马吗？"我的伙伴，咋了咋嘴，短的眉梢又拖向下了。因为两颊的陷落，门齿更显得伸在唇外了。他似乎漫不经意地问我。

"会的。"我说，"小时候，在家里放牲口，常骑马！"

"那好极了。"他有些羡慕似的，眨着眼，睫毛在昏暗的幽光里闪动着。"可惜我不会，打游击要骑马。"

"只要有马，放开胆子学便会，没有三天'力把'。"

"学一学的。"他肯定的说，"……把枪横在肩上，扯起马嚼，两脚一踢马肚皮，爬上太行山，再爬上那狗头八怪的石峰，往下一看，一片平原，绿油油的青纱帐，那就是我们的老家……"

他中止了说话。我虽然没有看他，却感觉到他的脸色如同晚间的棉花瓣似的又并拢了。他分明又想起沦陷了的家乡，和不知所测的女人和妹妹。

天色越发暗了，山背后晕起胭脂色的边缘，山似乎伸直了腰，巍然的站在我们和山西之间。

山头上空闪着银色的星。

"你从前来过这里吗？"我问他。

"来过，同小朋友们来逛过抱犊山，鹿泉。这里名字叫获鹿县。"

静谧往往使受难者特别难耐的，秋，给人们添重了凄怨。我很想听听足以配合这情调的故事。我的伙伴，不等我请求便开始了：

这当然是本地传说——从什么时候起呢？你知道《封神榜》上的王翦吧？

大概那个时候的浮沱河比现在又宽又大。王翦率领着秦国的"上地兵"，"上地兵"也不知道是怎样一种兵，出了井陉口——那便是现在的娘子关了，到了这些山地，秦国的兵是如何利害呀，土黄色的牛皮剪成椭圆形，披在肩膀上，心上和大腿上，走起路来，两边歪拉着，披着长头发，一只钢箍，按着一朵鲜红的毛缨，毛胡子长长的。将军坐在宽宽的战车上庙宇里的泥胎一般。牛皮甲上铜瓦磨得透亮，铜盔的飘带盖到肩头。红缨子特别大，他们手里拿着超过人三倍长的铜枪，还挎着真正牛筋的弩弓。

那就是王翦的军队了。当然这一带的老百姓不曾见过这样的举动。车夫怪声怪气地喊着马,老总们说话是听不明白的。人马过处,老百姓们认作是上国兵将。老头子们,由乡愿领头,拈着白髭须跪在大路旁,而且吩咐老婆子在家里杀鸡煮饭。穿葛布的年青的男人们,远远地站在村外看热闹。少女们互相扶着肩膀惊异地交头接耳,呆呆地露着傻笑,蹴着黑褐色的赤脚。

大将军到了,那就是王翦。车夫用威风的吆喝止住了披着牛皮的六匹马。王翦声色不动地,像二郎庙里的杨戬的扮相,眼珠转动了。从跪在路旁的白鹤行列般的俯在地上的老白毛们身上扫过,一下就盯在正在呆看他的一群姑娘身上。他的下巴上疏朗的黑须飘拂着,他嘎巴着馋嘴。

一个高身材长颈子的姑娘,是乡愿的女孩,潭水似的大眼睛,发着惊骇的光辉,她的小鼻翼煽动着两颊绯红。在右耳上的发环也抖动起来。她发现了大将军刺人的目光。

大将军吩咐把帐篷扎在乡愿的门前。夜里有人看见大将军的帐篷里,点着百十支牛脂瓦灯。昏黄的灯头飘荡在蓝赭色的油烟里,照着帐外多蜡质的白杨叶子,草木向帐篷里探着光辉闪烁的头,雪亮的剑光就在烟雾里闪动着,向帐外的荒草上撒上寒森的影子。

大将军的紫红的脸庞,醉眼迷离地贴紧了那个女人。蜡白的面颊,眉头紧皱着,口唇半开,她就是那高身材长颈子的少女。大将军左手撑着宝剑,面前跪着一个褐色白头发的乡愿,两手伸向大将军。——别的事,据说没人知道了。

第二天早晨,露水浓重的草茎上,铺着碾碎了的鲜草和马粪,车辙和人的足迹。村子里扔满了鸡毛和混了土的五谷。一条山沟里的草皮上,还冷落的丢着一条年轻女人的包头。山后听得见女人的哭号,老乡愿站在田埂边叹着气。朝日透过的白雾闪出刀光枪影,山谷回响着人喊和马叫。

时间过去,老乡愿每天早晨爬到山岗上,在雨季里,在风天里,在衰草蟋蟀里,他顺风望着远方,那广漠的扫着天边的草原哪,可是女儿没有消息,野兔们大胆的翘着后脚在山坡上跑。

冬天到了,白雪隐迷了山的起伏,水的流动,茅屋也被掩盖起来了。草黄色的豺狼在到处寻求着吃食,白发乡愿的黑色的衣服飘荡在雪盖的土岗上,还是天天如此。

一年年的过去,乡愿的头发更白,脸相更瘦更老了。两颊都耸起胡桃纹的褶子。可是他还是天天到土岗子上去。

并且，他还常是带着一个十岁左右的小姑娘。小姑娘仿佛生成的敏感的性质。她不爱笑，有一双潭水般的眼睛，瘦削的身材，颈子长长的，像她的姑姑。老乡愿每每出神于这小孩子的酷肖的时候，他便眼泪汪汪地抱着孙女。告诉她，她又生了一副使他老来伤心的薄命相。他老得有些啰嗦了。

一年年的过去了——没有人记得是多少年——又有一股大兵出了井陉口，向此地来了。乡愿听到风声，便立刻记起使他十多年来的伤心记忆。他把初长大的孙女首先带进山去。瞧吧，就是这一带的山，满希望找一个人家安置。可是那时候人家很少，到哪里去找呢。他喘息着，爬了一整天。最后从那边那悬崖爬上了山顶。到上面一看，一片平平的草地被大石崖子包围着。草生得又肥又高，人一走在里面，头发上都会粘到香香草和三棱草的穗子，手脚一碰，它便发出甜香味。

老头子大大喜欢了，他吩咐孙女儿藏在草里，用老的颤抖的手，把草编织起来，把孙女封在里面，以防被野兽侵犯。随后亲亲孩子的手，便走下山来。

他回到家来，已是第二天清早。他渐渐走进村来。使他惊愕的，他仿佛又看见了十多年前的光景：露水浓重的草茎上，铺着碾碎的鲜草和马粪，车辙和人的足迹。村子里满是鸡毛和扔蹋了的五谷。他的老心跳了起来，他急忙赶回自己的家。哈，家呢？草屋倒塌了，成了一堆灰，儿子和媳妇也不见了。哪里去了呢？一个比他更老的老头子，眼睛已经瞎了，耳朵也聋了，蹲在路口的石脚上晒太阳。他叫他摸摸他，他不懂。他只糊糊涂涂地说了句"蒙恬，修长城……把年轻人都赶去……我去不成……"

他没有办法，想哭也哭不出来。记起还保留着饿着肚子的活宝，在山上的草里，他连气也不叹了。他走出村来，一只小牛，毛茸茸的小东西，蜷伏在山沟里，大牛不在了，没有人要它。小牛望着他，动着耳朵，他心里难过起来。他走过去抚摸它，小牛流泪了。老头也放声哭出来，他亲着小牛，把它抱起来。小母牛呢，他想着这小东西是他孙女儿的好伙伴。那山地上，大牛是拉不上去的。他把小牛抱上了山顶。年成好，雨水多，水草也好，他们一家三口便生活在山上。孙女儿，终日和小牛在潭水边玩，赤着脚，露着胸膛。她和牛一同长大起来。细白的颈子变成光滑褐色了，口唇也红了，然而老头子却每天啜泣着，说她生得和她薄命的姑姑，一模一样，怕没有福气。

（未完待续）

本期撰者：

陈岱孙，贺麟及柳无忌诸先生俱是西南联合大学教授。王赣愚先生最近为《云南民国日报》（元旦增刊）撰《一年来之国内政治》一文，经其略加删改后，特为转载于本刊，冀使读者明了一年来国内政治之显著趋向。

第三卷第二期（1940年1月14日）

时评

敌阁危机

敌第七十五届议会开幕未久，众议院议员即开始倒阁运动。据电讯所传，去年年底签名对内阁表示不信任案者共二百七十五人，占全议员（日本众议院议员共四百六十六人）之过半数，其中计民政党议员八十一人，政友会议员一百二十四人，社会大众党议员三十二人，其他各政党议员三十八人。阿部虽邀各政党领袖，请求谅解，力图恋栈。但据今日（九日）路透电，陆相畑俊六亦于召开高级军事会议后，要求阿部辞职。果尔则阿部内阁恐将不能久于其位矣。

阿部内阁成立之初，即有"垃圾"，"次等"，"弱体"内阁之称，其不能有所作为，早在意料之中。故虽有欧战良机，外交僵局迄无法打开。西尾板垣之进攻既遭惨败，伪中央组织亦迟迟不克成立，对华战事更无从结束。至于内政方面，如贸易省之设置，平抑物价政策，米荒问题等亦处处暴露阿部内阁之庸碌无能。所以成了政党攻击的藉口，利用以恢复政党的地位。

不过敌国内外危机的无法打开，是否完全由于阿部的庸碌？鉴于过去近卫平沼的塌台，证明困难的症结，完全在事实的本身，绝不是人事与时机的问题。对华战事如无法结束，内外危机决无解除可能。但对华战事的不能结束，责任并不在阿部内阁。所以阿部内阁即使塌台，除非日本朝野有彻底的觉悟，军部放弃干政恶习，否则虽换一百个内阁，危机只有日趋深刻，决无解除的可能。还有一点值得注意的，敌国政党自五一五事件后，早已名存实亡，七七事变后军部更藉口对华作战，狂妄嚣张，议员噤若寒蝉，国会等于虚设。但作战二年以来，死伤枕藉，耗费不赀，结束尚遥遥无期，内外危机反日趋深刻，民怨沸腾，举国惶惶，所以近来稳健派势力渐趋抬头。这次政党议员的倒阁运动，以目前情势看来，虽尚不能达恢复政党内阁的目的，但至少表示了政党命运已渐趋好转。内阁虽系军部与重臣之折衷产物，但军部现亦看风使舵，要求阿部内阁辞职了。（讯）

东南欧的外交局势

日来东南欧的外交又趋活跃，意大利外相齐亚诺与匈牙利外相克沙基在威尼斯的会议方告结束，而意大利与南斯拉夫，南斯拉夫与匈牙利以及巴尔干四国外相的会议又在酝酿中。另一方面，因为上述的外交活动，苏意的外交关系更形紧张，一般人甚至认为双方颇有断绝邦交之可能。

巴尔干本来是一块肥肉。上一次欧战结束之后，它是法国的势力范围。近几年，法国的势力逐渐消歇，环伺于旁之德、意、苏，诸强乃群思染指，而莫敢先噬。德与英法开衅后，虽有一度威胁罗马尼亚的传说，而实已无东顾的力量。于是角逐者便只有苏意二国。苏联的国策是要藉这次欧战的机会，扩充她的势力，固其西陲。其具体的目标就是波罗的海与黑海的霸权。近三月来苏联方忙于波罗的海方面扩充势力，对芬战事就是这一段历史在演变的一页。北部问题解决之后，苏联必定再南向伸其势力于黑海，而巴尔干势将首当其冲。这个情形是意大利引为忧惧者，所以意大利自宣告中立后，即企图联合巴尔干，日来东南欧局势的进展，是以此为其背景的。

两个多月以前，巴尔干中立集团已经有一度的酝酿，而未能成立，考其原因很为复杂，而主因之一就是巴尔干各国尚不能弃宿嫌，修新好，根据一九一八的合约，罗马尼亚割取匈牙利一部分的领土，南斯拉夫割取匈牙利及保加利亚一部分的领土，匈、保两国始终不能忘记这个深刻的创伤，而罗、南两国一向又绝对拒绝任何修改领域的意见。这是巴尔干各国合作的大阻力。以调人自居的意大利，在此双方各不相让情况之下，显然有左右为难之窘。然而近来苏联在北欧的举动，未必不使巴尔干诸国有"无厌及我"之

惧，则意大利最近的活动未始不因此而有成功的可能。（山）

敌机轰炸滇越铁路

新年之后，敌机不断的自滇越边境窜入滇境，滥炸滇越铁路。查滇越铁路，虽一部分敷设在我国领土内，实为法国公司的产业。过去期间，敌人虽在我国境内多次轰炸第三国在华产业，尚辄以误会为解释，反复声明决无有意损害第三国在华权益的意思。今则竟公然以法商在华的铁路为目标，施以多次的轰炸。前此误会等等解释自不适用，而权益被侵之第三者尚未闻有所表示，敌人的野心可于此微妙的局势中见之。

轰炸滇越铁路很明显的理由当然是破坏我们国际的交通线。南宁失守之后，越桂的交通已被折断。我们西南主要的交通线就剩滇越铁路与滇缅公路两条。滇越铁路如有损害，对于我们的运输自有若干之不便。然而这个明显的理由也许还有一段较为曲折的背景。

去年年底，从接近越南方面者传出一个消息，谓敌人曾经向越政府要求由其假道运粮，经谅山，同登以达桂南，以接济其侵桂的敌军。当时敌人的军队方自南宁向龙州疾趋，希望席卷桂南，完全控制桂越的交通。越政府对于敌人要求的对策为何，言者不详，我们不应加以猜度。然证以近来敌机蛮横的行动，我们不但觉得上述的消息有相当的根据，并且怀疑"运粮"是唯一假道的目的。国际诈吓本来是敌人的惯技。在欧战方殷的今日，明知西欧列强无暇东顾，惯技的利用绝是可能。

然而站在我们的立场，我们可以不必管这些曲折背景。我们要以实事求是做我们的对策。我们只认轰炸铁路是敌人对我封锁政策之一着。实事求是的对策就是努力于我们国际交通线的多方维持。数日前主持此间公路建设的当局向省府报告滇越公路方在赶修中，预期于六个月内全线完成。这是一个可喜的消息。滇越公路之外，我们以为滇缅铁路也应逐段赶修。我们不是不知道赶修此路有种种的困难。然而我们总希望能努力克服这些困难。滇缅铁路线与滇缅公路线，在很多地方是相近的，我们不妨修好一段，就通一段车。不但运输费用要因少用汽油而减缩，即运输量也可因此而增加。我们希望交通当局对此能加以考虑。（弋）

暹化与华侨

陈序经

在南洋各处的华侨中,受当地或者是"土人"的文化的影响最为深刻的,恐怕要算暹罗的华侨了。

为什么暹罗华侨的暹化程度,比之南洋其他地方的华侨"土化"的程度为高呢?我们以为这虽与暹罗政府的暹化华侨的政策有关,然而暹罗的政治上的独立,也是主要原因之一。我已说过暹罗政府在消极方面,反对与中国交换使节,限制中国人民人口。在积极方面,用婚姻以引诱,用教育以淘染,用法律以压迫,都可以说是暹化华侨政策的实施。此外,暹罗虽像南洋其他的地方有肥美的土地,有丰富的物产,使中国人民趋之若鹜,而同时因为环境的作用,自然而然会受"土人"文化的影响,而趋于"土化"。可是,暹罗却有了一种东西,是南洋的其他的地方所没有的,就是暹罗为南洋唯一的独立国家,这个独立的国家,既有了一种暹化国内其他民族的政策,而不像殖民地的政府,特别是英国殖民地的政府,不但对其所管辖的各种民族的文化,往往能够容忍,而且鼓励其保留。同时,暹罗政府在政治方面又给予华侨以参政的机会,只要华侨暹化,在政治上找个地位是没有问题的。我们知道在南洋其他的地方,在欧西各国的殖民政府统治之下,华侨在经济方面虽占了重要的位置,在政治方面可以说是绝对没有参加的机会。比方华侨可以入英国籍,华侨也许英国化,然而在政治方面,华侨完全不能打出一条出路。在安南的嗡帮(帮长),在马来半岛的各处的甲必丹Captain,虽可以说是殖民地政府的一种官衔,然而这种地位,不但低下,而且可以说是殖民地政府所用以华治华的政策,有血气与有智识的人,都感觉到这不是一种荣誉。至于土人不但只被欧西各国所征服，被殖民地政府的压迫，而且是被认为野蛮民族，低劣人种。华侨在这些地方，在这种情形之下，很易感觉到西洋人在政治上，既不以平等来对待他们，而有西洋人与中国人阶级上的区别。同时更易感觉到"土人"所受的层层压迫与痛苦，而不愿与之同化，因为同化或"土化"就是等于做奴隶，做亡国奴，人们对于奴隶对于亡国奴，只会表同情，决不愿同化。

暹罗就不是这样，因为这个国家是独立的国家，它的人民是自由的人民，它的政府对于华侨，虽有顾忌的心理，虽有排斥的举动，然而它不但不当做奴隶看待，反而觉得华侨在经济上的优越的地位，是民族与文化的优越的表示，只要华侨愿与他们同化，他们不但不顾忌，不排斥，而且欢迎到他们政府中来做高官，居要职。所以在暹罗政府里的华侨——暹化的华侨——的人数之多，位置之高恐怕还比纯粹的暹罗人为甚。政治上的优越地位，既是一种引诱，政府的暹化政策，又是一种力量，这就是暹罗的华侨的暹化程度，所以较高于南洋其他的地方华侨的土化程度的主要原因。

大体来说：华侨暹化的历史，是与暹罗华侨的历史有密切的关系。因为在暹罗既有华侨，这些华侨避免不了要受暹罗的环境与文化的影响。不过因为史料的缺乏，不仅华侨暹化这个问题，少有记载，就是中暹关系的史实，也少有存留，从三国时吴康泰使扶南到元代，关于这个问题的材料，在中国方面固不容易找，在西文与暹文方面也不容易找到。

据说，元代暹王敢木丁到中国，曾带了很多磁器工人到暹罗，他们最初在暹罗所制造的东西，完全与中国的一样。后来因为适应暹罗人的需要与嗜欲，遂渐渐改换表面的装饰，由此日趋于暹化。那么，这些工人在其生活方面有意的或无意的暹化，也是可能的事。

明代华侨之住暹罗者人数日多，故华侨之暹化者，为数也在不少，而其暹化的程度也较深。明史外国传载汀洲人谢文彬以贩盐到暹罗，"仕到坤岳，犹天朝学士也"。后来且充暹罗使者来中国朝贡，这是华侨暹化一个很显明的例子。又同书载弘治十年，暹罗"入贡时，四夷馆无暹罗译书官，阁臣徐溥等请移牒广东访取能通彼国之言语文字者，赴京备用"。这大概是因为当时广东华侨之从暹罗回国而通晓其语言文字者已很不少，所以阁臣才有这种的奏牒。换句话说，至少在言语文字方面，华侨之暹化的必定很多。

至于清代华侨之居留暹罗的既多，暹化的程度又较深刻。最显明的例子要算郑昭，郑昭这个名字乃乾隆四十三年的暹罗贡表上所称的名字，而非郑昭的真名。他的真名是信(Sin)或称达信(Taksin)。关于这点，许云樵先生在其所译郎苇吉怀根（Luang Wijit Watkan）的暹罗王郑昭传的弁言中有一段解释如下：

> 其实昭乃暹文的译音，其意为王，并不是他的真名。据暹罗史所载，他原名为信，所以一般暹人都称他为佛昭达信（Phra Jao Taksin），佛是圣的意思，通常拿来称呼和尚神佛，或三品爵位的官绅的，但称呼君主，也须用佛冠于昭之前，即是所谓圣君，或圣主之意。达是地方，最初郑信封在该府为太守。TaoMu'ang的暹人谈话时简称他为昭达。

又同书页三，又有下面的一段话，述及郑昭的身世："佛爷诞生于佛历二二七七年（清雍正十二年，西历一七三四年），岁次甲寅，为赌税吏中国海丰人之子也。"伟人传记云："Nangau. Aphinihan Banphaburut方其初生卧摇篮中，有蛇入，蟠居其旁，其父以为不祥，拟弃之。初，海丰人与财政大臣昭佛爷嚆克里闻其事，见此儿貌不凡，乃请收为义子。及九岁，令入歌萨互寺从高僧铜棣攻读。年十三，率之出晋亲颂载佛勃隆歌索皇，得侍卫职。暇则习华语及印度语，均能流利。比年二十有一，昭佛爷克里乃命之剃度为僧。越三岁，乃返复任原职。迨佛第囊苏里阿默辚皇即位，始赐爵为銮岳甲拔，仕于达府，既而擢为太守，既晋爵为佛爷，洼卿巴工迁治甘丕壁府，惟人民犹称之为佛爷达，即登极后，尚自称昭达。"

所以从这两段话里我们知道郑昭不但名字已经暹化，就是在教育，宗教，以至习惯语言各方面都已暹化，又据竹叶本暹罗国史载："其时（雍正年间）大城中有华人名郑镛者，中国海丰人，爵居坤佛，为摊主娶妻洛英生一子，名信，即皇也。"据说，洛英是暹罗妇女，郑昭的父亲娶了暹罗妇女，又有暹罗爵位，同时他到了十余岁始学中国话，则夫妇父子之间皆用暹语，是很显明的。这样郑昭的父亲的暹化程度，也必很深。我们知道中国人之在这个时候，侨居大城的很多，因为大城不只是京都，而又是商业繁盛的区域。郑氏父子既这样的暹化，其他的华侨之暹化的必定很多。又在通商都会华裔萃集的地方的华侨，尚且这样的暹化，则一般华侨之在内地居住的，其暹化程度之深，可以想象而知。

上面不过就我们所知的一些历史上的华侨暹化的事实，略为解释，我现在且将华侨暹化的各方面的大概，加以说明。

我们先从语言方面说起：大概的说，假使华侨夫妇两人都来自中国，那么其子女多能说中国话。虽则因为职业与环境的关系，他们兼得说暹罗话，假如其夫来自中国或者是华侨儿子，而其妇是暹人，那么，不但子女会受母亲的影响而说暹罗话，就是为夫的也往往不得不说暹罗话。因为在这种家庭中，母亲固少能操中国语，子女也少能操中国语，因此之故，在华侨学校的第一二年级的教员，往往也得懂暹罗话。教员授中文时，有时还要以暹语解释。大概须候小学第三年级以后，始能全用中国话。以前中国国语尚未流行时，因为华侨中方言各异，互相谈话多用暹语，可是直至现在，除华侨教育界外，能操国语的为数尚不多。又因他们身处暹罗，既以暹罗话为主，故一般华侨于无意中，常常以暹罗语为表达意思的工具。

暹罗的文字，比之中国的文字易读得多，因而华侨只懂暹文而不懂中文的也很多。一般华侨子弟，假使从小就学了暹文，则长大时要使其学习中文，很不容易，这固由于先入为主的心理反应，然而中文虽比暹文难读，却是主要的原因。读了三二年暹文，作文写信可以运用自如，读了五六年中文，未必能有这样的效果，因而有些华侨且主张中文暹化。

在衣，食，住方面，大概来说：华侨住处所受的暹化程度较深，在暹罗政府中任职的华侨，在暹罗政府未通令改穿西服之前，多穿暹人所穿的怕农。有些人说穿怕农是做暹官的一种条件，然而一般的华侨，多用中服，虽则有些华侨在星期日喜效暹人穿红的颜色，至如男人的浴巾女子的拖鞋，华侨男女用的很为普遍。暹罗小孩颈项上喜带一串珊瑚，或项珠，女孩下部遮以大约三寸长的银丝，此外，身上多是一丝不挂。华侨小孩效法的也不少，这大概是与暹罗的气候有相当的关系。暹罗人的食品以米为主，而胡椒，椰子，香料又为他们的特别嗜欲。用胡椒与椰子做一种东西叫做"供"，又用"供"以配鱼肉等物，华侨嗜者很多。至于槟榔，据说不但可以去瘴，而且为交际上的必需品，华侨之染此癖者，在二十年前已很多。至于蹲在地上，与用手吃饭的方法，效者较少。住屋因气候与经济上的关系，多仿建暹罗的住屋，而且亦有仿效先人之卧地板，蹲坐的。在郊外乡村或小市镇，多模仿暹人所建的"浮脚屋"，这也是因为避免地湿与避免虫兽的原故。

在家庭生活方面，凡是娶暹罗女子的家庭，暹化的程度最深，这种家庭在暹罗恐怕占华侨家庭的半数以上。其次为娶所谓土生的华侨妇女的家庭。至于由中国携来的妻子，则家庭生活暹化的程度最浅。不过也有些习惯为一般普通华侨妇女所采纳的，如以一手抱小孩于身旁的办法等。至于在政治方面，凡是在暹罗政府任职的华侨，其暹化的程度之深，更不待言。其实，他们往往就不承认其为华侨。在社交方面，暹罗人见面时合掌为礼或在他人前面弯腰而行，以示恭敬。华侨与华侨之间，虽少有仿效，然见着暹罗朋友时，多行暹礼。

在宗教上：暹罗人所信仰的是小乘佛教，中国人宗教观念较为薄弱，华侨也不能例外。可是比方施饭与僧侣的习惯，也为华侨所乐为。此外许多华侨，对于暹罗的"公头"，相当的信仰，"公头"是一种法术，可以使一个人得某种病，也可以使一个人迷醉于某种人物。我有一位朋友，曾受过大学教育，而且是学过自然科学的，对于这种法术，也很为信仰。他并且告诉我：他亲眼看过这种法术的效果。

在医药方面：暹罗也有他们固有的医生与药品，华侨相信暹医暹药的也多。在艺术方面：暹罗的庙寺，多为华侨技工所建筑，式样自有特异的地方。华侨虽是代暹人建筑而必须适合暹人的心理，然而这些技工，也受了暹罗艺术的影响很深。同样，戏剧方面，指导者很多为华侨，暹罗戏剧虽因此而华化，然而既是暹戏，这些指导者也无意的受了暹罗戏剧的影响。

上面不过简单举出一些华侨暹化的例子，华侨的暹化的历史的悠久，与范围的广阔，已可概见。暹罗的华侨，既因环境上的作用与影响，又加以政治上的引诱。使其暹化的程度日益加深。暹罗政府又实施上面所说的各种消极与积极暹化华侨的方法，目的不外是加强这种同化的作用，而使所有的暹罗华侨，都变为暹人。

可是暹罗政府这种政策，是否能够实现呢？

照我个人的看法：暹罗政府这种政策，不但难于实现，而且对于暹罗只有害处，没有益处。主要的原因，是在暹罗暹化华侨的历程中，暹罗本身已经剧烈的西化了。暹罗本身既已剧烈的西化，所谓华侨暹化，结果也不过华侨西化而已。其实所谓暹化华侨的政策，只是暹罗的国家主义与汰族的民族主义的表征。而这种国家主义与民族主义，大致的说又是暹罗西化的结果。至少，这些主义是受了西洋文化的影响，而增强其程度的。暹罗的汰族既因西化而发生，或增强其民族主义，难道暹罗的华侨就不会因西化而发生或增强其国家思想与民族意识吗？而况中国的国家改造，与民族革命，主要是发动在暹罗与各处的华侨，又况中国本身的国家主义，与民族主义，也因西化而发生或增强。暹罗的华侨不但只受暹罗西化的影响，且受了中国西化的影响，在双层的影响之下，华侨的国家思想与民族意识，不但比之国内的民众较为浓厚，就是比之暹罗的汰族，也必较为坚强。暹罗欲以暹化的政策去消灭华侨的国家思想与民族意识，那知华侨却因暹罗与中国的西化而发生这种思想与意识，这么一来，暹罗政府的暹化华侨的政策，岂不是变为弄巧成拙，欲益反损的吗？

整饬法界风纪

张企泰

传闻数月前，某地法院院长将没收归官之烟土，私自搬出发卖，在其妻之户名下，在银行中存款累累。某次偷运烟土，以事机不密，被侦知缉获，事遂败露。该院长现被羁押，案在侦查中云。于未证实前，我们不敢说必有其事。所可确知者，该院长已不在职。但征诸司法界之风纪，此类事件之发生，非绝对不可能。二三十年来，司法界的情形，人皆云其黑暗。或因过存奢望，故失望亦大。但其未能尽满人意，实亦不容讳言。司法人员正直廉洁者，固不乏人！但贪污失职者，亦不在少。有趋奉权贵的，有收受贿赂的。过去的权贵，还有上台的希望，也要敷衍。法官登门拜访曾任司法界要职的律师，已习以为常。在上贪污之风一开，在下争相效尤。书记官执达吏都可成为肥职。甚至法院内律师休息室的茶房，替法官律师牵线，数年之后，竟成小富。监狱方面情形，亦复相同。囚犯如有孝敬，待遇可以破格从优，且可吞云吐雾。在这种情形下，哪怪打官司的人，不专以运用钱势为能事。一诉讼当事人或嫌疑犯，欲求有利的结果，往往不在法律上用功夫，而在研究怎样走脚路，自知理亏或犯法者，固欲如此做，即理直而气可以壮者，却也须用这番脑筋。这种心理，恐非出于偶然；设非环境使然，何至如此的普遍，如此的惯见。一般人民对于司法界不很信任的态度，于此可见。

国家情形，几十年来如此凌乱，不上轨道，原因当然很多，但是司法界也负很大部分的责任。如司法人员都有操守，执法严峻，则公务人员，咸存戒心，兢兢职守，不敢违法。行政上腐败的情形，可以减免不少。至于一般人民，知无侥幸规避制裁之可能，亦能养成守法习惯。上下都能奉公守法，做到法治，有何难处。固然司法界风纪的败坏，本身也受到一般政治的不良影响，但是司法界影响到一般政治，却是情无可有，因为司法机关的职责，在伸张正义，维护纲纪，故持正不阿，廉洁自守，是司法人员应有的操守，我们不久便要实施宪政，鉴于过去的失败，大家认为今后应认真发扬法治精神，司法界风纪的整饬，既与法治有至密切之关系，所以我们欲特别提出，引起一般注意。

宪政之实施，是抗战期中一桩政治上重要的建设工作。同时物质上的建设，也正在积极推进中。但建设事业，有了稳固的基础，方能继续进展，社会如不安定，基础便难确立，安定社会，须使人民有冤得伸，有理得直，各种冲突的利益，得获协调。政府司法权的职司便在此。一八○四年拿翁制定民法，其时法国社会和经济情形，都很简单。罗马法中各种法律制度，多半被采用。随后工商业发达。新的制度应运而生，例如人寿保险契约，受益人对于保险人有直接请求权；无记补证券，于发行后即生效力；都与罗马时代契约的概念不合。但法院在不违背法律限度内，卒解释为有效。对于汽车肇祸，亦不坚持过失责任说，而采用危险责任说。百余年来，法国社会的进步，经济的繁荣，因于司法界主持正义及保障人民生命财产之功实多。我们这次的建国，前途将不可限量。将来社会上必有许多新的问题发生，均须法律上解决。应使在保护私权限度内，仍予各种企业以向上发展的机会。否则建国进程，可以时时遭受阻碍。但这种具有较深学理的审判工作，仍必法官先有最低限度的操守，庶不致利令智昏。目今大家努力建设，司法当局亟应先从整饬风纪着手，来一番革新的事业。

记得半年前报载纽约上诉巡回法院推事Manton因图私利，枉法失职，被判有期徒刑两年，罚金一万元。美国司法界引为奇耻大辱。Manton曾任推事二十二载，其资望之高，仅次于最高法院法官。判决书中有一段，颇足为训：

"值此经济形势不景气，为避免自己财产上之损失，而不幸采取非法方法者，固往往有之，但在被告而出此，断难原宥。公家的职务，系公共的信托；但司法的职务，尚不止于此，乃系神圣的信托。人民对于法院操守之信仰，应予维持，此与吾人之政体，有休戚关系者也。兹者被告枉法失职，不但一般人民骇异，司法界人士，尤觉愤恨。此案虽数百年来所仅见，但吾人愤恨之情绪，不因之稍减。在英美司法史中，仅倍根（其时任英之大判官）

于三百年前因同样情形而被革职。"

现代国家的法治精神，于该案中表露无遗。法官公正清廉之风，亦可见一斑。

法界风纪之整饬，办法固然很多，但能做到下列几点，也能发生颇大功效。

一、改良司法官的待遇。司法官的待遇，较之其他行政人员，向来是很差，因此易为利诱，实为风纪败坏主因之一。我们对于司法官的舞弊，固然不能原谅，对于其生活的清苦，却寄无限之同情。政府各机关有独立收入者，对于其办事人员，待遇往往独优。即在目前薪金打折扣，也比人家小。可是司法机关，每年法收，虽颇可观，却在司法官的待遇上应多化些钱而不化。听说目前经依公务人员俸给条例叙俸。这是最低限度的改良，我们的希望还不尽于此。

二、严加考核，信赏必罚。如经考核成绩操守，确属优良，必予升擢，则司法官附炎的思想可以排除，幸进的心理可以消灭。正直廉洁之风，亦藉以助长。如有枉法失职者，查有确据，必依法严惩，以儆效尤。

三、社会监督。成绩操守，是否优良，大半以法官所为之判决为凭。往往不必读律出身的司法部职员也参加评阅，考核何能期其准确周详。故应就判决书择要刊印，受社会的评判，也可使法官下判决时，感觉到众目睽睽，不敢违背良心的驱使。

上述第一二两点，已有人迭次决议，但迄今独未认真实行，故不必重复，再加评论，以促司法当局的注意。

谈我国海军重建问题

无 它

出乎一般人的意料之外，欧战爆发之后，时历多日，而战事迄未演至激烈阶段，致有人称此局面为"宣而不战"。然而本月内却发生了一幕比较令人兴奋的战事，足以打破沉寂的战局。这便是乌拉圭附近海面上的英德海战。这场战事发生于十二月十三日。缘有英国巡洋舰三艘，即"阿奇利斯"号（七千吨），"爱克赛斯"号（六千八百吨），"阿加克斯脱"号（八千三百吨）于是日午前六时在南大西洋与德国袖珍战舰"格拉芙斯比上将"号相遇，当即发生海战。德舰及英舰"阿加克斯脱"号均负伤。最后，德舰南驶，于翌日午前二时四十分遁入乌拉圭国蒙得维的亚港。与战之英巡洋舰三艘亦尾随德舰之后，寄泊港外。嗣英又增援驱逐舰二艘，连前共有英舰五艘环伺港外。另有英重巡洋舰"孔伯兰"号（一万吨），法战斗巡洋舰"邓肯"号（一万六千五百吨）先后开抵港外，增援实力，监视德舰的行动，英航空母舰"罗耶阿克"号亦向蒙得维的亚港航行增援，德方虽亦有增援之说，但未实现。因此，港内的德舰与港外同盟国舰队的实力便日益悬殊。在此情况下，德舰如欲出港一战，势必不敌；如欲留避港内，又因乌拉圭已根据国际法限制它的停留时间不得超过七十二小时，势难久留。于是这个困兽如何挣脱敌人的围噬，便成了举世瞩目的标的。许多人揣想德舰或许要拼命冲出港外，与敌舰恶战一场，而后图逃，哪知到了十七日午后，德舰竟悄然自行炸沉，这一幕热闹武剧就此告终。

德舰自沉一事至少可使我们远在中国的人发生两种感想。第一，这件事愈加证明了一条真理：即现代海军业已高度机械化，在海洋上已不容许实力单薄或配备简陋的舰艇能对实力雄厚或配备优良的舰艇侥幸一逞，如双方实力所差不多，彼此还可一决胜负。如所差过于悬殊，那弱者的一方简直不堪一击，徒供牺牲。在上一次欧战中，英德海军实力相差很多，故遮特兰一战之后，德舰便深伏不敢再出。在今次欧战内，英德海军实力更加悬殊，所以德方的主力舰——三只一万吨的袖珍战舰——只能出没海上，作游击战，专袭击同盟国的商船或单弱的军舰，而绝不敢与同盟国海军旗鼓相见，自取灭亡。这次"格拉夫斯比"号偶被英国海军发现，便立即形成寡众不敌的局势，而演成悲惨的结局。这实非德国所愿。德国海军经此打击，实力愈弱，以后必加意避免类似的事件发生。所以我们可以断言：在今后欧战内，不但如遮特兰战役之海战不会发生，即如日前南大西洋上的战事恐怕也不会再有的了。

第二，"格拉夫斯比"号自沉一举充分表现出德国海军将士的沉勇和机智。有人说：当"格拉夫斯比"号在南大西洋上以一抵三，与英舰搏斗的时候，果然是勇敢；可是后来雌伏在蒙得维的亚港内，不敢出而决战，却未免过于怯懦；至于自沉，尤为自暴自弃之举。这种说法是不值得一驳的。因为上面已经说过：在现代的海战中，设若双方势力悬殊，弱者的一方决难幸胜。所以假使"格拉夫斯比"号贸然冲出港外，以单独的力量与多数敌舰决斗。其结果也不过造成敌人的再度胜利，于己无益。如不幸而被俘，则反足资敌。"格拉夫斯比"号既已陷于进退维谷的绝境，自沉实为唯一贤明的做法。舰上的将士毅然采取这个办法，正足见其明决果断，我们决不能说他们是怯懦。"大勇若怯"正可以形容这班日耳曼的战士。

"格拉夫斯比"号的自沉既使我们发生上述的感想，同时也使我们联想到我国的海军。我国海军的实力若与倭寇比起来，其悬殊的程度较之德英间的差别尤大。因此，七七抗战以来，我国海军不能创造轰轰烈烈的战绩，平心而论，亦属事理之常。我们不能希望我国海军能与倭寇的海军作正面的战斗，正与我们不能希望"格拉夫斯比"号和英舰决斗，是一个道理。然而有些人竟因此发生一些误解，这些误解影响于当前的抗战问题者尚小，影响于日后的国防大计者实大，不可不加纠正。他们的第一个误解是此番海军既未发挥很大的抗敌的功能，足见海军对于我国国防无甚裨助，因而对于日后重建海军这一问题也就持着最冷淡的态度，这种见解不但错误，而且危险，须知我国海军不能充分发挥抗敌的功能，是因为我国自甲午战败以后始终不曾有计划地大规模地建立海军，以致在抗战的前夕，海军的舰艇不但数目小，吨位少，而且大多数是舰龄过老，设备陈旧。以此抵抗高占世界第三位的倭敌海军，无异以卵击石。其不能建立伟大的战功，较之"格拉夫斯比"号之不能突围而出，尤为一种注定的宿命，无可逃避。这种情形非但不足以证明海军无助于我国国防，正足以证明此次我国之所以不能坚守沿江沿海的地域，正因我国没有充足的海军力量所致。假使我国早有充足的海军力量，战端一开，我们的海军将士便可首先拒敌于海上，根本不许敌人踏上我们的国土；纵令不能如此，至少也可保护重要的海口，不许敌舰运兵运械，长驱出入。在此假定的情形下，整个的战局当与今日事实上所演成者绝对不同。由于今次抗战的教训，我们只能深悔以往不曾建立强大的海军足以巩固海疆的防务；却不能根本误认海军为无裨于国防，譬如我们不能用一把小刀杀死一头牛，那我们应当换一把大刀，决不能就此一口咬定：用刀是杀不死牛的。

第三，民国以后，军阀争雄，内战迭起。一提到这一段历史，大约任何中国人都没有不头痛的，海军在这一段历史内虽非主角，但由于少数人的劫持，有时凑凑热闹，乘机取些小利，却是不能免的。这些事虽已久成过去，但在一般人的脑子里多少替海军留下了些不良的印象。我国海军还有一特别现象，即大部分员兵都是福建人（与其说是福建人，毋宁说是闽侯人）。袍泽出于乡里，如此一来，同军的人士固属彼此倍加亲切，但与外界一般同胞便异常隔膜。基于这等理由，一般人对于海军员兵的品格、修养等等平素即缺乏适当的认识。加以抗战以来，海军因与倭寇强弱悬殊，不能建赫赫之功，于是一般人更觉得海军将士只能在平时虚縻饷糈，而不能在战时有何建树，实在是一班可有可无的人物。这种见解虽有其发生的理由，但是极不正确。作者于此不愿替海军人多所辩护，但只愿说一句公道话：就是从抗战以来，海军将士确曾竭其所能，以尽其保卫国家的责任。在二十六年抗战之前，我国海军只有舰艇五十九艘，总排水量为五一二八八吨，到了二十六年年底，即约当抗战开始后半年的时候，海军舰艇便减至三十四艘，总排水量一六六二六吨，较大的船只几乎全数沉毁，到了本年，便只剩舰艇十四艘，总排水量八六六六吨。所减舰艇四十五艘，总排水量二六二二二吨，小部分是自行沉塞江阴港口，一大部分是在抗战过程中陆续被敌机炸沉的。各舰艇上的员兵因抗战而伤亡的为数亦多。于此可见，我们对于海军将士抗战的英勇和牺牲的壮烈可见其一斑了。此外，海军员兵还组织炮队，将从军舰上拆卸下来的大炮移置沿湖沿江地方，协同陆上的部队执行抗敌的任务，他们又组织雷队，分赴各地敷设水雷。这样苦拼的结果，虽由于力量的薄弱，不能予敌以重创，但单就各舰艇扼守江阴一地的结果而论，共击落敌机三四十架之多。此外，敌舰之因触雷而沉毁者共有九艘，伤者十五艘，我国海军牺牲虽巨，也算取得相当的代价了，从上面的一些数字，可见我国海军将士不论平时所给予国人的印象如何，但自抗战以来，在最高军事领袖的领导之下，确已尽其所能，完成其抗战的任务，可惜许多事实未经揭露，外间不能详知，以致"格拉夫斯比"号自沉后，国人尚多称赞德国海军将士的勇敢及其牺牲的精神，而于本国海军将士的不畏强暴，不惜牺牲，却都漠然置之。这种情形实在有点对不起殉国的海军先烈。

综合上文所述，可得两个结论：即（一）我国海岸线长达数千里，欲固国防，非有相当强大的海军不可。海军如过脆弱，一旦强邻侵逼，以此抗战，便无异螳臂当车，牺牲虽勇，终鲜实效。（二）今日我国海军军备虽弱，但海军将士并未因此而气馁，其奋勇抗战，慷慨成仁，比之任何先进海军国的战士，并无愧色。他们具此精神，若再赋以坚强的装备，其必能尽其保卫国家的重责，殆无疑义。我国日后不欲整顿国防则已，如欲整顿国防，势非重建海军不可。不过果真谈到了重建海军，有亟应注意的两点：

第一，政府重建海军，必须事前通盘筹划，出之于有计划的行动。我国自前清同治年间创建海军，迄今已有数十年之久，其所以终无大效者，原因虽多，要以缺乏整个计划为诸因之主。远者不必论，单讲国府定都南京以后，海军部在本国自造的舰艇，计有"平海"巡洋舰一艘，"逸仙"轻巡洋舰一艘，"咸宁"等炮舰四艘，"江宁"等炮舰十艘。此外，尚有向日本订购的"宁海"巡洋舰一艘。是中除"平海""宁海"二艘的排水量各为二六〇〇吨，"逸仙"舰为一五〇〇吨外，其余各舰艇都不过是三〇〇吨至六〇〇吨的小型军舰，而大多数只有三〇〇吨。所有这些舰艇的造费大都是从海军经常费内节省下来的。这一点不能不归功于海军当局的艰难制造的精神。然而造了这许多大大小小的舰艇，其目的为攻乎？为守乎？为防江乎？为防海乎？至今还有些令人莫明其妙。我们不敢说这样的造舰为漫无目标的，但至少可以说这是缺少整个计划。这种缺少整个计划的行为费力多而成功少，实在极不经济。此次抗战，新造各舰并不能有多大的功用，便是一个明证。我国抗战后重建海军，切不可蹈此覆辙。我们应当事先详审我敌的形势，参考我国的财力，物力，人力，制成一个最经济最有效的建设海军的计划，期以三年，五年，或十年，二十年，务使此项计划按期实现后，不问用钱多少，一文总有一文的收获，一贯总有一贯的实用，才算得帑无虚糜，船不滥造。此项计划的制定，自必需要专家精密的研讨与设计。作者是个外行，对此不敢乱讲，但从大势推测，可以这样空泛地说：我国财力有限，工业和科学的基础，也很薄弱，若要于短期内造成一个能取攻势的海军，具有强大的战舰，可与敌人抗衡海上，那简直是不可能；但若着力于潜水艇及鱼雷快艇的建造，以期造成一个守势的海军，能于战时守住紧要的海口，这或许是可能而又事半功倍的罢。

第二，重建海军的艰巨工作，应当集合全国精英，通力合作，而不当委诸任何一省人之手。我国海军员兵什九借隶福建闽侯。这种特殊现象的造成自有其历史的背景，而不能归罪于任何个人。而且这种现象在别国也非绝对没有。倭国海军员兵大多数是鹿儿岛的人，便是一个例子。然而此种现象究应有合理的限度，如逾此限度，便非事理所宜。第一，海军关系国防，这等国防重责在可能的情形下，理应由全国各省人士平均分担。而不应专责任何范围一处窄小地域的人独任。第二，海军的建设需要工业和科学的基础，牵涉的范围很广，真正像样儿的海军绝非少数人能包办。第三，任何一种职业若由某一地方的人操之过久，其他地方的人自顾势单，便不愿踊跃加人，其自然的结果，便是其他地方人渐与此种职业绝缘，而此某一地方人独占，迨独占的局面既成，此某一地方人既不受外人竞争的刺激，又缺少与外人观摩的机会，久而久之，便于技能及人格的修养方面，很容易落后。一切职业都是如此，海军又何独不然。第四，省界一经形成，便很易引起无谓的纠纷，以往渤舰粤舰种种离析的举动，莫不有省界为之背景。这是尽人皆知之事，毋庸讳言。往者不必追究，以后却要预防。将来政府重建海军，首须设法泯除省界，方不致覆辙相循，泯除省界的办法虽有多端，但是最根本而最和缓的办法，不外以下二途。第一，以后海军应行征兵制，所有士兵应由沿海各省征集入伍。第二，海军招收学生，应厉行考试制度，从全国各省考进优秀中等学生，送入海军学校受教。民国初年程璧光长海军时，即曾如此办理。此等学生如不犯规，不得轻易开革，同时，海军将校保送子弟入校的办法应当废除，因为海军子弟如果优秀，尽可一体投考，如不优秀，又何必滥竽充数。以上几条办法果能认真实行，十年二十年后，我国海军，自将校以至士兵，必可网罗全国各地的英才，共同负起捍卫海疆的重责。事实上，亦惟有在此情形下，我国海军始能逐渐发展，成为真正的国防力。如仅由少数人负此责任，任重道远，必至颠蹶。于己无益，于国则大有损。

鹿泉（续）

亦 此

一年的夏天，老头已经忘记了死。可是山顶上的样子变了。潭水涸干了，带绿藻的泥巴卷成裂片，草，瘦弱了。他们经营的禾苗也垂了头，小高粱苗的叶软软地向地垂着。已经半年多，没有一滴雨。人和牛已啜干最后一滴泥浆。太阳把山石旁的鲜泥土晒成了一片的红色细沙。热辣辣的东南风，把细沙吹起，吹进人的鼻孔里和喉管里。人们再也受不住了。牛已经长大，不能下山了。老头子便自告奋勇，拼着老骨下山找水吃，他记得山下是有一条小河的。可是孙女儿不放心，争执了半天，决定了祖孙同去，留牛在山上看家。孙女儿向牛告别，牛抬起头，翘着尾巴，仿佛祝他们成功归来。他们下了山。

他们走到靠山谷的矮树林中，是什么事情呢？一支人马向着他们的方向在走。不像若干年前他看见的士兵。他们头上戴着青色布巾，肩上担着笨重的矛和盾，矛是白亮的。身上的牛皮甲也用白亮的金属包扎起来了。

只是，奇怪的是他们每人口里含着一丛树叶，沙尘蒙着全身的衣服。他们没有车。一个头戴高盔的人，骑在一匹口喘汗流的马上，马前后有扎红挂绿的高大的护卫，马上的人前后有风磨铜的日月护胸，牛皮上锁着鱼鳞状的铁片。他嘴里也含着一丛绿叶。

那些士兵们不时翻转着河里的石头，唔哩哇啦地骂着怪难听懂的话，"河也干了，河也干了。"几个人哎呀哎呀地晕倒了。他们似乎失望了，但马上的人立刻怒吼起来："把死的抬开，顺河前进。"看看已来到他祖孙面前，老乡愿伸开破成碎片的大袖，把他孙女儿拥在背后，他发起抖来。孙女儿正是女儿那样年轻的时候呀。他的雪白的长发的头，不知不觉地一只白鸟似的浮出矮树林。

"什么人？"马上的人吼起来。士兵们立刻振作起来握紧了矛和盾。

"奸细吗？"

"你背后藏的长脚杆的东西是什么？"

老头子惊呆了，他知道他的不幸到了。半天半天支吾着，"是一条牛，大王！"

"牛杀掉可以饮血止渴呀。"士兵们乱叫着。

"把牛献给韩大将军。"

"韩大将军是齐王，难道你不知道吗？你敢不从命吗？"

孙女儿在背后抽搐起来，痛苦的娇啼着。

"不，不，不是牛！"老头子嗫嚅着，"不是的，杀不得，大王是……是一匹小鹿……"

孙女儿在背后挣扎着，抓紧着，声音有些变了，异样起来。

"是鹿，是鹿。"士兵们嘈杂着，"让我们动手吧。"他们闯上前来。

老头吓软了，伸起两手想来遮开士兵们的戈矛。一条斑点美丽犄角槎枒的鹿从老人背后一窜，便向山后逃去。

"放箭，放箭，放箭。"

一支人马的弩弓都扣上了箭，一齐发出来，一群山雀似的急驰向前。鹿带了箭向抱犊山奔跑着，血滴出来。士兵们凌乱的追赶。

老头子吓得直眉瞪眼，张大了嘴。是孙女变了鹿吗？他想着。不，孩子抱紧祖父的颈子，晕过去了。

马上的人下来，一个高大魁梧的汉子。他走过来，胸前的铜铃叮咚着。

"老伯伯，惊动你了。不必怕，我们是不害黎民的。我们来打走秦军……你吃过秦军的苦吧！"

老头子的眼泪粘在胡子上，跌落在还不曾醒的女孩子身上。他说不出话来，半天才嗫嚅着：

"大王请莫到山上杀牛，请保留我的爱宝孙女儿吧！"

"喊老王爷！"护卫们威吓着。

"莫怕，老伯伯。我们是剿秦国吃了败仗。我们是不害人的。可是七天不曾吃水了，我们顺干河来找水吃。"王爷焦愁的说着，"带我们吃点水吧。"

"水，啊！"老头子醒悟了似的，"一点水也没有了，大河干了半年，没有一滴雨。"

"那么鹿呢，是你的吗？送我们杀掉喝血吧？"

"鹿，啊，追去就是了。"白胡须拂着喉头翕动的女孩。

"随我们来吧，我们下了山时，请你给引引路。"

老头子半懵懂地动作着。姑娘醒来了。她张开眼睛，眼白清皙的。那硬骨嶙峋的面孔，微笑着浮在她半清醒的记忆里。他被带上山来。马无用了，人用四脚爬。前面的士兵回来报告说，鹿已经不在了，几个人苦追它，它在山顶的平地上跑，大家把它包围了，它无处可跑，看看可要捉住了，忽然它高跳起来，角一碰石崖，不见了，大家拉着一条牛。

老头子不说话，爬上了平地，牛驯顺地摇着尾巴，舔着干涸的舌头迎接他。

"是你的牛吧，老伯伯？"

孙女儿忽然把衰弱的臂膀抱住牛的颈子。士兵们没有办法了。

"牛不准动的。"王爷说，"找鹿去吧，把它刨出来！"

士兵们无话可说。不自愿的走开，王爷顺着鹿的血迹，走向石崖来，血迹不见了，但也没有洞，鹿的蹄印还是新鲜的。

"刨石脚下的土。"王爷坚定地说。

士兵只得遵从了。可是他们心里十分愤怒，头也晕了，还要劳动。戈矛的尖锋插进土里，一股闪光清冷的东西喷出来，溅了大家一脸。啊，是泉水呀！欢笑声在群山回响着。

被泉水喷的士兵们，脸色起了红光。七八天已干涸的躯壳松活了。

夜里又是帐幕扎在茅棚前。王爷的帐篷里，又有着牛脂灯光和蓝色的烟霭。但士兵们所见到的，是在笑里飘零着眼泪的老乡愿，挺直胸脯立着，他面前跪着王爷和孙女儿。

孙女儿和王爷也在笑着。

夜色已经集拢在车站上。难民们，有的点起了烟火，呛着咳着。杨树叶瑟瑟作响。我们彼此把肩头靠得更紧。故事已经完结了。

我仿佛云游在这原始的场面中，在我面前，铺着河北油绿的平原。月色从山背后映出我们哨兵的枪尖和矮树林的槎枒，昏黄中山脚泉水淙淙着。

我们已有吃不完的水和五谷。乡愿等人物已经不存在了。他和敌人蹂躏着的血肉混在一起，铺肥了这可爱的母地。故乡的健儿已经团结在太行山里千百个抱犊山顶。等白雪封住山峰，乡村和田野，我们的马蹄踏着卡嚓卡嚓的薄霜，一伸手便是古人千辛万苦才发掘出的鹿泉。

我抖擞下冻酸了的肩头，站了起来。

……车站外面，晚风在树梢呼啸着。

火

向长清

"火,老张,看那边飞起了一团鬼火,
人的喊叫杂着无数脚步的声音,
快点,我两个该上街去张罗,
远远地飞溅出无数星星。

看,火光已经照亮了半边天,
赶快,再不要停留一分一秒,
又还是风声鹤唳的时候,天晓得
凭什么偏要在半夜里胡闹?"

"不是,不是,你且看看街头
没有一只水龙拖着响,
没有一个救火队背着长钩。
街上的人也不像平常。

一桶桶洋油拖过街,
还有,把守的军队成群,
一路上催促人赶快离开,
今晚上也许就遇日本人。"

"什么，日本人就会到来，
他三头六臂，他有天大的本领？"
"今早上大队的强盗到了汨罗，
有人说听见了渡河的马铃。"

两朋友相视着长笑，
"难怪，放火的倒是自己。
早知道我倒要卖他十斤油，
何必装进仓十多担米？"

"啊，快看，十多处冒起了黄烟，
十多处噼啪的爆炸声音。
十多支火把飞上天，
照遍几百里的昏黄。"

"走，走，再迟火也许会封街！"
"怕什么，后园门不一直通马路？
我今天，我今天也要放一把火，
拿过来那一斤点残的洋油。

让我打开箱取出多年的陈旧，
拿过来那把锋利的板斧，
让我把这些精致的家具劈成柴，
反正逃开了也没有人照顾。"

"喂，看那边又升上了几起，
在当年不也是人贪恋的梁园？
多少年堆积的繁华，
谁料会成为一片墟烟？"

"算什么，没有毁灭哪来的创造，

看别人跨进你的屋你甘心？
你甘心强盗把水盆当做马槽，
或者让马屎堆满天井？

你甘心别人躺上你的床做梦，
或者践踏每一个你熟悉的角落？
如同你在秋天的黄昏，
听草虫编织一曲清歌。

你甘心强盗们喜笑颜开，
繁华的街心走去又走来，
怀抱你地窖中珍藏的美酒，
短帽盔儿左右斜歪。

你甘心累世经营的产业
换上别人的招牌？
甘心听异邦的号角
惊破江边沉沉的暮霭？"

"喂，喂，看那边，看那边
又上升了几起火光，
一把火紧挨着一把，
你看看，天空里好红好亮！"

"快，快，再给我撕毁这些，
撕毁这些珍贵的字画。
淋上油擦燃一根火柴，
赶快，点燃了走他的妈。"

"可是你知道，这回
摧毁了多少历史的名称，

再没了九如齐，奇珍阁，
再没了柳德方或者徐长兴……"（注一）
"可是你曾见，伟大的历史
会有毁灭的时候？
快，拿过来点着，
拿过来点着了走。"

"喂，喂，天那边，天那边
又有几条红亮的光，
熊熊的烽火许会压下
强盗们残暴的锋芒。"

"走，这回该轮到我们走。"
随着那忙乱的脚步声音，
无比的光辉照耀着前途，
在乱山丛中去等待天明。

注一：几家都是脍炙人口的吃食店。

本期撰者：

关于暹罗华侨问题，抗战以来国内一般人士确切深切的注意，本刊亦曾发表过许多篇文章。西南联大陈序经先生对此问题素有研究，本期又承其惠撰《暹化与华侨》一文。

张企泰先生是西南联大法律系教授。无它先生现在昆明某研究所服务。

第三卷第三期（1940年1月21日）

时评

敌米内新阁

　　阿部内阁因政党议员的攻击，复不得军部支援，虽有恋栈之意，终不得不挂冠而去。继任者为海军大将米内光政，新阁已于十六日正式成立。陆海两相由畑俊六及吉田善吾蝉联，余均新人，内相为贵族院议员儿玉秀雄，外相为近卫平沼两内阁时之外相有田八郎，法相为临野系之木村上达，文相为枢密顾问松浦镇次郎，藏相为平沼内阁时农相民政党议员樱内幸雄，商相为实业界巨子藤原银次郎，农相为广田内阁时农相政友会革新派主要份子岛田俊雄，铁相为政友会正统派主要份子松野鹤平，拓相为平沼内阁时拓相小矶国昭大将，递相为民政党议员胜正宪，厚相为冈田内阁书记长吉田藏，内阁书记长为平沼内阁时藏相石渡庄太郎，法制局长官为平沼内阁时厚相广濑久忠。这是七七事变以来第四届内阁，在这短短的二年半间，敌阀已经三度更易了。

　　就新阁人选看来，米内为海军人物，对于陆军少壮派，或许较易应付，政党方面因已获得四位阁席，暂时也必心满意足，所以新阁的地位比之阿部内阁，也许要强些。不过阁员背景复杂，令人有乌合之感，在敌国内政外交日趋危迫的今日，以这样的新阁，能克服时艰吗？

　　据中央社香港十六日电，米内发表就任声明，谓将以坚决不移之意志，建立"东亚新秩序"，处理中国事件，对华一本既定政策迈进，外交则以独立自主地位，调整对欧美之关系，对内则努力开发资源，安定国民生活。仍是一套陈词滥调，与前数内阁毫无异致。此后的政策对外大概仍不外谄媚欧美，进逼中国，对内则加强统制，竭泽而渔。近卫是"东亚新秩序"的倡议者，虽得各方拥护，但自知内外危机日深，不足以克服时艰，拒绝再作冯妇。平沼虽然过了首相瘾，但声望则一落千丈，阿部以庸碌承乏，被辱而退，同做了"东亚新秩序"下的牺牲者。明知故犯，敌国的政治大概已经到了不可救药的地步了。（迅）

风云变幻的东南欧

日来欧洲新闻，除却西欧北欧战事外，常有东南欧外交活动的记载。如匈牙利外相访意，甚为人所注意，访谈的结果，据说是两国成立同盟。意匈又努力拉拢南斯拉夫，已有三角集团具体化及南匈将开商务谈判的消息。同时苏联与保加利亚成立商约，土耳其外交代表与保加利亚总理进行谈话。英法土三国经济协定既于本月八日在巴黎签字，土耳其的商务代表团又复行抵罗马与意大利检讨商务问题。还有南罗两国元首会谈的传说，巴尔干协商将于下月开会意大利甚为重视的表示。消息种种，可见东南欧这一隅外交的活跃。一般人不免疑问，这是不是迅雷暴雨将来之前的风云变幻？

东南欧在一九一四年前，已是列强角逐的场所。迨去年德并捷克意灭阿尔巴尼亚后，德意威势在此猛进，几乎视此间诸国为其囊中物，可以任意操纵宰割。英法则予罗马尼亚希腊以保障，与土耳其商立互助条约，努力谋保持摇摇欲堕的均势。欧战再起，双方外交在此竞争更烈，苏联乘机插身而入，很快的恢复了一九一四年以前他在此的地位与势力，使错综的外交局面更加入一个纠纷份子。诸强各拉与国，各防敌国的伸展，而东南欧诸小国，亦深知从此从彼，乃本身安危之所系，于是各努力外交上的纵横捭阖，这是势所当然。

至于这些外交活动的意义，要了解它，须先了解列强的立场。在东南欧，似乎英法势力已灭，只能消极的求维均势，有积极野心的是德意苏联。德国需要此地各国的食品与原料，各国也需要德国的工艺品，在去年战事爆发之前，德与各国经济关系，已甚重要。迨战事起，德国需要借重苏联，不得不容其在此大肆活跃。苏联得此机会，尽可扩张劳力，波罗的海与巴尔干半岛双管齐下，咄咄逼人，巴尔干诸国慑于其威，已陆续与他修好，恐怕更将受他指挥操纵。这个形势，在已陷战争的德国，固然只可坐视，在尚守中立的意大利，则大不以为然。意大利对于巴尔干半岛本极关切，因为他不但是个供应资料的来源，他的形势足以影响意大利全国的安危与属地的存亡，绝不能坐视他沦入素来敌视的苏联手里。所以苏联的积极进展，使他大为不安。如何限制这个进展，便成为他外交活动的目的，匈牙利与他携手，是实践这目的的一步成绩，再拉南斯拉夫与他一致，成个三角集团，是他的希望，能使巴尔干协商国成一坚强团体，可以抵抗苏联的伸展，更是他的希望。所以将于下月初开会的巴尔干协商国会议，是欧洲外交界所重视的集会，开会之前必更有一番纵横捭阖的活跃。这些活跃也许引起迅雷暴雨，也许能够风吹云散，暂保晴和。（寿）

美日会缔定新商约吗？

美国会不会在本月廿六日与日本缔结新商约？不但是我们和我们的敌人目前所最关心的一个问题，亦是近几个月来全世界所时时在推测的一个问题。美国的决定对于欧洲的局势不是会没有影响的。本星期五（一月廿六日）是美日旧商约到期的日子，在那天美国将要公布他的决定。此刻美政府仍坚守缄默，日本在焦急不安。美国将缔结新约，抑缔结临时协定，抑坚决对日不结新约亦拒绝临时协定，目前局外人只能自加推测。最重要的决定因素当然是美国国内的意见。美国外交的方针和举动受国内政治的支配，无论对欧洲或远东政策，不同的派别持有不同的主张。就远东而论，孤立派如参议员波拉等坚持反对对日采积极行动，他们一面顾虑对日施行制裁或会引起日美军事上的冲突，一面以为对日坚决只不过是替英国保护利益，美国在华利益不大，犯不着如此做。然而九一八以来日本的行动，二年半来的中日战争，和西方在华权益的被破坏改变了不少美国人对远东问题的认识，改变了他们对美国在远东应取政策和应居地位的见解。美国国内主张维持正义不应继续对日供给军火原料以助日本侵略中国的舆论，目前比此前要显明得多。前国务卿史汀生各次《纽约时报》的公开函，外交委员会主席毕德门的主张，该委员会多数会员的党属，美国当局对日态度的坚稳，和太平洋增防的决定都可以使我们相信美国人民在此关键时期不至受日本的欺骗，不至于分不清局面，只去躲避问题。十六日国务卿赫尔谈话中"美日商务问题仅为美日间悬案之一而已"一辞，足以指出美国对远东目前局势的关切，和美国内在态度的坚决。美国所求的是他们在远东的权益的保障，有眼光的美国朝野人士认得日本对"中国事件"解决所持的方针和"东亚新秩序"所根据的立场是和美国在远东权益的保障绝对冲突的。日本的新内阁会不会如有些观察家所推想的，比前任内阁具有更大的威望，有可能变更其对于西方在华利益的政策。美国政治家对这问题必已加以仔细的考虑。即使日本的新内阁会与以前的内阁不同，美国就能靠此做其在远东权益的保障的保证吗？奸猾的日本有其奸猾的把戏，遇着可以暴行的时候是它们的军阀出马，遇到不是可以容易随便的时候，日本是会耍把戏的，请军阀暂时少露面，日本会献媚，会假装求好，过了难关，又必是不顾前约而为所欲为。美国人民虽然素来性情坦直，对于日本的诡计现在应该看透了。（佶）

德国与荷比中立

近来德国攻比荷的传说又盛。战事初起时，德国是否要袭上一次欧战的故智，假道中立国，以突袭法国，威胁英国，已为关心欧局发展者所注目。近来的谣言不过是旧话重提。

德国是否愿意冒一个国际恶名，决然侵犯比荷的中立，猜度者意见不一致。稽诸比荷近日严重的戒备与紧张的人心，这个可能性当不是没有的。然而我们以为纵使德国铤而走险，出此末策，欧战大局的前途也未必有基本的变化。

战事已经发生好几月了。德侵犯比荷的可能性既然一向存在，法军事当局当然知之甚详，而且备之甚密。一九一四年德之所以能假道比卢长驱深入者，攻法之无备也。法今既有备，德即使能克复比荷，不过延长马奇诺与西克弗利两战线于比荷法之边境而已，未必能长驱深入也。侵荷之第二种利益为取得接近英国之海岸，以为空军根据地，以威胁英国。这个利益亦依然存在。然而空袭的威胁虽然可以给英国以若干不便，而绝非制胜的关键。

这一次欧战，至少在这头几个月，与战后一般人想象者大不相同。战前一般人都以为战争发生之后，两边军事的动态一定是以闪电式的猛攻，击碎敌人的主力使其没有恢复的余地。海陆空军的活动规模之大，进攻之骤急，将为前此战事所为经见者。然衅端一开，战事立变为胶着状态的阵地战。即向为人所特别注意之空军亦黯然失色。于是这一次欧战决胜于主力会战的机会恐怕还要少于一九一四的战事，而决胜于交战双方支持力大小者还要多。英法方面支持似乎比德国为大，此所以英法仍是利用封锁政策以困德。德侵犯比荷，如果一方面不能侵法之无备，两方面不足与英国以致命之威胁，胶着的状态将仍然存在，支持力的大小还是决胜的关键，欧局的前途还是没有多大的变化，徒然把比荷两国的力量加入英法集团里边去了。所以只就军事与战局的观点来说，德之侵犯比荷没有很大的效果。然若德国以为长此相拒，终有困毙之日，于没有出路处求出路，则侵犯比荷也未尝不可视为打破僵局的一个尝试。（山）

论虚文政治

王赣愚

中国政治的最大弊病，就是"趋名避实"。

这一弊病不只是厕身宦海的人认得清，连像我无从政经验的人早看透了。"趋名避实"便是"虚文"，拘形式而无诚意，重外表而忽内容，治事塞责，待人敷衍。向来我国政治上矛盾，紊乱，败坏，究属都是因为有此病魔在那里作祟。

西洋人说中国人患了"文字迷"，我最初对这事颇费思虑，现在也很恍然了。中国人之尚虚伪繁文，是在重视文字上表现着。作文与做事究有不同，作文尽可以求个笔下痛快，做事则不能不负责任，顾现实。我们却往往把作文当做事，所以只有肯在文字上费工夫，用心未尝不勤，而结果几等于零。中国自来被称为文字国，虽识字者居非常少数，但社会上虚文的恶习，积重难除，却使一般人都过分爱好形式，因为期望形式之完全，而又不惜抑制了个性，浪费了精力，说起来岂只可惜而已！

其实，文字和语言一样，不过是达意的媒介，表情的工具，二者俱与行为绝对有别。言论只是行为的起点，行为是言论的极点，有始无终，习以为常，毕竟是空伪无实着。你们且慢骂宋明以后的士大夫，放言高论，迂阔无真；但现在仍有不少读书人，拘墟执拗，叫嚣乖张，无形中给社会以恶影响。你们且莫说从前文人中了"八股""策论"的毒，一味尊古拘文，戏弄自己心思；哪知当世知识界依然是那一套，虽方式稍变，而精神仍丝毫不改。我并不谓文不该作，话不该说，却谓作文说话全在表示意思，并非什么实际行为；如果只在纸片上发空谈，一若天下事指顾可成，那就会养成视事太易的心理，纵然做起事来，也难免轻躁不踏实。

这种把作文说话当做事的习惯，在中国政治上，表露得最明显，现代政治的特征，是少治人，多治事。治人既难，治事更不易；只是空谈算不得治人，坐愁行叹也算不得治事。任何政治设施，若行之有名无实或半途尽废，则弊常大于利，良法善制，我国未始无之，然立而不行，久已成为具文。我们把政治看得太容易了，所以开个会议，下道命令，写篇文章，便算尽责了事。殊不知世间哪样事有比政治更庞杂的，更重大的；兴一利，除一弊，无不与民生国计息息相关。现代的政治，所以离不开实事求是的精神，向来我国政治为甚么流为"虚文"，病根就在欠缺这种精神。

我们的最大的错误，就是二千多年来专让文人干政治，而大众都站在一旁。文人的恶习惯，劣根性，无论哪种社会都传染到，这是很可怕的。这一班文人，通常称为士大夫，从来高居"四民之首"，几乎脱离了生产群众而存在。他们虽不事生产，然因为有了咬文嚼字之才，高谈阔论之能，在政治上却成为主要的活动份子。士进而为官，官退而为绅，进来退去，一味个人显达，莫管国利民福。过去我国政治的所以不务实际，原因实伏于此。试看民国以来，政治与文人仍结了不解之缘，所谓"知识份子"，所谓"名流"，又所谓"文化人"，都站在生产群众之外，演出争权夺利的把戏，纵横捭阖，此迎彼拒。当年是军阀的时代，这班文人也不愧混杂其间，挑拨煽惑，终久是个"秀才遇见兵，有理说不清"，长期的混战，反因而酿成了。更可痛恨者，无论什么主义，无论什么运动，一到他们手里，竟变成"挂羊头，卖狗肉"的勾当，换言之，他们几乎都是名词的贩卖者，前此国内政潮在他们主动中，往往仅成名词上的争执，各撰意义，各自标榜，一方认为天经地义，一方认为大逆不道，闹来闹去，为的不过是一堆文字，或是一套名词而已。

大家都说现今知识阶级已进步了，士气已改变了，我也不得不承认；但事实上，知识阶级仍不失为"虚文主义"的俘虏，一切恶习惯，劣根性还未完全革除。平时舞文弄墨，互标榜，相号召，遇到机缘，便纷纷挤上仕途，藉偿夙愿。文治势力恶化了，我国政治就失掉了主要的推动力。慢说老年壮年腐败了，就是一般知识青年亦是一丘之貉，以往学生运动是时代的产物，不能与国内政局分离。但论其所采取的方法，总不出喊口号，贴标语，请愿示威等一套。这些方法除宣泄情绪外，实在没有积极的作用。爱国是主观的情感，救国是实际的工作，而青年仅认识末节问题，抓住粗浅手段，固可收效一时，却难成功于久远。老实说来，他们也是受"虚文主义"所迷惑了。今后有志政治的青年们，不可不引为大戒。

中国人以虚文的姿态来办外交，其弊极为显然。国际无道德，已成定论。翻云覆雨，排挤倾轧，大可使国人神迷目眩，如堕入五里雾中。现实国家既是"力"的单位，国际政治现象又是"力"的斗争。外交实际上也不外是潜在国力的表现。我国士大夫一向不了解外交与"力"有若何密切的关系。外交必须与国力相称，国力不充足，结友树敌，殆为不可能。以往我们在外交上的错误，就是过分重视"正义""公理"，而忽略了"力"的培植和增长。远事且莫提，试观"九一八"时期，我们初则完全信任国联，失之过分倚赖国际同情，继则勉强对日妥协，亦不免估计自己力量太低。当年我们所谓民众外交运动，也走上了乖误的路向，口舌宣传，笔墨鼓吹，其所能激动者实不过是虚张嚣狂的排外情绪；殊不想排外情绪，正好像病疯者之骤生神力，其势焰虽凶猛，然究竟非实力的表征。一直到了现在，这种幼稚可笑的运动，才渐渐消沉了，这似乎犹嫌太晚！

在眼前抗战中，我们尤须了解任何一国的实际行动，都以自身利害为转移，所谓"正义"，所谓"公理"，仅居于一切条件之后。在外交上，国家只要计利害，论现实；而人民或许还要讲恩怨，辨是非；因为前者是十足政治的组织，而后者却是具有情感的动物。由此而观，我们要获得外国人民道义上的同情，并不甚难，但要取得他国实力的援助，却不容易。国际的同情，常常是正义的激动，而国际的援助，则没有不基于利害观念的。我们此时既不可因某国某邦帮助我之趋于积极，而过分乐观；又不可因某国某邦助我之趋于消极，而沮丧失望。其实一个民族，在临大难历万劫中，只要深自猛省，不断地培植自己实力的基础。

制宪立法落到中国人手里，也会变成具文。制宪立法的第一义，本在于实行，不能实行的法律，根本是不应制定的，因为制定而不能行，便是法治致命之伤。因此，制宪也好，立法也好，首须切合现时的国情，重事实而不重理论，庶几实行没有困难。但我们一向制宪立法之先，就没有存心实行，结果有立法不如无法，离法治实在太远。制宪立法，本与作文说话不同，在制宪立法的时候，带不着一些虚伪，容不得几微铺张；而在作文说话的时候，却不妨好高骛远，尽可发挥尽致，我们中国人偏偏用作文说话的方法，在那里忙着制宪立法，太讲究了形式，而不讲究实行。"法"与"文"等量齐观，有了空泛条文，有美丽名词，便算了事。有法而无从实行，又何怪国人对法根本不信任！欧美各国制宪立法，充沛着实事求是的精神。我们若是早有这种精神，何至立宪一再迁延，而为世人所诟病呢？我们若使早有这种精神，又何至行法朝令夕改，使人民莫知适从呢？事实上，宪法也好，法律也好，此乃一装饰品，彼乃一装饰品，倘使人事做到了，一切尽可摆在一旁。中国人对于这种作法，确有充足反省的事实。

由制宪立法说到行政，则中国人的"虚文主义"，更暴露无遗了。我们重文的积习太深，往往把公文视同公务，行文当作办事。文外有事，尽可不管，公文办妥，便算尽责。所以一直到了现在，我国从上至下的行政机关，几乎什之八九的工作，就是"办公文"，"做官样文章"，许些多么重要的政务，到了衙门里，便成了"等因""奉此"的一类具文。因为官吏以"办公文"为主要职责，所以他们不免以"办公文"为能事；而各级行政长官在用人时，也不期然的以能文与否为任免标准。官吏泰半成为旧日的"幕友"或"书吏"，受长官的雇佣，除应付公文之外，别无职责。

现在我国官署的阶层比从前多，而分层负责制度还未成立，事事都要秉承上峰，以致处理公文必须经过"兜圈子"的承转，如此非把行政效率断送不可。原来公文是行政上的必需工具；善办公文固无可厚非；但在中国重文积习难除，并且公文格式刻板，办事手续亦繁，不知多少重要政务于无形中堕坏了，又不知多少有为人士被纸片文书埋没了。如何改革公文处理，在外国本来是小事，但在中国却成十分重要问题。公文以外，在行政上，计划表册之滥造，法令条例之复杂，乃集会受训之频繁，除中国以外，恐怕是莫能比拟的。各国行政以事为对象，而我国行政却以文为对象。以"办公文"始，又以"办公文"终，一切迟滞，一切拖延，专讲纸面，挑剔字眼，纵使贻误政机，亦一概不管。这就是"虚文政治"的特征，官僚主义的表现。

制度尚未确定，人事高于一切，因此，在中国行政上最重视的是人事。只要对人事应付过去，其他都办得通。官场积习相沿，用人纯凭感情，考试几近虚设。这种风气泰半是由在上者造成的。上行下效，以致日见其炽。夤缘奔走，宾答酬酢，考绩欠标准，升黜无定轨，大家将全副精神都用在"献媚""送情"之上，试问公务如何推进？吏治何能整饬？纪纲废弛，官箴污坏，贪赃受贿之风，因以助长。在舆论尚未健全发展的今日，居上位者贪败渎职，人民不敢问，法律不敢究。我国从政的人，类多缺乏道德观念，"笑骂由人笑骂，好官我自为之。"长官如此，僚属何独不然。上下相蒙，心照不宣，只要在公事上敷衍过去，就算克尽厥职。现在的官场情形，比从前不见得进步很多，不过刷新吏治，绝非三令五申所可奏效，况且我们当局多从理想上，制定人事法规，距离事实过远，结果反为少数官吏造成虚应故事的机会，其无裨实际，可以想见了。

以上这些话，详于批评而忽于建议。或者有人疑我说的太过火，其实不然。我们中了"虚文主义"的毒，趋名避实，不求彻底，临事推诿，待人敷衍，有碍于政治的推进，自然是不可免的。"虚文主义"侵入政治领域，就立刻成为腐败颓靡的根苗。在抗战现阶段，要使政治赶上军事，我们非把这种根苗彻底杜绝不可。现代政治的基础，可说是实事求是的精神。从实施中寻经验，从经验里求进步，这是欧美各国推进政治的作法。我们此时不可不引为借鉴。

论省县机构之调整

毛树清

改进地方政治的先决条件,第一要有大量真正人才,参加到各县行政机构中间去;第二,必须要造成一个良好的县政组织,使它能担负起"亲民之官"的实际任务。关于这两点,笔者在前期本刊,已作过初步论述。自从新县法颁布以后,县政机构的轮廓,大致已臻相当完备之境,但如果不先把省县之间的关系扯清,单从县政府本身着想,依然只事倍功半,不能收到完满的效果。因为:

一、县政府的上级机关,过于繁复(四川有卅多个),意见不同,事权不一,使县政府有彷徨无适之苦。

二、县政上级机关,缺具体联系,政务乏轻重缓急之分,县长有时不明层峰意旨,判别往往错误,对于行政效率上,滋碍殊多。

三、省,县,行政督察专员之间,缺少明确权责规定,公文呈转费时,常多徒劳往返。

因此,调整省县之间的行政关系,已成为一件刻不容缓的事实。在过去,中央,地方,都有人研究过这一问题,最近国民参政会席上,也曾经一度讨论,各方面所提具体方案,颇不一致,各省实际办法,亦非一律。例如行政督察专员制度,由江西推行至剿匪各省,再普及于全国,中间屡有变易,自行所是。本来一种政治设施,原有因地制宜的必要,大抵在军事地带或剿匪区域,行政督察专员能够泯除县界,全力指挥,则收效易有把握。但如果专员公署变成歌舞升平的衙门,徒然使公文多一层转折,则已尽失当时设制的原意,反变成行政效率的障碍了。近来,对于诸如此类的问题,随着县政府改革而逐步发现，尤其是省与县之间的关系，照目下的情况看，似乎太不正常了。

照川康建设期成会所提的方案，主张省政府集中制，凡是对于县政府的命令，必须经过省政府。换言之，就是要使县政府，只依照省政府的命令，执行职务，凡是与省平行的各种机关，除了经过省政府转令以外，没有直接训令县府之权。这样，不但在形式上较为合适，而且可以泯除前述（一）（二）两项的流弊。至于省政府内部的关系，如果依照战前行政效率促进会的意见，那更为单纯了，他们主张：省府各厅"合署办公"；提高省主席职权；呈咨函令，一切都集中于省府总秘书处，其情况正如各县的"裁局改科"一样。

为什么说合署办公的办法更为单纯呢？因为鉴于过去各厅处分立的现象，缺陷太多。譬如一个县长，可以在同一时间内，遭到绝然相异的批示，往往甲厅认为应予申诫的过失，乙厅看来，大可褒奖；而乙厅认为完全违法的事，丙厅倒觉得可以通融办理。弄得下级人员，茫无适从。此外，厅处之间，处局之间的矛盾相左，以及认识的偏系仇恨，更是不胜枚举了。

因此，为着要增加行政效率，省府合署办公的意见，在理论上有着充分的理由。然而实际上为什么至今不见实施呢？当然还有种种困难的因素在。我们姑且撇开人事的纷争不说，单从政制本体上看：第一，全省的政务繁多不若一县之易于合并，且每厅主管人员，具有相当专门技术，如欲全部归并，有损于分工合作原则，实质上恐多不便。第二，各厅处主管事务内，尚有细别分工，范围广泛，人员众多，如欲全部合署，组织殊嫌过分庞大。第三，全部合署以后，省主席地位更形重要，有若干区域，才力上尚有问题。第四，总秘书处总览公文收发，是否能迅予增加效率，并无一定把握，万一稍有淤阻，反易使工作停顿。上述四点，我们觉得在现阶段的中国政治社会中，都有详复考虑的必要。

与省政府平行的机关，在今日各省，都有数十之多，其中最主要者，莫过于绥靖公署与行营行辕，两者都是军事机关，都有特殊专责与使命，过去几年来，南昌行营，武昌行营，以及各省绥靖公署的军事政治工作，有不可磨灭的功绩与贡献。军兴以后，前线各省，又设置了战区司令部，后方各省，添设了军事管区，都为着特殊需要，才有特殊制度，在今日言彻底裁并，在事实上为不可能，在理论上亦属太近于机械。至于期成会所提供集中政令颁发于省府一议，是否有碍于主管事实的秘密性，尚是问题，且公文转折费时，恐亦难求实现。因此，新县制虽在逐步推动，而省县之间的多头关系，依然如故。

那末，怎样解决这一个畸形的问题呢？照治本的办法，当然要求达彻底的"一元化"，不过，在现在军事期间，一切建国工作，正在分头推进之中，自未便太拘于形式。为解除县政多头的苦痛，凡属平行于各省的机关，性质相同而事实可能归并者，先当求其归并，例如公路局应隶属于建设厅，征收局应隶属于财政厅是。凡有特殊使命而必须独立之机关，对于县政府的政令颁发事宜，最好能会同省府各厅处，组织一个有联系性的委员会，专门调整彼此间之重复冲突或矛盾，以收意志一致之实效。这一个委员会有常设的性质，以便各县遇有疑难时咨询，同时并有纠正各机关政令的权责。这样，在复杂的环境中，或能使县政工作，稍有头绪。

如果再进一步的话，最好能使各种省的机构，参加到省府内去，例如：省府会议，除了厅长以及各委员外，其他机关，也派代表列席，这样，更可以减少隔膜，使政令趋于一致。每次省府会议上，如能具体决定急要次要工作的原则，尤为佳妙。例如：在本月份内，应完成某某至要交通线，经费定若干。然后建厅可草拟细则，行营可督同与工，绥署可妥策沿线治安与军力，分头并进，互不相背，则收效必速而巨。同时，县政府如有具体贡献，亦得充分上达，开诚讨论，细查症结所在，彻底改进。如此，方能使县政有所准绳，政令得以贯彻。

至于行政督察专员的职务，大抵应偏于情况特别困难的区域，例如土匪屯聚的僻镇，不毛之地的荒区，或是保甲未经整顿的县份，帮助它完成急需举办的工作。同时，时常往来于辖县各地，以达成督察的实际任务。总之，在地方行政的理论上，专员公署仅是辅导性的，是监察研究性的，不是行政的实际层级，不过，为着非常时期政务的便于推进，专员又大抵兼任保安司令的军职，关于这一点，因不在本文题内，暂不论列。

《出勤在乌托邦中》（书评）

潘光旦

半年以前，看到罗素的一本新作品，叫做《权力，一个新的社会分析》。他在这本书里引到美国合众社记者莱益斯的一本书叫《出勤在乌托邦中》（Eugene Lyons, *Assignment in Utopia*），并且转载了莱氏的一节很有感慨的话，大意说：

"狄克推多制下的民众生活，不啻受了一种无期徒刑的判决。什么样的无期徒刑呢？就是始终得表示着热诚的一种无期徒刑。这真是一种可以消磨精神的徒刑。他们要是有机会的话，他们一定是十二分的愿意，把我们的头钻进他们愁苦生活的核心，而暗地里舐他们的创伤。不过他们不敢，这种退缩的行为几乎就等于叛国。他们像队伍里的士兵一样，经过长途跋涉以后，已经是疲乏得要死了，但是还得齐齐整整的排列起来，准备着检阅。"

我看了这一段话，就很想看莱氏的全书。三个月后在重庆，居然有机会借到这本书，尽三月之力，把全书六百多页从头至尾看了一遍。大约在此三年前，我另外看到过性质上很相仿佛的一本书，叫《我曾经是苏维埃的工作者》。著者是一对青年夫妇，姓斯密士，原是美国的共产党员，后来转移到俄国去，在工厂里当了三年机师，乘兴而往，败兴而归，归后便写成这本书，对于苏俄的社会主义的新试验的内幕，很不客气的下了一番批评，不止是批评，简直是揭穿。从他的议论里，读者得到一个印象，即，苏俄新试验所有的成绩，多少是装点出来的，而其实际的内幕，则往往比资本主义的国家还要来得不清明，不景气。这是一个讲究宣传的世界，有正面的宣传，也有反面的宣传，有善意的，也有恶意的；正面而善意的宣传，我们向见过不少，我们固然不会完全相信；这种像斯氏夫妇的反面的论调，安知一部分不也是宣传呢？安知其中没有恶意的成分呢？这一类的怀疑，在要明了事实真相的读者，是一定不会没有的。三年以来，我就始终怀疑着这一点。不图如今又有莱氏好像是一鼻孔出气的这本书。

莱氏也是一个美国的共产党员，在新闻界努力了许多年，好容易找到一个机会，被合众社派遣到俄国去当访员。像斯氏一样，他也是打足了精神去的，也满心希望苏俄的实际的政治与经济设施可以坐实他童年以来所怀抱着的理想。但是他终于失望了，至少他的说法表示他失望了，不止是失望，简直是灰心。他在俄国住了六年，从一九二九到一九三四年。因为采访的关系，他似乎和俄国的党政要人接触得很多。他还见过斯大林，长谈过一两小时，他对斯氏个人的印象很不坏。但他总觉得俄国目前的试验是一个失败。六年的观察，把一二十年的希望打一个粉碎，在他自己也觉得不甘心，觉得太上当，太不好意思和盘托出的写出来给别人看，但不写又觉得太对不起自己，不写，他自己内心上的理想与现实的冲突始终无法清算，无法解除。为了这一点，他的确踌躇了很久；他一九三四年离开俄国，而这书到一九三八年才问世，这也是一个主要的理由。书中有一章，叫《讲出去不讲出去》（*To Tell or Not to Tell*），是专叙述这一番内心的争持的。不过，话得说回来，这是一个为宣传的风气所笼罩着的世界，莱氏又是一个以新闻事业起家的人，这种自白究属有几分意义，自白后所发表的种种议论又有多少价值，在五里雾中的我们就很不容易断定了。

无论如何，我们不妨把莱氏最有分量的一部分观察与议论介绍在后面。

一、莱氏认为苏俄目前的局势，可以用五六条原则的话来概括的说明，其中似乎更关重要的三条（三、四、五）我们译录如下：

"人命只当人命看是不值钱的，它只不过是造成历史的一些原料。这个信念在苏俄统治的一批领袖中间，似乎是越来越牢不可破。生活自有其更大的目的，比起这种目的来，血与肉的地位似乎要卑微得多，为了要达到这种目的，为了维护真正的信仰，我们即使不免在这信仰的祭坛前面牺牲任何数量的生命，也是值得的。因此，为了拥护一种运动而摧杀败坏的力量一天比一天增加，因此种力量的增加而养成的一种奇特的自豪的心理也一天比一天的发展；这种力量他们自己替起了一些名字，叫'布尔扎维克的残刻'或'列宁主义的坚忍'（Bolshevik ruthlessnese 或 Leninist firmness）。

"社会的出身,指的是普罗的或穷苦农民阶级的出身,成为个人价值与身份的唯一尺度。别处的人以富贵骄人,在俄国是有种出身的人骄人,并且骄得可怕,更可怕的是由骄人而凌人,凡是不属于这种出身的人都认为是属于'敌对'的血统,而例应在被凌之列;而这种敌对与凌蔑的心理后面又好像有一种'恐怖'在驱策似的。同一个政府,一方面夸张他大量的托儿所和幼稚园,一方面却教同样在锤子与镰刀下出生的成千成万的儿童不免于穷愁潦倒,以至于死亡,不为别的理由,单单为了血统上有他们所认为的沾污。这些儿童是不许入学校的,是不得不和他们的父母同被放逐的。祖宗的罪孽在苏俄的儿童身上,真是取得了报应,基督教所称的'原始的罪孽'是已经被宣告万劫不复的了。

"阶级斗争是社会进步的至高无上的方法;凡是本来没有阶级和无须斗争的场合,他们会用人工的方法教它有,教它成为必须……总之,克兰姆林宫方面比马克思自己要走得远得多。它更进一步种植了不少的温室里的阶级斗争。"(以上三节,见原书页二〇五)。

二、莱氏讲到知识人士对目前俄国的局面的态度,和因为这种态度,而遭受的待遇,说:

"大多数的教育阶级的人士诚哉是犯了一个很深与无可救药的罪,就是怀疑。就大体说,他们认为克兰姆林一方面的种种努力是光怪陆离的,工业化的速率是一种推车撞壁的速率而势必失败的;全部试验所牺牲的人力与人的生命是野蛮的,所谓"怠工"的罪名,究其极,其实就是这种怀疑与腹诽的态度,再加上了物质生活的艰苦和思想生活的钳制,所逼出来的种种心理上的不满,而这种态度与心理上的不满已足够教多少千人被拘禁、拷问,放逐,以至于判处死刑。"(原书页三四六—三四七)。

所谓多少千人被拘禁,拷问,放逐,以至于判处死刑,莱氏在他的书里也有不少的记载。上文说过他和俄国党政的领袖都有往来,他叙到某人的时候,假定这某人在他追叙的时候,已经遭遇这一类的不幸,他照例在正文的页底,加上一个注脚:于某年某月被拘,被放,或被处死。别的不说,单就处死一项说,我们可得如下的一些零星统计:

姓氏	处死年月	生前地位或职位	罪名
Sergei Trivas	一九三〇年	国际文化交谊会主席	不详
Riazantsev 及其它四十七人	一九三〇年九月二十四日	教授，农业经济专家，及粮食托辣斯主管人员	不详
姓氏不详三十五人	一九三三年三月	农业专家	第一次五年计划之失败
Zinoviev	一九三六年八月	革命元勋，列宁最密切之合作者	不详
Kamenev	同上	同上	不详
Smirnov	一九三六年至一九三七年间	革命元勋，列宁最密切之合作者	不详
Piatakov	一九三七年一月	同上	脱派
Serehriako	同上	曾任党秘书	不详
Tukhaehevsky, Putna, Yakir 及其它五人	一九三七年六月	红军司令长官及军略家	不详

三、莱氏说到苏俄目前的局面所根据的社会思想事实上又并不很固定，而从这种不固定的情形里产生出来的问题自然不少。书中专有一章叫《修正了的社会主义》，中间对于平等观念的变迁，叙述得很详细，摘录如下：

"这些以及其它有联带关系的改革有一个数学上所称的公分母，就是平等观念的放弃；收入的平等，生活程度的平等，社会权利的平等，终于都被放弃了。平等的事实当然从来没有存在过，在它处如此，在苏俄也如此。但它终是一个有发动行为的能力的理想，一个期于至善的鹄的，凡属文明的社会向来是认定了不放的。在新经济政策的时代，苏俄也认为这是一个最重要的理想，事实上，尽管不平等的现象和资本主义的国家一样的普遍，以至于比这种国家还要来得粗俗，这一颗社会主义的理想的明星，就是'各尽所能，各取所需'的中心思想，始终像日月经天似的，没有暗晦过。

"但到了一九三一年的上半年，这理想是放弃了。……马克思和其它的社会主义的先知先觉都经过了一番新的解释；'党员的最高收入'的标准起先是提高了，后来也终于取消了；薪工的分级不但受了承认，并且变成一条非实行不可的规律。以前有许多歌颂平等主义的戏曲小说忽然变做不时髦的东西，甚至于'反动'的东西。许多外国人写的称赞俄国情形的书，说人民委员会的委员和街头挖沟的工人如何如何的平等的书，也过时了，也被认为不太近情理的瞎恭维。

"费了一两年的文词上的偷天换日的功夫，终于把差等的现象确定为一个积极的布尔札维克的德操。俄文里本有一个字叫uravnuovh意思等于"经济收入的平等化"，斯大林自己就把这两个字提出来，认为是一个可鄙的名词，其所代表的行为，在苏俄的道德标准之下，是一个非同小可的罪孽。也是斯大林自己，在一九三四年二月的一次演说里，把平等主义看做'布尔乔亚的一点蠢不可耐的自作聪明，在一个原始的禁欲主义者的宗派里，不妨有它的地位，但是在根据了马克思主义而组织的社会主义的社会里，是绝对的没有它的地位的'。"（以上三节文字见原书四一九到四二一页）。

接着上面的引文，莱氏又有对于所谓辩证法唯物论极不客气的一段评论，我们在此不具引（页四二三）。莱氏自己原是这一派哲学的信徒，而终于发出这一类的议论，是不能不教人骇怪的。

四、莱氏书中还有专叙苏俄文化的一章，这一章的题目不妨译作《禁锢中的学术文化》。我们也摘录一部分的议论如下：

"我在出勤的几年里，也曾不断的注意到一部分更重要的戏曲，影片，书籍，杂志，但没有敢希望碰到什么比较自出心裁的东西。文笔的力量是有的，美也是有的，但思想的内容总是那么千篇一律，教人发腻，过于单纯的一套。在科学的园地里，例如地质学的研究，北极的探险工作等，在为诛索异端的人比较不容易进去，所以还可以找到一点自由研究与放胆探讨的精神。但一到近乎纯粹思想的各领域里，遇到凡是足以启发科学的怀疑态度的东西，或鼓励'危险的'好奇心的东西，我们便进了一个理智的富有恐怖性的专制时代了。

"所谓历史实在是一堆任情拼凑与任情修正的事实，目的在使它和克兰姆林所发出的政令不相抵触。所谓人类学一定得和一部分的政策相呼应，就是关于苏俄对各弱小民族的关系的政策。所谓心理学一定要和斯大林思想中的种种假定相符合（举一个例吧，全部福洛伊德派的心理学是一种禁忌，倒并不是因为苏俄的心理学家曾经加以驳斥，而是因为它根本和'党的阵线'

冲突)。至于哲学，假定有人对于斯大林的辩证法唯物论有什么疑问，他所遭遇的危险，比中古黑暗时代提出地球究属平不平的问题的人所遭遇的还要担当不起。就在自然科学里，我们也有许多奇形怪状的东西，什么'列宁主义的外科医学'呀，'斯大林主义的数学'呀，在生物学方面也有不少所谓'意识形态'上的修正。

"要有真正的文化，要有真正的理智的自由，必须科学家能大无畏的作些富有创造性的研究，必须艺术家能大无畏的产生些富有创造性的作品。但在目前的俄国，这些东西是想不得的，不可能的，除非一个人愿意自召杀身之祸。就在法国，在一七八九年的革命以前，我们多少还有得一点相对的自由；但在今日的苏俄，谁可以想象找到第二个福禄特尔，第二个迪特罗，来对苏俄的制度，标准，习惯，下一番不客气的攻击呢？就在帝俄的时代，我们也多少有一点同样的自由，但现在又哪里去找一个托尔斯泰，或一个涂琴尼夫（Turpnyev）或一个萨尔蒂柯夫（Sdtykov），来指摘当前的种种措施？不说指摘，就是对于这种种措施，胆敢作一个忠实与准确的叙述的人，我敢说还找不到。帝俄的检查机关可以不问，只要一个科学家艺术家取一个中立的态度，而不谈政事。但是对于苏俄的检查员，中立是最罪大恶极的一种行为；每一个科学家和艺术家总得拿出证据来证明他是积极的在拥护党国的信条，……"（以上三节见原书页四六七到四六九）

莱氏出勤的期间，也曾一再旅行到欧洲大陆，他对于德意等国所推行的主义，也一样的取深恶痛绝的态度，并且也有一番极不客气的批评（页六二一到六二三，六三九，六四七），我们不暇详细征引。他这种态度与批评究属对不对，是另一问题，不过他终究是一个美国人，是一向在比较自由的社会里生长的，虽在早年对于集体主义有过一度热烈的信仰，终于不免归宿到自由主义，而替自由主义作说客——这一点是可以确定的。

我们在上文所介绍的只限于思想的一部分。莱氏对于苏俄民众生活的水深火热，几次五年计划的他所认为的实际的成绩，对于几番清党的内幕等等，都有很详细的叙述，并且在叙述中夹上不少不平的呼吁。这种叙述与呼吁，假定莱氏读过《道德经》的话，他很可以套老子的笔调，归结一句说："主义不仁，以人命为刍狗！"

我们青年中间，有不少钦佩苏俄的新试验的人；他们所能看到的叙述苏俄各方面的成绩的书本也不少。但这一类作反面的论调的书似乎极难得遇见。我并不相信莱氏所观察到的完全是真相，但我对于把俄国情形描写得天花乱坠的作品，也不能不表示怀疑。大约最适当的立场是，把两方面的作品参证着看，而自己加以折中，也许事实的真相离此折中不远。我们总当再三记取，这是一个以宣传替代教育而以偏蔽为能事的世界，唯一可以信托的，恐怕还是我们自己的一些判断与折中的力量。

一　生

流　金

过路人，无论从陆路水路，经过我们那地方，最先引起他注意的，便是那隐在林子里的古老的第宅；假如为满足一点点好奇心，朝着林子走去，高墙广厦，已黯淡了的朱门的颜色，门前倾圮的雨塔子上面迎风而动的草，和栖息在雨塔子中间自由跳跃叫闹的麻雀，可使他对这宅子，有种无限深情的追怀。

第宅经过百年长久的岁月，已到垂暮之年，所育着的过去的两代的人物，多已静静长眠在地下；和它有过十年八年共同生活或竟从没有见过一面的新的一代，对于它已异常淡漠；所能关心到它的人，只有一个叫作门官的老人，以及祖母一代可数的几个老翁和老妇。

十年前，同祖母住在乡下，常听老门官谈起大宅子，他比我们家里任何人都知道得多。大宅子最后一所仓屋盖起的时候，他曾见过。提起那时的事，他总感叹的说：

"那时光景好，火腿，海味，大船从城里运来。用人也是餐鸡餐肉。盖那仓屋时候，木匠石匠，过昼的是大龙酥饼，过夜的是糯米火腿粥，上梁吃三天，张灯结彩，远近乡下人，成群结对的来，看够了，吃够了，走，还带回白米团，要多少有多少。"

过去的事，在他心里，是黄金，但日子过去，人事变迁，黄金光泽，渐渐暗淡。

"……以后便像水往下流，年不如年，人走的走，死的死，走的在外面成家立业，死的闭上眼，坟上长草，石上长苔。剩下好房子，没有人住，糜烂倒墙。……"

冬日的晴朝，小孩子围绕着他坐在大宅高墙下，听他讲我们曾祖祖父的故事，过去的人，在他追怀中，已成为离人远距神世的善与美的化身。带着无限温情底动人的言词，使小小的心感动，给与我们一种最可珍贵的教育，使作儿童时，规矩行礼，成人后，敢于承担，勇于给与，合乎乡人所说的美德。

乡下地方，物产多，人情厚。山里出茶出笋，水里出鱼出虾。女人采茶攀笋，身体好，声音好，上山如猿，唱歌如鸟。男人种田，做完田里事，便捕鱼砍柴，柴不论钱，鱼也不论钱。吃鱼吃虾，都有一定季节，春鲫夏鲤，秋鲫冬鳜，不到该吃日子，鱼虾跳到岸上，亦必被人放回水里。

老门官就是这样一个乡下的人，从小跟他作门官的父亲，住在这第宅之中，后来便承继父亲那份职务，在大宅里过了五十多年日子。当垂暮的年龄，还守着荒凉的古宅，静待着迟迟未至的安息的辰光。

对家中往日的仆人，我们都很敬重。对老门官，和别人更不同，年节时，除去他应得的一份微薄的报酬外，祖母总另外送他一点礼物，家中旁的人，亦莫不如此。但他把那些礼物，零零碎碎又分给我们小孩子，且照例要说些吉利的话，譬如说花生必说长生果，"长生果，吃得长命百岁"。

家里遇婚丧大事，他最忙；事做得不称心，觉得最难受的也是他。处处关心我们家里人；如有人在外面事业有成就，他必最先露出他的笑容，不断的不倦的谈起我们祖先光荣的历史。

一个人在一个地方，一群人中生活得太久，对于那地方，那些人自有一份不可理喻的爱情，老门官对于大宅子以及大宅子里的，便是如此。瞧着荒凉的第宅，他可以常常流眼泪。地上的瓦片，石上的青苔，只要为他精力所及，无不留心除去。有时家里人从外面回来，生活较好，他总提起房子要修理，要人住；接着便讲他那番"树高千丈，落叶归根"的道理，假如听他那番话的人，觉得有理点头，他便像孩子一样的高兴，衷心期待着那恢复门庭光彩的日子，指点木匠石匠把房子修理得如往日盛时一般。但新的一代的人，在在和他的打算不同，他一切期望，只能在梦里圆满，在往日里追寻。

大宅子前面，围墙外，有一片草地，草地上竖有很多的旗杆，夏天夜里，坐在麻石作成的旗杆夹上乘凉，他给我们讲每一根旗杆的故事。在繁多的夏夜虫语声中，往日的情景，因他底悠徐而带得过多的眷恋的诉述，真如梦境，那不可追回的梦，在孩子心里，有一种神美的幻景，在老人心中是一种什么呢？我不知道。

冬日风雪，瓦上积雪如银，大宅中散着清冽芬芳的梅花香味，一切华严，如梦中世界，老门官穿起他的深胭脂色的呢面的大羊皮袍，坐在祠堂里一间小厅屋里，我常常欢喜坐在他身边，看小火炉里的明炭，照着他那由浓眉高鼻，深沉的眼所组成的方正的面貌，眼睛虽失去了年轻人的光泽，但它那种将失未失的老年人的神光，更使我欢喜。有时，我要求他讲一个故事，故事完了，我总问他道，"你怎么知道这么些的故事呢？"他总是笑笑的说："活了七十年，听过见过的就是说不尽的故事啊。"我心想他本身的事，亦必极美丽动人的，但我不知道为什么没有要他讲过他自己，他自己也专讲别人。

对于我们所爱的老人，是不需要知道得很多的。譬如在我，我对祖母的事就不甚知道，她给我知道的，也是关乎别人的多。

不断的爱着我们的家，不断的给与他所能给与的一切。吊在嘴上的是他过去的主人和主人所遗留下来的第宅，所关心的是那第宅和未来现在的第宅的人。

他真像一棵阴翳的大树，给与在他底下休憩的人以广博的恩泽。越老，荫子越浓密，风神挺挺，任什么外来力量不可移。

清明重阳，不论晴雨，他必亲自携带我们备好的香烛，各处上坟，有人陪人去，没有人，独自一个儿。坟上若有野獾洞，必亲自在庄上取锹耙土，责备看坟人一番。回来时，如自己觉得坟堆子比以前大，山上的树木更茂密，一定高高兴兴的和人说，坟转运，在外面作事的必能得意。

祖母们，因他年纪大，有些他份内的事，也不要他做，但他知道了，必生气的说：

"我不吃白饭，做了几十年，没过差池，老也没老到白吃地步。"

但只要人说两句安慰话，说白饭他不吃谁能吃，莫说吃口粗茶淡饭，就是天天吃鸡吃肉也应该，他必含笑说：

"等老爷少爷发达了，再吃鸡吃肉，和往日样，现在还须吃了饭，就做事。"

大宅子与他关系，实在太深，一切离合悲欢，他莫不分去一份，一个小孩子的夭折，一个年轻女儿的远嫁……都振响着他弹了多年而没有松弛的心弦。

不论悲喜，他本能地受着。但也有些他受不住的事。如一个从远远地方嫁来的婶婶，因不懂得那老人在大宅中的地位，不耐那忠诚的关切，撞了他；或是一个新贵的叔叔，在过去不曾身受过他温厚的情爱，偶然回家，不明白那情爱分量，而冷淡了他。使他暗暗的伤心，阴郁的过好些日子，在孩子或在我们祖母那一辈人面前，无限怆怀的追念我们曾祖父祖父过去的好处。

最可伤的还是大宅子无可挽回的如水日下的命运。

我十四岁的时候，往省里上学校。和我一般大的兄弟们，也因十七八年时，地方不靖，相继的跟着家里人迁往中国东南部各个大城去。大宅子更荒凉，更寂寞，夜里，广厦尽为鼠和蝙蝠活动的世界。老门官更艰难地度他凄零的岁月，过去的日子，无法回来，自己也和大宅子一样的老去。他只有愿望快点闭上眼，到地下重侍往日的主人。但大宅子对他亦不能忘怀，有时，又希望永伴着那无知的木石所构成的宏美的画图，直到一个不可知的日子。

中学时，因为祖母留在家乡，每个夏天还回到故乡，在大宅里过一个颇长的日子。但心已不似儿时，夏日黄昏，看老门官耐心地刈去门前的野草，天际的薄云，朵朵的浮在日暮的玫瑰色的天空，阵阵田野的风，吹得心上有淡淡的哀愁。

夜里，他还依旧的坐在草场上度过温宁的夏夜。我瞧着他老得太快的衰颜，三四年前，还硬硬朗朗的影子倒回来，在我心上印着哀痕，是希望已成为泡影，永远的死在老年人为现实所摧残了的心上，使他如此衰颓下去的么？我装着孩子的口吻和他说：

"我将来不像叔叔伯伯，挣了钱，一回到家里，侍奉祖母，把房子修过，漆过，修得像以前一样的好，漆得像以前一样的红。"

听了这孩子气的话，他又回到那期望大宅重新如昔日盛时的日子，他告诉我应该用什么漆，这样，那样，连栽什么花，用哪一种花盆都说到。

但一年一年的过去了……

当我在北方的时候，心离家越远越疏。

一九三七年的秋天，因战事使我不能留在北方，经过海，经过许多大城与小城，又回到故乡来。昔所系在我童年的心上，少年的心上的老门官，落在我到达家门时的第一眼里。

正中秋月好，大宅浴在银漾中。大宅前面的草场上，一群孩子围绕着他，听他讲那和我儿时所讲的故事。月地里，老人的面容，安详而愉快。看着他，我像在做梦。是哪一种感动之情引得他如此呢？

孩子们我都不认识，穿小洋服的，穿学校制服的，明澈灵活的眼，在月色中也像梦一般。

当老门官发现了我的时候，也如梦般的抬起他崇高的皓首，紧紧握住我的风尘的两手，梦似的说：

"是你么？你也回来了！家里人都回来了，人真多，多得赛过过去的日子，多得连住都住不下，……我们要盖新房子，……"

原来是这样的事使得他那样的么？家里人都回来了！但他不知道在他心里的快乐，在别人心里，却是和快乐适相反的感觉呢。

我在家里住了十天，我为老门官的欢喜所感动。十天，完全生活如儿时。八月底，我又离开故乡。

一年又过去，事情又变了。当我重回到家园，正是从中国东南部回来的人，又往西南各个大城去的时节。

老人的希望又像烟似的散了。

初冬的时候，冷落的大宅门前，紧紧锁住了双眉的山陵，埋在迷濛的冷雨中，一阵阵风，吹得黯淡了的朱门铁门环，铿锵的发出冷冷的响声；草场上的旗杆，孤零地伸向冥暗的天空；麻雀在雨塔子中间，缩着头，颤抖着翅膀……

大宅中只剩下老门官一个人。

这回，在他，有一种完全新鲜的痛苦的感觉吧。

当我在西南××城中，得到他给家中的来信，说宅子无恙，他也平安。那时正是初春的时候，故乡的红梅花，香满庭院的日子。

春天过去了。家乡失陷消息，见在四月的新闻纸上。

关于老门官，我们没有一点儿消息。但心里总有个期望。

经过夏天，秋天，现在又是冬天了，但老门官还没有一个信儿……

本期撰者：

　　王赣愚先生拟写几篇文章，讨论中国政治改造问题，本期所刊登的《论虚文政治》可当作一篇引言。毛树清先生现在重庆中央政治学校，专究地方行政问题；最近承其寄来两篇文章，其一篇已登在本刊第二卷第廿五期。

第三卷第四期（1940年1月28日）

时评

斥《汪日密约》

汪逆精卫与敌所签订的《密约》，近日已揭露于报端了。其中有所谓《日支新关系调整纲要》等文件。全国同胞批阅之后，对敌阀侵华的阴谋，更得到进一步的认识。依据此《密约》的规定，我国的政治和领土完整，都要在"经济提携""高度结合"等一套名词下完全断送了；各国在华的权益和地位，将在所谓"日支合并"的体系下被摧残了；中苏间的友好关系，又要在"共同防共"的政策下断绝了。在此《密约》上，明明规定用军事体制，以控制我国；明明企图藉侵略手段，以剥削我民；而敌人仍高喊着什么"平等"，什么"合作"；实则居心之险毒，已为世人所俱知。吞灭中国，独霸东亚，原是敌国军阀的一贯政策，自《近卫声明》以至这次《汪日密约》，都是图谋实现这个政策的铁证。我们敢信除汪逆一派以外，凡稍有民族观念的人，窥破了敌阀的野心，哪个不切齿且痛恨！

汪逆精卫自降敌诱和以后，树权未成，登台心切，乃不惜在敌阀的指使之下，进行其卖国求荣的勾当。这次《密约》显然是在其建立傀儡政权前与敌阀所订立的一种协定。在此之前，国内仍有人不相信汪逆会甘心出卖祖国，现在当恍然大悟了；在此之前，国内仍有人希望敌阀会幡然改变方针，现在当不再作此想了。由此以观，汪敌阴谋的大暴露，对我们抗战信念的加强，一定有推波助澜之效了。

其实，汪逆既成了人民的公敌，国家的叛徒。其所签订的那些卑污文件，自然不生任何效力，所以国人尽可视同一堆废纸。敌国要求和，只得向我们中央政府折冲。在今日，我国内事与外交，俱由最高统帅主持着；此外无论何人，都不得随意倡和议，擅自签和约。执此原则，我们对叛国者的阴谋奸计，只有一致加以痛斥，勿使丝毫动摇我国抗战的信念。（贡）

法币发行总额

本月十八日各报载，发行准备管理委员会检查中中交农四行额报告，截至二十八年十二月份止，四行发行总额共达三十万万零八千余万元，现金与保证准备各为十五万万元。初一看，这个发行数字，觉得相当庞大。原来在抗战之前，截至廿六年六月止，法币发行总额仅为十四万万元，两年半的时期中，法币数目增出了一倍。自然尤其可注意的是发行增加的速度：廿七年六月法币发行总额为十七万万二千万元，由此可知战争的第一年我们法币只增加了三万万，其余的十三万万元则都是最近一年半发行的了。

纸币发行的增加，原为战时各国的所常见的通常现象。除非发行毫无限制，我们无所用其疑虑。我们看看敌人纸币的发行额，比我们的数目既大而增加速度更快。战事发生之前，敌人发行总额只有十万万元，据最近哈瓦斯电的报告，日元流通额已到三十八万万一千七百余万元，可知敌人通货膨胀的危机比我们更大。何况我国法币发行额的增加，除了战费的原因外，尚有其他正当经济理由，例如法币推行的区域由各省到边远区域，自然要增加法币的流通数目。我们再就法币，现金准备来说，现仍合发行总额百分之五十有奇。这是一个颇高的准备率，假如有必要的话，现金准备率可以减低而不至动摇法币的基础。也许有人怀疑我们现金准备的真确性，以为我们哪里来此巨大的数目。但我们信赖贤明的金融财政当局的稳健政策，不必加以种种无谓的揣测。

不过法币发行之大量增加及增加之速，确值得我们予以严重的注意。法币的准备虽然充足，基础虽然稳固，我们虽然尚有发行更多的力量，但我们不能不顾虑到社会对法币能容受的限度。超过这个限度，流弊可多了。为避免可能的过度通货膨胀的弊害，我们应加紧生产，鼓励节约，利用游资，使民间储蓄吸收一部分公债发行，尤其是对调平物价，安定人民心理，使货币

流通不致加速，应为目前之要图。（南）

关于小学教师

"抗战不忘建设"，在粤北捷报声中，蒋委员长一月十六日勖勉全国小学教师的通电，是很有意义的。

"教育为救国之本，而作育儿童之小学教育，又为救国教育之本"。这是人人共喻的道理。小学教师"待遇低微，生活艰苦，尤以抗战以来，物价激涨，致益趋于困顿"，这是人人晓得的事实。事理本很明显，可是抗战以来，大家对于小学教育的重视，很不普遍，对于小学教师的待遇改进，更没有什么努力。

现在最高领袖关心于小学教师了，发出了这样诚恳关切的通电，声闻所及，虽是穷乡陋巷，莫不兴奋鼓励。此后小学教师将为全国人士所重视，大概可以无疑，问题是改善待遇是否即能实践？蒋委员长通电中既认："其应亟谋改善，政府责无旁贷"。日前教育部次长顾先生发表谈话，也说"教部自当与各地方当局合作筹施有效办法"，可见政府不仅有个表示，而有准备实行的诚意。实行的关键在经费，各有关系的机构是不是能"宽筹经费"？社会人士是不是能"解囊倾助"？我们认为不是不可能，可是要政府强力推动。政府已经认清责任，已经剀切表示，我们拭目看他的努力推动。（寿）

日本内阁的更迭与今后的政局

王迅中

自七七事变以来，为时仅二载有半，而日本内阁已三度更易了。近卫闯下的祸，自己无法收拾，藉口"必须成立新内阁，一新人心，以执行东亚新秩序"，而逃之夭夭，将这难题交给平沼。平沼为满足多年来组阁的欲望起见，昧然接受，但登台后踌躇犹豫，左右为难，内政外交一筹莫展；煊赫一时的法西斯巨魁竟被骂为"最不孚人望的内阁"，而藉口"复杂离奇之欧局"，黯然下台。元老重臣本拟推荐广田或宇垣继任，因军部反对，未能实现，于是从垃圾堆里捡起了一位好好先生——阿部信行——出来组阁，所以成立之初，舆论方面即视为"垃圾""弱体""次等"内阁。的确，以阿部比近卫与平沼，无论就地位，资望或能力言，真是每况愈下，一代不如一代。再就阁员人选言，也大都是投机的官僚与政客，所以有人称之为"官僚朋党内阁"。反之时局危机则日趋严重，与内阁的收拾能力，恰成反比例。所以阿部内阁的短命是众所意料的。果然，从八月三十日成立以来，仅四个月零十六天，就被迫下台了。

阿部内阁塌台的原因，和近卫及平沼的离职原因，可以说是大同小异，第一是由于内政外交的无法收拾，第二是由于稳健与过激两派的斗争，内阁左右为难，无法应付。先就第一点言，日本自对华作战以来，死亡枕藉，耗费巨资，人民忍痛茹苦，已二年有半，战争结束不仅遥遥无期，内外危机日趋深刻，民怨沸腾，举国惶恐。所以阿部就任伊始，即以"全力解决中国事件"来安慰国人。欧战爆发，日本朝野梦想利用列强无暇东顾诱胁对远东问题让步，使中日战争得以迅速解决。但数月以来，外交到处碰壁。对英法虽尽趁火打劫之能事，然除不关重要之枝节问题外，毫无收获。对美外交，野村虽一再乞怜续订商约，复谋以尊重美国权益及开放长江中下游诱惑，但美国迄不为动，舆论方面更多主对日禁运，暴日徒蒙诒媚之名，而无补实际。对苏外交虽已开始谈判，但前途困难尚多，根本解决殊不可能。至于对华问题，西尾板垣之军事进攻既遭惨败，伪中央组织亦因外交，财政及军事种种困难以及傀儡间的挤轧摩擦，迟迟不能成立，且以汪逆之声名狼藉，亦决不足以号召中国人民。所以阿部尚觍颜劝导国人，谓"中日事变决不能因新中央政权之树立而得以解决，国民政府尚拥有二百数十师之军队及百余万之游击队，解决中日事件至少尚须五年或十年"，因此敌国人民至感失望。

　　就内政言，关于少数阁僚主义，贸易省设置问题，物价政策，米谷等问题，阿部内阁莫不焦头烂额，一筹莫展。阿部内阁成立之初，本应军部要求，标榜少数官僚主义，扩大总理大臣职权，以便集中权力，应付"事变"，所以只发表了八个阁员，余均采取兼任办法。但不久即发生摩擦，如以商工大臣伍堂卓雄兼农林大臣，深为农林省所不满，对于伍堂标榜的低物价政策，更认系不顾农村利益，攻击备至，阿部终于不得不邀有马系的酒井忠正专任。其他的兼任职也一律改为专任。内相小厚直兼任的厚相改邀秋田清担任，递相大臣永井柳太郎兼任的铁道大臣亦邀永井秀次郎担任。当初的少数阁僚主义完全抛弃了。这种反复无常的办法使军部不快，内阁威信也一败涂地。贸易省设置的原意在利用欧战之机，整顿国内工商业，振兴对外贸易，已经内阁会议通过，但遭外务省猛烈反对，通商局长以下百余人联呈请离职，驻外使领亦通电响应，阿部野村不得不收回成命，自己打了自己的嘴巴。伍堂所标榜的低物价政策不但未能奏效，反而使物资缺乏，物价继续高涨。最近的米荒问题更使敌阀焦头烂额，抢米风潮不绝发生，国民生活益感不安。至于一般舆论所期望的革除官僚机构，实行统制经济，以适应战时需要的要求，当然更谈不到了。阿部内阁的内政外交既皆着着失败，被抑了很久的政党议员，乃投机攻击，企图恢复政党的地位。但敌国内政外交危机的不能解除，根本原因是由于战事的无法结束，而战事无法结束责任则不在阿部内阁。阿部内阁不过是代人受过而已。

　　次就第二点言，自九一八事变以来，日本的政治永远在维持现状与打破现状的两派明争暗斗之中，一面是奉西园寺为元老的重臣集团及正统财阀等，一面是少壮军人及法西斯分子，这种斗争随着内外危机的增加而日趋尖锐化。近来军部虽因声威渐堕，气焰稍敛，但干政的野心始终未减，内阁被挟其间，左右为难。近卫负元老西园寺之厚望，因不堪军部的压迫而下台；平沼亦因板垣之力主实行总动员法及缔结三国军事同盟而塌台；阿部的塌台表面虽是由于政党议员的攻击，其实最后的决定，还是由于军部的不愿支援。阿部内阁是重臣与军部的折中产物，成立之初，军部本来推荐好几位纯法西斯人物，提出了好几个条件，但自阿部与汤浅及近卫会商后就变卦了，军部当然不乐意，阿部一方面要遵循元老重臣的意见，一方面又要周旋军部，结果左右为难，一筹莫展，成了政党投机攻击的目的，阿部虽企图恋栈，多方活动，终因军部亦要求辞职，不得不挂冠而去了。

候补呼声最高的是近卫文麿，因为他是中日战争的发动者及"东亚新秩序"的倡导者，所以大家希望他来收拾时局，但他有自知之明，宁愿幕后操纵，拒绝再做冯妇，其次是宇垣一成、畑俊六及荒木贞夫等。宇垣虽为重臣财阀所推崇，但为军部所忌视。畑在军人中虽思想较为稳健，但以现役陆相而任总理大臣，终将耸动国际视听，且当阿部辞职时，军部曾表示对华事件军部可负全责，干政之心溢于言表，所以元老重臣不愿推荐。荒木在九一八事变时，气焰万丈，极为少壮军人所崇敬，年来虽稍敛迹，有候补首相的呼声，但元老重臣等既不放心，而军部亦视为已非理想之傀儡人物，因此，首相冠冕又落到一位意外人物——米内——的头上。米内系海军大将，在元老重臣看来，或许较易应付军部，并且他在平沼内阁的海相任内，和陆相坂垣辩论，极为反对与德意订立三国军事同盟。所以传说米内内阁发表后军部大为不满，拟使畑俊六拒任陆相以要挟，虽然未成事实，但军部的不满以及新阁前途的黯淡，不难推知了。

次就新阁的人选看来，米内在海军中虽然军功卓著，历任林，近卫及平沼三内阁的海军大臣，但对整个国策，并无特殊的见解和魄力。观彼就任的声明谓将以坚决之意志，推行"东亚新秩序"，处理中国事件，对华仍本既定政策，对欧美将以独立主动地位，调整外交；内政方面，努力开发资源，稳定人民生活。完全是一套陈词滥调，前车可鉴，明知故犯，期以挽救危局，何异缘木求鱼。阁员方面，也并无特殊人才。重要阁员陆海军大臣仍由畑俊六及吉田善吾蝉联。外相有田八郎虽系日本外交界中有名的中国通，曾任广田内阁时的驻华大使，外务大臣及宇垣的外交顾问等要职，但从一九三八年十一月继宇垣任外务大臣后，近卫平沼两内阁，并无若何建树，对于欧美外交，更无打开之方策，平沼内阁因外交应付失策而塌台，有田正是首当其冲的外务大臣。目前日本外交的艰困，并不亚于近卫平沼时，有田有何能为？大藏大臣由民政党顾问樱内幸雄担任，预算案在议会中或可减少若许阻扰，但如何解救经济危机，殊为可疑。樱内历任各电气会社社长，在实业界虽不无少许声望，但比之池田，不无小巫见大巫之感，池田尚感巧妇难为无米之炊，樱内更无论矣。其他阁员如内相儿玉秀雄曾任内阁之拓务大臣及林内阁时之递信大臣，现为贵族院研究系议员。文相为枢密顾问官松浦镇次郎，历任文部次官，朝鲜京城帝大及九州帝大等总长，对于学生过激思想之防治诱导，颇具手腕，因为军部所赏识。法相木上村达属临野系统，系司法界之法西斯份子。农林大臣岛田俊雄代表政友会入阁，曾任广田内阁农相。商工大臣藤原银次郎系实业界巨子，为王子制纸会社经理，醉心德国之工业建设，主张投资国防事业，迎合军部意志。铁道大臣松野鹤平是政友会正统派主角。拓相小矶国昭系陆军大将，一度颇为各方所期望，有候补总理之呼声，但就任平沼内阁拓相后，亦平凡无所表现。递相滕正宪系民政党议员，厚相吉田茂曾任冈田内阁的书记官长，是一位新官僚领袖。各阁员背景复杂，缺乏强力的统一性，并且大都是官僚政客，并非一等的政治家及财界领袖，故敌国舆论界也认为"新阁缺乏新血液，最优秀的政治家及财界领袖都未肯加入，不足以实现剧烈之政策，以消灭国内之不安，适应财政经济之迫切要求"。比之阿部内阁，仍是半斤八两之别。至于今后日本的政局动向究将如何？先就外交言，米内首相与有田外相均声明新阁之外交政策，将以处理中国事件为目标，并着重于调整日本与第三国间之关系。关于对华问题，米内仍念念不忘"东亚新秩序"，并谓决本既定政策迈进。故今后敌国对华政策，绝无改善可能。敌国当局虽然急于解决对华战事，但对于所持对华政策及观点的谬误，并无彻底的觉悟。观于暴日对汪逆所订条件之苛刻，较五九时之二十一条，更为恶毒，其无悔过之意，至为明显。米内既非眼光远大的政治家，也决无这样大的胆识和魄力，所以中日问题的合理解决，尚非其时。我们固然不能作此梦想，外国当局更应认清日本局势，只有援助中国抗战，才能使暴日就犯。

面对欧美列强，米内是海军人物，且曾驻在英美，对于欧美的情形，比之一般盲目的少壮军人，认识较深。有田外相过去虽系签订三国反共协定的主持人，但对英美外交仍主力图调整，在外交界中被认为欧美追随外交的人物，与白鸟领导的所谓革新外交派绝对不同。于就任后对日本记者表示：

"对美执行前阁政策，先求两国之关系正常化，建立日美的传统友谊"。仍以开放长江中下游为饵，企图续订日美商约，解决其他悬案。对苏则强辩反共协定与日苏友好为截然二事，日本将努力解决两国间一切悬案，而先从划界问题着手。对英则谓"相信英国觉悟之结果，可使日英关系于不久期间内，得以改善"。对于德意则仍主维持防共协定之友好关系，认为与美苏接近一事并不冲突。简言之，新阁的外交政策，大致与阿部的外交政策无大差别，梦想利用欧战之机，与欧美列强妥协，以便全力解决对华事件，而对美苏外交尤为重视，不惜献媚屈膝，以达欺骗之目的，对集权国家，则仍维持友好关系，以留对美英法等民主国家要挟之余地，但列强会受暴日的欺骗么？阿部前车可鉴，殊无讨论之必要，现应注意者，即新阁对于欧美外交失败后，究将如何应付军部及法西斯份子的攻击？

最后，就日本的内政言，稳健与急进两派间摩擦斗争，民心的厌战不安，姑且不提，仅从经济一项而言，敌国的危机差不多已经到了不可救药的地步。国债已经由战前的一〇五亿，增至二百四十亿以上，纸币发行额由战前十亿左右，增至三十八亿余，下年度普通预算已达一百〇三亿之巨，樱内有何能力，筹措如许巨款？公债和纸币的发行，早已超过了饱和点，捐税自七七事变以来，也已一再增加，竭泽而渔。通货膨胀与苛征暴敛的结果，物价暴涨，人民生活益感不安，伍堂的低物价政策已经完全失败，新商相藤原氏既不研究物价高涨的原因，舍本就末，仍斤斤于物价的强迫统制，结果恐不但不能减低物价，反将促使黑市横行，更增社会的不安。至于最近严重化的食米问题，新农相岛田俊雄归咎于供求的缺乏调节，其实本年因歉收及农村壮丁的缺乏，供给不足量，至少在一千万石以上，这是铁的事实，食米不足即使可用外米填补，但农村的危机如何补救，民生的不安如何消除，是根本问题。据说新阁将在阁内设立永久性质的经济委员会，专门研究商品及食米问题，这两问题的严重性由此可知了。其他如对日元集团以外国家的巨额入超，资金的日趋枯竭，更增暴日经济危机的严重性，这个绝症决不是换一个内阁所能解救的。

我曾屡次说过日本的危机决不是"人"的问题，而在事实的本身，近卫，平沼，阿部三内阁的施政方针，可以说是大同小异，而塌台的原因都是由于内政外交的无法收拾，就米内以及其他诸阁员的施政谈话看来，与阿部内阁的政策并无异致。近卫，平沼，阿部都做了时代的牺牲者，米内又何能幸免？

工业化的社会条件

张德昌

在抗战之前,许多人讨论中国工业化问题的时候,常常举出政治不上轨道,交通不发达,币制不统一等等,认为是中国工业化所以不能早有成效的原因。甚至有些人用保守主义来解释中国社会对于新兴工业的一切阻力。抗战以来,情形大不同于战前,无论政府,私人都在提倡建立工业。但是困难还是十分多。以前的困难中有些已不存在了,而新困难又发生。交通问题和以前一样严重,资本和技术的问题,技术工人的供给问题,都是关心工业建设的人所一再提及的,我们以为在各种新旧阻力之中,有一种根深蒂固的力量是建立新式工业的一个大障碍。这个大的阻力,不是政治的,经济的,而是社会的阻力。自然在一个社会里,政府雇员之无近代吏治精神,政治机构之缺乏健全组织,可以给新式工业以大的打击,旧的经济利益多方阻挠新兴经济事业,可以使新事业不能立定基础。不过如果我们以现有的情形来看,社会的阻力比之政治经济的原因还要重要。

讲到社会的阻力,我们很容易联想到一般人的风水迷信的观念。自清季以来,无论开矿修路,常常因为地脉风水等关系,不但受到乡民的反对,而且为政府所不允许。光绪中,热河发现煤矿,有人上奏请开采,但因距皇陵太近不能就地设厂开采。初议修建塘沽铁路的时候,有不少人举出塘沽地近京畿,有伤气势,请求从缓。这种阻力现在减少得多了。近年来许多地方修路设厂并未常遇这阻力。实在许多人讲中国乡民迷信保守,都不为过盛其词。中国乡民诚然保守者多,但是将保守组织成一种力量,公开表达出来和新兴势力对抗,对于乡民还是不大容易的事情。在过去所谓人民反对,常常是身当其冲，官吏或少数地方有力者藉人民来反对。我曾查出清季有好几次反对筑路的案子，兴其事的官吏往往捏造人民反对的情形，来和政府对抗，等到详查之后，才知所谓人民反对全是官吏藉口。这种阻力不是真正的社会的阻力，不是新兴工业的真正障碍。

新兴工业的真正障碍是中国社会里另一种力量或精神。这一种精神我们可名之曰会馆的精神或行会的精神。所谓会馆或行会的精神并非专指手工业者的精神。事实上有些生产组织仍在手工业时期，但主持的人是富有近代工业家的企图精神的。同时有些新式工商业，虽然形式上仿照近代西洋的组织，但是主持者的精神仍是旧式的行会精神。我们此处所说的会馆或行会精神是广义的。在西洋，近代以前，有商人行会，工人行会，还有匠人行会，伙计行会，学徒行会等种种分别。在中国则行会的精神，不但见于商帮，工匠，学徒，而且见于士大夫，知识阶级和官吏。我们有各种同业会馆，还有同乡会馆。近年来，名称虽有改变，木作行的会馆改成了木作业协会或同业工会，江苏同乡会改成了江苏同学会或某某研究会，实质上并没有变动。这种精神原非为中国特有，但是时至今日，这种东西在西洋社会里已消逝了，我国则仍然如故。甚至从外国回来的人，也本这种精神来组合，英国同学会，留德同学会，德奥瑞同学会，法比同学会，欧美同学会等都多多少少是这种精神的表现。这种行会的精神有两个基本点：其一为地方观念。其二为糊口观念。行会精神及于社会其他方面的影响，于此非我们的欲论。我们现在要说的是行会精神及于新兴工业，经济事业的影响。

会馆或行会精神的第一个基点是地方观念。说到地方观念，我们每一个人都不能超脱，地方观念有大小各种程度之别。有的人以一乡一城为本位。有的人对于地方区别看得重于一切。本城人和外城人，本省人与外省人，在有一部分人心目中区别得很清楚。这种地方有其经济史的背景，在以前，现代国家还未出现的时候，同地域的同职业者，利害相同，结合起来，采取一致的行动，可以得到很大的保障。中古时候伦敦的行会商人，以本城人自居，凡是伦敦以外的商人，不问是约克来的，牛津来的，都被看做外国人。欧洲大陆上也是如此。中国情形也如此。我看到清朝乾隆时期的宁波商人的会馆章程，都严划本城与外来客商之分。在同一城市里，本地与外来客商的权利义务两不相同。本城之内，住民互相对待要讲诚实不欺，公平待遇，如果发现有人作弊，使本城其他人吃亏上当，受损失的人可以诉之于行会，市行政公所，法庭。但是对于"外国人"这些原则可以不适用，至今英国人本国都是讲求公平（Fair play），但对于外国人，或是在殖民地，往往将这个原则抛之一旁，还是有中古时候的风味。地方观念的结合，有其保障的功用，所以愈被人看得重。一个比利时城市的商人到了伦敦，伦敦人不把他看成某甲某乙，或是某木匠某毛织匠，而视之为比利时人。他的一举一动本不能代表全比利时人，但是他的言行举止都被视作比利时人的特色。有一天他犯了罪，全城哄传比利时犯罪了。在这种情形下一个人愈感有人我之分，愈感有重视本地与外国之必要。所以行会精神充斥的社会里，只有地方单位的团体，没有单个独立的个人。个人要和地方合成一体。两人相见，首问籍贯。如果知道了他是湖南人，仍旧把他看为具有全副湖南特色的代表：爱吃辣子易发脾气，矫捷，勇武，富革命性等等。在这种情形之下，一个人的名片上除了注明他的姓名之外，职业可以不写，但籍贯一定明列。——高尔础，浙江绍兴。行会精神在过去有其用处，但是今日是应该摧残根拔的一种社会力量。在政治统一的基础上，我们来建立新式经济事业，我们第一步先要清除这种基于城乡本位的行会精神。我们应当把小的地方观变为大的地方观，把小的公平推广而为大的公平。使国家成为唯一的单位。在这国家立场上，对于其他国家分别远近，分别待遇。在外国领土，中国商人，工人不能平等的和外国人竞争。我们的商人工人有时要吃亏。在中国我们虽不当歧视外人，但是在可能范围内外国工商业不能享有更大的特权和便利。只有在国家单位的基础上，新式经济事业方可以立足。一个企业家要创办一种工业，他的算盘是打全国的算盘，或更大于全国范围的算盘。他的工厂的出品不只是一地一乡的需要，而是在供求更大的市场。不能用城圈地界来限制他的资本和技术工人的流动，也不能限制他的出品的市场。但要促进工业的发展，只靠政府的法令和规律还不够，必需整个社会予以同情的协助才行。我们有时听到说在几个地方都有一种现象，就是一些企业家想在某地创办一种工业，在购地设厂时，有时受到不甚公平的歧视，或是地租特别提高，或是不能予以方便，使许多人知难而退。这其中固然有一些是投机作用，但地方观念也恐怕不免，这种社会的力量是创办新式工业的一大阻碍。要清除这种社会的阻力，徒有政府的法令，还不易奏效。最有效的办法是教育和交通。我们希望办理新闻事业的人能鉴到这点，在消极方面当避免引起地方观念的文字，消灭这种会馆的精神。同时在积极方面多多提倡国家单位的精神。要在这一方面做，单在社论里著说立论并不够用，因为有许多人看报纸，着重的是新闻，不大注重长篇的论说文字，如果在地方版上记载社会新闻，能常用国家本位的精神来撰述，其影响是很大的。许多人以为地方观念是交通不便的副产物，所以认为这是不十分重要的问题，一旦交通发展了，自然而然人与人的关系会起一番改变。这种看法有相当理由，但是我们不能坐待交通发达之后，再求国家本位的精神来代替地方观念。我们应当就目前能做到的即刻着手来做。

会馆或行会精神的第二个基点是糊口观念。从事工商业的人立志不大，眼光甚短，也可以说没有野心。他每日工作只求"够吃的"，不是与时逐利，求更多更大的财富。中国有许多铺子，制品在雇主方面有很好的信用，但是他们不求扩大规模，来吸收更多的主顾，自己把出品的产量固定了，卖完完事，不求多挣钱，主要的原因即是受糊口观念的支配。因为合计下来，一天所得已足够花费之用，便觉满足，不必更求多得。中国有许多商店在仿单上常注明"只此一家，别无分号"。这固然是防假冒的用意，一方面也是糊口观念的表现。如果出品得到信用，可以去各地扩充，为什么要只此一家呢？初来内地的人都有一种经验：到商店里买东西，常要被店主冷视或甚至恶意相待。我们不能拿这种现象归咎于某地某店某个人，而当认清这些是糊口主义者。他没有多谋利的思想，尽管有许多顾客被得罪了，但是一天之内总有几个顾客，几个顾客的购买已可使店伙一日的食用，又何必曲意奉承以多求呢。糊口观念的社会里，无法谈新式工商业。市场的态度，顾客的嗜好，将来的可能发展，全不在考虑之中。糊口观念和近代工商业家的精神相反，这种观念的存在不但不能促进原有经济事业的发展，而且对于具有企业精神的工商业者是一种阻力。他们怀疑，嫉视新式工商业，不全是因为利害冲突，而是在精神上不能并容。在西洋中古社会里，有许多怀有企业家精神的工商业家，如意大利人、南德人、犹太人，常遭毁室被逐之祸，攻击他们的人，并不说由于利害关系，而常用行会的罪名为虐待他们的口实。这是糊口观念主义者的反抗精神的表现。

地方观念和糊口观念是会馆精神的两个基点。会馆精神在根本上反于新兴经济事业的精神。过去迷信风水的观念可以将吴淞试修的第一条铁路拆毁，投之于江，会馆的精神使工业化的程度减缓，两者同为新兴经济事业之有力的社会障碍。在一个统一的国家里，在开始经济建设的时候，我们首先当注意于这种基本的社会阻力。抗战以来,两年多的时间,举凡各种事业都待发展。但是直到今天,屈指可数的几个有规模的工商事业,仍是国营事业,私人企业寥若晨星,此其故安在?这是由于我们社会仍未脱除会馆的精神。欲求中国工业化之早日奏功,当自清除社会阻力的条件做起。

对中国法学的希望

朱 正

我们中国法学，在世界法学的场面上，也曾出过风头；不过因为一般聪明才智之士，都把毕生精力，消耗在文艺上头，而对于法学，不是加以轻视，便是漠不关心；并且以"礼让"出色的儒家，更起而拼命的反对法治。法学之士又不肯努力求进。因此，我国法学便坠入萎靡不振的状态。

中国法学过去的处世态度，在现今这个世界里，我认为"只有招架之力，绝无回刀之功"，决不会造出怎样了不得成绩出来。现在，我们中华民族的民气，和从前已是大不相同了，在"和平绝望"的时候，我们英勇地百折不挠地，抵抗强暴的侵略，深知道只有为我们神圣不可侵犯的权利，据理力争，才能得到和平。"中国法学"的处世态度，我认为也有改取"奋斗"二字之必要，"中国法学"能以"奋斗"为今后处世的态度，才可以创造一种独立的法学。这只是建设中国法学，而不是复兴中国法学。我始终认为非根本改变中国法学处世的态度，而仅仅复活中国法学从前那样的处世态度，是绝对不够生存的资格。

我国法律思想，起初仅是儒，道，墨三家兼营之业，唐朝时代，制定五刑，实为中国法学之权兴。当时洪荒初辟，故其时法律思想，亦泰半含有神权思想的意味；墨子虽非法家，然其法学思想，则注重尊天，殆不脱神权观念，至孔子之论政，则根本主张人治；而其论治，则主张礼治。此后，曾子孟子继承其系统，不过，孟子目光较远，故又注意到社会上去，他以为，人不幸而罹于犯罪，皆由于经济的压迫所致。故须从根本上施以救济，以期减少犯罪，此实为刑事政策之必要，而亦合乎民生主义之精神。二千年前，已见及此，不可不谓独具只眼。道家之老子，则大倡其"自然法说"，这时候，中国法学，已开其端倪矣。周秦之际，诸子争鸣，法家之管仲，则一马当先，仗其一身大本领，奠定了中国法学之基础。接着子产范蠡，均能苦干实干，增加了中国法学不少的力气。到了战国，李悝的奇书《法经》问世，替法界增色不少。此后申不害商鞅之流皆以法治主张卓著而成名。迄乎战国末年，则慎判尹文，更能刻苦用功，精研法学，至韩非而集其大成，中国法学至是确已声势浩大。但至汉而遇尊孔，儒家中兴，宣传得法，声势颇大，法家大受挫顿。迄乎唐，中国法学，就显露衰退气象。初唐时候，虽有《唐律》一部奇书，使中国法学稍见起色；但《唐律》以后，法学之进步，就此停顿，而渐堕于萎靡不振的状态。唐尚如是，后代便可想而知了。以迄明清，而至民国，法学一向不被人注意，而法学之士，则亦被人轻视。

中国法学有数千年之历史，本可奋发而有为，徒以处世态度不佳，以至停滞不前。从今日起，如能改变处世态度，前途仍是不可限量。二十世纪是一个破坏时代，一切思潮，均在动荡，酝酿和怀疑中。在这个时代里，显著的表现，就是中心思想的缺乏，对于一切，无所信赖。中国法学要在这个八卦阵式的动荡里，杀出一条血路，重整旗鼓，创建一个独立系统，却是一件难乎其难的大业。

鸦片战争的炮声，使我们中国从"闭关自守"的状态，一转变而为"门户开放"的境界了。欧美文化，以挟有雄厚之武力，与新式生产工具，冲破了中国固有法制组织之社会，因之，古老的中国大起变化了。从前我们中国的法律，是以天朝上国自居，和欧美的法律，不相接触。但是从海禁大开后，欧美法律思潮输入，事实上中国法学态度已大变了，不问外来法律之性质为如何，中国社会和人民之需要复如何，徒知抄袭欧美日本等国之成文法。

法学不过是思想的一个支流，当然免不了受那风行的人生观和科学思想的影响。思想是不胫而走的，又是无孔不入的，法学从十九世纪末到现在，不知经过了多少的变化和进展。这时期中法学思想，一方面反映着民族主义思想的膨胀，他方面又表征着社会主义思想的发展。自时代思潮冲入中国后，中国新辟的法学园地里，似乎呈现一种欣欣向荣的气象。吴德先生以乐观的笔调，来描写中国法学界的现状。他说："哪料到了今日一般人士，非但不轻法学，并且对于一切法律问题，觉得大有兴味，茶余酒后，时常以法律案件，来做谈助，舆论界对于法律，更有一种很好的缘分；各地的小报，差不多没有一天不载有诉讼的特写和批评。海上的大报，也多辟有法制专栏，或曰'法坛'，或曰'法言'；书坊中之识时务者，对于发行法学的书籍，无不钩心斗角，互相竞争，在这个适宜的并且鼓舞的环境里，我国法学，再不能发达，尚待何时。法学的过去，属于西洋，法律的将来，或许属于中华。"吴先生这一段话，字里行间，似认中国法学是灿烂非常。但是吴先生所说的一番话，与我所得的印象，恰恰相反。我以为中国法学界是"暗淡无光"，吴先生所说中国法学界热闹的场面，我也承认并且也是事实，但可惜得很，这个热闹场面，是"交易市场"，不是"法坛"，各地小报的不断登载讼案而加以特写和批评，上海各报特写法制专刊，书坊之竞争发行法学书籍，有一艺之长的法学家之卖文，无一不是一种"交易现象"。

依我所知道，在短短的二十年中，中国法学界，也曾想参加世界法学"运动会"；不幸得很，就发现不少人半途脱逃了。他们脱逃的理由，当然很多，不是说"兴趣不同"，便是说"政务空偬"，这辈半途脱逃的人们，确有不少是"材堪造就"的，假使能继续干下去，则中国法学界，也许比较生色。

就现在留在法学界的人士而论，固然有不少是努力苦干，有不少是聪明而好学，但也有不少的人屡想"他就"，也许他们以为中国法学界不够热闹，须得出去换换空气，因此，不肯怎样的努力。最使我们伤心的，是国人的仍抱着"轻法学贱法吏"的态度，他们以为法律学是最无聊，"法吏"是最无用。他们这种态度，固然是观察和论断的错误，但研究法律者的不自己努力，也要负部分的责任。现在横在我们的眼前，是法律著作的贫乏。除了几本法学的翻译本和几部释义书之外，简直找不到一本比较像样的著作。有数千多年历史的"中国法学"，照理应该高人一等，胜人一筹，但是现在的事实，恰恰相反。

到现在为止，中国法学尚未决定哪一条路走，不要说"法学欧化"，便是说"本位法学"。我不相信，在这个动荡，扰乱怀疑而缺乏中心思想的二十世纪，仅仅仿效别人或保守祖宗的遗产，就够资格，就可以应付。所以为中国法学的前途打算，大家应该共同努力，打出一条血路。

以上所说，都是泄气的话，或许有人会认是"灭自己的威风"，跟着就会有这样的一个问题：中国法学难道没有出人头地的地方吗？我对于这个问题，要下肯定的答复。谁都知道，与我中华法系同时降生的，并有印度法系，回回法系。可是现在呢？印度法系，回回法系，合并的合并，混一的混一，再也不能复见其"庐山真面目"矣。而我中华法系，虽气势不大，丧失法律的殖民地，终还存在到今。此中缘故，当不难想见中国法学，自有其精神和特色，法律思想史和法制史，自身是一种法律和道德离合之历史。中国法学就在法律和道德离合的过程中发荣滋长的。中国法学和道德，是处于同一范畴之下，道德范畴之内容，随民生而变时，法律思想，亦随道德思想而变，我国地处黄河长江两大流域之大平原，地广人稀，人民一向度其和平生活，绝少战争。且是时"政教""伦理"合而为一，形成特有之法制。家族组织，以伦常为主，与希腊罗马之重权利义务者不同。法律之待遇，绝对平等，对待外人采感化主义，又与希腊罗马之采政府主义者不同。且因家族组织之巩固，伦理观念之确立，故人与人之间，不讲功利主义而尚公义，且我国又以农立国，足以自给，交易较少，私法之不发达，殆由于此。此外于法律之诉讼，重调解与公判而轻法审。

罗马法系随着征服而发展；英美法系则随着拓殖而扩充。二者的发展，相别无几。惟后者历史较短而已，其出于武力之后盾则一。而我中华法系则借文化而发展，一向以"和平"处世。我们处在竞争的二十世纪中，其处世态度还欠适当；但从另一方面观来，中国法学之"和平"态度，正是其精神或特色。

在现在，大陆英美两大法系，可谓举世之法者。以言大陆法系，则德意志系集罗马法之大成，然德意志一方保存其日耳曼民族固有典章制度与夫习风俗尚之特质，而一方则采取罗马法之精英，融冶一炉，遂蔚为今日灿烂之日耳曼法系。英美法系历史虽短，但广布亦广，其特色为公法，与大陆法系之私法恰成一对照。我国法学虽不应盲目仿袭英美法或大陆法，但对于英美法与大陆法之法理及史的发展，须下一番研究功夫。

法律须以适合人民之需要为前提，尤须根据国情，参酌世界大势，要想创建这样的法学，除对英美法系大陆法系应加比较的研究外，对于中国政治，经济，社会，法制，民风习俗，以及宗教文化等，更须作彻底的探讨。外国法律，无论怎样好，如何完备，未必适合国情。我国过去立法，视法律为装饰品，但知模仿，抄袭；结果，致行而不通。此弊历久不改，良堪浩叹！

法律是一种估量和权衡利害的学术，负有探讨人类社会的秘密与发展规则的任务。法律启示了我们解决实际问题的方法，从异中去求同，从散中去得整，使不致于茫无头绪，陷于凌乱，纯以客观的物，去准驭事变，以求理之所在。在个人与社会环境两者兼顾的条件下，法学又能实地求得最适当的问题解决办法，而增长国人对于社会环境的适应力。法律是一部专门的学问。于发明事实之后，对于事实又加以一个评判；既如是，则法律学的方法，当然和自然科学的方法不同了。法律是一种应付社会生活的科学，而社会生活的需要，是无时不在变化和扩张中。所以依自然科学的方法，或其他方法，而研究法律，那恐怕是机械化的法理学；反之，着重法律在对于社会实际生活之贡献，那就是人事化的法理学。我们所应效法于中外大法家的，是他们治学立说的方法，决不是他们的具体结论。我们要创建一个独立的中国法学，应着重法律对于社会实际生活的贡献。建设研究法律方法，这是建设中国法学最重大的任务之一。

其次，法律不过是一种工具，一方面充实人生的价值，一方面又随时随地提高人生的意义。在这样一个认识之下，我们要一方面研讨人生的价值和意义，究竟在哪里，而他方面又要研究怎样才可以使法律能尽量地促进和充实人生的价值，并提高人生的意义。柯拉氏认法律不过是人类精神生活当中的一个小支流。这精神生活，是很丰富而有意味的，并且不断地在那里发展着。有精神生活而后有文化，有文化而后方有法律，故法律不能离开文化而独存。文化的目的，也就是法律的目的。法律既以文化之目的为目的，而又为文化之一部分，不消说，也应该以文化的理想为理想。虽然法律的力量有限，但也应该在可能范围之内，尽量地促进文化，尽量地消灭和减少一切文化上的阻碍。由此而观，建设法律之目的论，也是建设中国法学过程中之另一重大任务。

当然，欲完成以上重大任务，我们对于法律教育，也应极力改进。过去中国法律教育的任务，是在教人怎样解释法律的条文，所以过去的方法是演绎的。但是我们要知道，解释法律，固是一件必须的工作，但不是创造的工作；况且这件工作，外国已做得完满，而我们还在拼命做去，并且还弄不出什么好结果来。这我认为是法律教育的失败。此后为建设中国法学打算，法律教育应有改弦易辙的必要。解释工作以外，我们应注重哲理的研究，法官律师以外，应栽培专家学者。（在理论上讲，法官律师也应该是法学家，但近年来中国法官律师并不是法学家，这或许是过去法律教育只注重解释工作所致。）在学校里法律教育，于刑法，民法，商法，宪法，国际法，行政法等基本学科之外，更须注意社会科学基本知识，如政治学，社会学，经济学，人类学，人种学，心理学，哲学，论理学，伦理学，美学等科。此外对于国学及历史，我认为也须有相当的根基。

最后，新法典的编纂，亦是我国法学界的一种任务。现行法典之欠善，这是公认的事实。不过，法典颁行已久，一旦废而不用，事实上也有其困难。中国当今的法学，也没有发达到完美的程度，所以要制定一部良善的法典，恐怕是不可能。现在我们只有就现行法，逐条加以分析和研究，在适应社会环境的目标之下，渐次加以修正。

以上所言，一半是事实，一半是愿望。这里特加一番论述，与国内法学人士商榷。

漠南游击

钱能欣　刘秀南

一、南口退守以后

二十六年十月敌军攻南口不下，于是绕道多伦沽源裁断平绥路，李服膺不加抵抗，冯将军不得已忍痛放弃天险的南口。敌军从张家口一直进攻大同，由大同北攻得胜口而入绥远。那时傅将军的军队奉阎长官命令已全部调解山西保卫太原，所以绥远省境内的兵力实在稀薄得可怜。平地泉本来有着坚强的防御工事，因为没有大军驻守给敌军顺利地通过了。国民军两团作了壮烈的牺牲，这是绥远人民第一次抗敌的悲壮的战绩，在中华民族的奋斗史上，留下了不朽的光荣。

敌军进入绥远后即分两路，一路由铁道攻平地泉，一路则由公路经凉城而窥归绥，平地泉陷落后，敌军火速西进，十月十四日归绥沦陷。绥远蒙政会保安队一千多人马占山将军的一部分军队先后退到了包头。包头的人民起了极大恐慌，并不是怕惧敌军，乃是意料不到敌军进展得如此迅速，平地泉很快的失守了，因为他们对于傅将军的军队全部调往山西的消息，直到归绥陷落才知道，事前没有准备，而敌军由铁道进攻包头，又是非常方便的。

包头的空气异常紧张。组织民众自卫军，由地政局局长张钦，省党部委员陈国英，高等法院院长于存灏，《包头日报》社社长李聚五，统计处处长班浩，省立中山学院院长白饶潭及现任参政员潘秀仁等七人负责以各县保安队为基干分头组织。不幸自卫军尚未组成，敌军已至包头。在包头已成立的一部分和蒙政会保安队等渡黄河南退，而在各县已成立的如萨拉齐，武川等地的自卫军则退入大青山，为日后大青山游击队的基干。

二、敌人的政治攻势

　　敌人占据归绥以后，便实行分化种族团结的毒计，引诱乌兰察布盟和伊克昭盟组织绥远蒙旗自治联盟政府。乌盟的四子王旗潘王意志不坚率领茂明安部，喀尔喀右翼乌拉特中旗等三旗首先投到敌人的怀里，唯有乌拉特前旗额福晋奇俊峰和乌拉特后旗额福晋巴云英（额福晋即王公夫人之意）不甘降敌，亲自带兵，抵抗敌军，这两位女王爷后来率领家军都到了固阳安北一带的河套流域，继续作战，巴云英女王爷的贝子（即王子）叫贡格色楞，蒙族的规例，女子是不能继承王位的，所以巴云英女王爷还是用着儿子的名义带兵，贡格色楞现在只有七岁，时常在母亲的马上，中央封他为乌拉特后旗保安司令。奇俊峰女王爷的贝子年更幼，中央令奇俊峰置理札萨克，这便是摄政的意思，自此不再称额福晋了。

　　伊克昭盟有七旗，达拉特旗康王和准噶尔旗东西协理奇文英奇凤鸣三人一时迷糊，声言代表伊盟，出席自治联盟政府。其他五旗：鄂托克旗，郡王旗，杭锦旗，乌审旗及札萨克旗，得到了这个消息并非常彷徨，不知应该跟着康王投降敌军，抑是归顺中央抵抗敌军，抑是不偏任何一方，严守中立。直至马将军平服达拉特旗后，才有了主意，一致拥护中央。据说当时各旗的蒙民和喇嘛择了黄道吉日集合在某大召；院子里安置一马一牛一驴，马代表中央，牛代表蒙族，驴则代表敌人，要一个青年蒙了眼射击，如射中马从中央，射中驴附敌人，射中牛则守中立。结果一箭击中了牛。这虽是一个传说，但实际上的影响也很大。

　　蒙政会保安队和包头的自卫军渡河以后，各自南撤。保安队有一千多人，在绥东抗战以前，他们原为德王的保安队，队长云继光朱宝夫不满德王的作为，因此率部从察哈尔投降傅将军，傅将军收容以后加以扩充，方改名为绥远蒙政会保安队；云继光死后，由白海风统率，这部队后来中央改编为蒙旗独立旅，现为新编第三师。当他们取道达拉特旗的时候，一点也不知道达拉特旗的王府里已挂了太阳旗。他们从东胜的东部经过，在展旦召地方忽然遭遇到了康王部队的袭击。康王知道保安队要经过他的地方，预先在召里及附近一带埋伏好了，待他们一到，一齐冲出，攻之不备，可以全部歼灭。

展旦召一边是高峻的沙丘，沿着召行是一条狭窄的小道。保安队虽然人多，但在这个不利的情况下，实在是无可奈何。幸亏他们带着四个小钢炮，且战且走的逃脱了危险。

马占山将军退出包头后，是向西走的。在五原临河驻了不多时，便率部渡河，至伊盟杭锦旗听到康王附敌的消息，于是他火速的向东进军讨伐达拉特旗。康王哪里是马将军的敌手，求援又不及，王府被围，康王被擒，青天白日旗又在王府的高杆上飘扬了。准噶尔旗也不敢动作了，一致向马将军投诚。自此以后整个伊盟在中央的指挥之下，这对于秦晋的抗战关系至大。因为伊克昭盟东南是高山，西部是沙漠，敌人要想从绥远进攻秦晋和宁夏，兰州以截断西北的国际路线，非得先克服伊盟的高山和沙漠不可，而高山和沙漠对于他们的机械化部队是一个致命伤。

三、绥西—河套

和马将军同时退出包头的有中央骑兵第七师长门炳岳将军所率领的部队。他们也在河套安北驻扎下来，但不久马将军率部渡河了，而门炳岳将军还是留在河套主持绥西大局。所谓河套是指包头以西黄河北岸的一个区域而言，包括五原临河，和安北三县，人口约二十万，雨泽稀少，水田的灌溉，多靠沟渠。土地非常肥沃，一经得水，便可种植，农产品以米麦为主，其量平时可供给归绥和包头。但开垦的土地不大，民国以来政府对于这一带的水利，很费心血，唯目下农事所藉的还是王同春先生开创的八大干渠，王先生对于河道水利的功劳很大，不过他的开发是沿用旧法，且多年失修，这八大干渠，已淤塞几乎不能引用了，河套的水利是绥远的一个大问题，在新绥远的建设中希望有一个完满的一劳永逸的解决办法。

绥西除了河套的农业，畜牧业也非常发达，羊皮羊毛每年总是大宗输往天津，羊皮中以鞣羊皮和仔羊皮等最优。包头失守以后，运往天津的通路断了，但有少数奸商私下收买售予敌人，而他们自己的在冰天雪地中奋斗的战士，反而一件皮衣也没有。这也是一个严重的问题。

门炳岳将军刚到绥西，绥西正在无政府状态中，门将军见各县各自为政，绝非良策，于是策动组织了绥西政务委员会，领导各县，团结一致，增强绥西的防卫力量。一面组织动员委员会，激励民众，武装起来。这时，驻固阳的伪蒙自治军于志谦部下一队人马赶来投诚，和在门将军指导下的绥西游击第一支队，合作抗战，第一支队司令武俊峰，他是安北的大地主，因此在第一支队中农民占了大半，此外知识青年曲步霄，和赵灿昌自动的组织了萨拉齐和包头的民众在绥西游击，门将军把他们编为游击第二支队。这两个支队和其他的游击组织很早和大青山的游击队取得了联络，时常围击包头，固阳和安北的敌人，以牵制其西进，有一次曾经收复安北。

女王爷奇俊峰和巴云英到了河套，在安北固阳间安定了下来，安北固阳间是一片草原，但他们有高大的骏马，原来都是沙漠中的英雄，三五十成群，不怕敌人的大炮机关枪。乌拉山是河套东部的屏障，西山嘴形势险要，可以控制大敌。游击第五支队史钦房（原为额巴云英的部队）近来在那一带非常活跃，十一月初的消息："安北高台梁一带廿七日复大雪，气候严寒，已成冰天雪地，传敌连日向包头安北陆继增兵，敌因我游击部队，近甚活跃，恐慌异常，加紧戒备。"

四、伊克昭盟

马占山将军平定达拉特旗以后，联络伊盟各旗，以札萨克旗为中心，增强伊盟的防务，札萨克旗沙王是伊盟的盟长，也便是以前的蒙政委员会的委员长，自从敌军占领归绥后，副委员长潘王受敌人利用，因此伊盟和蒙盟一时不能合作，蒙政会也就此停顿工作，现在伊盟在马将军的帮助下，而且沙王又是众望所归的盟长，因此蒙政会在伊盟中又渐渐的活跃起来了。

敌人见达拉特旗的初步计划失败，康王随马将军走了，以政治手腕对付伊盟的策略，非但一无所获，而且相反地增强了伊盟的抵抗的实力。敌军的参谋部以为不得已中只有趁伊盟尚未巩固的时候，派兵占领。十一日（二十六年）中，一联队精锐的士兵，奉了"围攻伊盟，扫荡马部"的命令渡过黄河。

整个伊盟是鄂尔多斯台地，沙漠遍野，行军困难。敌军藉其精良的器械，首先占领了杭锦旗，强迫阿王归顺，出面笼络各旗，排斥马军。阿王是伊盟的副盟长，也是战前的蒙政会的副委员长之一，后来和沙王回到伊盟，极力整顿蒙旗，恢复蒙政会的工作，他自然不愿受敌利用，虽然王府已给敌人占据了，自己的生命在敌人的手中，可是他坚决地拒绝要挟，不与合作。敌军知要挟不成，按兵不发，也非良策，只得继续西进，不久又攻下了鄂托克旗。这时陕西邓宝珊和高双成两将军的军队已赶到，和马将军联合在一起围攻敌军。敌军不得已退出鄂托克旗，回到杭锦旗时，知与包头的交通已为游击队截断，接济无着，十分恐慌。马邓高的大军逼近杭锦旗。敌军狼狈地带了阿王退走。中途好几次被游击队袭击，渡过黄河时，人马已不到一半了。

敌人的军事又告失败，带走了气节高昂的阿王，毫无利益。他们得到了一个教训："非但伊盟是不能轻易行动的，整个绥远，甚至整个漠南，到处是荆棘，到处是'皇军'的坟墓。"

伊盟合力驱除了敌军，内部团结的力量更加坚强了。以前从包头退出的蒙政会保安队（即蒙旗独立旅）一千余名，在山西榆林驻了两个多月，中央把它改名为新编第三师，现在也调回伊盟了。

（未完待续）

本期撰者：

王迅中与张德昌二先生在本刊常有文章，兹不必介绍。

朱正先生是西南联大法律系学生，承其寄来长文一篇，本刊因为篇幅限制，略经删改后，特为刊载，足以代表近来我国学习法律者的新觉悟和新希望。

第三卷第五期（1940年2月4日）

时评

举国讨汪

汪逆精卫卖国阴谋揭露后，蒋委员长发布两种重要文告，前方将领，各地报章以及各种团体，又纷纷通电，对汪逆污卑行为，加以一致痛斥。如今，讨汪的空气几已弥漫于全国了。自前岁汪逆弃职潜逃之后，国人激于义愤，早有电请缉究之举。当时中枢宽大为怀，冀其改过自新。讵料彼执迷不悟，甘心附敌，而中央当局待事经证实后，始决定开除党籍，明令通缉。这案件的处理，在整饬纲纪上，以及在加强抗战意志上，都是有重大作用的。

汪逆在最近一年来，其诱和的举动，何异投降；其投降的目的，实为求荣。发表谬论，向敌国军阀献媚；降志辱身，与王梁汉奸为伍，真是令人不齿！如此无耻的人，惜其今犹未死。最近又为换取傀儡政权之成立，竟悍然与敌人签订卖国条件，直欲将国家主权民族利益，一概拱手让人，昧尽天良，莫此为甚！现在汪逆已成了倭寇所豢养的一个丑奸。我们执法严惩，事实上恐怕做不到，所以国人只有口诛笔伐，加以道义上的制裁，使其阴谋诡计，不能实现于光天化日之下。道义上的制裁，在此时实胜于法律上的制裁。在反汪舆论形成的今日，政府对抗战无形中得到有力的策励；即人民彼此之间，亦容易加强团结御侮的精神。

过去国内仍有人妄信和议，喜听谬说，常有彷徨的情绪，甚至于引起思想意志的摇动。但到了这时，常会憬然大悟，如梦初醒。今后抗战致胜的关键,是不授敌人以可乘之隙;我们若自甘屈服,急于妥协,无异援助敌人跳出无由自拔的苦境。大家明了这一点,对于目前反汪逆运动的意义,才有深刻的认识。(贡)

敌米的恐慌

敌国是一个先天不足的国家,从对华作战以来,对于物资方面,虽然想尽方法,极力加以统制,整天嚷着"物资动员","扩充生产","节制消耗","提倡代用品"等口号,但经济的危机不但未减丝毫,反而日趋严重。国民在军阀官僚的强制下,食的方面虽然可以不吃牛油,肉类,鸡卵等物,让军阀运到外国换取杀人利器,衣的方面虽然也可以不穿皮鞋,少着丝,棉,毛织品,以供军需之用,但饭总不能不吃。不料作战仅两年余,日本的米粮也发生恐慌了。

日本的米产因靠朝鲜台湾等殖民地收入,向能自给自足,但近来却不然了,一因农村壮丁大部被驱赴战场,劳力缺乏,二因朝鲜及日本内地歉收,米产大减,三因生活程度高涨,人民囤米以自保,所以发生严重的米荒问题。政府虽规定官价,力谋调整供需,但终无济于事,抢米风潮,不绝发生。阿部内阁弄得焦头烂额,大受舆论攻击。米内登台后,岛田农相归咎于供求缺乏调节,而着手整顿,但据香港廿九日电:"敌因各地发生米荒,连日采取强迫手段,将农民少数存米,依官价强制搜刮,现已引起农民大暴动,其地以福冈,大分,佐贺等县最为激烈,放火焚烧,损失甚重,驻久留米敌军已全部出动,捕获农民甚多。"敌国米荒的严重与政府应付的棘手,由此可知了。

除了米外,煤斤缺乏问题近来也很严重,商工省虽令三井,三菱及其他煤商将所有存煤抛售,以济各电力公司及工厂等,但仍供不应求,不敷分配,所以电力会社曾计议停供工厂一部分电力,以资补救。据东京卅日路透电,日本各电力公司,已决定自是日晨七时至晚九时停止供给中部十四县内各工厂,若新煤不运到,自卅一日至下月十日间,仍将继续在同时间内停止供电。这个问题的严重决非等闲可比,因为工厂如若停电,生产必更形萎缩,物价必随之高涨,人民生活将益感不安矣。

我们虽然不应空构事实,宣传敌人的危机,松懈了我们当前的努力,但作战二年余来,敌人的泥足的确愈陷愈深,尤其在物资及财政两方面。即就上述米煤二项而言,已可见一斑了。(迅)

昆地院机构及人事的改进

最近昆明地方法院，奉令添设公证处及不动产登记处。添设两处的目的，在保障私权，澄清讼源，公证制度，在欧美各国，行之已久。我国于五年前，才有公证暂行规则公布，可说在各种司法制度中最后生的。起先只在上海及其他通都大邑试办。效果如何，因时期太短，又乏统计材料，我们无从判断。但我们相信这种制度，善为运用，必有良果。公证书及经认证书的私证书，具有极强的证据力。所载内容，推定为真正。因此可减免不少无谓争执。他国民法对于各种重要契约，往往规定须具公证书的方式，始生效力，用意也在此，而民间也能多方利用公证制度，使多加一层私权上的保障，此外公证书也可付予执行名义。刁滑抵赖之徒，想要穷历三番，磨难责权人，也就无法施其伎俩。在一个现代国家，这原是一种司法上优良而不可少的制度。至于不动产登记制度，在我国却实行了有十多年。因为从前没有这种习惯，迄今还不很普遍。甚至许多较大市县，仍以契据为不动产物权的根据，究不如登记可靠。登记须具有绝对效力。就已登记的权利，再没有争论的余地。所以登记制度畅行，关于不动产物权的讼案，也可大减。依《土地法》的规定，登记由土地政机关办理。现法部令地院管辖（依已废的不动产登记条例，也可由法院办理登记），想来昆明无相当地政机关，或有而不举办登记。可是本月二十六日报载昆明市政府奉省府令转奉中央明令要举办昆明市区土地测量登记，不免和法院发生职务上积极冲突，将来少不了要调整一番。总之法部令昆地院添设两处，以防患于未然，确系机构上的一大改进。

此外人事方面，从前就地取材，法官不必都合资格。今后经费由中央负担，故部方可直接依法院组织法之规定委派。人选和资格方面，当不致再成问题。昆明是个省会，又是后方一重镇。人口较前大增，实业也在飞速发达中。不少抗建事业正在此立下基础，亟需健全的司法机关，来安定社会生活，助成基础之确立。司法当局对于本省司法的革新，已开始并逐渐在推进中。我们既希望担任新职务及新任命的法官，忠于职守，不负政府革新的良意，不负人民对于司法机关的期望；并希望省行政当局，能与司法机关通力合作。纲纪的维护，不专是司法界的责任；何况司法的改进，于本省的治安和繁荣，有至密切的关系。（尼）

我国农林的新展望

顾谦吉

一

在抗战积极进展中，中枢有筹设农林部的计划，是值得注意的事情。世界上以农立国的国家之中，恐怕仅是我国没有一个独立的农部！从清末以来，农矿部，农工商部，农商部，实业部，经济部，都是"杂烩"的性质，而历任的总长部长，除了张季直先生以外，可以说没有一位不抱着工重于商，商重于矿，矿重于农的主见，设立一司两司，例行公事，不必多所主张，尽量签到看报。这一类传统的敷衍办法，给各方以推诿的机会，行政人员怪技术不上进，技术人员怪推动无办法，结果，全国的农林事业，弄得支支节节，大小一盘散沙，循至所谓农村合作事业，农产运销事业，几乎不必由农业专家过问，而将各省之内，划成每一个机关的投资范围，好似农村经济的割据局面，没有坚强的核心，哪里会有巩固的事业，于是上行下效，省市县乡的农业机构更不必提了。

反之，全国的收入，"粮"却占重要的地位，国际的输出，减少入超的工具，农产品占总额的百分之七十以上，畜产品占百分之二十以上。茶丝被打倒，继以大豆，大豆产地被侵略，继以桐油，猪鬃，蛋品。各铁路的盈亏，几乎完全靠农产物品的运输。抗战三年，米荒还不能算严重。农业的生产者对国家不是没有贡献，而处境却远在小学教员待遇之下。的确，我们需要一个独立的，有作为的农林部，来积极调整以前的纷乱，更能统筹开发，增加抗战的经济力量。

现在的一般知识分子，高唱着国家工业化。的确，我国非工业化不足以图强，不过工业化的工作是什么？是不是多几条铁路公路，几个电厂电台就算工业化呢？交通的方便拿来做什么？原动力如何应用？那就是工业的原料问题，而最重要的工业原料离不了农产与矿产。我国近年的发展，因为矿产的蕴藏虽富，然而开采极其落伍，国土的幅员虽广，然而交通工具极其落伍，所以不得不由此着手，显得格外重要。但是这一切的设施，不过在完成工业化的骨干，将来内容的充实，农产最少与矿产同样的重要。譬方如织维（丝，棉，麻，兽毛，木竹），如油类（大豆，桐油，花生，菜干等），如食品（五谷，肉，乳），以至橡胶，烟草，皮革等的需用，决非人造物一时可替代，而必成为基本工业。因此农产的调查，研究，改良，生产，应该与工业其他奠基工作同时并进，策划联络，以造成新的农林机构，应付工业发展的需要。

这种需要指示着，我们非但要一个专一的农林部做中心，而且要一个新的现代化的农林政策以推动一切。以前，政府对于农林非但不积极重视，即农林本身散漫的措置，也是守旧而狭义的，所以除了稻麦棉三项之外（丝茶另有组织）其余不过挂名而已。因为狭义的缘故，弄得抗战后退到西南西北山区高原地带，连农地的利用都感到隔膜。我国的农业技术人员，努力的结果，往往发生一种偏见，就是研究棉作的恨不得全国都种棉，研究麦作的恨不得全国都栽麦，由此更影响到农业的行政，无形中走向狭义的路子，一直到抗战，方才从需要得着了教训，方才了解特殊经济农产对于国家的重要。这一点应该可以启发农界的头脑，而为策划广义农林事业的导引线。

我们对于农林的新展望，第一就在明了农林的广义范围，而求得平衡的发展。农并不专指平原的农作，更包括着林，渔，牧，及其他特殊的与经济有关的动植物的培养，与土壤水林气候的研究。我国的幅员，南北跨寒，温，暖，热四带，东西从海平以达四千余公尺的高原，拿科学的观点来说，农业绝不是单纯而是复杂的，农产的富足和自给就靠于此，将来在经济和工业上的地位也靠于此。我们有出产良好的野牲皮的东北及西北，有西部及吉黑的广大森林，北境西境辽阔的牧区，领海以外还有密布的江河湖泊来发展水产，西南的山丘地带，亚热地带及海南岛更为培植特殊经济作物（如丝，茶，油类，橡胶等）的良好区域，这一切的农业富源都还未经科学整理，有不可限量的前途，与比较受到注意的农作区域，日后交相为用。广义的农业把这些都包含着的，而将来"农地"的解释，不仅是"农作的地带"，却是除了积雪沙漠以外，一切可以作农业生产的地带了。

我们对于农林新展望的第二点，就是要认清楚各地农业的"天赋"，而引导为科学的生产。所谓农业的"天赋"，便是一地由气候，海拔，土壤，水利等天然环境所决定的最合宜的农业生产（当然是广义的），譬如华北及扬子下游的平原沃野宜于农作，西北的高原却因为海拔及水利而只宜于畜牧了；海南岛宜于椰子橡胶等种植，而四川却因为气候而不宜了。我国今日，在西南西北及边疆，尚不曾彻底了解各地的农业天赋，而农村繁盛地带，有些区域已因偏重于某种农作，屡受摧损。举例来说，森林地带往往是不适宜于垦殖的，却偏要焚林种谷；湖泊本来是水产的发展地，却偏要拦成湖田，非特减少渔利，积久酿成水灾。这一类都是不合理的，不科学化的举动，但要辨别是非，我们必须明了各地的农业天赋，天赋的戕贼，往往可致莫大的灾害。美国农业才有几百年的历史，但已感到因草原，森林及土壤不科学管理，而发生沙灾，淤灾等影响到农业与工业的前途，不得不设法积极防御，远之如森林的划归国有管理，近之如土壤的保养工作，以至于狩猎渔牧法令的执行，都是培植天赋，使其有合理的生产。这无非因为农业的基础，很容易破坏于一时或一个错误，而恢复每每需要百年五十年的冗长期限，并且又所费不赀。新农林绝非改良种子一项可以包括的，我国除了所谓"十八省"的农作而外，边陲的农业天赋，近几年才有初步的调查，我们一方面希土壤有更进一步的分析，气候有更多测量所的设立，动植物有更普遍而精密的采集与鉴定，一方面农业的行政与技术人员，能彻底的利用这一类纯科学的贡献，加上实地观察，来执行合乎现代经济的农业生产。

有了广义的目标，我们更希望新的农林发展，要有健康的组织。农业行政，近来是感到愈形脆弱，几乎变成替人记账看日记的工作。有人说技术比行政还属重要，这是很武断的话。行政是提纲挈领的中心，推动工作的机构，没有坚强的行政，技术和研究所得是不能进入民间的。所以行政人员，不仅是做"公事"的能手，一定要为技术上的翘楚分子，清楚的头脑中放着全国农地农事的正确影像，方才能完成以全国为对象的支配。要想有新的发展，行政与技术决不能分开而独行的，技术决定了一种方式，而行政决定这种方式的取舍推动。技术人员因一生所研究的不过农业方面的一两项，所以要靠行政人员来总汇各方所得而加以调整。有了不移的目标，固定的政策，健全的组织，那么可以知道技术上的研究途径，淘汰重复。技术有了一定的趋向，农业教育也便得到一定的方针，人才的造就方可根据实际来求应用。

新的农林展望，除了目标，组织，行政，技术，教育各方面以外，还有一个应当积极顾到的问题，那就是农民，因为农业根本是由农地，农产，农民所组合而成的，现在的合作及推广事业，虽在努力进行，不过"官"，"民"的界限始终不曾打破，因此农村中的土豪劣绅有时成为媒介分子，实惠不能完全及于农民。如何可以取消农民的怀疑态度，使他们感觉到政府协助指导的需要，如何从放款式的机构，扩充到生产的合作，如何来统一这种农村经济割据的局面，都是当前的急务。农民之于农业，好似军队里的基本士兵，倘使有了好的组织，有了好的将校，有了新式的器械，而士兵是守旧的，是松懈的，是没有进取心的，结果非但发展迟缓，而且不能推动。广义的农业，更包括着广义的农民，不仅限于"十八省"的农作村落，凡蒙藏夷满，游牧狩猎，森林渔捞的生产者，都在农民之列，这最少占我国总人口的百分之七十。

最后，我们有一个临时的重要事件，需待解决。从抗战以来，我们天天听到的是如何发展后方农业生产，很少听到如何协助沦陷区域及游击区域的农业生产！沦陷及游击区域有我们的政治，军事工作人员，工业合作也逐渐伸张出去，而如何吸收此等地方的农产以免资敌，如何教导民众种植以减少敌人需要的农产，不曾有过通盘筹算。我们只听到敌人在统制蛋品，在统制粮食，奸商在操纵丝茶，在运米资敌，渔船渔民的屠割，农村人民的流亡，却未曾筹划一个对策，我认为这是农界最大的耻辱，而期待新的农林发展来给与机会的。

日苏关系一瞥

史国刚

不久以前，苏联外长莫洛托夫，曾在苏维埃最高委员会第五届特别会议里，声称日苏关系，业逐渐好转，并愿与暴日开始缔结商约的谈判。暴日听了，当然喜出望外。当时阿部紧握着这种机会，希望能够弥补对美交涉的失败，以免倒阁的厄运。米内就职以来，在外交上也大致走同样的方向，来巩固他自己的地位。于是日苏关系，成为暴日积极外交政策的中心问题。

日苏关系的增进，对于我国显然有重大的影响。在暴日方面，不但希望日苏之间，增进商务关系，并且想效法德国，进一步而成立政治协定。现在我们应该检讨暴日的期望是否有实现的可能。假使可能的话，究竟能够发展到何种程度。这样，一方面我们可以策划对付的方法，另一方面亦可以解释国人的疑惧。

暴日苏联的目的是很明显的。在历史上，暴日往往依赖着和某一强国特殊的关系，来维持她的国际地位，最初她获得美国的好感，结果战胜了帝俄。后来又靠着英日同盟，竟能够在巴黎和会中，列于五强之一。最近借重德意，想完成独霸东亚的迷梦。但是到了现在，她竟被德国所遗弃，处着空前的孤立形式。在这种彷徨失措的时候，莫洛托夫的声明不啻是一个救生圈。她想赖此脱离险恶的环境，再度在国际间建立稳固的基础。

暴日希望日苏商约的成立，确实能够补偿日美商约废止后物质上，尤其是精神上，所受到的损失。日苏开始谈判的时候，在暴日方面，至少还有一种用意。她以为日苏的接近，足以使美国改变态度。依现势看来，关于这点，她却是绝对失败了。不过她还可以借此对人民说：美国虽然废止商约，苏联却愿意签订。这对于不知实情的民众，表面上总算是一个安慰。

然而，暴日最重要的目的，还在离间中苏的友谊。她看见德苏商约成立之后，便立刻签订了一个意义广泛的政治协定。她也想效法。她以为侵华战争的延长，并不是因为自己能力的不够，或者中国有抗战到底的决心，而是由于第三国对华的同情和接济。假使她能够利用商务上的谈判，引诱苏联同意于划分在亚洲的各个势力范围；那么不但苏联不会接济中国，并且会进一步援助她自己，正和苏联对待德国一样。

关于商务方面，这里不拟详细讨论。但是有一点，我们可以断言：日苏商约的成立，实际上也是挽救日美商约废止后所造成的经济险象。因为暴日对美的输出，在她的总输出里占着很重要的地位；而日苏之间，贸易上素来就没有什么基础。假使说商约成立之后，贸易方面就会有惊人的发展，那是欺人之言。日本人也明白这点。他们说：苏联女子不穿丝袜，同时日本又不会制造苏联所需要的机件和仪器，就可以明了日苏贸易上的限度。倘若美国实施军用原料的禁运，那末暴日更难在苏联获得来源。现在苏联对德的接济，重要的是黄金，以此可使德国在北欧和南欧增加她的购买力。苏联军用原料生产的过剩，实际上是有限的。暴日决不能依赖苏联的供给，来抵消美国禁运的效力。因此我们觉得日苏商务协定的成立，并不重要。老实说来，其足影响到我国抗战前途者，就是在商约之外，是否会成立政治上的协定。

在答复这个问题之前，最好先研究德苏为何签订了互不侵犯条约。

我们知道，德苏两国的军事当局，向来有密切的关系。她们都是第一次欧战中的战败国，不免有一种同情。在凡尔赛和约成立之后，德国在军事上受到严酷的限制。为避免这种限制起见，德国的军事当局就想利用苏联的领土，来进行秘密恢复武装的工作。那时的苏联也要振兴重工业，正好互相提携。后来希特勒上台，挂起反共的招牌。虽然德苏双方都有过清党的运动，但是主张亲善的份子，并没有完全消灭。

同时在国社党里，也有亲苏反苏两派。戈林将军便是亲苏派的领袖。他得到希特勒的绝对信任，并且地位能逐渐增高，足见在"反共"旗帜之下，亲苏派的势力也不可轻视。只要时机成熟，希特勒就不得不改变态度，接受这派的建议了。

此外，还有一种学说，对于德苏联合的影响很大。牛津大学有一位地理教授，认为欧洲历史上各次战争，分析起来都是"陆军国""海军国"的争霸。假使"陆军国"的德苏双方不联合起来，那么就没有战胜"海军国"而达到统驭欧洲的希望。目光远大的俾士麦克，也曾经有过警告，说德国决不可和帝俄分裂。威廉第二不接受这种忠告，未始不是失败的重要原因之一。现在国社党的首领里也有坚信这种学说的人。赫斯就是其中最显著的一个。

再从反面来说，英法反面也顾虑到德苏接近的危险。她们在巴黎和会席上，赞同波兰和波罗的海各小国的独立，固然有许多光明正大的理由；但是利用她们来隔离德苏，却是一个潜在的重要原因。

由于上述的种种事实，我们可以明白，德苏接近的可能性本来是很显著的。何况国社党首领，决不会这样愚笨，再蹈第二帝国的覆辙，使自己在作战的时候，要应付东西两个战场。因此到了最后一分钟，便实行联苏。德国利用这种新成的局势，威胁同盟国，希望她们知难而退，自己可以不劳而获，即使不能达到目的，至少增加了胜利的把握。

但是在日苏之间，一向没有这些因素存在。这使我们相信，就是暴日想效法德国，也决不会有同样的成功。然而我们的理由，还不只是这一点。更重要的，却是史太林的政策。

上面已经说过，德国的联苏，目的在统驭全欧。但是苏联的联德，目的却不是这样。史太林是一个最聪明的现实政治家。在慕尼黑会议的时候，他就看穿了同盟国促使德国向东扩展，而使德苏直接冲突的政策。同时他对于希特勒把乌克兰作为第三帝国的仓库的言论，也认为是真实的。他为保障苏联的安全起见，一面罢免了亲英法的李维诺夫继续进行互助的谈判。这是给德国一个很明显的暗示。结果英法被他所愚弄，而德苏互不侵犯条约最终却成立了。

史太林又看中德苏互不侵犯条约的结果。他知道希特勒依赖这个条约，态度便会强硬起来，而决然铤而走险；又知道同盟国为维持自己的信誉和国际地位，也决不会软化。这样，德国和同盟国的战争，就不可避免了。在这种情形之下，双方的实力一定有巨大的消耗。不论哪一方面胜利，她们总会丧失威胁苏联的能力。同时，苏联可以利用这种机会，来巩固它东境的国防。因此有人说第二次欧战的发生，是史太林外交政策所酿成，这或许有可信的根据。

我们追述这事，目的是在证明史太林的外交政策，并不绝对含有拓展其领土的成份。重复说一句，他一方面想解除威胁苏联的势力，另一方面则建设自己国防上最稳固的基础。侵波犯芬的举动，表面上看来固然是侵略的行为；然而站在史太林诟病欧洲国际政治的立场，就觉得远情有可原。假使他真有侵略的野心，他尽可以和德国采取绝对一致的行动，谁也不能够制止苏联的发展。依照事实，尤其是他历来所发表的言论，史太林的确是一个孤立的主义者。苏联安全一有可靠的保障，他或许要闭关自守了。

史太林在欧洲政策既然是这样，他在亚洲方面，决不会有根本上的不同。简单地说，他要保障欧洲国境的安全，不惜促成德国和同盟国的战争；他为维护亚洲国境的安全起见，决不中止对我国抗战的援助。他不但知道企求亚洲的平静，强盛的中国是一个不可或缺的因素；并且也了解削弱暴日的实力，可使其不再成为对苏的一个威胁。假使他让暴日在东亚达到侵华目的，实不啻养虎为患了。现实主义者史太林，决不会这样做的。

暴日军阀在东亚的目的是独霸，这是尽人皆知的。德国和他接近之后，反而弄得对华贸易几乎剥夺殆尽。这种先例，史太林不会不加以注意。因此暴日想和苏联在亚洲划分各个势力范围的主张，表明上虽然非常动听，但是仔细考虑一下，就等于让暴日完成初步的工作，再徐图发展。以保持苏联安全为唯一目的的史太林，决不会上这个当。

那么，莫洛托夫的演说，究竟有什么用意呢？这也不难推测。现在苏联在欧洲有事，为了避免分化他的实力，最好使日苏关系，暂时缓和一下。无怪德苏互不侵犯条约成立后，日苏之间，不久就签订了诺豪坎边境的休战协定。同时，苏联一定还顾虑到日英之间，会进行什么勾结，所以苏联向暴日稍稍表示好意，希冀减削这事实现的可能性。自从莫洛托夫演说发表之后，从前主张日德意同盟的那般军人立刻就高唱日苏亲善的论调，可见在这方面已经发生了效力。

这样说了以后，我们可以做一个简单的结论。第一，日苏商约的效力是非常之小的，实不足以挽救美日商约废止后所产生的经济危机，更不能在美国实施禁运后在苏联获得大量军用原料的来源。第二，暴日想效法德国，假借商约谈判而和苏联成立政治的协定，决难达到目的。第三，即使退一步说，日苏间纵然有成立政治协定的可能，苏联也不会停止援助我国。

孙哲生先生说："当我在苏联临走的时候，再三不客气的以苏联对日本态度问苏联当局。他们肯决地说，无论欧战怎样发展，日本对苏联的态度如何改变，中苏两国的关系是不会变的。苏联对中国同情和援助的友谊，绝不会有丝毫的转变。"又是我们理论正确的一个有力的证据。

  在国际情形千变万化的今日，我国的政策应该怎样，蒋委员长已经有很明确的指示，就是"以不变应万变"。换句话说，我国应该根据"抗战到底"不变的政策来应付万变的国际情形。假使我国这种的决心，有明显不易的表示，使各友邦坚信不疑，那末抗战愈久，各友邦的同情心与援助，也一定愈多。

论小学教师的待遇（上）
——一个普及教育的根本问题

陈友松

自国府颁布新县制，规定每保设立一国民小学，每乡镇设立一中心小学以后，百余万的新教师确成了最大的需求。教育部正筹开全国国民教育会议，讨论普及义教的妥善方案。师资当然是首先要解决的问题。我们切不可再重蹈过去"莫问收成但问耕耘"的政策，颠倒了经济铁则的因果关系，违反了人性之心理的社会的基本欲望，抑压了不直接参加物质生产者之经济平等的机会，只是从师范教育一端下手，而不首先大刀阔斧地制定并切实推行一种合理的公平的待遇制度，无形中使师范生或小学教师的地位降落到水准之下，有才智者视之为末路为畏途，此萧伯纳的讽刺"能者干，无能者教"之所由起。四十年来的师范教育之所以劳而无大功，儿童教育之不发展与不普遍，其总因可以说是社会太忽视了小学教师的待遇问题。

一斗米的命：在百物跳涨米价飞涨的时候，昆明市小学教育界某同志曾对我呻吟着说："我们只有一斗米（即云南的一石）的命，当月薪为十元的时候，米价正是十元一斗，等到加至二十五元时，米价跟着涨到二三十元。现在当局加倍发薪以为五十元可以过日子了，不料米价忽涨到五六十元又恰巧只能购得一斗米，仿佛我们的命是生就了的，只值得一斗米！"至若各县的小学教师月薪仅得国币四元只能买到一升"老米"，不仅是云南如此，各省的情形一向是同样可怜，不应当说可怜，实在是二十世纪的社会耻辱！各省小学教师的待遇事实，教育学者曾经有几十种的抽样调查，无庸详举。一九三四年第一次中国教育年鉴，载有二十六省市小学教师薪金统计，共平均数是在十元至三十元之间，乡村教师当更不如。约在同时有张钟元调查九省的小学教师生活，发现他们每周工作平均为三十五小时多至六十八小时，而年薪则为四十至五百六十元，其中数为一九五元，即每月十六元二角五分。他们每人每年个人用费为一二二元，担负家庭用费为一五八元，有百分之五十以上的教师每年亏空八十余元，所以大多数负债累累。再据北平协和医院教授雷德（Bernard S.Read）估定中国五口之家贫农的最低生活费用，应需一八七元之平均数，其中一五〇元为食物，二〇元为衣服，五元为住宅，五元为灯火，七元为医药，交际娱乐，教育等杂用。拿小学教师来比较，至少有一半尚在此贫农最低生活水准之下，可谓清苦已极。这还是平时的情形，小学教师在平时，虽然不能梦想到各级文官的厚禄，但仍可以对一般贫农苦力自豪自慰着说："他骑骏马我骑驴，仔细思想我不如，回转头见推车汉，比上不足比下有余"。到了战时，因为收入固定而物价飞涨，小学教师的购买力，大有一落千丈之势。比之贫农苦力尚且有不如之感。曹刍氏说最近贵州安顺的小学教师，每月领薪十元，最多不过二十元；同时泥水工每日工价一元，木工工价最少每日一元二角至二元五角。贵阳的黄包车夫，每日收入有三元至七元之多；即在昆明一个理发匠或缝工每月收入可达百五十元；一个厨夫除了膳宿外，可有月薪五十元以上；一个摆杂货摊的或卖烧饼的，一天可以做三十元的生意。然而根本为社会谋福利的小学教师的收入，则为社会所漠不关心，至于准备做小学教师的人——绰号"稀饭生"的师范生也同样有陈蔡之厄。以贵州为例，每月一元五角的伙食费不足糊口，遑论营养！不仅是有碍健康与学习效率，最坏的影响是他们对教师专业及服务的态度，无怪教育部某视导员说，进师范的多半是"破铜烂铁！"下一代的师资可以想见，二千万在学儿童之命运可以想见，普及教育之前途亦可以想见！这实在是一个严重的社会问题，其解决的理论与实际，不是简单容易的事。所以值得国民教育会议的深长考虑与专家的详审规划。作者在此短短的篇幅不过略抒若干愚见罢了。

小学教师专业的社会价值：我们必须要重新估定小学教师专业的社会价值，用大时代新时代的眼光，赋予以一种隆重的切实的地位！传统的教师地位之概念，是封建社会农业经济家庭经济所产生的概念，仅有一种空洞的伦理地位，什么"天地君亲师"，"师徒如父子"，固然冠冕堂皇，然自封建社会变了质，教师生活在货币与信用经济的时代，尊师重道的支票，必须兑现而换为切实的经济地位。在私产制度之下，财富集中的时候，教师是处在雇佣地位，其隐微的社会价值所应得的报酬，因所处的地位不利，每每受了剥削，浅识之流，甚至指教师为分利者或消费者，殊不知他们实在是一种生产者，他是传递并不断地发扬文化的使者。我们的民族文化是无价之宝，倘使没有民族文化，则一切物质财富"所为何来"？大时代的教师负有选择并传递民族文化给与儿童的重任，使每一个儿童能发展其天秉，即是人尽其才，发展全民族的天才。他是生产者之生产者。农工商各界科学与技术的生产人才，首先由小学教师培其本；广大强固之民心首先由小学教师植其基，这样他的报酬应当远在一般管理并参加物质生产者的报酬之上，"一个贤明的社会必能使教师专业充满着策励与诱掖，使能做超等教育的人不致为其他职业吸卷而去。"（引杜威《文化协会》，一九三八年刊一六六面。）以上是从生产方面说，再从消费方面说，经济学家已公认一国的经济繁荣，大有赖于劳苦大众之购买力。换言之，即是打破财富集中即购买力操纵在少数人之手的局面。一国的小学教师的购买力，是有同等的经济意义的。我国现有七十万小学教师，其总购买力至少有一万万元（按一九三六年全国小学教费为一万万二千万），倘能倍之或倍蓰之，其购买力之大，将大有助于国民经济的繁荣，再从小学教师专业之品质上说，他的社会职任日益扩大，所需对于儿童与社会之专门知识与技能，日益增加，决不是传统的教书匠所能应付的。他的待遇之低，其一部分原因，是在社会错认了。他应只是一个匠人，现代的观点，实在可以把他的专业提高到与医生工程师的专业同等。我们增加教师的待遇，就可以减少医药费与监狱费。这一点是传统的政客们所未能远见的。提高小学教师的待遇，也就是提高儿童与社会的福利，只有第一流的人物和政治家能看得清楚，说得到做得到。胡适之先生的母亲是一个足以风人的榜样。他说："我的母亲在家计上是时时刻刻在节省的，但她坚决要向我的老师缴三倍于平常的学费，当时是大洋两块，这样她开始付他六元，逐渐增加到十二元，从这区区之数的增加，我获得了千倍的利益，两者是不可以相比的。因为那些付二元学费的儿童，所得不过是朗诵呆记，先生从来不费神解释背诵的是什么意义，唯有我，因为多付了学费享受了稀有的益处，一字一句都给我解释了，即是把死文言用活的白话讲给我听，未到八岁我读书，几乎可以无师自通了。"（见 *Living Philosophies* p242原文）

现在教师待遇问题，已经不是家事，而是国事。一国的政治领袖为民之父母应当像胡母一样，把教师的待遇视为国计民生的大事。在这一点，列宁实在是一个可以风人的榜样。远在一九二三年他说过："有恒的有系统的坚持努力，把教师在文化上提高起来，给予以包罗完备的训练，为着真正的志业还有极端，极端又极端重要的事（注意他的语重心长）就是增进他的物质地位"。果然说得到，做得到。现在苏联的小学教师的待遇，是任何国家的小学教师所不及的。以平均数来说，教师的年薪，比国民经济全部人员，包括工业，交通，建筑，农业各界的年薪，都要高些。在一九三七年，前者是一九六〇卢布，而后者是一七五五卢布。正薪之外，尚有所谓社会化薪，约等于全薪百分之四十五。我国在战时，当然无此财力来大量增高小学教师的待遇；然而可喜的事，是国家已有决心在这方面努力了。最近蒋委员长发表《告全国小学教师书》，励以重任，并令各省当局尽力提高他们的待遇，我们相信在最近的将来，必有一个切实合理的公平的教师待遇制度出现，并有切实的财政方案以维持之。但这是一个专门技术的问题，我们不妨提出若干原则与实际办法来。（未完）

漠南游击（续）

钱能欣　刘秀南

五、大青山

阴山山脉迤东至包头之北，直达陶林，巉岩高耸，便是大青山。山阴是乌盟大草地直至外蒙古，山阳三百六十里和平绥路的包头归绥段相平行。土地瘠瘦，出产只有莜麦及小麦，居民稀少，磴口有煤矿，但未大量开掘。山中少大森林，松柏虽有，也不密集，大青山原来不是个理想的游击根据地，但因地形上的重要，出可袭击平绥路，退可坚壁清野，所以在抗战的初期自然形成了漠南游击的中心。

二十六年冬，敌军占领了包头，各县的自卫军大部退到大青山，以武川的自卫军为基干组织游击队。但是荒芜的山野，冰天雪地里，兵士们又没有一件皮衣，饥寒交迫，情势万分凄惨。幸而附近的民众勉力接济，在千辛万苦中，度过了第一个残酷的冬季。冬季过了，白雪渐渐融化，单衣枵腹的壮士才渐渐的从冰水里苏醒过来，春日的阳光照在身上，个个有了生命。于是枪杆上了肩，开始他们伟大的游击生涯。

大青山游击队的任务是袭击归绥包头等城市和破坏平绥路的交通，使敌军不能以主力去攻击绥西。政治方面，在动员民众巩固大青山的原则下，设立了绥中区行政专员制，武川县的自卫军司令于存灏先生接任专员后，即选派游击县长，不久绥中区的行政权除归绥包头等几个城市外，从混乱中都恢复了过来。——山是我们的，乡村是我们的，铁道也是在我们的控制之下。

二十七年春首先建功的游击第六路指挥第一团的袭击归绥。归绥是敌人在平绥路上的一个主要据点，自然驻有相当的兵力，不过那时他们对于大青山不十分重视，以为少数的武装民众，是不足畏惧的，大青山的人知道敌军在归绥储积着大量的军火，以备向绥西进攻。游击队情报最灵敏，范英即日奉命率领大队来袭击归绥。击破了敌军的防线，冲进市内大南街，破坏了敌军的根据地，焚毁了敌军的火药库，在民众的欢呼下，青天白日旗重见于城楼。言记号和复兰斋的汉奸受刑了，小孩子高唱着"打倒日本，枪杀汉奸"的歌曲。

敌军恐慌异常，火速地从铁路上运来大军。我们的游击队见任务完毕，下令退出，敌军赶到，在城郊一战，范指挥在光荣的旗帜下殉职了。

大青山后面的百灵庙是德王伪军的根据地。百灵庙为著名的喇嘛庙之一，也称为贝勒庙，位在哈尔红河的东岸，北通蒙古，西通甘肃和宁夏，绥新公路在此通过，蒙古人尊该庙为圣地，二十三年中央即在此地设立蒙古自治政务委员会，因而成为内蒙古各盟旗的政治活动中心。自敌军侵占归绥包头以后，察哈尔锡林郭勒盟德王受了利用在百灵庙建设了伪军的基础。二十八年夏，他们准备了充足的枪械弹药，计划扫荡，大青山游击队得到情报，采取先发制人的战略，由郭长清率领了队员一千余人，星夜出发，翻山越岭，迂回进行三十六时，逼近百灵庙，趁其不备，全部冲进伪军的防线，在庙的附近展开了激战，小部队伍焚毁了弹药库，伪军并不愿意作战，实在被敌人逼得不得已，家中老小都在敌人的手中，世界上最残忍的质押，便是强迫年青人背着意志卖命。英雄的游击队见任务完毕，高唱旋歌而回。

百灵庙之袭击，给予敌人很大的打击。大青山不肃清，敌人非但不能西进，而且已占领的绥东也时时受到威胁。可是要消灭大青山的游击队，是一件多么困难的工作，敌人也知道，现在的情形已非抗战初期可比。整个阴山山脉是游击队的势力，以大青山为主干东西伸展，人民都武装起来了，粮食到处有接济，枪械弹药是从兰州那边运送过来的，运弹药的人便是游击队，从绥西到大青山，且战且运，没有一日停止的。太行山，中条山和吕梁山永远是敌军在山西的葬身地，而大青山则为在漠南歼灭敌军的大本营。

初秋天气，塞外风光萧飒。平绥路运输繁忙，敌军四处集中，以归绥武川和百灵庙三处为据点，分军九路围攻大青山。大青山的英雄约两万余人商定了对付的办法，先驱散附近的民众。年青力壮者，带着一起退入深山，一面配备武力到各山口去诱歼敌军。山峦绵延，道路曲折，机械化部队不能发挥威力，敌军先以飞机无目的轰炸，荒芜的山野，铁鸟的咆哮，只是给与人们好奇的观赏。在沙漠中生长起来的人，从来没有见过飞机。山头上数十成群，集中步枪的火力瞄准着"近代的怪物"射击——一架坠落了，焚毁在山凹里，人们争着鉴赏怪物的残骸。

敌人费了千百万颗子弹，占领了一个荒芜的山头，没有一家人家，没有一秆小麦。遥望千里绵延的山峰，秋风里藏着无限的恐怖。游击队隐藏在林间，溪旁，山上……到处都有，个个喜笑地等着这一批丰盛的"洋酪"。敌军前方尚未遭遇坚强的抵抗，而后路已为不知从何方来的游击队截断了。狭窄的山道，两旁是峭壁，他们可以不耗一颗子弹，把敌人困在"上方谷"。

恐怖的心情弥漫在敌人的军中。

敌军终于遣退了，把战马，机关枪留在山里，无数的"三岛健儿"陪葬了整齐的武装。

大青山的游击队是由千百个单位组成的。千百个单位都是自动成立的基干。有的是归绥包头失守前的自卫队，有的是大地主引导下的佃农，有的是无家可归的青年，有的是反正的伪军，……但无论其组织如何，动机如何，他们的目的是同一的，敌人是一个。

归绥沦陷不久，敌人到萨拉齐奸淫焚劫，无恶不作。萨拉齐纳太地方有一个五十余岁的长者刘某，他是退职军人，在故里务农。敌军到了纳太，便闯进刘家，抢了钱财，还强奸了刘老的女儿，刘老气愤之余，便抛弃了一切，率领了雇工邻居壮丁二三十名，带了五枝毛塞枪，以及耙锄刀斧之类，离开了纳太奔赴大青山。惨淡经营经过了几次冒险的袭击，从来没有握过枪杆的青年农人，现在成了最强干的游击射手了。刘老又是善于训练部下的人，队员一天增加一天，且从游击总部得到枪械弹药为帮助，两年来无日不在给敌人以牵制，在平绥路左右，出没无常。敌人对付他们比对付中央大军还难，不绝的心理上的威胁，给敌人以最大的打击，敌军只要听到"纳太刘"三个字，便头痛得不知所措了。

六、保卫五原临河

傅作义将军奉命死守太原，至最后关头，敌军的坦克车已闯进城垣，他还在指挥抗战，不肯退出。敌军快到目前了，秘书长参谋长等，才把他劫出重围。傅将军抱着收回绥远的决心,在河曲重整旗鼓补充军队,加以严格的训练。二十八年一月一日奉中央命令重入绥远。傅将军率随员卫队由河曲径入绥远,经伊盟的准噶尔旗,达拉特旗和杭锦旗,渡河至五原。三月中其所部三十五军和省府人员继至。军队驻五原,省府则设于临河陕壩镇。自此五原成为绥远的军事中心,陕壩成为政治中心。两年来的无政府状态,正如群龙失首,傅将军的重返绥远,叫人民欢喜得发狂。游击队助正规军作战,打得更起劲,更有效果。傅将军回去第一件事情即调整军力。把游击队稍加改编,以前几乎都是骑兵,现在改骑兵为三分之一,步兵为三分之二,按正规军级发饷,大部分配在固阳和安北的后方,以牵制敌军,这是对于以前的游击支队第一第二和第五的调度办法,至于大青山的游击队,还是依旧在平绥路的附近。沿包五公路(从包头到五原),先头部队是游击军和五原临河的警备旅(这是过去山西王靖国的屯垦军)以及赵灯昌团,他们在麻池一带,距包头只有六十里,时时可以和敌军发生接触。自西山嘴至麻池则为三十五军的防地,固若金汤。五原的东北,五加河,安北和乌兰脑包之间是骑兵第七师门炳岳部及骑兵第四师石玉山部及三十五师马鸿宾部的防线。石玉山将军是绥东抗战的反正部队。马鸿宾将军所率的是回军。五原临河的西北狼山一带为回军马鸿逵骑兵警备第一旅和第二旅的防区。回军之入绥远是在抗战初期。当归绥包头失守时,傅将军早奉命率部调往太原,马占山将军和门炳岳将军虽尚留在绥西,但兵力有限,恐不能阻拦敌大军的西犯,回军马鸿宾和马鸿逵两将军的出兵绥境,一面是为保卫宁夏,一面是帮助门将军和马将军坚守绥西。马鸿逵部分驻在狼山一带,狼山后面是东达公旗,当德王附敌之后,东达公旗直接受敌人的指使,出兵狼山口侵犯临河第二区。回军马光武团正驻在山口,乃协同临河县保安队和东特公旗伪军发生激战。回军英勇保安队也不后人,合力之下把伪军杀得溃不成军。回军伤亡数十人。这是回军第一次建立战功,也是第一次和汉军合作在这个伟大的抗战中尽了军人应尽的职务。回军给与绥远人民的第一个印象非常良好。临河五万民众在陕壩开了一个慰劳大会,对回军表示热烈的谢意,一面表示对于阵亡将士的哀悼。

敌人这一次使伪军攻击临河失败,深恨回军,屡次设计离间回汉的精诚团结,然而都失败了。

自从傅将军的部队重返绥远以后,配上回军和蒙军及大青山的游击队,实力很雄厚，敌军非常恐慌，因此去年（二八年）六月中有大军围攻绥西，以谋一劳永逸的企图。敌大军一路由包头由公路西犯，两路由固阳配合伪蒙军于志谦部向安北进攻。由公路西犯的大军被截于西山嘴，由固阳西进的敌伪军，陷安北后继续西犯至乌兰脑包，敌军借其精良的机械屡占上风，乌兰脑包之战，五原城中已闻炮声，形势十分紧张。这时我军骑兵第四师和第七师利用五加河奋勇抵抗，大队则已经绕道至安北后方袭击敌人，马鸿宝将军在乌兰脑包拼死一战，大败敌军。

敌军围攻绥西的计划失败后恼羞成怒，实行残恶的报复，于是不久有二十八架敌机滥炸五原的惨剧。

七、建设新绥远

绥远省政府三月中旬回陕坝镇以后，各部分即努力工作，除了积极整顿绥西外，更把行政效力推及到大青山甚至绥东的游击区域里。军事和政治相辅而进，到处是新的气象，山野田间以及沙土的积层中，遍地透出了春花的萌芽。

省府为适应战时需要，废厅改设民政和教育两科。在陕坝又设立了国立绥远中学收容战区的青年，现有男女学生五百余名，在绥远还从没有这样大规模的学校的。

省府的中心工作，第一件便是扩大春耕。希望五原临河两县耕种三万顷地。大地主有剩余不耕的土地，必须交出，无条件的租与贫农，而贫农们更不许游手好闲，必须耕种。这个办法施行以后，效力很大，人民非但毫不推脱，而且一致热烈地拥护，表示和政府亲诚合作。今年的收成的丰满，自然可想而知了。

组织民众方面，省府设立了动员委员会。协助各县各乡成立了自卫军，这个潜伏着的民众的实力，原来已经很强，经过了这一次组织，绥西各地几乎完全武装起来了。

文化工作，在绥西也十分蓬勃，临河有旅外回来的知识青年所办的《临河日报》；五原有三十五军所办的《奋斗日报》，和知识青年所主持的《强民日报》及动委会的《动员日报》，虽然是小型新闻纸，但都是在敌人的炮火下站立的文化堡垒。头脑精敏的青年，每天晚上偷闲写通讯，或是在收音机旁记录新闻，或在灯光下校对印稿，明天清晨也许很早的挟了枪出发游击了。以血的经验，血的知识，创造新文化。

绥西的行政督察专员公署也恢复了。各县的县长都是精明能干的青年。县行政大量的容纳人民的意见，也只有在这种政府和民众最大合作之下的力量，才能够抵抗敌人的飞机和大炮。

大青山是漠南游击的根据地，绥西是将来收复热河，察哈尔和东三省的出发点。西可保卫宁夏，南可庇护山西陕西，使敌人无法威胁西北的国际路线。唯与内地相距辽远，每多隔膜。譬如西南的人民对于湖南和广西的战事很关切，对于河南山西的战事便较疏忽了，对于绥远的战事更是淡漠。这是不正确的观念，我们应该设法加以校正。只因距离远，我们更须要热烈的宣传，过去东北的沦陷，全国有多少人民对于东北的情形尚未能明了，我们应该引以为鉴的。

绥远前线最感缺乏的是寒衣和医药。十月中雪已没胫，应该穿皮衣的时候，游击队的壮士，还披着薄衣，受了伤，没有医生医治，更没有良药，往往用土法治疗而贻误生命。医药和寒衣实在是绥远抗战中的严重问题。而大青山尤其迫切。

此外绥远的军民更须要精神粮食的接济。他们自早至晚和敌人奋斗，时时挂念着全面抗战中的各地的情形。几个小型报纸还是不够满足他们的盼望的。在都市里的文化人，应该负起责任，寄以精神上的鼓励。

至于伪军，有许多事情是出于我们想像之外的，他们何尝愿意拿了敌人的枪弹来打自己的同胞。在绥远还有许多伪军已经反正了，而未曾反正的部队和我们的游击队也有相当的联络。大青山的情报得到李守信部和于志谦部的帮助不少，战时游击队和伪军遇见了，伪军因为后面有敌军的监视，不得不开枪，表示作战的姿态，然而枪是向天空放的。游击队心里自然也明白，伪军给他们很大的方便。最有趣的，大青山游击队的日常用品如纸张笔墨，甚至衣料等，都是伪军替他们从天津偷运过来的。

现在等待的是全面的反攻，到那个时候，全部伪军的枪口，"定会转向对付敌人，同胞们，努力呵，促使这个光明的日子早日到来！"

在赣江上

冯　至

在赣江上，从赣州到万安，是一段艰难的水程。船一不小心，便会触到礁石上。多么精明的船夫，到这里也不敢信托自己，不能不舍掉几元钱，请一位本地以领船为业的人，把整个的船交在他的手里。这人看这段江水好似他祖传下来的一块田，一所房屋，水里块块的礁石无不熟识；他站在船尾，把住舵，让船躲避着礁石，宛转自如，像是蛇在草里一般地灵活。等到危险的区域过去了，他便在一个适当的地方下了船，向你说声"发财"。

我们从赣州上了船，正是十月底的小阳天气，顺水，又吹着南风，两个半天的功夫，便走了不少的路程。但到下午三点多钟，风向改变了，风势也越来越紧，领船的人把船舵放下来，说："前面就是天柱滩，黄泉路，今天停在这里吧。"从这话里听来，大半是前边的滩过于险恶，他虽然精于这一带的情形，也难保这只风里的船不会触在礁石上。尤其是顾名思义，天柱滩，黄泉路，这些名称实在使人有些凛然。

才四点钟，太阳还高高的，船便泊了岸，船夫抛下了锚。四下一望，没有村庄。大家在船里蜷伏了多半天，跳下来，同往常一样，总是深深地呼吸几下，全身感到轻快。不过这次既看不见村庄，水上也没有邻船，一片沙地接连着没有树木的荒山，不管同船的孩子们怎样在沙上跳跃，可是风势更紧了，天空也变得不那样晴朗，心里总有些无名的恐惧：水里嶙峋的礁石好像都无情地挺出水面一般。

我个人呢，妻在赣州病了两个月，现在在这小船里，她也只是躺着，不能坐起。当她病得最重，不省人事的那几天，我坐在病榻旁，摸着她冰凉的手，好像被她牵引着，到那阴影的国度里旅行了一番。这时她的身体虽然一天天地健康起来，可是她的言谈动作，有时还使我起一种渺茫的感觉。我在沙地上绕了两个圈子，山河是这般沉静，便没精打采地回到船上去了。

"这是什么地方？"她问。

"没有村庄，不知道这地方叫作什么。"

……

风吹着水，水激动着船，天空将圆未圆的月被浮云遮去。孩子们最先睡着了。我也在此起伏不定的幻想里忘却这周围的小世界。

睡了不久，好像自己迷失在一座森林里，焦躁地寻不到出路，远远却听见有人在讲话。等到我意识明了，觉得身在船上的时候，树林化作风声，而讲话的声音却依然在耳，这样一个荒凉的地方哪里会有人声呢？这时同船的K君轻轻咳嗽了一下。

"我们邻近停着小船吗？"我小声问。

"不远的地方好像看见过一只。"K君说。

"你听，有人在讲话，好像是在岸上。"

"现在已经是十二点了——"K君擦着一支火柴，看了看表，说出这句话，更加增加我的疑虑。

此外全船的人们还是沉沉地睡着。

我也怀着但愿无事的侥幸心理又进入了半睡状态。不知过了多少分钟，船上的狗大声地吠起来了；船上的人都被狗叫声惊醒，而远远讲话的声音不但没有停住，反倒越听越近。我想，这真有些蹊跷了。

船上的狗吠，船外的语声，两方面都不停息；又隔了一些时，勇敢的K君披起衣服悄悄地走出船舱。这时全船的人都惊醒着，屏息无声，只有些悉索的动作：人人尽可能地把身边一点重要的物件，往不为人注意的地方放；柴堆里，炉灰里，舱篷的隙缝里……大家安排好了，静候着一件非常的事。

前后都是滩，风把船拘在这里，不能进也不能退，好像是在一个魔术师的手里。我守着大病初愈的妻，不知做什么事才好。忽然黑暗的舱里出现了一道光，是外边河上从舱篷缝里射进来的；这光慢慢地移动，从舱前移到舱后。分明是那河上放光的物体从我们的船后已经到我们船头了。这光在船舱后消逝了不久，又有一道光射到舱前，仍然是那样移动。

全船在静默里骚动着，妻的心房跳动得很快，只是小孩子们睡得沉沉的。

K君走进来了，轻轻地说：远远两只划子，一只在前，一只在后，船头都燃着一堆火，从我们的船旁划过。每只划子上坐着两个人，这不是窥探我们船上的虚实吗？

　　我听了K君的话，也走到舱外。暗银色的月光照彻山川，两团火光在急流的水上越走越远了。这是他们去报告他们的伙伴呢，还是探明了船上的人多，没有敢下手呢？

　　我望着那两团火光，尽在发呆，狗吠停止了，划子上的语声也听不见了。除去这满船的疑猜和恐惧外，面前是个非人间的，广漠的，原始般的世界。

　　最后船夫走到我身边，他大半被这满船客人的骚动搅得不能安静地躺在被里了。他说，不要怕，这地方一向是平静的。

　　"那么半夜里，这两只划子是做什么的呢？"

　　"那是捉鱼的。白天江上来往的船只多，不便捉鱼。夜静了，正是捉鱼的好时候。鱼见了火光便都跟随着火光聚拢起来；你看，那两只划子的下边不定有多少鱼呢……"

　　我恍然大悟，顿时想到"渔火"那两个字。

　　第二天早晨，风住了，船刚要起锚，对岸划来一只划子，上边有两个渔夫。他们好像是来慰问我们昨夜的虚惊，卖给我们两条又肥又美的鳜鱼。

　　幼年生长在海边，惯于鱼虾的妻，对着这欢蹦乱跳的鱼，脸上浮现出病后的第一次健康的微笑。

本期撰者：

　　顾谦吉先生是国内知名的农林专家。国立中山大学教授，史国纲先生，是本刊读者所熟识的。

　　自蒋委员长最勉全国小学教师电文发表以来，社会人士对小学教师待遇问题，均加以深切注意。本刊特请西南联大师范学院教授陈友松先生撰文加以讨论。陈先生是教育学专家，素来关心中等以下教育改进问题，其所论多是以事实为根据的。

　　冯至先生是西南联大教授，曾在本刊发表过文章。

第三卷第六期（1940年2月11日）

时评

巴尔干协商国会议

举世瞩目的巴尔干协商国（希，土，罗，南）会议，于二月二日开会，聚议三天，于四日晚闭会了。

这个欧洲东南隅诸国的集团，一年一度的常会，因何如此为国际所重视呢？因为巴尔干半岛，久是列强角逐之场，在现时战况对峙中，竞争尤烈，本刊已几次论及，这次会议，关于诸国的能否继续合作，是否保持中立，及对各大国的倾向如何，都可窥见端倪，他们的倾向，关系列强势力的消长，列强在巴尔干的势力，关系全欧的大局，所以这次巴尔干会议，是个有关大局的会议。

在三日会期中，一度有惊人的消息，如二月二日电称："自罗马柏林及其他方面对协商国各外交当局加强其压迫后，一般人咸料巴尔干协商之会议或将解体，即协商本身之团结或亦将成问题"。又三日电称"传罗要求各国保证罗匈现有国境，否则将与德，或甚至于与苏联，成立某项协定，此项要求提出，协商之会议，又发生新波折"。但幸得保加利亚表示愿"保证不拟对罗提出多布鲁申要求，待欧战结束，举行和平会议时，再行解决"，局势转为和缓，得以顺利进行，并获相当结果。

协商团结，延长七年，和平中立，继续保持，经济合作，更求密切，这些结果，对于大局有若何影响呢？巴尔干诸国间，利害冲突，野心者常利用以谋自己势力的伸展，挑拨怂恿，期收"混水摸鱼"之利，为诸国计，应当眼光放大，不斤斤于目前的利害，切实团结，以求自主，不复作列强的傀儡。

以往外来的压力与外来的引诱，每不容他们如此，这次居然继续合作，继续团结，不能不说是个成功，自然这个成功，还是有列强的背景，如法国电讯称土耳其保加利亚两国接近，"英国外交之功，实不可没"，罗国外交部长在会议中演说，盛称意大利为巴尔干半岛和平多所尽力，大概助成这个局面，英法意三国都有力量。德在巴尔干的经济关系，已极重要。目前或者尚无更进一步的需要；苏联虽有野心，芬兰战事未了，大概还不暇于此积极进展；所以英法意三国保持现状的政策，成为这次会议的收获，而使大局暂保安定。（寿）

苏倭谈判破裂

苏倭划界问题，两月以来，经过多次折冲，由哈尔滨至赤塔，终因日方伪造文书，坚执不让，以致一无所成，而于上周宣告破裂。但连日敌外务省，为掩饰对苏外交失败起见，佯言苏日商约谈判，进行仍然顺利，其究竟如何，至值我们留意。

须知欧战爆发以后，美苏在远东的地位，更趋重要，敌国感力竭精疲之苦，企图与列强妥协，俾便全力应付"中国事件"，所以对苏不得不改变论调，屈膝退让。近来美国态度强硬，又使一部分敌阀转向苏联，意在离间美苏友谊，或在由苏以求与德重欢。其实，这仅是一种暂时的策略，并无根本调协的诚意。再就苏联而言，因为全力应付欧局，也不愿与日本在远东引起纠纷，且谋日本视线南移，与英法为难，所以除与日本签订停战协议外，外长莫洛托夫并表示愿意与日谈判悬案及商务问题，但绝不因此而放弃对华援助。我们于此可知苏联对日妥协，也不过是一种敷衍手段而已。双方谈判，既皆乏根本诚意，所以旷日持久，而不能有所收获，实乃意料中的事。

不过苏倭关系是否划界谈判破裂而趋恶化，则我们亦不敢必。米内新阁的对欧美政策，于阿部内阁究无大别。现在美日续订新商约，希望极其微小，也许更使新阁增强对苏的接近。况且敌阀中亦有人幻想结成日德苏集团，以抵御英美法等民主集团者。由此以观，这次划界谈判虽然破裂，苏日关系仍然将维持下去，日本对于商务更力求继续；因为除了政治作用之外，经济利益尤为她所重视的。

近日报称，苏联指出此次划界谈判失败之原因，其中最主要的，就是"日方丝毫不放弃其侵略之大陆政策"。诚然，"汪日密约"中的那一套吞并阴谋，如果任其实现，首当其冲者，就是苏联。苏联若不趁日本内外危机交迫的时候，施以压力，加以牵制，则等到暴日远东巩固地位之后，便不难利用更大的资源人力，与苏联一决雌雄。所以这次苏倭谈判的破裂，适发生于"汪日密约"揭露之后，其意义是非常重大的。苏联重虑对倭外交，这是一个大时机。（王）

昆明变更粮食管理办法

云南省政府委员会于六月六日议决变更粮食管理办法。其中最重要的变更，包括两项：第一，已往是由政府规定最高米价；现在则在市场上的价格，已不再受限制，而完全任由市场上的供求情形自然决定。第二，已往粮管会在各米店附设公米行，限制商人及消费者采购运销；现在则商人及消费者均可以自由采购运销。以后"一般市民所需之米，概向米商自行购买"。因此"粮管会"外再需一个全面的米价统治机关，而只是一个局部地调剂需供的机关。今后粮管会的工作，在收购方面，将专购买安南所产的米和收集三十县的仓谷；在销售方面，将只供应昆明市市内及县区之机关学校团体所需用的食米，及设立公卖处以贱价分售与贫民。

这一个变更是值得特别注意的。因为毫无疑问地，这次变更是表示统制米价的失败。昆明自从实施统制米价以后，米价不但不能稳定下去，而且往上飞跃。在二十八年最初的几个月，米价只比二十六年前贵二倍多，到了四月以后，便比二十六年度贵三倍多。到了二十八年年底，竟达到比二十六年度贵七，八倍的高度。而最近在这废历年底的时候，又作进一步的腾贵。从这米价变迁的情形看来，可见已往的统制完全没有效果。在这种情形之下，统制不如不统制。所以这次云南省府决定取消统制，我们认为是一种适当的处置。

我们现在要问的是：昆明米价统制为什么失败？从这次的失败我们应该得到什么教训？我们以为昆明米价统制之所以失败，有两个重要的原因：

（一）昆明粮管会的统制范围，只限于昆明一个区域。一个地域独自地实施统制物价，而与其他区域不发生关系，则统制是很难成功。直至近几个月粮管会才注意到运进越米，这不能不认为是失算。（二）昆明粮管会主要的统制武器是"法令"，但用法令去防止经济上的图利行动，是很难十分有效的。妥善的方法，是对供需直接统制。粮管会本身虽然很努力，但客观的环境不允许粮管会彻底统制供求，彻底取缔囤积，彻底干涉私人采购，所以是无法成功的。

从这次昆明的失败，我们可以知道倘使客观的条件不具备，物价统制机关的力量不能充实，则统制物价有百害而无一利。但倘使客观的条件已经具备，而统制机关也有充实力量的可能，则政府是应统制物价而不应放弃统制的。（启）

统制物价的几个理论问题

伍启元

在近几个月来，因为各地物价的高涨，所以社会人士，对物价问题都十分注意。公共的意见，差不多完全一致地主张统制物价。但在现在讨论统制物价的文章中，对统制物价的各种基本理论问题，都很少论及。本文目的，就在对这些基本理论问题，特别提出三点，来加以分析。这三个问题是：（一）统制物价的意义；（二）统制物价与调节供需问题；（三）统制物价与通货膨胀问题。实则统制物价还涉及许多其他重要理论问题，以后当再另行为文讨论。

一、物价统制的意义

什么是"物价统制"？凡是用政府的力量和人为的方法，使物价离开在自由市场中供需所决定的地方，而移到政府所认为适当的地位，就是统制物价的行为。

因此，第一在物价统制情形之下，经济已相当的离开自由主义的经济或商品的经济。在自由主义经济或商品经济中，经济结构有两个特征：（一）一切经济活动都受营利主义所支配，一切商业行为都是以取得利润为目的。（二）一切生产，分配，消费都是受价格所决定，而价格也是调节生产，分配，消费的唯一机构。换句换说，自由主义的经济一方面是一个利润的经济，一方面是一个价格的经济。在物价统制的情形下，无论利润机构的运行或价格机构的运行，都受了极大的限制。企业者和商人，都不能再自由地依照市场的变动而获取利润或者负担损失，他只能取得政府或统制机构所认为合理的利润。因此利润已失去了许多它所原有的特质，而变成一种固定的企业者的报酬了。同样地，价格机构也不能照旧的工作。价格已经不是受自由竞争所决定，而是受政府所规定了。

但我们不能因此就说在物价统制之下，自由主义经济便完全崩溃。近来，我国讨论物价统制的作者，有些以为统制物价就等于完全放弃自由主义经济，就等于走上纯粹计划经济的路，这种看法是完全错误的。其实物价统制的一个目的，就在使自由主义经济能够相当地继续存在，就在相当条件之下维持利润机构和价格机构的地位。企业者和商人虽然不能像以前那样取得利润，利润的数量虽然受了限制，利润的性质虽然有了变迁，但政府还是用利润来做统制生产的工具。政府对企业者和商人保证一种合理的利润；企业者和商人还是为这些利润而生产及贸易。同样地，物价虽然受了限制，但政府和消费者购买制成品，生产者购买原料品，雇主雇佣工人……都是给付一定的价格。所有物品和生产元素还是以商品的方式出现于市场上。因此自由主义经济只是受了限制而没有完全崩溃。事实上只有在商品经济或自由主义经济之下，价格才有统制之必要。否则在纯粹计划经济之下，一切都由政府规定，价格不是整个经济机构的重心，政府便没有统制价格之必要了。

或者我们可以说：当作一种经济制度者，"物价统制"可说是站在纯粹自由主义经济（或纯粹商品经济）与纯粹计划经济（或纯粹集体经济）之间。

其次，从内容方面说，统制物价必要由统制当局对每一种被直接统制的商品都决定一个"适当的"或"合理的"价格。关于什么才是适当的价格一问题，其答案完全要看统制物价的目的是什么。但统制物价的目的问题，牵涉的范围太广，我们不必在这里加以讨论。

在这里，我们只要指出一个要点：即政府或统制机关在决定物价时，必要顾虑到生产元素所有者，生产者，商人，和消费者四方面的利益。因为物价对这四方面都有重要的影响，所以都非顾及不可，统制机关所决定的价格必要使生产元素所有者——特别是劳动者——能够得到合理的收入，必要使生产者能够得到合理的售价，必要使商人能够得到合理的报酬，而同时又必要符合于消费者的购买能力，才是适当的价格。近来讨论统制物价的人，大都只顾及消费者一方面，这是一个很严重的错误，是应该立刻纠正过来的。

当然，要使价格能符合许多条件，并不是一件容易的事。通常一种能符合于一个条件的价格，并不一定能符合于其他条件。所以统制物价机关不只要规定物价，并且要统制物价以外的其他因素。必要如此，然后规定的价格才能符合上述的一切条件。

在各种物价以外的其他因素中，以供需情况和通货情形为最重要。平常反对统制物价的人，其论点亦多集中于这两个因素。所以我们可以进一步分析这两个因素与物价统制之关系。

二、统制物价与调节供需

通常反对统制物价的人，以为统制物价违反"供求的原则"，所以会引来不平衡的现象。例如衣料，因为战时需要加多和来源困难，所以现在的价格较战前增加约三，四倍。价格高涨的结果，一方面可以鼓励生产，增加供给的数量，一方面可以引起节省，减少需要的数量。供给的数量增加，需要的数量减少，供需才能调和，才能达到均衡的状态。否能倘使价格不提高，则在那个低的价格中，供给的量比较有效需要的数量为少，结果无法得到平衡。统制物价，使物价低于均衡的价格，便会发生上述的影响。被统制的物品，通常都是与军事及民生有直接或间接关系的物品。在战争期中，我们应该鼓舞这些物品的生产和减低这些物品的消费。而统制物价的结果，使价格太低，不但不能鼓舞生产或减低消费，并且会引来相反的结果。一方面因价格太低而生产者不愿生产，所以生产额缩小，一方面因价格便宜而消费者会增加消费，所以消费额会增多或至少不变。

这种反对理论实包含一部分的真理。无疑地，倘使统制机关只知统制物价本身，而忽略了供给和需要，则维持物价于较低的水平确会引来通常所谓"供"不应"求"的现象。因此统制如要成功，统制机关不但要规定物价，并且应该设法增加供给和设法限制购买。统制机关必要使供给的量等于需要的量，然后法定的价格才能真正维持，物价统制才算真正成功。

上述反对统制物价的理论，虽然包含有一部分的真理，但也有很多可以设计的地方。第一，在战争的时期，物价提高不一定会使供给的数量增加。中国因为交通不发达，交通的工具不够分配，所以有些不是当地生产的物品，虽然物价提高，也不一定会增加供给的数量。就是当地生产的物品，也会因原料的来源困难而出产缺乏弹性。第二，统制物价也不一定会对生产有不利的影响。因为生产者所要求的，不是变动的高价，而是稳定的而略超过生产成本的价格。战时的物价虽高，但战争有随时停止的可能，物价有随时暴跌的危险。因此生产者不能不负担物价变动的风险。战时物价上涨至少有一部分是这种风险的保险费。在物价统制的情况下，因为统制机关对生产者保证一种合理的价格，生产者虽然得不着物价高涨引来的暴利，但因用不着负担物价变动的风险，而同时又被保证可以得到合理的利润，所以也必乐于增加生产。第三，平衡物价本身有时也可以增加供给的数量。在物价上涨的时候，许多投机家会囤积货物，许多生产者会积存产物，以等待将来物价高涨后才拿出来出卖。在这种情况下，倘使统制机关真的能把物价平定，则囤积货物便无利可图，而积存货物的人，必会把所存的货物，拿到市场来出卖，因而增加市场的供给数量。第四，"供求原则"的顺利应用，是基于一个重要的假定，即需要是具有弹性而不是缺乏弹性的。否则倘使需要是缺乏弹性，则物价无论怎样增减，消费的数量都是不变的。在这种情况下，则物价变动便没有调整需要数量的能力；我们就更可以利用统制的方式去平衡物价了。在战争的时候，我们所要统制的物品，其中如军用品，粮食等物，它们的需要都是缺乏弹性的。第五我们也承认，除了需要缺乏弹性的物品外，其他物品的消费量都是因物价的变动而变动的。因此价格提高的确可以减少消费的数量，但是，这只会减少贫穷阶级的消费和固定收入者的消费。这种减少消费的方式是不公平的；并且常会引起国内贫苦阶级，劳动阶级，和中产阶级的不满。因此是应该极力避免的。我们只有用统制的——即一般限制消费的——方式，使一切消费者都受到同样的影响，才是一种公平的办法。

从上面所说，可见以"供求律"做根据来反对物价统制的理论，虽然有几分真理，但并不能完全成立。

三、统制物价与通货膨胀

反对物价统制的另一种重要理论就是"通货膨胀论"。根据这个理论，物价上涨是由于通货数量增加，通货价值下降，因此不是用统制的方法所能停止的。统制的办法，最多只能使若干种被统制的物价下降。但从整个价格水准看来，则统制的办法是不能使它下降的。因为若通货的数量不变，人民的岁入不变，则减低若干物品价格之结果，只能使其他物品的价格更加上涨。至于平均价格，则不会有多大变更的。这可以举例来说明。假定中国现在流通的法币总额是三十万万元，其用途是作甲，乙两种物品交易的媒介。假定在未统制以前，有十万万元是用于甲种物品的交易，有二十万万元是用于乙种物品的交易。假定中国决定对甲种物品加以统制，而统制的结果，使甲种物品的交易数量不变，但价格则减少百分之二十。在这种情形之下，甲种物品的交易，只需要八万万元的法币。多余的法币都会走到乙种物品的交易市场去，结果会使乙种物品的价格增高百分之十。这种价格的增高，恰好和甲种物品价格的下降相抵消，结果价格水平还是没有变迁的。我们也可以从个人的观点，举个例来说明这个问题。假定普通一个工人，每月的总收入是二十五元，在物价统制以前，他用二十元来购买粮食等必需品，而用五元来购买其他物品。假定物价统制以后，他买粮食等的购买量就会变更，是因价格减少，他用于粮食等必需品的每月只十六元，结果他可以用九元来购买其他物品。因此其他物品的需要增加了，其他物品之价格自然也就上涨了。从上面所举的两个例，可见倘使一国的流通数量不变，倘使国民的岁入不变，则统制物价是不会使物价水准下降的。

　　这个反对统制物价的理论也包含有一部分的真理。我们应该承认：倘使一个国家对货币数量，对货币的流通速率，对国民的岁入等重要因素都不加以统制，而只统制物价，则统制物价是不会有效的。近来有些学者认为物价与通货膨胀无关，这种看法是绝对错误的。倘使通货没有膨胀，则物价是无法继续不断地上涨的。物价继续上涨，本身就是通货膨胀的最好证明。

　　有些学者以为只要对若干重要物品的价格稳定，则其他物品的价格是否高涨，是没有什么关系的。在中国，因为农工阶级每年的用费有百分之六十以至百分之八十都是用在食物方面，因此只要把食物和其他日用品的价格稳定，中国大多数人民的生活便不会感到痛苦。至于其他物价的涨落，对于他们的影响有限，政府是可以不管的。若只从消费方面来说，则这种看法是对的。不过倘使我们把眼光放大一点，把生产方面也加以注意，则其他物价的涨落，绝不是与中国大多数人民无关的。因为倘使食物和日用品的价格下降，而其他物品的价格上涨，则国内的资本和其他生产元素须集中于生产价格上涨的物品的工业。结果食物和日用品的生产，必会感到资本及其他生产元素之缺乏。倘使这种情况维持下去，则必有一天，因为生产和供给的困难,结果法定价格无法维持,而价格统制也就宣告失败。

从上面所说,可见物价统制如要成功,不能不同时注意货币流动数量,人民岁入总额,人民岁出分配,长期投资动向种种问题。政府首先应该限制货币发行的数目和用各种方法去平衡人民的收入(特别是地租和利润收入)。其次,政府应设法鼓励储蓄,使经统制后因物价低落而释放出来的购买能力不致用来购买其他物品,而能用来储蓄。必要如此,然后统制物价才不会提高未被统制的物品的价格。此外政府还可以直接统制投资。凡新的投资,都应先得政府的允许。政府可以按照国家的利益来决定投资的方向,因而防止资本集中于不重要的和未被统制的生产上面。

从上所述,可见根据通货膨胀来反对物价统制的理论,确有几分真理。但这种理论,包含着一个重大的错误,即它否认稳定物价本身也可以影响到通货的情形。事实上统制物价或稳定物价本身就会产生通货收缩或与通货膨胀相反的影响。这可以分开两方面来说。第一,我们可以从财政方面来看。战时财政亏缺,是通货膨胀的主要原因。战时财政之所以亏缺,主要由于战时支出之增大。但战时支出之大小,又深受物价高下的影响。物价愈上涨则财政支出愈增大,财政支出愈增大则财政亏缺愈加多,财政亏缺愈加多则通货愈膨胀。而通货愈膨胀则物价愈上涨。结果通货膨胀与物价上涨互为因果,成为一种循环式的变动。倘使没有人为的办法,加以干涉,终必会愈弄愈坏,非至通货完全崩溃,财政完全破产不止。物价统制,就是防止这种变化的一种方法。物价得着稳定之后,财政的支出和财政的亏缺便有一定的限度。因此通货膨胀也就得到一定限制。第二,在战争时期,生产者和商人的利润(或暴利)的膨大,是通货膨胀的另一个主要原因,价格愈高涨则暴利的数额愈大,暴利的数额愈大则生产者和商人的购买能力愈高,一般的购买能力愈高则物价愈往上涨,结果也发生一种循环式的变动,统制物价也可以使这种循环式的变动停止。因为统制之后,物价可以安定,而生产者和商人都只能得到合理的利润。结果他们的收入减少,而通货膨胀的趋向也因而停止了。由此可见物价统制本身也可以制止通货膨胀的进展,因此也可以间接影响到未被统制的物品的价格了。

统制物价既有限制通货膨胀的作用,我们能否进一步利用统制物价的办法,完全免除战时通货膨胀呢?有些热心于统制的人,以为这是可能的。他们以为只要在战争的初期,我们能及早有效地统制物价,则通货膨胀和物价上涨都可以完全避免。我们以为这种看法是不正确的。除了我们走到纯粹计划经济的路上,除了我们把整个经济都统制起来,我们是无法完全避免通货膨胀,我们是无法避免物价水准提高的。从历次大规模战争的经验看来,各国在战争时期物价都有普遍上涨的趋势。在上次欧战时是如此;在这次欧战中,英法等交战国的物价都较战前为高。因此我国也不能例外。统制物价的功能,只在防止若干被统制的物品的高涨,而不能阻止一切物价的变动;平衡物价的作用,只在限制通货的过度膨胀,而不能完全避免通货的膨胀的。

说人事

王赣愚

近几年来,中国行政上,似乎有个畸形倾向,过重机构而忽视人事;所以机构虽迭经调整,然每因人事仍旧紊乱,其于行政效率毫无裨益。但我们平情论断,认为若使悉举种种弊病而归咎于机构上面,未必是近情合理的。我国行政组织,虽向是重复凌乱,但如果运用适当,也不见得怎样不灵活不紧凑,其所以弄到不灵活不紧凑,恐怕还是人事未决之过。要知机构是人为的,运用亦不离乎人,机构欠健全,随时可以补救;而人事如果不解决,就是将机构根本调整,其实效终等于零。只谈机构而忽视人事的人,真是明察秋毫之末而不见舆薪,不知他们是故意讳言?抑是熟视无睹?

我们依据行政原理,认为调整机构,寻求事权集中,组织简单,系统分明,运用灵活。一国既有这副健全机构,倘使没有健全的人,必定得不到充分试验的机会,终非促其整个败坏不可。在政治组织上,欲建设常轨,必须同时改善人事;此理虽为显明,然我们真正了解,犹嫌其太晚!从辛亥以至今日,我国政治,还未能制度化,或者就是坐因于此。改善人事问题在中国尤为重要。政治恶习未除,人事高于一切;为人择事,而不在为事择人;人与事不相配合,以至凡百俱废。平时人事实况,大可疵议;一至战争时期,则弱点全露了。不过欲彻底改善人事,到今却适得其时,我国政治改造,实系于此一举。

人事问题的核心,就是如何用人。国家用人,"公"是第一要件;能"公"不仅是当权在位者之德行,尤其应该视为吏治制度化的结果;吏治制度化了,使人欲徇私而不能。从经验上说,有用人之权者,常滥其用人之权，倘无制度作范畴，又无正轨可遵循，在一方"公"既难于表现，他方更以"公"济"私"。考诸欧美各国，在文官制度未确立之前，官无定职，事随人动，夤缘奔竞，植党营私，与以往我国人事情形相仿佛。但至吏制普遍推行后，在用人一端，大致已从"公"着想；人才的登庸，既不单凭主观判断，于是乎有考试制度。此种制度厉行已久，大体无疵；但考试不过是选拔贤能的一种方法，而所谓文官制度的精神，并非完全寄托于考试制度之上。这点我们必须认清的。在现代文官制度之下，官吏的任用，固应以考试为正途，此外官吏的升黜，官吏的保障，以及官吏的奖惩等，还都得有常规，有准绳，绝对不容私情在那里作主，用人要"公"，"公"在制度上表现，此实值得效法者。

我们早知文官制度之优，但其能否在我国生根发芽，至今仍是个大疑问。在中国旧时，政治人才的登庸，就有所谓科举制度，以八股试帖卷擢课士，一切官吏俱由此出。不过因其不能适应时代需要，予以改进，百弊所以发生，而为世所诟病。欧美树立吏制，本在为国家任选贤能，我国推行科举，则为君主牢笼臣仆，此精神一殊，则运用千差万别，自入民国后，官吏登庸升迁，一无常轨可循，此已使全国入有官无治之境。讲到制度，人事法规，我国未始无之，但大半成了具文。我们明知建立吏制之重要，无如偏以为建立有其困难，索性言而不行，行而不力。改善人事的对象是人，无论采何途径，总不免牵涉到人与人的关系，这是重人轻法的中国人民所顾忌的。

我国人实在太重私情了，这自然有其社会的原因。中国社会里，伦常观念之潜势力极大。贤者每亦不能逃。家族以外，有姻亲，姻亲以外有乡党；乡党以外，又有朋友师生。爱有等差，乃儒家的箴训，加以重视情面的心理，和不分公私的习惯，以致在官场上所谓人事的应付，就是为亲近者谋事，为附己者安插。待人论疏远，处世讲感情，在一方似是何等殷勤，何等周到，在另一方则虚伪已达极点了。我国人的为公精神，本来非常脆弱，哪知民元以后，西洋政党分赃风习，逐渐输入中国，于我们固有的小我主义为之添上一种组织方法。在欧美民治国家，政党政治早就纳入正轨，法治之观念重，对人之观念轻，其用人也以法律为标准，合格者拔擢，不合规者黜免，无所谓亲疏远近之分。但在中国因政治尚未上常轨，仿袭分赃风习，百弊而无一利。官吏不分政务事务，均随政潮上下，一系一派得势，鸡犬莫不升仙，而有用人之权者，出其小小手段，使人奔走趋就，如蚁附膻如蝇逐臭。官场风气，所以流失败坏，视前清末年进步无几者，其原因实足供我们深长思的。

用人之无定制，其结果必陷全国于分裂，以视欧美人之有举国一致基础者，诚不可同日而语。一国以内，人人争相抓住几个机关，作为自己的范围，安插若干亲信，培养自己的势力。同属一国之人，同样为国效劳，某甲某乙为某人的爪牙，某丙某丁则又是某派的徒羽。任何机关改组，任何长官更动，于是大树倒猢狲散，今日我来你去，明日你去他来。植党营私，排斥异己，即成为官场积习，试问还能期望人民集中心力吗？国内分裂如斯，如何完美官制，如何新颖官规，一经采行之后，怎不化为僵石以尽？我们常自夸开考试之先河，但今则旧吏制废止，在这个过渡时期中，政治进步之迟缓，并非偶然的。

我们处在现今时代，欲以旧道德来整饬官纪，虽煞费苦心，恐亦无实效。在改进人事上，非从建立制度做起不可；以制度求人才，以制度造人才，然后能收"贤者在位，能者在职"之效。尤其在中国，要使政治早上轨道，实不得不将人事行政，作彻底的改造。原来人事行政上的各项问题，皆存着交互难分的关系，殊无所谓治标治本之分。就此广泛范围，我在这里提出意见，似是平常而实极重要的。

我们改善人事，不能一切求其理想，尽可先从小处入手，但不得不从大处着眼。在确立制度的过程中，革除恶习惯，纠正错误观念，是急不容缓。试观我国当权在位者，类多是利用人的人，以他人当做工具，所以"集中人才"之真义，早已荡然无存。为扩充一己当权势计，必多方招致党羽，利用人性的缺点而发达之，奖励之，党同伐异，倾轧排挤，彼此心思才力，相抵相销，其损失是不可估计的。须知在改进人事上，只要问人能否尽其才，致其用，至于党派的畛域，实在不可不泯除。国家用人，论人不论事，就是官吏之间，为权利的冲突，心里各怀鬼胎，不能推诚相见，在此情形下，是非的标准，与功过的责任，便极不容易明了了。

"分赃"式的用人方式，绝不是我们的理想。上峰凭势用人的恶习，也是整饬吏治的一大症结。在我国，从政者所最怕的是应付上峰，每当就任之初，遇着长官大批荐人，好像这是一种交换条件。如果所有位置尚不够安插所荐来的人数，于是又不得不开方便之门，增设新职，或斥汰旧员，其才职不称，乃是当然的事。如果不遵办，便会开罪了上峰，一切事情都难办。所以在中国要做官，急务要案，尽可搁误，而上峰荐人，则不可不想法。似此援引滥私，所谓"集中人才"云云，大可不必空谈！

在中国仕途上，考试出身虽可比为一条直线，但直线反而是两点中最远的距离。全国官吏十之八九，都不由考试而来，而经考取人员之未尽获重用，又是有目共睹的现象。如此这般，每届动辄以巨万国帑，而举行考试大典，亦莫使考试制度得到国人的信仰，国家成立了考试院，但用人却有他途，他途滥则正途安得不滞。社会上以奔竞钻营相尚，考试自考试，荐托自荐托，靠八行书仍是进身的捷径。我并不迷信考试万能，然舍考试外，我还想不出其他用人的良法，所以仍希望其能推行无阻，并求其逐渐改善。在目前过渡之时代，我也赞成采取渐进的权宜的办法，以收汰劣留良之效；但经过考试或甄别的人员，其地位必须切实加以保障，其升迁又须以功绩为标准。

在中国，"亲亲"观念是人事紊乱的根苗，因此，公务员回避法尤应制定。官吏回避是中国的旧制；籍贯，姻亲以及血属关系，都在回避之列。民国以后，明清旧法废除，于是乡族亲戚，壅塞仕途。内举不避亲，举而得贤，固可以宣示无私，但倘举而不当，则弊端丛生，宦纪因以败坏。回避法果成立，在消极方面，即可限制援引；在积极方面，又可鼓励贤才。欧美许多国家，用人回避籍贯亲戚，此制早已树立，并肯严格执行。至如中国，本是宗法社会，安土重迁，聚类成团，在用人行政上，偏私徇情之弊，最难避免。我敢信今后制立回避法，宦风必随之大变。"天下为公"的风尚，要先从用人开其端。用人当与不当，关系国家治乱者极大，我国历代史实，尽够我们借鉴。

人事问题是最繁复的事情，并非旦夕间可以完满解决的。在这个问题没有解决以前，行政机构，虽屡加调整，未必能收预期的实效。"今乱之由，为取才所失"这句话，不啻是当今我国政治的写照。我们之注意人事问题，虽不自抗战开始，然战时是除旧革新的大时机，对此十分重要问题，尤应格外注意。言犹未尽之意，让我在另文详述。

论小学教师的待遇（下）

陈友松

本文正在发表的时候，教育部已订定了改善小学教师待遇的办法，实在是全国小学教师的福音，也是二千万在学儿童的福音。据重庆二月一日电，教育部对于改善小学教师待遇一案，前经列入二十九年度行政计划，现为提早实现起见，复订定薪给标准，任请时间，子女免费就学，年功加俸养老抚育等项办法，及施行细则。通令各省教育厅从速会同财政厅通盘筹划是项增薪经费，列入二十九年度省地方经费概算内，并将办理情形核报。似乎本文的目的已达到，大可以藏拙了。然而在未见这套法令的全貌及内容细节以前，无论在原则或实施上，都有讨论的余地。在原则上，这一套法令是否能成为一个划时代的合理的公平的待遇制度，如欧美之所谓国家薪给标准表（National Salary Schedule）；在实施上，应如何根据战时各省地方财力与经济情形，小学教师专业水准之等差与人数等等事实，因时因地，因人制宜，使得顺利推行。其中有许多行政技术复杂问题，必待详加调查与剖析，决非有一纸空文而即认为是解决了。证之美国教育行政学术界，对于教师薪金问题之调查与研究，十余年来锲而不舍。如艾耳士布利 Elsbree 之巨著《教师的薪金》（Teacher's Salaries），以及全国教育协会关于教师待遇，任用，退隐，各种职业之待遇比较研究，每年都有推陈出新的研究报告，以求其有尽善尽美的解决方案，可知这不是一成不变的，简单的问题。我国教育界，自应取法这种科学研究，实事求是的精神；在教育部领导之下，并会同各级教育行政当局，将有关教师待遇的事实详细调查，然后能订定切合各地实情的待遇标准。在小学教师尚无扩大的专业组织，不能发动团体的力量以前，这种探讨的责任，应常由中国教育学会与师范研究所负起来。同时促进教师的专业组织，运用团体的力量，对行政当局或社会表白自己职业上的需求。

小学教师自身的两个重要认识，在提高待遇的运动中，第一，要辨别目标与手段，对于待遇有正常的态度和观点。所谓待遇或报酬乃是自身先有真正潜在的社会价值，或是已有相当价值的社会贡献，然后社会所给予之评价的反映。例如：社会给予医师，工程师等职业的物质报酬比一般教师，尤其是比小学教师，高得多。小学教师们自身应当认一部分的咎：即是未能充分准备自己的专门知识与技能，发挥自己的潜在社会价值。我们不能武断的说，小学教师的程度不能提高，完全是因为待遇太低，否则小学教师自身完全是环境的奴隶，对自己的职业没有道德的责任了。成功的小学教师，例如吴研因俞子夷诸先生，最初的待遇何尝不是和其他小学教师一样，何以社会比较的独厚于吴俞诸先生而薄于一般小学教师？所以小学教师们，第一：要自己负一部分的责任，去提高专业的精神增进教学效率。至于运用团体力量促进待遇之提高，始终要辨别它是一种手段。第二个重要的认识是不要丢掉了清高二字。清高的概念，须重新估定价值。清高固不能离开精神，也不可离开物质。贫与贪似乎是孪生兄弟，"君子固穷"，只是某特定时空的片面伦理。富与高也许是真假李逵，"富而好礼"，不一定是有正相关的。"德者本也，财者末也"，有时是对的，"衣食足而礼义兴，仓廪实而荣辱知"，也有时是对的，精神战胜物质，物质亦可决定精神。必须有较高的综合，才有真正的清高，过去的缺陷在过重精神，今后的运动又不可过重物质，否则教师之职业将变为孳孳为利的场所。换言之，改善小学教师待遇的最高理论，既不是唯心，也不是唯物，乃是唯生而从整个民生为出发点。

待遇之行政上的释义，从教育行政当局的立场看来，待遇应当是广义的，薪金只是待遇的一种因素，只是增加薪金未必一定能提高待遇。健全的待遇制度，须兼顾着一切因素。第一是薪金的因素，第二是工作负担的因素，第三是精神态度的因素。第二因素与薪金有密切的联系。问题颇为复杂，包括每周上课时数，所担任功课之难易，种类与数目，所需要之预备时间，上课一节之时间的长短，各班学生之多寡，采取教学法之种类，教学设备用品之充实与否，所教学生之种类，所教之年级，所需要之课外工作如教导职务，课外活动指导之时间等，都应当顾及的，在美国已有专家制定了一种核算，不使其过度疲于奔命。美国专家已公认八小时的学校工作，包括上课及课外职务，是最高的限度了。因为闲暇是一种教师成长的因素。哥伦比亚大学师范院教授，现为全美研究教师薪金的权威艾耳士布利 Elsbree 在他的《教师的薪金》一书内第四面有云：

> "闲暇可以说是金钱的副产品，是心身之清新与亢奋所必需的要素。教师必须要有阅读与进修的时间，有娱乐与消遣的时间，有文化兴趣之追求的时间，有游历的时间……教师的心身过于疲倦，或是工作过于机械，精神缺乏调剂，他的精神折磨得不堪胜任，将至缺乏忍耐与同情心，这是教导儿童成功的要诀。"

第三因素是指行政者或社会对于教师地位之态度。在美国通常称谓德蔚克拉西精神，在我国可以用"礼"字代表，即是尊师重道的精神。"尔爱其羊，我爱其礼"的态度，便是教师对社会的待遇应有的反应。据 Chapman&Counis 的意见，任何职业对于青年的吸引力，可以包括为五项：一，相当的经济报酬；二，做创造工作的机会；三，思想行动的自由；四，社会上的地位；五，高尚的职业观念。第二，第三，就是上述工作负担的因素所顾及的。第四，第五，就是上述精神态度的因素顾及的。

改善小学教师薪给的基本原则。改善小学教师的薪给的基本原则，要而言之，不外以下几点：（一）能吸引有最高的个人修养与专业训练的资格之青年，到小学教育界来；（二）能使最优良的教师，安于其位，久于其职，继续不断地进修；（三）能使他们乐其事业，享受着物质与文化的舒适生活，与其他各职业的同等才能，同等训练之人，可以相埒，并与他们对儿童与国家社会之责任相称；（四）能使他们有相当的储蓄，对于意外的忧患，有相当的保险，仰事俯蓄，及灾疾老死都无牵累与忧虑；（五）使小学教育界充满着生生不已，自强不息的蓬勃朝气，使小学教育的专业知识与技能日进无疆。分析言之，约有以下十四项原则，其中不无彼此重复之点，且为明晰的认识与侧重起见，不妨逐一列出，以供订定实施办法者之参详：

一，切合实际原则。此点已经讨论过，第一着在调查事实，至少包括以下各项：（一）现有的待遇详情，（二）各地的生活程度与物价指数，（三）各职业的报酬的状况之比较，（四）最近数年的各种趋势，（五）地方教育经费的情形，及人民的经济能力与应增薪之可能的财政的新来源，

（六）各省市县小学教师的生活费用状况之比较，（七）各省市县已有关于小学教师薪给之法令的分析，及其推行的状况与应改良之点。

二，教育财务行政的效率原则。即是首先要财政的计划能充分表现财政效率的四大要素：（一）担负均衡，（二）分配允当，（三）有切实的保障，对教师有准确的信用，（四）充足（Adequate）。即是对教师薪金之合理的要求能充足的供给。

三，政治的社会平等原则。在政治上，小学教师的薪给，应当与国家的行政官吏，与一切公务人员同等看待。换言之，小学教师的薪给，应当与其他一切公务人员的薪给，同列在国家薪给标准表内，在德国已实行了。我国不能让小学教师，任凭各地方的小政客与学校官当做了苦工。在社会上，小学教师倘有其他各种职业同等的才智与训练，也应当享受同等的待遇，只要教师有她他同等的本领，多也好，少也好，要紧的是能享受平等的社会待遇。

四，教育工作人员单一标准原则（Single Salary Schedule）。这是在美国教育界很时髦的一种原则，其实际的表现为单一薪给制，其要点是不论幼稚教师小学教师或中学教师一年级或六年级的教师，甚至不论校长与教师——不拘地位怎样，只要有同等的训练与经验，应当享受同等的待遇。

五，舒适的生活程度原则。按前大学院所定为两倍于衣食住（以舒适为度）三事之所费，为最低限度之薪水。现在有改两倍为三倍之议，其关键在有各地生活用费，即物价的客观事实作为根据；而且必须决定"舒适"二字之准确定义。这亦即是生活所享受物品与劳服之品质与数量的限度，如美国农部会规定之四种生活程度，应有之预算及其项目的分配，教师的最低生活程度，应仿此有一定的测量标准。

六，物价的调适原则。（一）各地方之生活费，即物价高低不一，为均衡薪金之购买力起见，应有如德国所实行之地域津贴。通常根据教师之基薪，予以百分之三至八的津贴，视所居地方为增减。（二）在任何一个地方，物价年复一年的增加，或在非常时期的骤增，都应有适当的加薪，最好以普通物价指数为根据。

七，都市与乡村待遇平等。此点在德国已普遍的实行了。

八，男女教师的待遇平等。此点应与单一薪金制同一意义，同时女教师在分娩或结婚时，在待遇上，应有合理的调适。

九，家庭赡养原则。其目的在使教师避免仰事俯蓄之累。在美国正在提倡所谓"家庭薪制"（Family Salary），德国已实行了子女津贴，寡妇津贴以及非常事故津贴。在我国则仅有子女入学免费之规定。

十，养老与优恤原则。欧美各国皆有极详审之退休计划，我国对此虽已有条例的规定，但罕见各省地方实行者。

十一，专业资格原则。基薪之多寡，应与普通修养，专业训练，教学经验之年数与品质成为正比例。此点须待教育学术对教师测量或评判制度有准确的工具，始能实行得有效。

十二，功绩或效率原则。（一）年功加俸，其增加之数量与速率，须有适当的配置；（二）对于教学，有特殊成绩者，对于教育学术有特殊的贡献者，须有特殊嘉奖；（三）进协补助并得加薪。

十三，工作分量与难易之调适原则。薪给应视工作之分量与难易而分别等差。

十四。额外待遇原则。如五年给假一年得支原薪，德国之房租津贴，迁移津贴，游历津贴，苏联之社会化薪例，如医药费，休息别墅，文化费等。

上述这个十四点为现代教育行政学术对于教师待遇之贡献，是根据各国行政者之经验与专家之研究而来。倘能实行出来，当然是一个最理想的待遇制度。我国在此非常时期，仅有能力实行少数原则，至其实行的办法，则非本文的篇幅所能详述，只好在专门的教育刊物上，另为文讨论之。（完）

谈法语发音

陈定民

近十数年来，国内学习法国语音的人逐渐增多了，但我们却少见有人把法文的语音说得正确。笔者在法国读书的时候，常常遇到许多本国同学，他们虽在法国住得很久，但鲜有能把法语中的读音分辨清楚；即使发音较为正确，但亦难将语调（Intonation）及轻重音（Intensite）的位置按放合适。原因是，每个人都会说话——至少是本国语言或本地方言——但谁也不去留心每个语音的发音方法以及发音时器官的位置。儿童学习言语，由于耳闻口习，朝夕训练，故习惯而成，自然并不感到若何困难。儿童虽不能了解发音方法，亦能逐渐领悟；但对于已学成一种语言的人——尤其是成人——再去另学一种语言，就困难得多了。一般语音学者曾经指示我们，世界上决无具有完全相同的语音组织的两种语言。每种语言——甚至于每种方言，都有它特殊的语音系统。因此，已经学会说一种语言的人，首先不能辨别即与他习惯上相异的语音；他的发音器官亦不易适应一种生疏的语言。要克服这种困难，只有两条路：第一是到外国去天天与说一种相异的语言的人朝夕接触；第二是仔细地研究外国的语音组织，分析每个语音的发声，须要哪一部分的发音器官的动作。

今日我国教外国语文的老师，主张分歧，或墨守陈规，以昔日教会编定的教科书，以及外国儿童读本充数，或标新立异，以西洋所谓直接教授法（Me thode directe）训练学生。前者流弊之甚，人所共知，不消赘述；而后者往往在学生尚未学习字母及拼音，即以整句令其朗诵呆记，既不使学生明了文法关系，亦未指示其读音方法，结果弄得学生莫名其妙，毫无所得。原因是"语文直接教授法",只能适用于学习者在外国,但我们在课室中所学语句,虽有时用会话体,也不可忽略我们中国语言的语法与外文相异之处,以及语音结构之不同。即就 Berlitz 教学法言之,在书中开首就说到 Berlitz 教学法是为了学生在外国学习外国语言之用。翻开第一课书就是几个单字:Le live la Plume……;接着是整句会话。学生首先要问什么是 le 和 la,这是中国文中所不见的。(Qu est-ce Que c'est)这句话里究竟包含几个什么字?它们的含义又是什么?尤其是对于大学生,他们不仅仅要知道外国人怎样说话,还要明了为什么这样说,这里无疑地就涉及文法问题了。同时在读音方面也是一样:在法语中,为什么 s 一字母在 Salade 一字中读为s,在 Base 一字读为 z 而在 Pension 一字中又读 z,s? 甚至有许多学生无法辨别 s 与 ch 相异之处。这许多读音问题,非讲授无以明了,更非三言二语随便向学生毫无系统的提示一点,就可以了事的。

今日在欧洲各国,著名大学中之语言学院多添设"矫正语音班",为本国僻处远乡操本地土音人士及外国学生而设。法国以巴黎大学及格城(Grenchle,在法国南部,外国学生特多)大学之语音学院所办之"矫正语音班"最博盛誉。每年二地毕业学生均在五千以上。课程方面除给学生一点普通语音常识外,完全是法语语音练习。院长每周来校授课一小时,提出若干特殊问题与学生讨论,余由助教讲习,学生分组授课,均以其语言环境不同分配。教师对于本组学生就可以特别注意那些与他们语音组织中相异的语言,令他们多加练习。同时对于他们发音方法及发音器官的动作,亦加以特殊的讲解,主要的是提示他们法语发音与他们本国语言及本地方言歧异之处,例如德人及瑞典人把法文中每个字的重音加多,英美人读法语的筋肉伸张力(Tension musculaire)极为松懈,如读其本国语言一样,结果往往把法语中元音读为合母(Diphtongue),有时把前部母音读为后部元音,弄得法国人难以辨别他们的发音。俄人及其他属于斯拉夫(Slaves)语系的人将凡法语中在 i,u 二母音前的子音都颚化(Palatalise'e)了。波兰及塞尔彼亚人常常把法语每一个语句的尾音特别放低。埃及人往往把法语中母音 u 读为 ou,英国人又把它读成 iu。同时法国南方人,亦往往把法语中的鼻化母音(Voyolles nasanles)读成西班牙语或英语之母音加鼻声子音(a-an, o-on)。我们中国人学法语的困难自然更多,因为我国语言之语音组织与法语相差很多,加之各地方言趋异,各人都多少保持本地方言之语音习惯。尤其是一般已经学过一种外国语言（英语或德语）的人，更加难以辨别法语之语音，因此教学者虽不能将每班学生的特殊语音环境个别指示，但亦只少须明了属于那一处方言的学生，对于几个什么语音特别感到困难，同时对他们做进一步的解释，或者已经学会一种外国语言的学生，时常把两种语言混淆不清，亦须要特别提醒他们的注意。

据教学的经验，我们虽不能对于每一个学生都去仔细的考察，但有许多浅而易见的事实，却不容我们轻易忽略。譬如华北各地人士，尤其是北平人，不易辨别清浊声，自然爆裂音（Occlusives）的清浊声，如法语中的 b-p，d-t，g-k 更加困难。甚至有人把 v 读为介母（Semi-voyelle）w。像这样的情形，除了对于他们特别提示及练习清浊声字母外，在可能范围内，亦可以给他们讲解一点普通语音常识，使他们容易明了二者的区别。他如广东人往往把法语中的子音 s-z，ch-i 混在一起，湖南湖北人之不能分清 n（鼻化子音）及 e（口音）之区别，滇人常把法语中二个合口母音（Voyelle Fermees）i 和 u 看做类同。一般地说来，初学法语的人，对于元音 e'-e' o-o θ-oeO；鼻化母音 an，on，in，un 以及子音 r，ch，j，都感到极大的困难。因为这些均非我国语言中所有。单就 r 一音来说，在法国本国各人的用法就有许多不同，或用舌头，或系小舌，或舌前叶，或舌后叶，本无一定标准。同时，在语言中往往因 r 后面所接之母音前后而变动发音点的位置，所以困难特多；而初学法语的人往往难以辨识。尤其是学过一点英语的人，他们甚至于把法文中的 l 和 r 视为相同。记得在学校里有一位广东学生问过我，法文中 r 与 g 有什么分别，这尤其可以想见法语中 r 一音对于初学法文的人的困难，但这许多困难，并不是无法克服的，我们最主要的，是要注意他们的语音习惯，已具有一种语音习惯的人，在他听到一个与他习常所用语音结构中所无的音，他首先就去猜那个音究竟是什么，结果是把自己语言中的一个与那个外国语音相近的音去代替。假如没有人去提示他，告诉他这二音具有很大的分别，他自己是很难察觉的，有时候时间长久，永远就改不过来了。像这样的情形，必须在初学时，即由教师给他们详细的解释。

稍具有一点语音常识的人，都晓得法语发音比英语发音学习起来较为便利，理由第一，是法语发音有规则可循，英语则反复纠缠，变化无穷：每个语音可书成若干不同字母，而每个书写上的字母，亦可以代表若干不同语音。初学英语的人，往往会发生每个字，均有其特殊发音的怀疑。

其次，是发每个法语语音时，发音器官均有明确的地位，不容丝毫含混。在法语母音（Voyelles）上说，每个母音都有他严明的发音部位，流动性极少，说到子音（Consonnes），亦极为整齐：有声（Sonores）及无声（Somdes）相对，因筋肉伸张力之紧张，子音之发音亦甚为明确。因此，法语发音，素以明晰或清楚著称。但英语发音恰好相反，英语中母音之流动性既大，而子音的声音，多半在筋肉伸张力松懈之状态。所以法国人常常讥笑英美人的发音，说他们说话总是说一半吞一半。通常读过英文的人，往往亦把法语用英语发音方法含含混混的读出来，结果把法语发音的明晰及准确性完全丧失，这是一般英美人初学法语的通病，而我们尤其应该矫正。

最后，是英语在今日全世界上被使用之广，为其他语言所不及。除了欧，美，澳三洲外，其他英国属地及殖民地都以英语为基本，而欧洲各国及亚洲亦多以英语为第一外国语，加之经商者多操英语，结果英语流通极广，故渗杂的外来份子亦甚复杂，除了单字（Vocabluary）之借用他国语言极多外，语音发声之异别，尤其显然。具有不同语音习惯的人，各自把他们母国语言的语音或语调渗杂一些进去，所以今日英语发音益形繁杂，各地所说英语都有其特殊之点，我们就不说美洲，澳洲，英属其他殖民地及属地，以及欧亚二洲各国以英语教学及经商的范围；单以英本国而论，三岛中除英格兰（England）以外，其他各地的英语，都多少有点乡音，同时苏格兰（Scotland），爱尔兰（Ireland）以及韦尔斯（Wals）各处人，虽都能操英语，但都渗杂一些特殊份子为英格兰语中所无者。如今在英本国及英属地，虽由几位语音学家制定字母，标示标准英语之发音，令各中小学及大学学生练习，但这种影响，究竟是微乎其微，并且多为书本子上的东西，而少能实际应用。说到法语流行范围，除去法本国及其一部属地外，尚有比利时，瑞士及加拿大一部份，但合起来的区域依然很少，同时法国本国内的方音虽亦复杂，但现在除了南方马赛等地及西部不列达尼（Bretagne）省，与东部与德国毗邻各地有特殊发音外，其他均以巴黎音为主。巴黎音虽不能迅速深入内地，但亦渐次普遍起来，因流通地域无英语范围之大，故其统一性亦比较多，渗杂的外来歧异语音份子也就减少，同时因法语发音之明确与清晰，凡有其他异音渗入很容易辨别出来。

严格的说起来，一国，一地（甚至于一城，一镇）的标准语，是很难确定的，因为除了地域间隔是语言及语音歧异的因素以外，尚有各自小的语言环境，各阶级层的语言，都有他们特殊的用字及发音，有时一些常在一齐相处的人（如一家族内，一学校，一兵营，一种组织），他们也能相互影响，结果造成一种特殊语言环境。法国当代语音学者格拉蒙（M.Graiumont）教授说得很好："天下没有两个人能在所有不同情形之下，对于任何字句，完全用同样的发音方法来发音。"这是说仔细地用语音学知识来研究，没有两个人的发音完全相同的，就是同生在一地，又在一处长大，而同处一语音环境之两兄弟，对于他的本地土音的发音，也会有区别的。这样区别，或者不易听觉，但不消说是存在的。

说到法国标准话，是以巴黎一地为主，但我们如到巴黎去，就晓得事实上并不如此简单，在巴黎非但可以听到法国各地特殊乡音，瑞，比各国的音，世界各国操不同语言的不纯法语；还有各阶级层不同的语音，语音学者所谓"标准法语"，其实只是代表绅士阶级或小资产阶级，在巴黎住得很久的那一部份少数人士。因之，巴黎音虽被人视为法国标准语音，但能正确的发这种语音的人，在法国本部亦没有多少。同时就是所谓巴黎音，其中问题亦很复杂，至今尚为一般语音学者讨论的题材。笔者于毕业巴黎大学语音学院以后，曾于离巴黎前数日就教于巴黎大学高级研究院（E'cole des Hautes Ftudes）教授马底纳（A.Martinet）先生，在院中听讲数日，并时到他家中谈话，对于这许多法语中及其他各国语中之发音问题，都曾分别仔细研究过，马先生是捷克斯拉夫拍拉哈学派（E'cole Prague）之语音学信徒，用他们的理论来解释这些语音现象，比较可令人满意的。

首先，我们应该知道语音学者所研究的语音现象，有时是把语音单个孤立研究；同时他们研究的范围极广，往往非听觉能辨识的现象，或者非经过语音训练的听觉所能分辨的现象，亦在研究范围之内。因之，有许多理论当作纯科学研究则可，在语言实际应用则非。复次，我们应该明了语言是一种活的，变动的现象，语音现象只是语音中之一部份，所以亦不能视为一种死的，静止的东西。每种话语言必为人所用，语言中之语音，亦在时常变化，但它们的演变是由"渐"而"突"，由量的增多引起质的不同，然而在渐变时往往不易窥见。语音学者除了研究一种语言中之语音组织外，还须要发见这种语言中各语音之演变动向。这种任务是过去一般语音学者所忽视，而为拍拉哈学派所独见。他们对于每一种语言归类之后，再去研究当时话语言的语音现象，加以精密的探讨，从那里发见各语音的演变动向。

他们认为一个语音可以在一种语言被读做两种或数种方法，这一种中性化（Neotralisation），这些中性化的语音，在每一种话语言中均存在。这是每个语音在演变过程中必经之阶段，不消说这也就是语音演变之契机。例如法语母音有若干均有分为"开"（Onverte）"合"（Fenne'e，如 e'-'e o-'o en-en）等音是，但有许多字听去既非"开"，亦非"合"，其实是中性母音，这些中性母音在近代法语（流畅会话中）有增无减，而使用者亦渐多，无疑地是近代法语演变中一话语音现象。这些语言的活现象，语音学者决不可轻易忽略。但对于实际应用及教学，则实无重大意义。所以我们在此文略加提示，而教习时尽略而不讲。

影

颜 瑟

  此时，四下静寂，未有半点声响，我很疲倦的躺在床上，看见灯后影里有一个瘦削的影子，自觉在这古老的大城市里，是怪奇特的。今夜之前有一天，我确曾买几张报纸，糊过乌黑的土墙，但总未想到有一夜，会在灯后多出一个影子。好叹气的我，于此又不得不发出感叹了："此中有真意，欲辨已忘言。"

  其实此间大无道理；我心里实是想到黄昏，下午，清晨，以及许许多多流水一般在生命中逝去的日子，上面俨然浮着一切颜色，以及许许多多菜叶草根，揉合成为模糊一片，不易辨出相互间的界限；而其间最惹我注意，徘徊不忍，即去的，是一个平凡的下午。天上堆着厚云，地面成为黄昏，一轮秋阳，隐隐约约躲在重云背后，原野无垠，载着茕茕孤坟，天风过处，呼呼声微弱几不可闻，哪来一行瘦雁，凄唳而过，声音倒是发自心底，异常悲惨，万顷之中，一抔黄土，看来死人在其中睡过未久，墓头有纸钱，有孝杖，有名贵的花圈，还有土上的小凹处，到底是热泪的残痕呢，还是雨点呢？无从得知。墓碑书白刻有三行红字：

  "中华民族优秀的儿女
   石风　同志。
        ××县全体人民敬立。一九三九年。"

  不久，一个诗人，全副武装，提枪走到墓前，默默对着墓碑的字沉思。

枪支如一棵小树，诗人如一棵古老的大树，在无风的夜里，静对着苍穹。一秒，一分，三十分……远处军营中号声如晚烟，溶入黄昏里一切。诗人庄严肃敬，举起左手，下臂齐胸，手指与枪管成个美丽的十字。于是一声轻唱，留在墓首，便健步而去。那边原来有一片红光……

另是一个清晨，也使我驻足。有个老女人，头发像银丝，在朔风里飘扬，端坐在一条板凳上面，膝前立着个年青汉子，阔肩膀，粗胳膊，紫黑脸，大腰围，穿着一副崭新军服，几粒铜扣在冬日的晨曦里，闪闪射出寒光。母亲的手摘着衣缘，复轻拍掉腿上的灰尘，摸一摸手榴弹，触一下刺刀。……

"去吧！"

那汉子没有回头。母亲也没有站起。房里忽有少妇的嘤嘤低泣声，接着有小孩的嚎啕大哭，"妈，爸爸……"

一会，又浮上使我凝神的一隅。仲秋午夜，是寂寞的异乡，窗外墨黑里，急两声芭蕉响，一声比一声重；屋内一张床，一张桌，一条椅，四墙了无钉挂什么，荧荧一灯下面，仰躺着两封远来的信。主人对纸深思，似有无限难说的话。雨声里时间的脚步，格外伶俐，俄顷灯光渐微，房里就黑下来，桌，椅，床，信，渐渐没有了。忽然一声微弱的叹息……

"瑟，此信是我最后的一封，望你会珍藏着作个纪念。但意思并不是说，我将在此想使你回忆，痛哭，或感到异样的悲哀；我现在心情是空前未有的宁静，能从从容容想到一切我所想要的。

我要说，我们是幸福的，生在这伟大的时代，而还有机会献出一些力量；我还感到，我比你更幸福，有机会见到自己力量的贡献。而且，这些日子，你在后方或未曾知道，我是见过一切最伟大的，一滴血，一个人，一株草，一条小河，一片秋叶，寥廓的天空……都使我惊叹。"

"颜瑟先生：刚才友人电话来，石风在密集炮火下殉国了，尸首大概一时无法发见。昨晚他对我谈起你；睡前还想写一封极长的信给你，述说他半年来的一切琐事，未及半，因太倦即在桌旁睡了。他的信现在附上留个纪念。他作信时候是非常宁静，还时时溢出甜蜜的微笑——这大抵因为下午刚接到家信，说是他做了父亲，孩子白胖，格外可爱，老母强健，而故乡一切,也都仍旧。信末他太太叮咛身体最要紧,得便寄一两张战地照片。

"现在他不能再贡献些什么了,除了落在我们心里的勇气。

"浑身不舒服,此信就这样结束,祈看风的名字,原谅我。"

本期撰者:

伍启元先生是西南联大经济系教授,对物价问题曾作有系统的研究,将来当继续为本刊撰文。《说人事》是王赣愚先生的《论中国政治改造》长文中之一段。

陈友松先生的《论小学教师的待遇》是续上期的。作者对此问题,发挥尽致,极值教育当局参考。陈定民先生曾在法国研究法语多年,现在国立云大任教,其《谈法语发音》一文,愿学习法文者仔细一读。

第三卷第七期（1940年2月18日）

时评

威尔斯访欧

　　日来美国副国务卿威尔斯的赴欧访问，引得全世界注目。美国政府为何派要员到欧洲行动？欧洲各国对于美国这个举动反应如何？大概可得什么结果？这些问题连日报纸上都有推测讨论，可见得世界对于这次访问的关心，有认为是欧洲开战以来最重要的外交行动。

　　美国当局派威氏访问英法德意，同时又与中立国进行谈话，这无疑的是谋恢复欧洲和平的一种努力。这个努力是应有的，因为在欧洲列强对垒中，美国固然可守中立，并且远可得战时贸易的特殊利润，但究竟与欧洲关系太切，欧战一日不息，美国就有一日卷入漩涡的危险，所以且不说人道主义，就是为自己打算，美国应当努力谋欧洲的和平。不过美国对于欧洲各国素来有明显的倾向，他同情于英法，反对德意的独裁，尤反对苏联的一向以"民主阵线""和平阵线"为号召，而突然又与侵略者携手，分割波兰之后，继以侵略芬兰。所以他这次行动是否有所偏向，是否别有用意，颇为人所注意。有许多论者，以为他的使节访英法德意而不及苏联，并且发动于苏芬战事转激各国援苏积极的时候，认为他将调停现时对垒的英法与德国，使他们转而联合成为反苏阵线。外交上大转变，历史上很多先例。当苏联的国际势力日益伸张，别国都感觉威逼时，这样一个转变与联合，不是不可能。但现在就于此进行，似乎还没有到时候。英法与德国中间的矛盾，似仍无法消除，意大利虽然反俄，仍未见得就能与英法合作，而另一方面德国与苏联仍然需要彼此利用，各增势力。这个情形美国当局必然了解得很清楚，那末他这次举动所期望的是什么？以我们局外人看，这次威尔斯赴欧只是访问探询，不是进行交涉，美国政府曾明白表示未曾授权威氏"以美国名义，提出任何建议，或接受若何约束"。他的任务是"收集欧陆各国情报，报告总统与国务卿，俾彼等可据以研究，目前是否已届美国提出和平建议之时"。

可是访问交涉的初步，非正式的接洽常常较正式的磋商还为重要，欧洲的战局，是不是已有调处的可能，要调处当采什么样的方案，或者可于这次访问里得着端倪。大概是因为这个缘故，美国当局认为值得派要员赴欧洲探询，全世界认为值得密切注意。（寿）

敌国明年度预算

据电讯所传，二月一日敌藏相樱内在众院发表演说，说明新阁的财政政策，关于下年度（从一九四〇年四月一日起至一九四一年三月底止）的预算，谓政府决以前阁所草拟者，提请内阁审议，一般预算为五十八亿二千二百万，特别军事费为四十四亿六千万，合计为一百〇二亿八千二百万，创日本有史以来之最高纪录。樱内并声明稍迟尚拟提出若干追加预算，果尔，则下年度预算尚不止此数。因此金融界人士颇为失望，咸认如此庞大的预算若付之实施，难免恶性通货膨胀的危机。

自七七事变以来，敌国每年的预算不断地急剧膨胀，战事不能结束，特别军事费及一般会计的激增，本是必然的现象。我们现在所应注意的是日本对于如此庞大的预算案将如何筹措？对于整个财政上将发生何种影响？

敌国的岁入战后因为数度增税及多方罗掘的结果，虽由二十亿左右增至三十亿余，据樱内报告，下年度实行税制改革结果，尚可增加五亿二千七百万，税收自然增加亦可有三亿七千四百万，然与百亿预算相较，仍属杯水车薪，无济于事。弥补之策仍不得不仰赖于公债之发行，下年经常预算中计划发行公债十六亿七千万，特别军事费中计划发行三十六亿七千三百万，二者合计五十三亿四千三百万。已经千疮百孔的日本经济是否能每年无限制的容纳如许巨额公债，至为可疑。

七七事变后日本所发行的公债共为一百四十九亿五千两百万，超过历年公债之总额,经多方强制推销结果,共售出一百〇六亿六千万,除不用额五亿八千万外,尚未销售者为三十七亿一千九百万,即使本年度一月至三月间估计可销七亿,但尚有三十亿须移至下年度中销售,然则来年中应销之公债总额将达九十三亿元之巨。试问将如何竭泽而渔?且据日本银行报告,去年十月以降,公债消化力非常不良,十月之销售额仅占发行数之百分之四十七·九,下年度公债的前途不难想像了。

公债消化力日趋钝化,只有通货膨胀之一途,据日本银行自己所公表的,去年底日本银行券之最高发行额已近三十亿元,再加以小额纸币,朝鲜台湾两银行钞票及补币,共计已达三十六亿之巨额,事实上恐尚不止此数。且即使此数属实,日本恶性通货膨胀的趋向已毫无可疑,观于物价的腾贵外汇暗市的跌落,益足反证。下年度若再继续滥发钞券,恶性通货膨胀危机势所必至,无怪乎金融界人士均表忧虑了。(迅)

美国二次对华贷款

最近报载美国参院外交委员会,以二十票对六票通过,增加美国进出口银行资金一万万元案,其用意在使美国继续在财政上援助中国。进出口银行属于复兴银行公司,照这个银行的规定:"任何一国所取获之信用借款,总额不得超过三千万美元"。若照这种规定的限制,中国原已取得二千五百万美金的借款,无再得多借的希望。这一次规程的修正,据负责方面发言,是因为美政府亟愿再贷款于中国,所以特别通过这个议案。

这个消息给我们很大的欣慰。第一,我们的敌人于美日商约失效前后会用种种威逼利诱的方法,迷骗美国人。但是美国方面对于敌人已有很清楚的认识,朝野有识之士已觉到敌人的"东亚新秩序"谬论,就是征服中国,独占远东市场。为了美国的远东商业利益,为了国际正义,必须不顾日本之反对,继续以财力助中国。第二,有人以为贷款的数目很小,对于我们实际上的帮助并不大。但是我们应当从远处来着眼从另一方面来看,这笔贷款数目虽小,但是代表的意义极大。中国对外借款的信用,是战前数年才建立起来的。抗战以后,我们仍能源源的得到友邦的援助,是我们在国外信用增加的象征。我们的抗战,不但是为自我的生存,并且为远东永久和平,经过了三十个月的苦斗,国际间已予我们很多同情的鼓励,这已足使我们自慰,至于物质上的援助为数虽小,但是一样使我们快慰。(长)

宪政运动中的几个问题

邹文海

上次参政会决定我国应入于宪政的阶段，主张召集国民大会，制定宪法，使政治入于常规，这是抗战时期一个可喜的消息。惟有几点意见，愿于实行宪政之前，提出来供大家讨论。

所谓宪政，究竟是什么意思呢？是否一有宪法，这个国家就算达到宪政的时期？依照这个解释，亦许英国还不算是个宪政的国家。因为英国既无美法诸国的成文宪法，而且其巴力门时时在增加或修改法律，使英国无时无刻不在制定新宪法之秋。不过我们决不会怀疑英国是个宪政的国家，那所谓宪政者，除了有宪法以外，一定还有别的解释。

其实宪政二字，最确切的意义，莫如负责的政府。一个国家的政府，能向立法机关或全体人民负责，这就是说：政府的政策和行政，有向立法机关及人民解释其理由或取得他们同意的义务，——这个国家就可以说是有了宪政的制度了。宪政原是与专制对立的名词。权力者的行为，一凭个人好恶的冲动者，谓之专制；反之，权力者于作为之先，能以人民的意志依归，这就是宪政。我们的敌国日本，未尝没有宪法，可是它不能算是个宪政国家，因为它的政府并不是向立法机关或全体人民负责，而只是由少数军阀来操纵的。

这种意见，在中山先生的理论中很可以看得出来。中山先生把革命分为三个阶段，军政训政和宪政；而一定要在地方完成自治，人民能使用四权之后，方才开始宪政的阶段。这究竟为什么呢？无非因为宪政是一种民主政治，人民非有真实力量，则所谓宪法，不过一纸空文。中山先生假使以为宪政只要有宪法，那随时就可以召集公法家，创造世界中最理想最完备的宪法，又何必待地方自治之完成和四权之运用呢？

从这种理论出发，很可以知道宪政的要义，不在乎急急有个宪法。其最重大的任务，倒在于人民能力的培植以及人民权利的保障。一旦人民享有权利，在政治上又有充分发挥权利的力量，那政府虽欲不向人民负责，恐不可得。反之，人民若愚昧羸弱，虽有宪法为规定政府与人民间之经纬，恐怕亦是毫无用处的。我之所以作此说者，深感于日本虽戴了宪政的假面具，然而议会无力，人民无能，以至皆喘息于军阀宰割之下，几无呻吟余地。这样的宪政，我们何苦来要去模仿呢？古代雅典的全民政治，我们没有方法实现了。今日英国之政治制度，亦许可以为我们对比的目标罢。

我们说宪政的要务，还在培植人民的能力，与保障人民的权利。但用什么方法去培植人民的能力与保障人民的权利呢？目前最实际的工作，无非是推行地方自治，采用员吏制度，提倡言论自由，普及民众教育。当今政府，求治之心急切，以上提及四端，皆曾经努力之目标。惟因受抗战之打击，有的停顿，有的废弃，未能竟全功，实觉可惜。我们现在还要提出这四点来讨论者，一来要表示我们希望政府继续以往的事业，一来也想评论一下以往的得失。

地方自治之所以为宪政运动中的起点，中山先生言之已详，不必赘述。我们无非欲利用地方人士爱乡土的观念，请他们整顿本乡的政治，而地方人士在这种小规模的自治事业中，可以练习到许多政治知识。但是现在地方自治的成绩是怎样呢？我们虽不必太失望，但决不能说是十分满意。地方自治的精神，是在分治的原则之下，达到各得其适的境地。可是今日地方自治的表现，调查户口是中央的法令所规定的，整顿公路也是中央的法令所规定的。地方未尝能自动的完成什么事业。在这种情况下，地方依旧是中央的执行机关，决不能完成他们因地制宜的使命。以四川的乡镇，和江苏的乡镇来比，当然可以有完全不同的需要，可是现在四川乡镇和江苏乡镇做的是同一工作。如此，所谓地方自治的精神在哪里？在这种地方自治的制度下，人民又从什么地方去练习政治知识呢？人民最大的政治知识，莫过于了解政治的作为对他们自身发生密切的关系。而这一种知识，只有在激励自动的政制下最容易得到。然现在的地方自治，丝毫没有激励自动的地方，其结果自然就是不能达到我们理想中的目的。

我们今后的政策，要扩大地方的权力，使在某种限度之中，可以有自己建设之可能。许多人亦许以为这种政策足以鼓励离心力,其结果必至造成许多希腊的城市国家。这种忧虑,可以说是毫无根据的。抗战以来,什么地方不在中央领导之下努力?国族的团结,决不至因分治而受到影响。英国不列颠领土,还没有我们一省那样大,他们尚且要行分治的制度,难道我们这样大的国家,反可以行中央集权制么?卢梭说大国家容易变成专制,我们想避免这种危机,惟有使地方成一自治单位,对于他们本地方的事情,有自为解决的充分权力而已。地方不在中央绝对统治之下,人民的政治能力,方始可以多得训练的机会。

　　员吏制度之推行,对于负责政府的理论有很大的关系。美国以前行的分权制度(Spolls System),在表面上看来可以增进政府的负责精神,因为政府的人员,自总统以至于低级员吏,皆属于一党一派,那末政府有功,是此一党一派的功,政府有过,又莫非此一党一派的过,政府似乎没有丝毫逃避责任的机会了。不过行政是种专门的学问,非对此素有经验者,往往不能办。政府高级人员,对立法机关既须负政治责任,对于部会的实际工作,自然不易顾及。可是这种职务,交托给素无训练的私属,往往不能放心,由是对于实际工作也要过问,结果反而在政治上无法负其责任了。我国政治机构,素有头重脚轻之弊,皆由于下级员吏乏适当人才。高级行政人员的责任,如罗韦尔(Lowell)所说,仅在告诉员吏以何者为人民之所喜,何者为人民之所恶,如此而已,至于实际行政,皆操之于员吏之手。夫如此而后负责政治责任的人,才有充分的时间以研究人民意见的向背,夫如此而后政府的决策,才不致违反人民的意见。

　　我国考试制度,目的就想推行员吏制度。可是自始就没有把员吏制度的范围和界限弄得清楚,有以员吏而任为主要机关的委员会者,那末有员吏资格的人,其录用擢升,还凭一二人的好恶,这大大破坏了员吏制度的精神。西方各国,均限制员吏作政治活动;因为员吏是执行人员,对于政策的决定,并不负责。故员吏不必有政见,亦不能有政见,他们只能立在无偏无私的地位,执行上级的决议案。从这个观点看,员吏的政党的识别可以不必有的。员吏能完全脱离政党的色彩,然后他们终生的任期,才可以得到保证。不然,负政治责任者的政见如此,而实行政策者的政见又如彼,结果两方必至冲突,而政务官非更动事务官不可了,这样的结果,非至破坏员吏制度不可。英国自一七八二年以至一八六八年,收税员和邮务员愿意自动的放弃他们的选举权,就是希望他们的职业能避免政治色彩，而可以久安其位。如此说来，员吏制度有两个基本的原则：第一，员吏不负政治责任，故事务官决不能升任政务官；第二，员吏无政治的色彩，而应保持其无偏无私的地位。凡破坏此两种精神者，皆所以破坏员吏制度，而不能收到员吏制度的功效了。其余员吏制度的问题尚多，如等级的分类，俸给的合理化等，我国尚无精密的计划，可以更革的地方很多，可是在这篇短文章中不能作尽情的讨论了。

言论自由，现已成为一致的要求。如赖斯基氏所说，就是在战争期中，思想的统制也是很危险的。我们之所以主张言论自由者，非所以鼓励不负责的批评，不过希望于公开讨论之中，使人民更可以了解国家为大家的这个观念。许多人以为言论自由的结果，往往可以动摇国家的基础，证之现在的事实，知其并不如此。汪逆精卫，我们虽然禁载他的言论，可是他在日阀监督之下，依然广播演说，而且办报纸来宣传他的主张。他的言论，事实上还得到自由发表的机会。可是他的亡国论调，谁会去听信他呢？一种主张之不合于一国情调者，虽听其大放厥词，亦如种子之落于岩石之上，决不会发芽滋长的。因此之故，我们不必怕言论自由之足以混乱视听。反之，公开讨论的结果，反可以使人民更明了于何者为国家的利益，何者为国家之大害。言论之功用，往往为教育的。是非的辨明，利害的判别，往往有待于各人之发表其意见。而且所谓宪政，实在是建立于人民的意见之上的。宪政国家所期望于人的，并不是盲目的服从。在人民盲目的服从之下，无所谓责任的政府，这是和宪政的精神大相背反的。人民要有贡献其经验于国家的机会，而后国家的行政才有所采择，有所遵循。而所谓人民的贡献其经验于国家者，实即是贡献其意见于国家之谓。那所谓言论自由者，并非就是宪政的精神条件之一么？

最后，讲到宪政运动和教育问题。普及教育的要求，似为现代人的口头禅。然而我们所说的教育，决不是一般人所提倡的识字运动。识字不过为得到知识的工具，决非即是教育本身的目的。古人说读书明理，可见读书主要的目的还在明理。我们现在所说的教育，又与这种明白一般的道理的教育，稍有差异。我们所说的教育，完全指国民的政治教育而言。中山先生以人民能使用四权为进入宪政阶段的标准，这很具有深意的。这等于说人民若不能使用四权，那他们还没有得到充分的政治知识，实行宪政会受到很多困难的。我们的理想，比中山先生要低得多，我认为，创制，复决，罢免三权是比较艰难的事情，人民不容易在短时期内得到许多知识。但是选举权的利用，这是国民最低度的利用。然而今日的一般国民，是否能充分利用这项工具呢？我们以往似乎并没有多少机会让国民去学习这项知识，所以一般的知识标准，并没有增高很多。在今日情状之下，总选举是否能表现全国的意见，这是很可成为问题的。国民表现意见的工具，还不十分健全，如何可以使政府向人民负责？我们以往只注重于生产教育，以为生产机构的健全为当前之急务，惟于国民的政治教育，则漠不关心，即有一二人在作提倡，也并没见多少功效。就这一件事情，可以说是我们以往最大的失败。我们对这件事能迎头赶上去，并不说就没有机会。希望负这一方面责任的人，多加注意才是。

    写完了上面的几点以后，觉得有几句话应该声明的。第一，我们并不反对在此时实行宪政。反之，我们和参政会的意见相同，觉得此时应该是宪政开始的时期。当此民族存亡的关键，自私的偏见和恶意的不合作不至发生；在众人共策共力的条件之下，宪政自然更容易做出一点成绩。不过我们认为要推行真正的宪政，则以上几点不可不加注意的。我们不能但于此时期望产生一个宪法，而于宪政的真精神倒反忽略过去。第二，我们谈宪政而不及宪法，这并不是我们不主张要有宪法，而希望以英国为模范，要想把习惯法来代替宪法。我们只是说宪法比较是容易的工作。国民若都能确切明了人民与政府的关系，负责政府是容易产生的，宪法不过给我们一个更明确的保障，其他似乎没有意义了。

未来的国民大会
——关于职权增置的一点意见

王赣愚

前日某参政员过我一叙,承询制宪意见,谈了约两小时之久,彼此相得益彰。关于宪法草案内容的得失,讨论的焦点,大致在于"国民大会"一项。我们都承认未来政制的设计,其关键即在乎这个政权机关。这里略述拙见,以与国人商榷。

在五权制度下,国民大会虽然居枢纽地位,然其性质最欠明确。有人认它是全国选举团,又有人把它当做普通代议机关,甚至有人说它就是全国最高权力机关。论者意见分歧,莫衷一是。国府颁布的宪法草案,对于国民大会的擘划,似乎也未能确定它的应有之性质;因为就条款上看,若认国民大会为选举团,则其所规定的职权未免过于广泛了;若把它与代议机关相比拟,则它又缺乏一般国会均有之权;如果看它是全国最高权力机关,其弊就是难与"主权属于国民全体"的规定(第二条)遥相呼应。

按孙中山先生"权能划分"之旨,政权应属于国民全体。但因国民全体势难直接行使,乃授其权于国民大会。国民大会为宪政时期中行使政权的主要机关,在形式上虽与代议机关相仿佛,然其职权则以代行政权为限。政权与治权,界限森严,不容跨越,这个安排,在中山先生的理想政制下,固有其特殊的作用;但在实际运用上,似不易有严密的鸿沟,彼此交互叠置,实在不可避免。前此起草宪法者,对于配置职权一项,每感踌躇莫决之苦,就是坐因于此。试考历次宪法草案,除四种政权(选举,罢免,创制及复决)之外,国民大会在原则上应有的职权,往往被剥夺殆尽,而各治权机关(尤其是立法院）不宜有的职权，反要落到它们的身上而不划归国民大会。系统淆乱，按排无常，在草宪诸人实已够煞费苦心了。

依我个人见解，"权""能"的划分，在理论上固是至美至善，然在作用上却不得不有若干迁就。若硬要严格遵守，势非招致无谓纠纷非不可。简单说来，政权不过是人民的"监政权"，治权亦仅是政府的"管事权"。国民大会不管在外国有否完全相类的组织，究其性质无非是代表民意并监督政府的最高机关，与行使治权的中央政府对峙并立。中山先生在《民权主义》第六讲里，曾有下段话：

> "我们现在分开权与能，……那么在人民和政府的两方面，彼此要有一些什么的大权，才可以彼此平衡呢？……用人民的四个政权，来管理政府的五个治权，那才算是一个完全的民权政治机关；有了这样的政治机关，人民和政府的力量，才可以彼此平衡。"

依照这样说法，政权的实际意义，当然不只指四种政权而言，理应尽量包括宪政国家内人民监督政府的一切权力。换言之，为维持"彼此平衡"的状态，国民大会的职权，必须酌量扩大，断不仅代表人民对中央官吏行使选举权及罢免权，又不仅为代表人民对中央法律行使创制权及复决权。（《宪章》第三十二条第五款所谓"修改宪法"，其性质与创制复决相似，故仍在四权政权范围之内。）所以我常觉着若要排置国民大会的职权，应该在不违悖"权""能"划分要旨的条件之下，另觅一个切合实际的标准。在现代民主国家里，权之分配，本不必拘泥其性质上的差异；最要紧的，还是如何使其在运用上充分表现民治精神。一方把"监政权"尽量划归国民代表机关，以贯彻民意政治；又一方把"管事权"尽量划归中央政府，以增进行政效能。持着这个标准，我以为宪草中国民大会的职权，实有增高扩大的必要。

按各国的成规，代行民权的机关，对于政府的监督，并无固定的方式，选举其主要者，当推财政及外交的监督二项。所以为促成"权""能"平衡原则之实现，我个人主张未来的国民大会，最低限度应该增置下列两项职权，才不失为行使政权的最高机关。

第一：监督财政权。代行民权的机关，对国家财政施以监督，已成当今宪政国家的成例。我所以主张国民大会亦有此权，理由说来也很简单。国家财政取自人民，且关系国计民生至大，民意机关，如国民大会者，自有过问之权。按各国的成规，监督财政的方式，大体系指预算案的议决和决算案的认可。这就是建立人民直接或间接批准政府每年度收入和支出的一种制度，如果再进一步，把这种制度明白规定在一国宪法之上，那更有健全的基础了。试看我们宪法草案的规定，预算案却由行政会议提出立法院议决（第六十一条及六十四条），这不啻把监督财政权完全赋予立法院，徒使国民大会变成局外者，揆之情理，殊为不当。

监督财政之权，显然应属于人民代表机关，而宪法草案即以此权赋予立法院。倘立法院与一般国会同其性质，犹可说也；但宪草中的立法院，却与其他四院，同属治权机关。立法委员不过是间接民选的政府官吏，所以这个规定之当与不当，仍是一大疑问。诚然，预算案及决算案之性质，极形繁复，应先由专门机关审核，以补充监督的作用。因此，在我个人看来，比较完善的办法，就是在宪法内规定预算案应由行政会议提出立法院审核，而最后须送交国民大会议决。至于决算案，则由行政会议提出监察院的审计部审察，而认可权亦应属于国民大会。

第二：监督外交权。上次欧战以后，一般民主国家已渐次进入国民外交的阶段，把外交权直接或间接置在国民的监督之下。在原则上，谁也不能否认这种趋向之合理，而实际问题却是怎样控制外交权，以适应现代民主政治的要求。从列国经验看来，要实行有效的监督，似乎尤当在宪法上加以种种规定。我们宪法草案中，关于宣战媾和及缔结条约，均未予国民大会以复决之权，诚属一个重大的疏忽。宣战媾和，关系国家兴亡荣辱极大，所以欧战后，新宪法对于这项权限的行使，无不增加须得民意机关同意之限制。

依宪法草案规定，总统享有宣战媾和之权（第三十九条），但应由行政会议提出立法院议决，方得行使（参看第六十一条第三款及第六十四条）。表面上，此权之行使，必受层层的节制，但我们所顾虑的，就是总统既得发布紧急命令（第四十四条），将来遇着自认必要时，宣战媾和，均有其权，只须事后三月内提请立法院追认而已。实则战端已起，立法院纵不加以追认，还有什么补救办法呢？坦率说来，宣战媾和，是何等重大的事件，自应由国民大会作最后的决定，不可轻易让许总统或立法院作孤注之一掷。

至于缔结条约之权，宪草规定由总统依法行使（第三十九条），但条约案应由行政会议提交立法院决议（第六十一条及六十四条）。这就是说一切条约（连媾和条约在内）均须经此种法定程序，始能发生效力，由此直接给予立法院以监督元首缔约行为之权。按各国监督外交行政的主要机关，莫若国会。国会本由民选代表所构成，不啻为国家政策发动的总机，而我国宪草中的立法院，则纯是治权机关之一，以职权论，依据国民大会所决定的原则而制定法律，说它是立法专门委员会，似乎也有相当的根据。如果欲真正贯彻外交民主化的精神，似乎应在可能范围以内，将批准条约之权直接委诸国民大会，以符合"权能划分"之旨。

综上所言，在宪法草案中，监督财政外交二权，不直接归属国民大会，而直接归属立法院，结果必使代表民意机关形成虚设。就理想上说，到了宪政时期，应该把监督财政及外交二权，公诸国民全体，但在制度方面所能做的，只是使国民大会代行一种监督的权能。如欲增置此等职权，而盼其能够有效的行使，只有酌量减少国民大会代表之人数，并加多其开会之次数。所以我认为国民大会的组织，亟应再加缜密一些，这点让我在另文详加讨论。

未来的国民大会，最少要增置上述的两权。我所以作此主张，实不过是根据中山先生"权能平衡"的原则，使民权实际上得到更具体的表现。现在宪法草案中，关于"能"一方面的规定，似乎大可促成一个"极权"的政府；倘使对于"权"一方面不加重视，畸形的状态定会产生，果尔，则未免与中山先生的理想有所抵触。我们在重虑宪草之时，对此不得不格外注意的。

救济云南盐荒之我见

吴 铎

云南向食本省所产的井盐和岩盐。这两种盐的产量都不丰富。据民国二十年的统计，云南平均每年产盐不过五十万担左右，最近始增至一百万担，至于全省人口则有一千二百万之多，每人每年食盐以十斤计，每年共需盐一百二十万担。故以云南所产之盐供云南民食之用，向系供不应求。幸东北之昭通镇雄会泽一带和西北之中甸维西一带，可仰给于川盐藏盐，东南之开广边岸七属（即广南，文山，富宁，西畴等县）可仰给于粤盐，他如安南，缅甸，暹罗的私盐浸灌于迤南（思茅，车里等县），迤西（腾越龙陵等县），虽有损及国课的害处，却也有接济民食的功用。因此种种，云南产盐虽不甚丰，云南的人民尚无淡食之患，抗战以来，这种情形，无大变更。但最近几个月来，沿边各县渐感食盐短缺之苦，即以昆明及附近各县而论，虽不患无盐可食，但盐价已高至每担国币五十余元，对于民生日用，实有很大的恶劣影响，这种情形的起因除盐产不丰而外，尚有（一）制盐成本增高，（二）运输困难，（三）外私减少，（四）商人操纵等几个重要原因。欲求平抑盐价，救济盐荒，自非铲除这些致病之由不可。然而此中亦有不少困难。第一，滇盐产额以往虽略有增加，但限于地质上的自然条件，在最近的将来，决无大量增加的可能。第二，制盐成本的增高，由于工资和柴价的高涨泰半由于米价的飞腾，因此在米价柴价不能平抑之前，制盐成本亦不能十分减低。第三，云南位于后方要地，战时运输繁忙，现有的交通工具不敷应用，运价亦昂，一切货物的运输皆受此影响，盐自不能例外。第四，外私——即自安南缅甸等地运来的私盐——因外汇高涨，以法币计算的价格较前增高数倍，自难如前向我边地浸灌。在法币的外汇值未提高前，这种情形也不易变更。总之，上述几种病源都皆由若干特殊环境造成，而这些特殊环境有的固可由地方政府改善，有的却是有全国性的。惟独商人操纵一事，仔细想来，实缘商人利心太重所致，并无什么不可克服的客观环境迫之使然。然则政府欲谋救济盐荒，惟有先从统制盐的运销，取缔商人操纵做起，庶可速效，这里，我们先将滇盐现行的运销制度及政府已采取的取缔办法检讨一下。

滇盐的运销制度是民运民销。在理论上，并无如引商一类的专商存在。任何商民，到盐场缴纳课税和薪本之后，便可领盐到手，运往各地销售。所以这种制度又称为自由贸易，实导源于唐刘晏的"盐商人纵其所之"的办法，在我国历来的盐法中，最称简便，流弊也较少，近年我国谈盐法者多主采用此制。不过我们应当注意：今日的情形与刘晏时代有二大不同之点，第一，刘晏的时代是平时，而今日是战时，今日有许多特殊环境是刘晏时代所没有的。第二，刘晏时自由贸易的办法普行全国，而不限于一隅；今则各盐区所采制度不同。以云南论，本省虽采自由贸易制，而邻省行盐仍有销岸。在此情形下，云南的盐因不能销到邻省去，而邻省的盐也不能销到云南来，不但如此，由于战时的特殊情形，交通工具及其他便利不易获得，于是即在本省的商民之间，弱小者也不能如强有力者获得均等贸易机会。然则所谓自由贸易者，事实上并不能做到真正自由的地步，在这种运销制度之下，欲藉商人自由贸易自由竞争的力量使供求自然趋于平衡，而不发生操纵的弊病，殆不可能。今日事实上既已发生这种弊病了，欲谋挽救，惟有运用政府的力量严行干涉。免得少数商人的贸易自由一变而为操纵民食揩克小民的自由。目下云南盐务管理局显已看透此点，并已采取干涉的步骤，但还有商榷的余地。盐务局所采的办法是一种平粜的办法，先在昆明设立五处零售店，按每担三十余元计价（因其售称较小，实际上，较商人的售价减低十余元），零售盐斤。这种办法的有无实效当视发售的数量大小而定。数量如大，自可将市上的盐价压低，数量如小，其结果也不过使少数消费者吃到便宜盐，而不能十分平抑市上的盐价使所有的消费者都吃到便宜盐；现在盐务局尚未广设零售店，已设之店也尚未大量发售盐斤，所以这种平粜办法如仅做至目前的程度为止，恐怕难奏大效。真正有效的办法似有两个，一即扩大平粜，无限制地发售合理价格的盐斤，其他一个是试行官运商销或官运官销，对于盐的运销，完全由政府加以统制。第一个办法容易明了，毋须赘述。第二个办法则需略加说明如次。

　　盐的生产集中，其消费也很普遍而无多大伸缩性，故从经济原理上讲，盐是最适宜于统制的，再从历史上说，实行官运，由政府统制盐的运销，也不乏成功的例子。最显著的为前清光宣年间四川的改行官运。四川的官运到了末年虽也发生了不少的流弊，但在初年，在丁文城公（宝桢）的严明训练的督导之下，确曾有过优良的成绩。且考其末年所以失败的原因，实由于吏治窳败，征款过多等外在的因子，至于制度的本身实有若干不容否认的优点，盖行官运之后，（一）政府对于盐的生产和价格皆可统制，不使井虫及商贩有操纵的机会；（二）盐由官运，可不受其他政府机关的束缚及社会上下不良分子的扰害；（三）剔除运商的一层剥削，盐价可以低落；（四）道远运艰之区不必专恃商人行运，致造成商人把持的局面，或致人民有淡食之忧。凡此种种皆可针对自由贸易的弊病，加以救治，我们为救济云南的盐荒，何妨将官运制度酌量试行？好在成规俱在，倘再斟酌时宜，不难得一比较满意的实施方案，如嫌骤改官运，过事更张，不妨择定一个地区，先行试办，俟有成效，再行推广。试行之初，仅可只行官运，销售则仍旧留给商人经营，政府只须对于零售价格加以限制而已。如商人仍旧居奇，则可再进一步，实行官销。总之，自由贸易在盐法上虽较官运简便，但所谓简便者，不过从征榷方面的手续而言。现时云南盐斤缺乏，盐价高昂，一般人民时有淡食之虞，问题已不在征榷方面的简便与否，而在民食的充足与否。行自由贸易而不能解决目下的问题，便不必再行依恋这个制度，实施统制即可平抑盐价，增多市上的盐斤，则不妨迅即试行，毋多顾虑。

　　有人说，官运的办法是需要优良的行政机构为基础的，无此基础，则流弊滋多，终必失败；又有人说，云南自前清雍正初年至嘉庆五年，曾行官运官销，但因病民特甚，卒至取消，可为殷鉴。这些话都不错，但我们要知道，清代的云南官运官销，其所谓"官"者，乃是各州县的地方官，地方官任务繁杂，不能专顾盐务，卒将盐的运销委诸吏胥办理，其致病之由在此。至于今日，盐务行政另立系统，盐官专司盐务，当无顾此失彼之虞，且自民国初年盐务稽核制度成立以后，盐务方面的积弊剪除不少，官吏的工作效率亦已提高。这样的行政机构虽不能称为尽善尽美，但已有相当的基础，盐务当局苟能不畏难，不退缩，将统制盐的任务毅然肩起，审慎设计，勤奋实行，至少当可与丁宝桢时代的川盐官运局媲美，决不至蹈云南官运的覆辙。

再者，前述之平粜办法如果大规模施行，其结果亦有变为官运的可能。何以故？盖在云南，尤其是在昆明，商人一般利润之高为其他任何地方所不及，盐商销盐，每担成本不过三十余元，而售价高至五十余元，一转移间，获利至十余元，不可谓不厚。可是听说盐商自称与一般商人比起来，已算克己，这句话看似滑稽，究其实，也并不过假。在此特殊情形下，平粜的办法如小规模施行，必无平价的实效，这在前面已经说过了；如大规模施行，盐价当然可平，但盐商因所获利润较一般商业为低，结果必相率改营别业，盐商既都改营别业，政府为顾全民食计，必须更大规模地继续运销盐斤，到了此时事实上不也变成了官运官销？由此看来，政府如无平抑盐价的诚意则已，苟有诚意，则不问其所行办法为大规模的平粜，或为迳改官运，其结局必至异途同归，变成一种官运制度，这一点似乎也是值得注意的。

以上的意见及提出的办法，作者根据理论及史实，认为应该如是，至若果真付诸实行，事实上有无窒碍，作者因于实际情形不甚熟悉，未敢武断。尚请贤明的读者加以指正。

谈谈导师制

樊星南

冯友兰与朱佩弦两先生，分别在《今日评论》一卷一期，《新动向》一卷十二期，为文章讨论导师制。两位先生对此制，都表怀疑。依我的揣测，冯先生的理由是：

一，牛津剑桥的导师制，是不易学，亦是不必学的。因为没有这两校的历史的大学中，没有学侣这种人，若不宽筹经费，也聘这些学侣，只把这些工作，硬加在已有的教员的身上，这些教员，恐怕只得奉行故事而已。

二，从学生求知方面来说，学生听了教授讲演以后，还有人再帮助温习，这当然对于学生本身是有益的。但亦不见得不如此，学生就不能有好的成绩。就大学生说，这种帮助似乎不是绝对必需的。

三，就学生行为方面来说，我们在这时候，一切似乎没有一定的规矩。无所依傍而指导人做人，并不是一件容易底事。

四，一个专家，除了他所专长外，在人情日用常识方面，可以比他的学生所知还少。对于这些问题，不能予满意的解答而欲指导其行为，是很困难的。

朱先生则认为导师制虽硬要实行，而其造就的好学生，总还是很少的少数。所以一般学生思想行为的训练，过去的办法固然不够，导师制也还不成，总要有集团的训练才成。朱先生并提出军事训练及俄德二国青年训练的方法，说是可供参考。

我们觉得冯先生所提的第一点，确是事实问题。一是学校历史短，二是经费少。但这两个问题不是不能解决。朱先生说得好："本来一学校里，不论大学中学，有少数成德达材的教师，愿意而且能够造就少数好学生，并不是不经见的。导师制行得久了,也许可以多促成这种导师。"这就解决了所谓"历史短"的问题。我们推想导师制行得久了,一定可以从少数"成德达材"的教师增加到多数。至于教员担任功课多,无暇兼任导师,在一部分中学教师,的确是事实。但国立大学教授,该不至于这样忙吧。冯先生也说起,英国的学侣,颇有宗教气味。导师制便要求教授们牺牲一些宝贵的时间,做些宗教家式的工作。

冯先生的第二点和第三点,似乎把"学问""做人"界限分得太清。并且说现在做人没有规矩可循,也未免太绝对了些。还是引用朱先生文章中的几句话:"我国旧制,是将'学问'和'做人'打成一片,而特重'做人'。牛津剑桥的教育,虽也着重做人,但它们的导师制,似乎还以学业为主。不过因为指示的亲切,导师的人格,也就影响了学生,这正是我们所谓身教,所谓'不言之教'。"我们认为这种一举两得的效果,只要我们切实地去做,在现行的教育制度下,实在能够期望的。并且我们认为只有把"学问"和"做人"打成一片,导师制才能行之有效。曾经有过学校,在教授外另请导师,但结果收效不大。研究的结果,最大的原因,是导师不担任课务,和学生不能发生有机的关系。一切谈话指导,流于形式僵硬,师生都感觉苦闷。因此导师和教授宜兼不宜分,实是导师制成功的条件。

冯先生的第四点把教育事业只看成一种科学性的事业,因此从"做人只能化,不能教"的一个命题下,对于导师发生怀疑。这可以从他在《新动向》二卷一期《阐教化》一文中见得更清楚:"我们可以说做,并不是可以教底,至少并不是可以专靠教底。一个人所处的社会,对于他的品格有决定底影响。这种影响,我们称之为化"。"若一个人。没有机会使其品格表见于行为,即不能化人,即不能成为人师。所以人师,决不只是师,因为是师者,只坐在书本里,在讲堂上,能令其表现其品格之机会绝无仅有也"。冯先生把教育学看成科学,因此其心目中之师,便如此。我们认为教育是科学性的事业,也是宗教性的事业,更是艺术性的事业。惟其是艺术,故教育者不但能教"书",且能化"人"。艺术之能化人,冯先生在《新动向》二卷二期《评艺文》一文中说得很彻底了:"艺术文学,就其本身来说,虽不过人的生活中的花样,但人的生活是否有意思,一大部分即靠这花样,这花样能开怀人的心胸,能抒发人的情感,能使人歌,能使人哭。即孔子的话:'可以观,可以兴,可以群,可以怨。'"教育家,正像艺术家画一幅画,塑一个像，做一首诗，要化成许多爱真，爱美，爱善的好学生。因此若把教育看成艺术的话，则导师制理论的根据，在冯先生自己一套理论系统中，也还找得出的。

朱先生的意见，我们大体表示同意。因为教育是一件滴滴积聚的事业，他的效果大致不能速求。也是期待各方面来努力的事业，故一个问题，往往不是一种制度可以解决。就像训育问题，单靠导师制，还是不能解决的。朱先生提出团体训练一点，在工业化的社会中，的确非常重要。由此我们不禁追想军事训练贫乏的效果，和学生自治会失败的痛心历史，但在客观上，这两种制度仍是不可厚非的。此后企求功效，在方法上必需更改。导师制，现在所谓我想便是新方法中之一方面，这里只论其梗概而已。

《我国各地乡村物价指数图》（书评）

巫宝三

经济部中央农业实验所 农业经济系编
二十八年十二月

  这一本用薄纸油印刷的，但很精致的，乡村物价指数图，在我国统计资料方面是一个重大的贡献，在经济研究方面，是一个基本的依据。我国过去所做的物价统计，多在大都市方面。乡村物价虽然也有少数研究机关设法搜集资料，但以人力财力的关系，只能着眼于一二或少数地区。中农所农经系自二十二年即根据在全国各省各县调查乡村物价所得，作为指数，陆续发表。不过那时期所调查的物品，只有六七种，而所谓指数，也就是各个物价品在各时期之价格，对于某一特定时期价格之比数。可是这次不同了。这次包括的区域，不像以往及于各省各县而是在各省中选定少数县份，同时，调查的物品分为二类，一为农民产品，一为农民用品，前者约有二十一种，后者约有二十六种。指数的编制，则用加权几何平均法用二十六年为基年，编成农民所得物价指数，农民所付物价指数及农民产品购买力指数三种。时期是从二十二年至二十八年。这在技术上当然比从前进步多多了。中农所农经系在这非常时期对我这种基本统计资料的搜集与编制，不断进行与改进，实在是值得夸赞的。

  这本图仅仅是一本图。图中指数编制的说明及资料，据称将来要以专刊发表。这本图所包括的地区，有四川荣昌，璧山，盐亭，梁山，古宋，渠县，新都七处；西康雅安，越嶲，理番三处；青海西宁，民和，化隆三处；

甘肃西固，两当，临洮，镇原四处；陕西褒城，商南，宁陕，岐山，渭南，横山六处；湖南临澧，新化，衡阳，彬县，黔阳五处；（其他各省各处指数，尚在整理中）。为什么选择这些地方，应当将来在专刊中也有说明。所以在中农所没有发表这些说明与资料之前，对于这本指数图，不能作何评论，不过本人对于这本指数图的指数等在将来的刊行，很热诚的提出两点希望。

第一，希望中农所不但将来把编制的指数，刊印出来，并且把编制指数用的实在价格全部刊印出来。有些经济问题的研究，固然有物价指数就够用，但有些经济问题的研究，如测定某种物品需要评比，及讨论某种物品生产的位置等，则非有实在价格材料不可。再如研究各种物价的振幅（Amplitude）及变动期间的长短等，则其需要各种物品的实在价格，更为明显。以本人所知道的，国内研究经济问题的人，对于这类统计原料的需要，非常迫切。许多研究机关因人力财力及其性质关系，不能从事此种原料的搜集，即或能之，非有特别需要，亦何必做这一层重复工作，所以中农所如果把新调查的各种物品价格，自二十二年至现在，随着指数刊印出来，则嘉惠学子，裨益国是，更非可计了。

第二，希望中农所不但把指数与实在价格刊印出来，并且把指数与实在价格随着定期刊物每月或每季刊印出来。过去中农所对于各省各县乡村各种物价比数，每年公布一次，并且不能将各地比数同时公布，这大概是因为县份过多，计算繁复及地区广远，边区材料不能早日到达。虽然如此，做研究者仍有愈早公布愈好之要求。现在中农所编的指数，已经把地区减少，纵然因为远处材料不能早日送到，不能按月刊印公布，希望至少能按季刊印公布，以应研究之需。

最后本人想将其中三个指数最近的变动，略为说明，聊当介绍，各处物价指数，在抗战后，表现四个不同的现象。四川七处，西康理番，甘肃四处，陕西褒城岐山渭南，湖南临澧新化衡阳，农民所得物价指数上涨之程度，不若所付物价上涨之甚，因之农民产品购买力指数都表现下降的趋势。西康越嶲，陕西宁陕横山商南，湖南彬县黔阳，农民所得物价指数上涨之程度，先不若农民所付物价指数上涨之甚，但其后则超过之，因此农民产品购买力指数亦先跌而复涨。青海民和西宁及西康雅安，农民所得物价指数紧随农民所付物价指数而上涨，故农民产品购买力指数颇为平稳。仅青海化隆一处，始则农民所得物价指数与农民所付物价指数同程度上涨，继则前者上涨之程度，超过后者，因此农民产品购买力指数亦昂然上升。如果我们相信这本指数图的话，从以上这些地方物价变动姿态的差异，我们可以得到几个粗略的推论。第一，现在大家都知道粮价在上涨，而不知道在很多地方农民购买的农用品及日用品价格上涨的程度，比粮价等为尤甚。粮价固然须平，几种重要农用品及日用品价格，岂不也要平？第二，在一省之内，各地的价格变动的程度，可以大不相同。图内西康三处购买力指数，一表示无甚变动，一表示先落后涨，一表示继续下落。所以我们的推论，不能以一地方的情形而推论一切。有些地方的粮价固然要使之下落，有些地方的粮价则要使之上涨（或使农民日用品及农用品价格下落，也可得到约略相同的结果）。现在讨论物价问题的人很多，政府也在积极想法管理，我希望大家看一看这本指数图。

兽 医

向 意

我认识一个兽医，住在村子的尽头。据说他的这份职业已经是三代相传了。认识他还是在很年轻很年轻的时候，不过印象不深，只知道他会洇水，能在水里泡上好几个钟点，倘使你不经心把手里拿的东西失落在河中，好好的奉承他几句话，他立刻就会把衣服脱光，头一埋，不管水有好深，流的多急，一下子就替你摸上来，然后向你丢一个胜利的笑脸。那时候我也爱洇水，随着一群孩子跟定他就像是一群没有主的野鸭子。

我离开那个村子快有十年，回转来时，这地方虽还是那么个旧样子，路上遇见的人却都变了副脸孔。从前有胡子的人，不是死了，就是在须发上染了一层霜，同年纪的有的人站在柜台里摇摇晃晃地抱小孩，口里哼着催眠的曲子，有的人却已在脸上挂起一层深深的世故。

我想在村子附近每一个熟悉的角落里去寻找一点什么东西，站在小河或者堰塘的旁边，站在空旷的田野里，等待旧时的梦影爬进脑子。但凉风却只轻轻地在身边吹拂，掀起我心中无限的怅惘。

有一次我经过一家满挂着"华佗再世""救死扶伤"之类的匾额的门前，突然发现一个面孔熟识的人，撑着只拐杖，一拐一拐地走出来。一时间我竟会想不起他是谁了。他倒真好记性，一见面就露着热情的笑脸说道："什么时候回来的？十多年不看见了啊！"

我才想起他就是常常带着我们在河里洇水的那个年轻人。彼此都非常的感慨。

"什么时候回来的？生意可很旺盛？"

"已经，已经五年啦，没有出息的事情。"

我看着他那粗壮的个子，也真有点替他惋惜。凭着他那份粗野和结实的劲儿，他是应该离开家乡到外边去做一点事业的。而现在你且看，守在家里，也守出了一条跛腿！

他把我让到家里坐，一股牛马的屎尿和病菌混合成的刺鼻的恶臭窒碍着我的呼吸，不多久，我就告辞走了。

此后，因为爬山时候跌伤了一个脚上的骨节，我常常到他那里去讨山漆之类的草药。他总热心替我把药捣好，敷好。我也渐渐地习惯了那种臭味，常常就站在他的身旁，看他拿一柄小刀在那些畜生的身上剜下一块块包着乌血的腐肉，然后把一些搓烂的不知名的药味敷上去，或者喂进它们的口里，或者在它们的身上烧一炷艾，看它们挣扎着，狂踢着，口里发出一阵难听的嘶吼。然而他自有他的主张，从不为这露出一丝难受的神情。闲下来他就同我谈到马的故事。比如说，北方马个儿高大，走不得山路，四川马矮虽矮，却惯于爬山越岭，他又告诉我为什么汉高祖打不过匈奴人，宋朝人打不过金兀术，这就是因为没有马。匈奴人和金鞑子冲过来像山崩海倒，追起来也快，逃走时也快，而且马上和马下先就有了一个悬殊的势子。我相信他的话，因为他家里世代挂着儒医的招牌，除了《本草》，《药性赋》之类以外，听说每个人都得要熟读一部《史记》和一部《纲鉴》，是什么原因，从来也没有人知道。

论年纪比我总大了十来岁，看样子他倒有几分羡慕我们这种读"洋书"的人。有一回他告诉我几个月前他曾在前线当过了很久的军医。因为他有个表兄在××师当团长，平生最恨西药，恰好旅长也有着一样的脾气。他们知道他除了会医治畜生的病痛之外还看得一手好脉，就把他派了一个军医的职务，随着军队开到岳州东南的一个乡村里驻扎。

一天，我正坐在堰塘边，留恋着黄昏时西天的云彩。他兴兴头头地从街尾拐了过来，口里嚷着："喝酒去，喝酒去！"于是我站起陪着他一道儿走进一家热闹的酒店。我们争着做主人，争着斟酒，争着劝客人吃菜。不到半点钟，两个人都有了七八分酒意。

我忽然记起了他那只跛脚，想不透究竟为了什么缘故。

"什么时候跛了的？"我忍不住问了这句话。

他看我一眼，舔了舔酒杯的边缘："不就是去年的秋天！"停了停，又说:"早些日子,我不告诉过你,我到过前线,当了好几个月的军医?"

我想不通当军医和跛脚会有什么连带的关系,因之只好唯唯而已。

"你忘记了跟武汉撤退时候的光景?一下儿丢了蒲圻,一下儿丢了临湘,一下儿岳州也遭了殃!梦不知日本人就到了我们隔壁的乡村里,枪子炮子劈里啪啦一阵响,大家跳下床,朝外头乱跑。一颗流弹打上我的脚,擦去了好大一片肉!"

"啊,啊,……"我好像明白了所有的事情。

但我的猜想却完全错了。他立刻告诉我那不过只受了一点微伤,很快的包扎了起来,就又在黑暗中摸索着了。天下着微微的雨。四周围枪子的声音,如同响着爆竹,时而在天空爆炸出几条鲜红的火舌。他心里微微地颤抖,脚踏着泥滑的田塍,好几回跌下去踏进稀松的田泥里。第二天天亮之后,才知道还不曾走上十里路。

忽然在山脚旁发出了一声怪叫,两个日本兵挺着杆枪走过来,目光炯炯看着他。他的脸上泛着一层苍白和绝望。于是他被押着走进附近的村庄里,一群人都很注意他那身糊满泥土的军衣。异邦的口音夹着中国话,盘问了又再盘问,检查了又再检查,等到明白了他只不过是一个小小的军医时,大家的脸上都显得非常扫兴了。其中一个矮小的军官却有了主意,问他医务所距离还远不远,医药的器具是不是齐全。他摇摇头,诉说自己只不过是一个草药郎中,会诊诊牛马。不知什么缘故,那矮小的军官听说他擅长敷施草药,也就高兴起来了。

立刻,他就被押回那个简陋的医务所。他看了看那间凌乱的房间,看了看马槽里那几匹害病和受伤的马,觉得如同被遗弃在荒凉的山谷里。

腿上的伤,很快的就复原。这以后常常有人牵马来,他照例割丢些腐烂的肉,敷上草药,然后就看它们安静地躺在马槽里。

"那你什么时候逃走的?"

"一个多月的光景。"他连干了两杯酒,想了一想,然后又滔滔地说下去。"那里有两个帮同看管的日本兵——两个神气十足的坏种啊,我的枪伤一天天的好了,他们就格外地注意我,天一黑,一个就留在屋里看守,另外一个野猫样的跑过这家跑那家,看见女人就打主意。半夜三更才跟外头抱着一只酒瓶崩崩敲门,走进屋,乱吼,乱叫,乱笑,酒瓶子丢在地下拍拍的响。

"医务所倒一天天兴旺起来了,隔壁村落里就扎了一个骑兵队,所以马槽里天天要拴一二十匹轻伤的，重伤的马。一看那些光润的毛色和又肥又大的躯体，就晓得都是挑选过来的。老实讲，我每回走过马槽就会觉得每一匹马都叫人喜欢，心里想，要都是我的马，那该怎么样？然而我一闭眼睛就看见马蹄下面一滩滩的血，它踏过多少田地，踏过多少冰冷的尸首啊！

"我慢慢地又恨起它们来了。忽然我想，我应该把它们统统都杀死——这以后我天天山前山后扯毒草，配成毒药装进瓶子藏在床脚下。

"一个月里头村前村后都变成了鬼世界！乡下女人哪个不遭殃！哪个不哭天哭地的求菩萨，许愿心！"

"一天晚上，两个坏种都出门了！天晓得为什么这回他们会放心我哩——我马上决计离开那个地方，床脚下取出药瓶子，点燃灯，走到马槽旁，一个个的敷贴，灌喂，我忽然一身都轻快了，好像做下了一件伟大的工作。我看了看周围，插一柄短刀在腰间，把门掩好就偷偷地走了。

"哪晓得不到半里路就碰着了那两个坏蛋！七歪八倒的对面走过来，口里狠狠地对骂，我猜一定是为争风吃醋，一个不肯让一个。一会儿扭着打起来，拳头碰肉砰砰响，倒下地，滚进路边的水田里。不多久一个人糊里糊涂的喊了一声，另外一个也喊着哼着，再过一阵就没有声音了。一个黑影子爬起来，朝这方向走，口里哼着胜利的曲子。我立刻爬在路旁边的田塍上，等他走了过去，飞快的站起来抽出刀子，对准他的背脊狠狠地刺进去。他轻轻哼了一声，倒在地下，伸长了腿就不动了。我摸了摸他的胸口，摸得一手血，这就把他抱起来轻轻地丢进水田里。

"我忽然想起了该怎样通过前面横阻着新墙河的防线。这问题倒使我着了慌，老实说这时候我真有点埋怨自己的疏忽哩。好半天我才记起了从前常常去洗澡的那个地方。壁立的山，靠水边是两丈多高的悬岩，我想一定没有人在那里放哨。我立刻沿着田塍朝那方向走，走一截路又看看周围，爬过一层山岗，又爬过一层山岗。

"我终究爬到了那个山坡，停下来休息了好久。亏得是漆黑的天色啊！河岸边有虫叫。枪炮的响声已经停止了五六点钟，河面上微微出现冷静。

"我决计跳下那两丈多高的悬岩，虽然我听得下头豁刺豁刺的水声，心里有点害怕。

"拍刺刺刺一阵响，我就下了水了。

"突然之间，前后左右都飞来了一阵劈拍的枪声，咻咻地穿进四周围的水波浪。我赶忙沉下水底，等这阵慌乱平息下去。

"好一阵我才露出头，枪子的声音慢慢稀了。我不敢打响水一直泅过河，就在河中央听水把我流了几里路。

"随后我悄悄爬上岸了，想不到河那边又放了几排枪，这回我的脚上狠狠地着了一下，打断了一根骨节，我喊了一声，就昏倒在沙洲上。

"等我醒转来，天已经大亮了。我突然发现很多的目光射在我的脸上。一个军官走过来盘问我，他们都以为我是敌人的奸细哩！

"歇了歇，我才慢慢告诉他们这一段故事。"

他的话说得何其有条有理啊，我好像读着一篇古代的传奇。

"这以后——"

"以后么？不就转回来，剩下了一条腿！"

我看了看他的脸，那上面染着红晕，热情和兴奋。我回想起从前对他的惋惜，心里头说不出的惭愧。我自己真是何其渺小，何其愚昧无知啊！

于是我向他敬了一大杯，看着他咕噜咕噜的喝了下去。

我们一同出了酒店，沉默在各人自己的记忆里。

晚风吹上身，微微有点凉。

一九三九，十一，二十

本期撰者：

邹文海先生是国立湖南大学教授，近著有《自由与权利》一书由中华书局出版。吴铎与巫宝三两先生俱在中央研究院社会科学研究所任职，承其在工作百忙中，各撰一文，尤为感激。

樊星南先生现在重庆中央政治学校任职，在本刊曾有过文章。

第三卷第八期（1940年2月25日）

时评

桂南大捷

敌人于湘北粤北大败之后，以其最精锐之部队猛犯桂南，企图夺取南宁之后，急袭柳州桂林，以威胁西南。计此次犯桂的敌军总数不下十万人，而以第五师团为主干。第五师团就是此次战事开始时所称为坂垣师团，也是历史上一个侵略者的老手。义和团之役，日俄之战，它都参加过。鲁南会战时，它曾受过我军的重创，经过短期的休息，又来参加蒙满边境的诺蒙坎战争。这次又冒昧来侵桂了。就它的任务的重要性来看，其部队的精良似乎已受敌国所重视。在这方面继续增援的，还有第二十八师团，也是有强悍之称的队伍。

两个月以来，敌人北犯的部队，在八九塘及昆仑关附近，受我军严重的堵击，而一度居然窜抵宾阳，即于此时我大军云集，将窜抵宾阳之敌，驱之南溃。昆仑关一役，赫赫有名之第五师团，似乎大部分被歼。我军乘胜追击，此两日已抵南宁城郊。南宁附近残寇，继续向钦州溃败，而南宁城内之敌复在混乱发生火并。照现在的形势观，南宁不日当可克复，虽然因为南宁钦州间的公路已为敌人所恢复，也许他们要自他处急调援兵沿此公路急进以挽颓局。

其实，我们对于桂南战局（或任何一区的战局）所注意的，向来不是一城一邑的克复，而是敌人实力的消耗与其攻势的挫折。桂南最近两星期的捷讯，使得我们兴奋者亦在此，晋南，鄂中，湘北，粤北，敌人都试过了。没有一个地方得逞其计，没有一个地方不受严重的打击。最后才想来桂南再试一下，其结果又是一个惨败！这个惨败对于此后战局发展的意义是远超于一城一邑克复之上。我们一方面期待着南宁钦州克复的新捷报，而另一方面又对于胜利的信念可以无须等到此等地的克复而始坚定。（山）

日本向南太平洋的扩展

本月十八日哈瓦斯社东京电传，敌国拓相小矶草就了一种计划，拟在其经济上向南太平洋扩展势力。这个计划将于短期内实现。照报章所传的内容为（一）外务省决定设南洋局。（二）拓务省拓务局添设南洋课。（三）开办日本与委托地——包括加罗林群岛，马丽安娜群岛，马绍尔群岛——间之航空线。（四）增进南洋航务的便利。（五）东爪哇吧达维亚设立东京市贸易局，藉与荷属东印度发生商务关系。

据敌国国际协会太平洋问题调查部的说明："太平洋各岛应置于近代文化光彩之下而照耀之；而各该岛之宝藏，亦应共利于世"。不用说所谓"近代文化光彩"就是日本文化。为达到此目的起见，日本政府决定在太平洋巴罗群岛建造南洋神社，供奉太阳神（见同日哈尔瓦斯讯）。照这两年多敌人在中国大陆的实施看来，我们可以说敌人去南太平洋的计划一旦实现，当地人的福利命运是不问可知的。不知敌人向南太平洋扩展的真正企图，实在是因为目下已打不开僵局，非另来一个新出路不可：就敌人自己的承认，渔业，煤油与煤矿业之发展，因与苏俄的交涉难有进步，不能谈发展。"满蒙"边界迄未安定，向北发展，已陷于僵局。复次，中国的长期抗战，使敌人劳师伤财，公私交困，因我游击政策之成功，敌人无法在我沦陷地取得补充的资源，于是非另寻补充资源之地不可。最后，日美商约失效以后，美国随时可本道义原则加以制裁，国交随时变坏可能；同时欧洲方面，自欧战起后，敌货市场大受限制，因此亦非努力另寻新的市场不可。

总之，敌人的南进政策，虽怀之已久，而今日之开始正面推动，实由于在中国两年来的失败所致。在中国用了百多十万的兵力，耗了百六十万万以上的资财，而所得的代价是几个城市，几条时通时不通的路线，对国内无法交代，只得自认失败："今兹日本所行政策，倘专以之行于亚洲大陆而求其

成功，在势为不可能"。现在英法正在多事的时候，在大陆上失败的强盗，又要向南太平洋伸手了。（长）

美国对日禁运问题

这时，美日商约已经失效，续订几无希望，而禁运军火，遂成对日的第二步制裁。依据精确的统计，暴日的军火来自美国者，实占百分之五六十强，这种"助纣为虐"的责任，本不在美国的立法，而在于从事卑污贸易的少数商人。目前这班商人在舆论的针砭之下，虽然不敢明目张胆地助日侵华，但事实上却不能抑厌谋得金钱的贪心，所以对于我们抗战的同情，始终未表现于行为的。

近来对于禁运一端，美国一般人民无论何党何派，都表极端赞同。从报章的舆论，以及民意测验，显然表现着这一点。国内政治领袖，如史汀生、毕德门诸氏，也毅然在论坛上著文，力主对日禁运，藉以制裁侵略。据云，现在国会里面，最少有四个悬而未决的禁运提案，姑不问其能否顺利通过，却足以表示美人对禁运一事早已不止空谈而已。倘使敌阀知道美国真要如此做去，怎敢无所戒心呢。不错，走上绝路的倭寇，尽可欺蒙苏联，压迫英法，但对于美国却不得不献媚讨好。试观近来先则制止侵犯美国权益的行动，再则承诺开放长江下游，继则百般敦促美国续订商约，其心里期待着美国出任调停以结束在华战事，如果这着做不到，最少也热望着禁运不会成议。

对日禁运，在目前适得其时，一则因为英法正忙于欧战，其商人势难再运军火与日；一则因为欧战发生以后，美国军火商对英法大可做生意，以弥补其在东方的损失；三则因为美国赞成制日的舆论，至今愈趋显明，而政府禁运的措施，必将有民意的根据。我们不必估测禁运能发生多少效力，美国倘肯出此一着，即是在道义上亦可予暴日以严厉的制裁。时至今日，为了倭寇在远东野心之日益显明，为了我国抗战前途之愈趋有望，美国有识人士更应督促政府，速以禁运制止侵略，使和平重见于东亚。（予）

宣传不是教育

潘光旦

寒假期内，西南联合大学的同学到四乡去做了些兵役的宣传，又举行过不止一次的兵役宣传讨论会，在讨论会的布告上用大字写着："宣传也是一种教育"，意思是深怕人家瞧不起宣传，因而不高兴参加关于宣传的讨论会，或是不热心担当宣传的工作。我在这篇稿子里，准备向热心从事宣传的人进一解：宣传实在不是教育，不宜与教育混为一谈，教育工作是越多越好，宣传工作是越少越好，一件用一张嘴或一支笔来做的工作，要真有教育的价值，真值得向大家提倡，那就不客气的叫它做教育就是了，大可不必袭用宣传的名称。兵役的教育就是一例。那些瞧不起宣传的人，对宣传工作取怀疑态度以至于厌恶态度的人，是很有他们的理由的。

宣传与教育都是一种提倡知识的工作，这一点是双方相同的。但双方相同的只限于这一点，不相同之点可就多了。

教育与宣传的根本假定便不一样。因为假定不一样，于是提倡或施行的方式也就大有分别。教育假定人有内在的智慧，有用智慧来应付环境，解决问题的力量；教育不预备替人应付环境，解决问题，而是要使每个人，因了它的帮助，十足利用自己的智慧，来想法应付，想法解决。教育又承认人的智慧与其它心理的能力虽有根本相同的地方，也有个别与互异的地方，凡属同似的地方，施教的方式固应大致相同，而互异的地方便须用到所谓个别的待遇。根据这两层，近代比较最健全的教育理论认为最合理的施教方式是启发，不是灌输，遇到个别的所在，还须个别的启发。

宣传便不然了。它所用的方式和教育的根本不同，而从方式的不同我们便不能不推论到假定的互异。宣传用的方式显而易见是灌输，而不是启发。它把宣传者所认为重要的见解理论，编成表面上很现成的，很简洁了当的一套说法，希望听众或读者全盘接受下来，不怀疑，不发问，不辩难，这不是灌输么？这种灌输的方式是说不上个别待遇的。说法既然只有一套，或差不多的几套，又如何会顾到个别的不同呢？从这种提倡或施行的方式，我们便不由得不怀疑到从事于宣传工作的人多少得有如下的假定，否则他便不免气馁，而对于他的工作无从下手。他得假定智慧是一部分人的专利的东西，只有这一部分人，比较很少数的人，才会有成熟的思想，才能著书立说，才有本领创造一派足以改造社会、拯救人群的理想；其余大多数的人只配听取，只配接受，只配顺从。至少，这些人虽有智慧，那程度也只到此为止，说不上批评创造。"民可使由之，不可使知之"的两句老话，民字，古人有训瞑的，有训盲的，有训泯然无知的，在民本与民治思想很发达的今日，我们不能承认这两句话和这一类民字的解释为合理，真正从事于教育的人也不承认，但我们替宣传家设想，却真有几分为难了。

教育与宣传的其它不同之点，可以就来历，动机，狭义的方法，内容，与结果等简单的说一说，这几点虽没有上文一点的重要，但也可以教我们辨别一篇文字或一个讲演的教育价值或宣传价值。宣传原是一个由来甚远的提倡的方法，社会学家也一向把它认为社会制裁的一个方式，不过把它当做一个社会问题看待，把它判断为近代社会病态的一种，却是欧洲第一次大战以后的事。十余年来，欧美的思想家，教育家，社会学者，心理学者，尤其是社会心理学者，在这题目上已经下过不少的功夫。我们在下文要说的话，大部分便是他们所已得的一些结论。

一篇宣传性质的稿件往往会引起来历的问题。我们看到一种宣传品之后，时常要问这宣传品究属是谁的手笔。我们所能找到的答复，有时候是一个笼统的团体的名字，或者是一个个人的两个字的假名。有时候连这一点都找不到。约言之，宣传品是往往来历不明的，是没有一定的人负责的。何以要如此？我们可以推测到两个原因，一是内在的而一是外来的。宣传的动机与内容也许有经不起盘驳的地方，所以作者不愿或不敢把名字公开出来，愿意藏身幕后。这是内在的原因。在思想与言论统制得很严密的社会里，顾忌太多，动辄得咎，在所谓"正统"中的人为了拥护正统而不能不有所宣传，固然可以大张晓谕的做去，甚至于组织了机关专司其事，但在所谓"异论"

的少数人士就没有这种方便了；他们除非是甘冒不韪而干法犯禁，便只有藏身幕后的一法。这是外铄的原因了。但无论原因如何，在接受宣传品的大众中间却发生了一个严重的问题。听信么？来历不明，为何轻易听信？不听信么？其间也许有些很有价值的见解或主张，轻易放过了，又岂不可惜？大抵轻信的人最初是听信的，但若宣传的方面一多，甚至彼此互相抵触，轻信的人也终于不再置信；而多疑善虑的人，则因来历不明的缘故，始终不肯听信，甚至于还要怀疑到幕后必有恶势力的操纵指使等等。结果，在宣传盛行的社会里，究其极可以闹到一个谁都不信谁，谁都怀疑谁的地步。宣传的所以成为社会问题，这是很大的一个原因了。不用说，这来历不明的问题，在教育一方面是很难想象的。

教育也没有动机或用意的问题。要有的话，我们根据上文启发智能的一段理论，我们知道主要的动机还是在促进受教者的利益，而不是施教者自己的利益。受教者终究是主，而施教者是客。在宣传一方面，这主客的地位又往往是颠倒的。一个卖某种货品的商人，在广告里说了一大堆价廉物美的话，好像是专替顾客设想，其实最后的用意总不脱"生意兴隆，财源茂盛"。一个教门送宣教的人出去，为的是要人改邪归正，去祸就福，甚至于出死入生，从他们那种摩顶放踵的生活看来，他们的动机不能说不纯正，用意不能说不良善，但从他们对于信仰的态度看来，他们依然是主，而接受的人是客。他们笃信天下只有一派真正的信仰，只有这派信仰可以挽回人类的劫运，不惜苦口婆心的向人劝导。从这方面看，他和那卖货的商人根本没有分别，同样的名为无我，其实有我。一个宣传一种改造社会的理想或主义的人，所处的地位正复和宣教师的相似，他费上无限量的笔墨与口舌的功夫，为的是要人群集体的生活进入一个更高明的境界，不错，但我们不要忘记，他费上了这许多功夫，也为的是要成全他的理想，他的理想的"他"字上照例要加上一个密圈。

不过从接受宣传的人的立场看，商人，牧师，和主义宣传家的努力总见得太过于一厢情愿。同时有别家的出品，别派的信仰，别种的主义在，他为什么一定要接受这家的而不接受那家的呢？他也许根本不需要这商品，也许正期待着科学家给他一个比较正确的宇宙观，人生观，社会观，而无须乎一派特殊的宗教与社会理想来撑他的腰。这种物欲少的人与不做白日梦的人，社会上并不太少，只是广告家与宣传家太过"心切于求，目眩于视"，看不见他们罢了。自从广告术与宣传术盛行，这种人也确有日渐减少的趋势，宣传的所以成为社会问题，这也是方面之一了。

教育与宣传又各有其狭义的方法。我们说狭义的，因为广义的上文已经说过，就是启发与灌输的分别。在宣传方面，所谓狭义的方法事实上只配叫做伎俩。这种伎俩有属于机械性质的，有属于艺术性质的，例如交通工具的利用，又如公务机关会客室里琳琅满壁，五光杂色的统计图表等等；但这些还是伎俩之小者，我们搁过不提。最关重要的是属于逻辑性质的一些不二法门。研究这题目的人普遍把这种伎俩分做四种。一是隐匿，就是把全部或一部分的事实压下来，不让接受宣传的人知道。二是改头换面，大的说小，小的说大。三是转移视线，就是，把大众的注意从一个重要的甲题目上移到比较不重要而比较有趣的乙题目上。四是凭空虚构。这四种伎俩都是无须解释的，大凡不修边幅一点的宣传家，包括一部分的新闻事业与广告事业的人在内，大都很擅长，而在稍微有一点眼光的接受宣传的大众，也大都看得出来，决不会每次上当。不过，就一般的社会影响而论，结果一定是很坏的。一个问题的解决，一方面固然靠人的智慧，一方面也靠比较准确的事实的供给，假定负一部分供给责任的人可以任意播弄，指黑为白，甚至于无中生有的捏造，其势必至于增加问题的复杂性而永远得不到解决的途径。至于教育一方面，无论近年来研究教学法的人怎样的设法花样翻新，这一类的弊病是没有的。

其次说到内容。这和上文所提的方法或伎俩很难分开。它和动机也有密切的关系。内容的价值如何，当然要看动机纯正到什么程度与伎俩巧妙到什么程度了。大抵动机纯正的程度，与伎俩巧妙的程度成一个反比例。不过我们即就动机比较纯正的宣传说，它多少也得用些伎俩，而这种伎俩势必至于影响到内容的价值。这种宣传家总喜欢把一个问题看得特别的简单，而提出一个同样简单的解决方案来。把问题看得简单，也许故意的看得简单，是伎俩，而这伎俩是近乎上文所提的改头换面的一种。把方案提得简单，便是内容了。举一两个浅近的例子看。有的宗教把人世的痛苦都归到初元的罪孽上去，是何等简单的一个问题的认识与问题的诊断？只要大家能忏悔，以前的孽债就可以一笔勾销，而新生命可以开始，又是何等简单的一个解决的方案？孟子是中国古代很有力量的一位社会改造家。改造家照例不能不用宣传，而宣传家照例得有一套关于问题诊断与问题解决的说法，即，照例得有标语与口号一类的东西，照例得有一个幌子。孟子的幌子只有十来个字：人性本善，人皆可以为尧舜。他的诊断和一部分宗教家的恰好相反，而简单的程度，则彼此如出一辙。人性是何等复杂的问题，以孔子之圣，还不免讳莫如深，而孟子信手拈来，便下一个"本善"的断语，不是很奇怪的吗？不过我们只要把孟子的宣传家的身份（他的身份不用说不止一个）认识清楚以后，也就觉得不足为奇了。当代社会问题一天比一天复杂，像孟子一般蒿目时艰的人也一天比一天增加，像"性善"一类非十分十二分单纯不足以广招徕的说法也一天比一天的滋长繁荣起来，读者自己应"能近取譬"，无须我举什么例子了。

孟子自称知言，又提到他能辨别四种辞，诐辞，淫辞，邪辞，遁辞，而知道每种的病源所在。我们看了孟子的性善论，觉得应该再加一种辞，不妨叫做"易辞"，而其病源便在太切心于求得一种结果，初不论这结果是商品畅销，或天下太平；因为过于热中，就不免把问题看得过于容易，把解决的方法说得过于容易。目前宣传家的大患，正坐内容中"易辞"的成分太多。

根据上文，我们可以知道宣传的结果和教育的结果，不能相提并论。宣传在来历上，动机上，方法上，内容上既有这种种可能的弊病，则在接受的人会受到什么不良的影响，是可想而知的。他可以受蒙蔽，受欺骗，受利用，即或所接受的是一派未可厚非的信仰或理论，其动机决不在利用，在欺蒙，其影响的恶劣还是一样，也许更严重。受骗是一时的，上过一次当的人也许可以不上第二次，但一种偏见一经培养成功，要设法纠正，往往是一件穷年累月而不见得有效果的事。近年讲教育理论的人有所谓"重新教育"（Reeducation）之说，也无非是想运用教育的原则与方法，就中过宣传的毒害的人身上，挽回一些造化罢了。

日本财政之回顾与前瞻

王迅中

谁都不能否认，现代战争除了战场上的火并外，经济持久力实是决定最后胜负的关键，尤其当战事入于长期化的阶段时。日本因为是一个先天不足的国家，所以经济基础很薄弱，他们自己也承认日俄战争的十七万万战费中，八亿余是向英美募债而得的，现在的情形完全不同，国际抑日助华的趋势与日俱增，日本不但要完全用自己的财力，应付什数倍于日俄战费的所谓"中国事变费"，还要防范美英等国的经济压迫，顾虑到战后的整顿建设。所以敌国朝野自对我作战以来，整天嚷着"经济统制"与"物资动员"，想尽方法苛征暴敛，竭泽而渔，但泥足愈陷愈深，危机反日趋严重。近来舆论界已经不再讴歌"圣战"，而代之以苦闷与彷徨，讨论经济危机的报章更公开屡见于报章杂志，"结束事变"的普遍呼声证明绝不是如军阀所说的，完全由于少数资本家的自私，大家所受的经济压迫已至最大的限度了。兹根据敌国自己所透露的数字，简略地介绍给读者。

日本的财政在七七事变后急速膨胀，仅就一般会计而论，战前昭和十一年度（一九三六年四月至三七年三月）之岁出为二十二亿八千二百余万，昭和十二年度因事变发生，增至二十九亿八千一百余万，十三年度增至三十五亿一千四百余万，十四年度增至四十八亿四百余万，下半年度预算据樱内藏相向议会之报告，一般会计岁出为五十八亿二千二百万，较之七七事变前的二十二亿，增加约及三倍，累进如此之速，为日本有史以来所未有。再就战费言，其数更足惊人，据敌方已公布者，第七十一届特别议会通过五万万元，七十二届通过二十二亿二千余万，第七十三届议会通过四十八亿五千万，第七十四届议会通过四十六亿○二百万，另军备充实追加预算七万万，下年度之特别军事预算约为四十四亿六千万，故合计达一百七十余亿，较甲午战费之二万万，日俄战费之十七万万，欧战费之十五万万，东北事变之七万万，几达十余倍。战事既结束无期，则每年四五十亿战费之负担将无止期，无怪敌国朝野焦灼莫知所措。

岁入方面租税及其他收入，事变前尚不足二十亿，战后三次增税及多方罗掘结果，虽迭有增加，昭和十二年度税收及其他收入约二十二亿五千余万，十三年度为二十五亿六千余万，十四年度增至三十亿七千余万，但与岁出膨胀之巨额相较，无异杯水车薪，而人民之负担则已倍增，莫不叫苦连天。据樱内报告，下年度尚拟根据税制改革结果，举行第四次增税，预计可以增加五亿二千余万，税收自然增加约三亿一千万，全年税收总额预定为三十二亿二千三百万元，加以印花税，官有财产及纸烟及专卖品增价结果，总收入将为四十一亿四千九百万元。惟际此物价腾贵，生活维艰，益以苛征暴敛，人民将无噍类矣。

苛征暴敛所得，既不足以弥补缺额，只得仰愿于赤字公债。日本自明治维新以来，财政收支自始即未能平衡，每年赖发行公债以弥补，但为数有限。到了九一八事变后因为军备扩充及对伪满建设，公债发行额骤然激增，然每年亦不过数亿而已，当时财界国宝高桥是清坚持百亿饱和点，大内兵卫氏更倡百亿公债亡国论，但曾几何时，日本的国债已突破二百亿的关门。高桥藏相于一九三六年二·二六事件中被杀害，日本的国债即由九十八亿增至一○五亿七千余万，突破百亿的饱和点，七七事变前一九三七年六月底止，日本的公债为一○五亿八千万。事变后因为预算的急速膨胀及巨额军事费的支出，不得不滥发公债，计一九三七年度预定发行额为三十四亿，一九三八年预定发行额为五十六亿二千八百万，一九三九年预定发行额为五十九亿二千五百万，共计达一百四十九亿五千二百万之巨额，但实际发售者迄去年十一月底止，仅一百○二亿六千万，若加以十二月至本年三月底止之发行额，则迄本年度止，日本之国债，当达二百二十亿左右。据樱内向议会报告，下年度预算中尚拟发行巨额公债，一般会计中需赖发行公债者为十六亿七千万，特别军事费中之赖发行公债者为三十六亿七千三百万，合计为五十三亿四千三百万。加以二年来积余未能发行之四十余亿公债，则自去年十二月至明年三月止，预定发行之公债，将近百亿，试问债台高筑的日本财政是否能无限制的容纳如许巨额。

虽然敌国当局极力宣传两年来公债消化的顺利，但如细察其内容，消化率约占发行额百分之八十五，残额由日本银行接受，换发纸币以流通市面。而此百分之八十五消化率中一部由各金融机构储金部接受，一部由官厅及邮政局接受，事实上在市场中销售者仅半数左右。再就时期言，前年及去年上半期消化率的确很好，但七月后的消化率大为减低，尤以十月及十一两月最劣，十月的消化率为百分之四七·九，十一月份的消化率为六一·六。而且其中在市场的销售率更为低落，七月以降之平均率仅百分之三二·三，较之前年之五〇·六，减低一〇八·三。然则下年度之百亿公债又将何法消化？

公债消化钝化的结果，不得不趋向通货膨胀之一途。战前日本银行券的增加率每年约一亿左右，但自七七事变后，突增四倍余，一九三七年底，由战前之十八亿六千万增至二十三亿，一九三八年更增至二十七亿五千余万，去年十一月底之发行率为二十九亿五千万，一般预测年末之最高发行额将造成三十六亿五千万之空前纪录。小额纸币及补币也同样膨胀，小额纸币自一九三七年七月临时通货法成立后，大量增加，是年七月仅有一千余万，年底即增至八千八百余万，根据日本银行周报发表，去年十月二十八日之发行额已增至一亿八千六百万。补币之流通额尚有四亿五千万左右。此外朝鲜及台湾两银行之钞票亦大量滥发，战前朝鲜银行券之发行额约二亿一千万元，一九三七年末即增至二亿七千九百万，一九三八年末增至三亿二千一百万，去年十一月底又增至四亿二千余万。台湾银行券迄去年九月止，亦由战前一九三六年底之七千九百余万，增至一亿五千九百余万。此二银行以日本银行券为准备金，实际等于日本国内纸币。所以合计日银，朝鲜，台银等券以及小额纸币补币等，去年末之通货总发行额将达四十余亿之高峰，事变前一九三七年六月之各种货币流通额二十二亿三千四百万，增加将及一倍。日本银行副总裁津岛在去年十月二十三日的日银定例总会中虽然极力辩解，谓日本通货膨胀的原因，第一是由于朝鲜台湾两银行的日本银行券准备金的增加，第二是由于盐价高涨的结果，纸币流通农村数额的增加。但这显然是自欺欺人之谈，观于日本物价的腾贵及外汇的跌落，通货膨胀的危机已充分证明。并且据日本银行自己的报告，纸币发行之正货准备金为五亿百二十八万七千元（此五亿现金准备有无尚是疑问），保证准备为二十二亿，所以最高发行额不得超过二十七亿，但现已远超此数，谓非恶性膨胀，其谁信之！

　　最后就对外贸易说，日本于七七后因欲全力扩充军需生产，但资金又有限，所以只有限制和平工业原料的输入，以之购买军需原料，因此日本输出额最大的纺织工业遭受了很严重的打击，对外贸易一蹶不振，自前年改采输出入联合制后，原料输入的限制较为合理化，对外贸易日趋好转，所以近来敌国当局大吹大擂超好现象。的确，我们不能否认日本在昨两年中对外贸易都是出超，前年输出为二,三八二,四七六,〇〇〇元，输入为二,三七一,七九〇,〇〇〇元，出超一〇,六八六,〇〇〇元；去年输出三十九亿三千二百万，输入三十一亿二千七百万，出超八万万五百万元。不过我们如就贸易的国别而论，根据日本大藏省外国贸易月报的报告，去年一月至九月间对外输出额的二十四亿五千万中，向日元军团国家（即指伪满及中国沦陷区而言）的输出额为十二亿三千万，对第三国的输出额为十二万二千二百余，与输入额对照结果，对日元集团国家之出超为七亿二千二百万，而对可以获取外汇之第三国贸易则为入超四亿二千八百万。对日元集团国的贸易虽是出超，但所得者仍是不能兑现之纸币，对第三国之入超则须完全用现金支付。所以日本对日元集团国的贸易弄得哭笑不得，既欲振兴，又不能不加限制。而对第三国的入超，更苦穷于应付，因为贸易的入超虽明白公布，但此外还有巨额的军需品输入严守秘密，为数恐将超过贸易之入超数，这些也是必须用现金支付的。日本现金的保有额向不忠实发表，但我们如根据美国及英法等所发表的从日本输入现金的数字推断，则日本的现金早已用尽，即是如日本银行所宣布的尚有存金五亿元，但又何能应付此后无限之入超！

　　我们虽然不应虚构事实，宣传敌人经济的崩溃，松懈了当前的努力，但根据敌人自己所发表的数字，无论就哪一方而看，它的财政随处都暴露着破绽与危机，即是能赖枪杆统制，维持一时，何能长此支持，敌国朝野所以汲汲于结束事变者，其因在此。

我们的反攻

王敬立

一月二十三日蒋委员长发表《为"汪日密约"告国民书》，内有一段如下："我猜想敌阀以后的行动，不外两条路，一条是一面捧出汉奸，一面悉索敌赋的把他仅余可调的兵调出来，继续加紧的向我们进攻，……第二条可能的路，或者他自己觉得实力已竭……一等到汉奸出场以后，他便借此名义，宣告他'事变结束'，只把军队放在占领区内，既不敢向前进攻，亦不敢向后撤退，……但是这两条分明都是敌国的死路，先从第二条路来说，老实讲，如果他想藉此结束，想藉此稍息，决没有这样便宜的事。日军一天不整个撤退，我们的战斗是一天也不终止的。他要退守，难道我们就不会反攻吗？……再从第一条路来说，那就是把他在国内国外所仅余可调的五个师团抽调出来，加紧进攻，这个在我们本是时时准备着的，而且必有十分把握的。"

这一段描写日阀的心理和我们目前应有与已有的准备，可说概括无余。从这段文告里面，我们可以看到此次南宁会战敌军可能抽调增援的兵不过五个师团，约合十二万人，其余在华中，华南，华北的敌兵都被我们牵制住，不能再抽调了，即从他国内和东四省也不能再抽调了。这句话的真实性，我们可以从各报新闻看出来。依敌国的兵役法计算，他目前原来可以征调的兵，连延长兵役五年所增加的老弱兵和未受训练的补充兵在内，是一百八十八万人，扣除二年半以来的伤亡（伤愈再上前线的不算），算出敌人现有的兵力，不过一百〇八万人。现在关内的敌兵有七十五万，关外有二十万，可见对华侵略所动的兵员，已到了最高饱和点，再无来源可调。若将九十五万由一百〇八万内减除，得十三万，恰好五师团的数目。二年半中敌人所损失的兵丁是八十万人，所以每年他要损失三十二万人，扣除每年入伍的十一万人，还余二十一万人，这是无法补填的消耗。五年以后，敌国将一个兵都没有了。有人或者要问，这些人里有没有被胁迫作战的我们东北的同胞，或者朝鲜和台湾人呢？回答是"没有"，因为一来上面的数字是根据敌人自己的文件推测出来的，二来实际重要会战中，敌人很少大量使用伪军或朝鲜人和台湾人的。在另一方面，当然我们也要计算我们的消耗，如果我们的消耗能够和他的相等，甚至于稍大一点，我们就是合算的，因为我们的兵员补充向来是不成问题的。淞沪战时敌我的消耗是一比五，最近的消耗是一比一，其原因已经有许多人指出主要的是我们战略上的成功。仔细研究最近几次大会战的情形，我们可以得到概念，就是几次会战全在山岳地带，便于防而碍于攻，作战运输困难，敌人所依恃的优越机械化部队运用不灵。我们和敌人在同等情况下作战，敌人仍是斗不过我们的。还有一点是大家所感觉到的，敌兵战斗力愈发薄弱，我们士兵则战斗力反较前为强。

现在抗战是到了第二阶段，敌人的攻势已越过最高峰而开始受挫折；而我们的战斗力是以消耗敌人为目的，同时在一期抗战中已作充分的准备，第三阶段就是我们反攻的时期了。什么时候反攻呢？如何反攻呢？这两个问题是互相连贯的，我们决定了如何反攻，才能积极准备，所以准备完成的时候，就是反攻的时候。现在的问题是我们如何反攻。

我想敌人在山岳地带的进攻，既然接二连三的失败，以后会放弃这种企图的。这样对于敌阀是非常不利，他们当不愿这样办去，因为惟有进攻，才能巩固他们已经占据的地方，同时还可以镇压关内人心的骚动；但是相反的若军队屡经败仗，便拿不着，还要赔本钱，加强国民不安情绪，促其反战暴动，这更是敌阀所不愿的事情。那么两害相权取其轻，还是只图苟延残喘吧。这一点我曾经和一个在日本住过几年的朋友讨论过。据他的意思，日阀是不会停止进攻的，除非实在没有力量。日本国民性本是不到山穷水尽不回头的，要是这样，有利的对比消耗愈多，敌人总会有实在无力进攻的一天。他们若聪明一点，还是早点放弃这种企图为合算，那么就是蒋委员长所说的第二条路。假定敌人是这样做了，他就要巩固整理已经占领的地方，防止我们的反攻，同时加紧榨取，以拖延残命。为针对敌人这个策略，我们应当加强我们的游击战。敌人以前是采取攻势的，所以尽量将兵力集中在攻击的地点，已经占领的地方，只求交通和据点的维持和能够经常收税（河北省有所谓巡行的收税队），以节省兵力到最低限度。因为敌人的兵力无多，始终不愿出击游击队，游击队也有时采取互不相犯的政策。现在敌人将兵撤回游击区，其势力大见增强；我们为保持在敌人后方的活动，原来的游击势力不但要组织加强，同时还要军器改优，军货增加，对于民众的训练和组织更要积极，这样才能策应我们正规军的反攻。

说到反攻最要的条件，当然是优势的火力和大批的飞机。这样当然一面要用到炮队，机械化部队和空军，在另一方面使空军能完成其侦察的主要任务。台儿庄战役便是一个例。进攻时空军还可以指示目标，轰炸敌人，掩护步炮的效用实不小，至于机械化部队则因兼有速度和火力两者之长，所以在攻击中也是非常重要。等到这两样准备充足之时，我们决即反攻。尤其是将来我们的战争要从山岳地带转到平原地带，这个基本条件一定要具备的。因为要实现这个条件，我们需要飞机大炮的大量输入，因此便牵涉到交通问题，于是我想到广州，假如我们能够打回，那么将来重兵器可由香港顺广九，粤汉铁路源源流入。但打回广州的确非一桩完全不可能的事。从前虎门要塞在我们手中的时候，我们可以不怕敌人海军的大炮，因为他的大炮和我们的要塞炮的射程差不多，而兵舰的目标远较要塞为明显。现在敌人占据了虎门，他们可以将兵舰开到广州，无形中等于增加了多少活动要塞，所以我们若取攻势，必须有适当数量的飞机和大炮，硬碰硬的同敌人打，才可以致胜。在北战场我们要将敌人逐出山西和绥远，这一方面都是山岳地带，重兵器的使用较少，那里我们游击队的成绩很好，民众组织也很严密，所以收复也比较容易。在这里稳住脚之后，河北就被我们所控制，并且可为我们收复东四省的根据地。再就是从长沙攻取岳阳和城陵矶，克蒲圻，咸宁，粤汉路北段各重要据点；北面平汉线由信阳攻克武胜关要隘，左面固守安陆，云梦，应成一线；江西这边攻取南昌，以沟通浙江和后方的交通，进驻九江，打下彭泽，扼守马当险要，阻止敌人的接济运输。这样部署完成。再各路一齐会师武汉，聚歼敌人。以后再收复东北和沿海各省，可以不必赘述了。

有了反攻的计划，我们才可以有初步的军事工业建设计划。首先我们所需要的是能打广州的飞机大炮，飞机从外国运来比较容易，因为可以自己飞来，但有一个困难问题，我们的飞机多来自各国，性能未必一律，机件也未必一致，或者使驾驶人和机械士都感到不方便，某君在军事杂志内提到这一层，主张由我们自己制造飞机，可以适合国情，并且标准一律，减省了训练上的浪费。他并且说，我们已有这种人才和设备，所缺者为原料和社会上的辅助工业，但是我们不妨先在这一方面尽力做起来，原料仅先由外国运进来好了。有许多人说，那么何必不运制成品进来呢？这就是短视的一个例，无论我们最先制造出来的是如何不经济，都不能算不必建立这个工业基地的充分理由。我们纵览各国创业时的困难，可以是没有一个初创的事业，会一开始就顺利的。至于大炮，在过去我们的兵工厂已能制造迫击炮，野炮，平射炮，实在有相当的根底，现在情形当是一样。不过这一项不如飞机亟需自造的迫切，所以不妨采双管齐下政策，一面努力自己制造，一面尽量输入。

  本文到此为止，我本来想再写下去，但再写下去就要牵涉到详细节目，本文本是一种冒险的尝试而已。我很感觉到我们今后各方面的努力，都应当为整个计划中的一环，每个人知道自己努力的重要程度，同时也要知道自己努力和他方面的关系。

汪贼与倭寇——一个心理的分解

傅斯年

汪精卫的卖国行动，到了签订《日支新关系调整要纲》而登峰造极，自从前年十二月底，汪贼发表了所谓艳电之后，其行动之荒谬，一步赛过一步，全世无不称奇，国人无不觉得可耻。然而总有很多人，以为其中总有几分上当，虽以深恶痛绝他这为人的人，也还在报上预料他要在几个月内死到倭奴手里，盖以为弄来弄去弄到山尽水穷，总还要和日本人扯皮起来，而遭了倭奴的暗算。谁知道虽是深知他痛恶他的人，也料不到他竟能迎合追赶日本人的志愿到这步田地，"虽是日本人，时而觉到汪之允许迁就之容易，大吃一惊"（报载高陶所说）。然则凡以为汪贼之动机，尚有半分上当者，都是错看了他，高抬了他，他是一个彻底的汉奸，甘心的卖国者，只有一个不可一天不做大官的欲望，而不惜断送他的四万万同种人，和他同种人的历史与子孙，以达到他这欲望。

所以汪贼的行动，只有用"罪犯心理"分析他，才能了解。我不是这一行的专家，姑且把我所知道的几点写下来，供心理学家检讨。

在国民革命军北伐的时候，我在广州两三年，颇听说他的家世，尤其是母系的情形，他不是嫡出，而家庭中不是极端的守旧，严父之后，又有严兄。最初便受了一个女儿式的教育，在这样情形下所造成的儿童，自然有正常心理者少，有变态心理者多，或可有聪慧的头脑，不容易有安定的神志，他要作"人上人"的欲望，而不知度量自己的本领，也许就是这样环境造成的罢。那时候，广东闹得如火如荼，血流满街，一多半是由于他，我也在其中几乎送了性命。后来"宁汉分裂"一幕，他又是主角。当时我听到一位党国前辈老先生说他过去的行动。而归结着说："精卫在政治上必做不出好事来，因为他从来说话不算话"，像有主义，又实无主义，同时我又听一位党国老先生说："精卫全无新知识，只学南宋人作诗词，这就是没出息。"当时我游西湖去，他的一个亲戚向我说："你们觉得汪聪明吗，他在法国念书的时候，学法文一个字也学不进，活似老牛一样。"这些话，我虽觉得很有意思，然以当时并不识汪，不知其深刻到何程度，只见得一出一出翻云覆雨的戏，觉得其人可怕，其事可痛罢了！

二十六年夏在庐山聚会，汪作谈话会的主席，其言语举动甚不自然，回到南京，几个朋友闲谈，说这真有些不像政治家的样子。但同时还都有点可惜他，说唐有壬那个小子所造成的"心理疙瘩"，至今还存在。沪战将开，政府成立了一个国防参议会，汪作主席，我也在里边，每周至少开会一次，有时两次，在这会中，自然常听到汪的妙论，于是使我想到在"北伐""宁汉"时代所听到两位老先生对他的批评，觉得深切不过。当时我的印象如下：第一，他决不知政治，一谈政治，有时好听，却全无实质，只可骗初听高论之无辜者，决不能耸动听过两三次以上的人，而且遇事都是滑调，浮着而不进去。第二，他标榜的口号，无一不和他的性格矛盾，譬如他高谈民治而绝无容量，标榜理智而最好动感情，反对复古而自己是一个不良传统的文人，常看到他做着主席发气，却不明其气之对象，气之原因，那么只是些心中的"疙瘩"（Mental Complexes）在那里时时发动罢了。第三，他对于外国事情，莫明其妙之程度，诚可骇人。他每读文电，遇到外国人之名字，连法国人的名字在内，一齐念不出来，总使这会的秘书长代读。然则欧美国家之存在，在他心中，也比在同治年间军机大臣的心中，差不了许多。

这些观察，只可以证明他在政治上之决无希望，尚不足以证明他之必作汉奸，所以他今日之必作汉奸，尚须进一步求之。有人说：他的婆娘所谓"陈璧君者，太糟糕了"，这话颇有些不错。她也是专心要做"人上人"的人，做不到便气得了不得。汉光武的时代，彭宠造反，史家说是"其妻刚戾，不堪其夫之为人下"，陈璧君何其酷似！不过，这话虽可说是一个原因，却不能说是主要原因。此等大事，既受妻之影响，自须由其自己负责任。譬如武则天，后来做的事，当然要由唐高宗负其责任。谁要唐高宗宠她信她，何况汪贼之作汉奸是他自己现在做的事。

然则以上所说各项，只是助因，其主因决不在此。主因何在？在他蕴蓄的妾妇怨妒心理，发而为偏要作"人上人"的要求。上文说过，庶孽子弟，有时有他的特别心理组合，我这话并不是说庶孽子多如此。自古以来，庶孽子中，甚有清明高朗之人，可追延陵季子遗世克让之风者。只要母教好些，家庭的环境正常些。不过，以我所闻，汪贼之早年环境，决难说是正常，于是"人上人"之要求，成于个人的心中，害了国家的大事。夫"不度德不量力"而求作"人上人"之要求，在家家乱，在国国乱，《春秋》中所记弑父弑君有几个不是受这个心理所支配。

至于汪贼在政治上偏要做"人上人"，应该完全是他家庭环境所造成，而决不是政治活动所造成。何以呢？在中山先生逝世后，他便狂妄的以第二任总理自命，他夫妻两个，从中国到南洋，招摇来招摇去。中山先生当年绝不曾器重他到这样，只是他自己自命如此，是他自己的心理自命他如此。中山先生当年用他，大有分寸，总未交他政治的专责，施设的任务，用他之处，说来好听些，是"书记翩翩"，因为他的文章确是漂亮，说来不好听些，便只是使他"吊丧问疾"。因为他那一副对人似乎恳切的面孔，只好如此用。不料他竟妄自想像，以为"仲尼既没，文不在兹乎"，于是乎非做中国主人翁不可。当年与胡展堂先生之龃龉，何尝不由他之妄自尊大，由此心理，兴风作浪，十年前已经不恤生民涂炭，今天更不恤民族沦灭。大凡领袖之欲，餍人之愿，本为人类所共有，然而用如此不顾一切狠毒到尽头之手段行之，则除具有罪犯心理，凶险疙瘩者，焉能做到这步田地。不晓得他小时在家如何为人看不起，到老时在国如此陷害人。

当年契丹有一个大可汗，把渤海国灭了，封他的儿子做东丹王，王渤海故地，却把小子立为太子。这东丹王便大怒，当他父亲死了，由辽东渡海逃到登莱，降了中国，并且做了一首诗，诗曰："小山压大山，大山全无力，羞见故乡人，从此投外国。"汪贼今日之投日本，正是这个投外国的心理，不过，东丹王毕竟是契丹的长子。在封建时代，他这心理还有点根据，在汪精卫之以中国主人翁自命，却全是自己狂妄梦想，毫无根据，那么东丹王的死鬼若有知觉，还要羞见这个后来人。

在妒妇狠毒要做"人上人"之心理上，汪贼倭寇大有相同处，或者这也就是汪贼倭寇可以"合作"之"精神条件"吧。原来日本小鬼也是最富于"卑贱疙瘩"的（Inferiority Complex），看到自己那副猢狲形，更恨得非做"人上人"不可。我想，设若倭奴再长三寸，这疙瘩也许好些，便可少害人些。可惜不然，小鬼之要做"人上人"，自古如此，当初识中国文化的时候，认做徐福的后代，误以为徐福是避秦的高人。稍知中国事，又妄称太伯之后，大有与中华世家争正统之姿势。到了唐朝，知道中国多了，又造了一段故事，说是在隋炀帝的时候，他的倭王向中国致书，称"日出处天皇致书日没处皇帝"（按此事虽为欧阳修所采，决非实事。盖如此之文书，隋之边吏难以接受，且天皇之称呼，在唐高宗武后前，倭奴向何处学来）。在这些时候，一面羡慕中国，先受封，且请乐浪郡守为他判断内部斗争，后又用中国年号（按日本古寺，颇有用唐代年号的遗物）。却又一面自大，大得要说是天神下降，直到明朝，他那若有若无的"天皇"，虽然还在那里下一诏，称天下四海，他那实际执政的足利氏，便历世向中国求封为日本国王，即如丰臣秀吉，以欲借伐朝鲜而问鼎中原，为日本后世人所敬仰，却也受了中国之封（按此事日本人不承认，然若未受封，万历之诰命何从留下而宝藏之）。这样矛盾心理，譬如以庶孽要为长宗，进退失据，自然全是"卑贱疙瘩"所表现。这样心理，自古已然，于今为烈，一面模仿西洋人，一面要说东亚本位，凭他这样心理发挥起来，好比妒妇之灭人之门，绝嫡之子，一旦得志，是决不使中国民族存在的，岂只国家而已。

　　日本人二千年中之历史，从部落到帝国，所表现的心理有两面，一面是要学人，一面是要上人，一面自觉不如人，一面偏要凭凌人，由他发挥这个性儿，只能有己无人。试看他灭韩的步骤，先上来说是助他解放，后来便是政治经济独霸，俄日战后，还说是保护国，不久便兼并了。他在当年不是高谈日韩亲善，如这些年之高谈"日支亲善"一样吗？他起初不是谈尊重韩国主权，如现在与汪协定前文的滥调一样吗？他不是对朝鲜人说日韩同种吗？

　　日本鬼子的性情，完全是得步进步，他今天订的条件，若是明天可以进一步，便毫不含糊的废弃；他今晚说的话，若是回家一想，还可进一步，明早起来，便立刻不认账。几年前在北平听到现在的一位封疆大吏说，日本人的性情有三点：一多疑，二小气，三性急。这样性情，哪有中间妥协的可能，即以他最近的侵略而论，在九一八时，他只说要求条约的权利，照他解释条约的权利，转眼便树立傀儡伪国了。彼时还说，要求不过长城，不过一年，便闹所谓"华北问题"了。"华北问题"他自己还未下妥定义，于是广泛含糊的三原则来了。在上海战事初起时，犹宣言世界曰"不侵华南"，次年便先以厦门作试探，继之以广东登陆了。目下他在中国还是进退两难的时候,已经在与汪贼之协定中布置妥了侵略苏联,吞并整个印度支那半岛,整个南洋的根据了。这样的国家,若不在国外遭受败衄,其侵略必无止境,而且快得很,这完全是小人得志,狠妇称心的把戏,对这种人只有"有你无我,有我无你"两句话。

凡是甲乙两国订个中途妥协的条约,必须有两个条件,至少有其中之一:第一,定约的对方要守信义;第二,弱者之一方虽稍弱,总亦要有力量维持这条约,换句话说,如对面破坏了,此方还能抵抗,不这样,决不能维持。试看汪贼所定约之对方,是那样得步进步的,是那样说话不算话的。再看汪贼的本身,有一个姓周的色鬼,姓丁的屠户,虽高宗武亦逃之大吉,有这样的力量,还能对日本说"以此为限"。其实这话仍是泛论,日汪协定,已经卖了中国整个的平面,并且卖了上苍天下黄泉的立体,无所不包,即无所谓限,政治经济军事文化乃至思想,无不订明使我永为奴隶。这又是何等条约,比之当年日本与韩国所订的条约,犹有君子小人之分了。然而汪贼的狗党,还在那里骗人,说:"委曲求全。"试看这些文件,委曲真到了一万分了,求全却在哪里?若必说求全,乃是倭贼求得中国之全体,而非国人求得一息之全生。若是国人中还有觉得他这个代订的卖身契,而可一想希图苟存者,直是晋惠帝之劝人凶年食肉糜,白痴而已!

汪贼有己无人,发了邪火,便欲断卖同种,倭贼有己无人,动了狂念,便欲灭绝人类。二者都是一种罪犯心理,不过一个是孤兽,一个是狼群,有此差别罢了。若是世界上还应该有人类的话,便当快快把这些人类毒素扫荡去。

同 乡

辛 代

我们在日头斜西的时候,来到这个山清水秀地贵人贤的湘西小城。这地方正和我走过的其他小城差不多,虽然弹丸一般小,麻雀虽小却肝胆俱全,照例有一圈石头城墙,几个石头堡垒,河边一串人家,长街,白塔;河码头有大小篷船。到处可以看见头缠青布的汉子,虽面目强悍,行动却规规矩矩。铺子里最显眼的东西是辣椒,说明这地方人的特性与食物不可分。这印象我随时皆得温习,那几乎是沅水流域小城镇一个共同写照。几个人已走到街上,背着自己的小行囊,寻找当夜可以容身的地方。我们得卸下行李,放倒这个身子,丢下一天的疲倦,准备迎接另一天的旅程。像乡下佬进城情形,在街上走来走去,东张西望期待有所发现。问过几个"未晚先投宿,鸡鸣早看天"的小店,都说没有地方,住满了客人。天,渐渐黑下来了。

吉人天相,几个人正在街头没主意时节,一个陌生人迎面走过来了。一望而知这是一个机关上的起码小公务员。人瘦瘦的,有一个文雅人在迁徙生活中应有的单薄。蓝布长衫,礼帽上积得一点灰尘,一片油渍。脸是瓜子脸,嘴一张,便露出门牙一个缺口。或许是我们的口音和形色吸引了他,或许是他特别好事,总之,他在我们面前站住了。很亲切的问我们:

"同志,你们从哪里来呀?"

"长沙!"

"噢!长沙?远得很!……往哪里去呢?"

"四川!"

这回答鼓舞了他,他几乎是嘶叫起来,兴奋得搓着两只瘦手,又把手指捏得格剥格剥响。

"妙极了，好极了！我也是长沙来的，要去永绥。路上不清静，拦路好汉多，一个人胆虚，在店中白等了三四天，急得个要命。现在可以和你们搭一个伴了。"等不及我们说什么，就露出"智多星"的神气，又抢着说：

"你们都是安徽人，我听你们口音像，是不是？"

这简直是笑话，叫人哭笑不得。三四千里的距离，给他这句话一笔勾销了。

"不是，不是，我们是北方人……"

"我知道，出门人的事情我知道，不必瞒，我也是安徽人，我们是老乡。萝卜田里有大有小，一块土长出来的。走！走！我领你们去我一个落脚处去。地方小人多，牛黄马宝似的，找房子好不困难！"

那末很高兴的说着，不容我们讲什么，就一马当先为我们找宿店去了。已临黄昏，街上花纱铺，礼和洋行光明牌小号煤气灯已丝丝作响，胖老板督促着小伙计上灯，正聚集了几个闲人欣赏光明的艺术。

我们跟随他走进了一个人家。这里并不像什么旅馆宿店，也没有挂招牌。只是一个小小院落，有几间小小平房。我们正在疑惑不解的时候，那老板走出来了，军人打扮，戎装齐全，我们那有好心肠的"同乡"，就带点儿扳相识语气说：

"老板，还有房子歇得客不？"看光景，他已并不是第一次到这儿来。

"房子没有了，都住满了客，歇不得了。"

这回答使我们心凉半截。找到这么一家，还是竹篮打水。但我们那"同乡"却并不气馁，还是和气的办交涉。

"老板，你给想想办法，你总有办法的。这几个是我同乡，从长沙，赶路来的，人生地不熟，找不到店铺就得露天睡。求你帮帮忙。"

他这么一说，倒使我们心里有点着慌，夜色实在快逼来了。十冬腊月，在街头过夜，可不是玩的。

老板用着守山口武装同志打量"财喜"神气打量打量我们：几个年青小伙子眼巴巴的背着包裹等待，似乎从目光中流出许多同情，就说：

"都是出门人，若不嫌弃时节，可以在我们这个堂屋地下迁就一宿，后屋有的是草，多铺一些草就是了。"

几个人互相望望，知道已经得了救，于是就住下来了。

那"同乡"一面帮助我们铺草，一面便向老板道谢，并说了些多多关照一类的客气话，且嘱咐我们好好睡觉，明天早晨来招呼我们一同赶路。"乏了，歇了吧！"他说。我们送他到门口，回来，谁也忍不住笑了。

"这人太有意思，硬说我们是他老乡！"

"我看我们也有点那个，为什么不和他讲个清楚，冒一个安徽籍贯做什么？"

"不冒籍，今晚连堂屋也不得睡，只好到庙门口同花子争地盘去。"

"亲不亲，故乡人，一提同乡，到底是有好处的！"

"做安徽姑爷吧，因为有一半，不算冒充！"

"同船过渡五百年所修，这叫做命运。"

"可是这个人也是命运？"

大家由不得哄笑起来。

"中国人乡土观念重，国家到了这步田地，还只顾同乡！同乡！"一个伙伴说。

"可是，也可以那么说，乡土观念重，大家在离乱灾患中，都有个照顾！"

"事已至此，将错就错下去吧，有什么关系！要和他说个明白他反倒失望。改变一个籍贯，使别人得一点愉快，也是功德。得人钱财，与人消灾，得人酒肉，与人保佑。我们这么办，也可以散散那朋友的乡愁。"

"对！与人方便自己也方便。"于是我们相约做安徽人到永绥，一切待到地后再说。

大家正谈说着，外面有人敲门，且轻轻的问着："睡了吧，早咧！"原来那个"同乡"又来了。另外还同着一个人，身个子矮矮的戴着大黑边眼镜，穿一身不大合身的半新灰哔叽中山装。一进门就说"辛苦！辛苦！"正猜疑不定是谁，那同乡赶忙给介绍道：

"这是同乡×先生，管这里同乡会事情，任劳任怨好朋友！听说诸位来了，特意来看看，大家都是家乡人。"

我们都一呆，然而很快就过去了，没有露出丝毫破绽。我们向他点一个头。矮子就很抱歉似的笑一笑：

"太对不住诸位同乡了。同乡会地方太小，来往人多，有的还有家眷，带娃娃，住满了。不能招待诸位，要诸位在这里委曲委曲。"

"没关系，没关系，这里已经很好了。"

"真对不起，兄弟理当欢迎到……"

"不敢当，不敢当！"

"你们是哪一县？"

我觉得有点着急了，给问出破绽来该多难堪！幸好我们中一位老大哥还有主意，很镇静的回答他说：

"我们都是滁县人。"

"哈！哈！……"矮子用一个中级公务员的姿势点点头，又想了一想，笑起来："兄弟可一点没猜错，听你们几位的口音就是滁县人！"他把眼睛闭闭，用意似乎在表示纵闭了眼睛，也不会弄错。

他"一点没猜错"，笑几乎是再也忍不住了，我只好把脸背过去。

"不过我们很小就离开家，到外边去念书，家乡话忘许多了。"

"求学是好事，将来造福乡邦。委员长说过，高等教育是抗建成功条件之一。贵县出了许多大人物，□□□，×××，同兄弟都相当熟悉，听说现在在重庆部里任事。×××是行政院科长……到那里你们也许可以见到了，很好很好的。"

矮子点上他的纸烟，"各位请，各位请，"见我们不会吸烟，又开玩笑的笑着说，"摩登青年都不用这个，打仗后，这个东西也真贵！"随后又问我们：

"最近家乡有消息么？"

"没有，我们许久没有家信了。"

他吸了一口烟，用力向上一喷："大致还好。城里可真乱，乡下太平。有游击队，唉！这是……"

沉默一刻，又问说：

"到所里你们有没有熟人？"

"没有。"

"那有我，不要紧。安徽中学在那里，我有个朋友王起圣，北平大学法学院毕业，在那里教书，可以给你们介绍介绍。"

大约想找寻一张名片，在中山装两个口袋中掏了许久，都找不着，就说：

"我等等写一封信，诸位到那里就去找他。有办法，有办法，那是兄弟的好朋友！大家都是同乡，背乡离井，跑几千里路，自己家里人一样，得彼此关照,是不是?你们说,是不是?……那方叫同乡,那方叫同乡。"

"是的,同志说的是。"

"现在,"他看看表,"七点半了!"这同乡说是有个会得出席,道了许多歉,并答应晚上派人送介绍信来,方才走去。

真应了俗话说的:"美不美,山中水,亲不亲,故乡人。"

"出门不识货",明早我们还得赶路!上了路,再与同伴来讨论我们做滁县人还是东北人的问题尚不嫌迟。

本期撰者:

王敬立先生是国立云南大学教授。傅斯年先生的《汪贼与倭寇》,这里所载的是全文,其他报章杂志多仅刊登其摘要。辛代先生在本刊已发表过几篇作品。

第三卷第九期（1940年3月3日）

时评

苏芬战事与北欧局势

最近两星期，苏芬战事，有急转直下之势。苏军以迅雷不及掩耳之攻势，突破芬军之曼纳防线，维堡陷落以后，芬兰的军力便截分为二，芬兰的屈服恐怕也只是一个时间的问题。原来苏芬两国，强弱悬殊，不必待今日而始明，其交战胜负之谁属，更是一无足惊讶的事。

苏芬战事结果，虽无甚疑问，然北欧局势的演变，却颇为微妙。列强间的关系，很有借苏芬战事的火线，而酝酿成一个激变的可能。芬兰本来是斯堪的纳维亚诸小邦的盟国。苏芬战事发生后，斯堪的纳维亚诸小邦，慑于苏联的威力，对于芬兰不敢有积极的援助。现在眼看芬兰就要破灭了，苏联的雄心仍是使人莫解，所以斯堪的纳维亚各国最感觉不安。数日前，瑞典，挪威，丹麦三外长在丹京会议，其详细的议题程序与结果，虽然没有公布，而问题的中心，显然是此后如何应付北欧的形势。三外长会议公报所发表的结果，只有关于调处苏芬两国的战事，决定设法保全芬兰独立的主权。这当然是斯堪的纳维亚三国，在现状之下所可以希望的唯一事情。如果还能维持一个表面上独立的芬兰，也许尚可以作苏联与斯堪的纳维亚间的缓冲。然而苏联愿意接受这个调停与否，迄今仍是一个疑问。

据另一方面的消息，德国将出面调停苏芬战事之说，近来也甚嚣尘上，据云德已向瑞典提出保证，谓将阻止苏联向斯堪的纳维亚进攻，惟调停之进行必在苏方在芬取得完全胜利之后。按当苏德妥协之时，德国曾以允许苏联侵入波罗的海，为取得苏联互助之交换条件。而芬兰则并未列入条件之内。在德国看来，波罗的海霸权的割让，已经是一个重大的牺牲。苏联之突然侵芬是德国意料所不及。如果苏联于侵芬之后，还要展雄心于斯堪的纳维亚，其于德国实为大不利。所以德国也希望苏联能适可而止，此乃调停之说之所由来，并不是德有所爱于斯堪的纳维亚。然而调停之能否成功，又要看苏联的政策如何而定。

在这两种调停说宣传的声中，还有第三方面活动，也使北欧局势更形复杂。据莫斯科电讯，英军突于数日前在芬兰北部巴沙摩港附近发现，苏联政府因之极为不安。此外，罗马消息，又称英法两国将在北欧或近东方面有所发动，此次英法德战事，一般人士自始以为时间是有利于英法，不过实际上一方面因为德国在经济上获得苏联之援助，一方面又因为德国与东南欧各国保有良好的经济关系，眼前倘若扩大战事范围，打破既成的均势，也许对德是不利，对英法是有利。这个推测也许是神经过敏的说法。英法自然同情于芬兰，然而援芬反有巩固苏德之盟，我们想英法亦不愿意的。因此，在苏芬战事进行中，英法对芬没有积极帮助。如果苏联没有无餍的雄心，斯堪的纳维亚当仍能保持中立的地位，英法于此也会顾虑到的。北欧的局面暂时不至有更剧烈的变动。如果苏联的雄心，不因芬兰破灭而稍杀，或者苏德两国对于斯堪的纳维亚能成立一个新谅解，平分两国的势力范围，则英法势亦不能坐视，而欧洲战事，至少在北欧方面，大有扩大之可能。归根来说，北欧形势演变至如何程度，还是以苏芬战事结束后苏联政策如何为转移。（山）

龙主席关怀民食

据今日报载，龙主席关怀民食，对于近来食米不合理的高涨，将负责设法补救，欣慰之余，愿贡刍荛。

战时物价高涨，本是应有的现象，但如昆明物价涨得如此奇速，不得不令人惊异！重庆贵阳同是抗战的后方重地，同样吸收了许多外来人口，但土货价格的高涨，不及昆明十分之一，所以昆明物价的高涨决非自然的现象，而是人为的结果。值兹抗战时期，一切固宜崇尚节约，但是最低限度的吃饭问题也将发生恐慌，在最近短短的两年间，米由每担六七元，涨至百元以上，高涨二十倍左右，诚属空前之怪事！现在除了少数特权富有阶级及发国难财者外，无不愁眉蹙额，中上阶级尚感米薪之忧，贫苦阶级更无论矣。

米价的高涨，虽然有种种原因，龙主席对记者的谈话中，已经详加剖解。不过我们深信除了这些自然原因外，人为的操纵居奇，至少也是主因之一。过去我们很感谢地方当局，极力设法平抑物价，虽然愈平愈高，究属尚有限制。即以米价而论，在公米行统制之下，年前每石约五六十元。当局取消公米行之意，本在听商自由买卖，冀自由竞争而使米价下跌，但事实上米价反暴涨二倍以上，突破百元高峰。诚令人莫解！

民以食为本，求生是人类的本能，不能生时，只有铤而走险，社会治安将如何维持？争取最后胜利是举国一致的要求，生活不能维持，如何能支持抗战？

我们竭诚渴望地方当局采有效办法，切实补救。颁布一二道命令，惩罚一两个小商民，决无补于事，应速追究操纵巨魁，从严处罚，杀一儆百。同时更希望在积极方面脱售仓储，采购外米，实行平仓，为民为国，均有裨益！我们深信龙主席决不负人民之望，并将立即速作有效之处置！（言）

技术人员教育

近年来教育部，鉴于抗战建国需要技术人才为数至伙，对于生产教育极力督导推进，于全国专科以上学校设立专修科，并设立三个国立专科学校，以造就大量工，农，医，商航，经济各技术人员。中等学校方面，复规定西南西北各省推进农工职业教育办法，划分各省职业学校区，指定专科以上学校担任辅导工作，以特定之经费为同样之措置。

我们各项技术人员之缺乏，经这一次抗战，乃现露极显明。教育部这种措置，确是一个补偏救弊的办法。这个办法实行未久，实效如何，我们尚不能说定；实施方法之应如何改进，我们也不预备讨论。我们只愿意藉这一事提出一个教育方针的问题。我们以为过去国内高等教育过于重视大学教育，而过于疏忽职业教育。所以大学的数目，大学生的数目年有增加，而成绩可观的高等职业学校乃如凤毛麟角，不可多睹。因此一方面，中等学校毕业的学生有升学资力者，不问兴趣如何，才力如何，都以大学为唯一升学的途径。另一方面，设备简陋的大学也滥收粗造，造就了不少既无学识又无技艺，半生不熟的人才。而就是在较为良好的大学中，除开若干学生确有领受大学学科各专门知识之资质者外，亦尚有若干根本上不应该入大学的学生在内。这一类的学生大都是有志之士，都可以一技一艺之长为社会服务，然而因为所受的教育与他们的兴趣和资质不相符合，大学毕业之后反而高不成低不就，变为社会的废材。这种情形，凡在近十年来与教育有接触者，类能言之。我们是一个贫国，教育一人必须得一人之用。废材的靡费是太不经济了。我们必须打破过去以大学为唯一中等学校学生升学的途径，而鼓励不宜入大学，而有成为技术人才资质之青年，改入技术专科职业学校，以期人无废材，材无失用。因此，我们以为年来教育部提倡造就干部技术人员，不但只是救急的办法，教育部应该藉这个机会奠定全国高等教育的方针，把大学教育与高等职业教育分开，而特别注重于此后职业教育的发展。（弋）

一九四〇年的美国

钱端升

今年为美国大选之年，总统，众院的全部，及参院的三分之一均将于十一月初重选，选举的活动且早已开始。所以今年美国的政治外交多半要受这大选的影响，罗斯福总统七年的政绩将为政治辩论的焦点。

罗斯福当总统已有七年之久，到明年一月二十日便满第二次任期。这七年来，他实施所谓"新政"，引起了新政派与反新政派的对立。"新政"一词，本不甚易于解释，它代表一种对政治的看法和做法，它也是历年许多项设施的总称。就看法而言，新政以全民的福利为出发点。新政派认为在一方面较贫穷的巨数人民，如不获到政府的援助，是不易在社会——尤其是被不景气所笼罩中的社会——中站住的；而在另一方面，对为富不仁，经营不以正的少数人民，则又不得不予以纠正及限制，否则其余的人民便得不到公允待遇。新政和本世纪初老罗斯福总统的反垄断及威尔逊总统的"新自由"有积极与消极的分别。老罗斯福与威尔逊的政策倾向纠正。他们的出发点是个人主义。他们以为将个人主义的流弊予以纠正，社会便可圆满。现在罗斯福的哲学则倾向平等。他以为弱者获得积极援助后，社会始得有平等，而对于强者的抑制则只是一个副行动。

根据上述的看法，国会于七年来制定了许多积极援助劳农的法律，授权政府经营许多政府从未经营的事业，复于预算中大增援助失业工人及其他贫苦人民的款项。这些含积极性质的法律，都是老罗斯福及威尔逊时代所没有见过的。即就限制生产及分配方面流弊的消极法律而论，两时代间也有不同。在老罗斯福及威尔逊时代，限制的对象仅限于已经显露的事实，今则政府有权追究这种事实发生的原因，而对于这种原因即加以防止。换言之，旧日只限制垄断一类的直接行为，今且限制酿成这类行为的间接行为；旧日只限制狭义的不正当行为，今日的限制则是广义的。

因为立法的行为有广狭，所以执行法律的机关有多寡的不同，而行政的权力亦广狭有别。老罗斯福及威尔逊时代，新设的机关不多，而新设机关的权力亦只含有纠正及半司法的性质。七年来新设机关之多为历史所不见，且他们常常具有业务，调查及计划的性质。为了救济失业，为了援助老年，为了调整工矿农的生产，为了经营水电动力，为了援助较落后各邦的公路交通，为了改正金融界的不正当积习业，罗斯福政府七年来常顾问到许多事，常成立了许多机关，如果与一九三三年以前的共和党政府一比，新政实是一种革命。即和老罗斯福的反垄断及威尔逊的"新自由"相比，新政也可当"急进"这一个形容词。

至就"新政"的成绩而言，当然言人人殊。新政派认为新政渡美国出了一九三二及一九三三的大难关，恢复了繁荣，并建立了长治久安，步步前进的基础。反对者则诋新政为赤化，使受了救济的千余万人民永无出息，并使工商业失了自由发展的能力。平心论之，自新政起后，美国确已走上了社会主义之路。自今而后，即反新政的党派当权，恐亦难将国家救济贫穷及限制大商贾垄断的义务摆脱。新政在主义上的成功是难以抹杀的。惟因新事业太多，尝试太多，故成就并不一律。有的方面成就颇多，有的方面，成绩颇恶。这种成败互见的现象或者可说是必然的。此所以"新政"虽为今日美国政争最大的对象，而实则赞反两方俱重感情而轻事实。事实方面，罗斯福七年来获到很多的胜利，反对派很难推翻或非议。罗斯福的银行政策及救贫政策俱是大成功，后任的总统，即使是反对派，亦不易多所更张。罗斯福的改组最高法院运动在一九三七年是失败了，也放弃了。实际上，因法官乞休者及因故出缺者太多，大多数的法官是新委的，所以罗斯福在法院中的势力是最近十年中所推不翻的。罗斯福的工业复兴政策最为反对者所攻讦。有许多具体设施固然一定可以流传下去，但美国人之不能容许政府侵犯个人自由及私产制度，即罗斯福亦须承认此点。换一句话，就政策而言，政府派与反政府派间实在不易有太相反的地方，只在情感及人事方面两方仍可互诋而已。

就外交政策言，在三十年前，共和党向较偏帝国主义，而民主党向较偏闭门主义。但自上次大战，威尔逊总统提倡国联以来，情形一变。到了最近数年，孤立派领袖大半隶属共和党。他们每议罗斯福好干涉外事。但共和党对英法及中国的同情本不弱于政府党，而罗斯福的中立政策又已获得相当的成功及人民的共信。在此情形之下，两党之间，于外交方面亦难有真正的异同可言。

当然，有政党必有政争，各党当然必互诋，新政派必拥护新政，而诋其他党派的反动，其他党派则必诋新政为摧废美国宪政精神，破坏自由，并行政方面的种种失败。政府党必自诩保守中立和平有功，而反对党方面必诋政府好干涉国外事，有加卷入战涡危险。但实际上，今年大选最大的争端仍将为人的问题。

共和党方面迄今为止，呼声最高者有三人：一为杜威，二为范登堡，三为塔夫特。杜威年未到四十，纽约邦人，为纽约邦的曼海丹县（即纽约市所在）的检察官，以检举纽约市棍徒罪犯知名全国，但无任何行政或政治经验。虽无经验，他却又善能博选民好感。一九三八年纽约邦邦长选举，他和旧任邦长拉曼竞选，几败拉曼。且虽为拉曼所败，而人望仍极佳。范登堡密歇根邦人，为联邦参议员有年，且为共和党参院领袖。塔夫特奥俄奥邦人，历膺该邦各项选职，近始为联邦参议院议员，是前总统塔夫特之子，三者之中，杜威最知名，也最圆滑，所以他新近数次公开演说篇篇空泛。固然他呼声极大，但最后恐只能获得副座。塔夫特近亦大演其说，专攻击罗斯福的收支不平衡，但避免攻击新政的"新"处。范登堡未声言要做总统候选人，也未作选举演说。他与塔夫特同被视为保守派人，但他们俩都避免发表反对进步的言论。此外，共和党众院领袖麻登亦有相当呼声，其被推机会亦不见得小于上述三人。报界巨子加纳特亦已正式声明为获选人。他绝无希望，但因为他来自纽约邦，颇足以分散杜威势力，而减少其希望。就今日形势而论，最可能的是塔夫特或范登堡为总统候选人，而杜威则为副。这样，则有两大邦被代表在内，竞选成功的机会较大。但最近四月内，任何的变化都是可能的。

民主党方面，罗斯福至今未肯宣布他对第三任的决定。依例，总统连任，无过二任八年者，但法既无限制，特殊的情形与特殊的人材自然可以打破这个例子。罗斯福的竞选能力和他受下层民众心坎中感戴颇可使他成为特殊人物。如果欧战使得大家感到新总统不妥当，则特殊情形也可以存在。据观测家言，罗斯福个人殊愿退休，但如他连任后便可对欧战作有结果的调停，或他如不为候补人，则两党的候选人两俱为右倾者，俱足推翻新政，则他仍将为候选人。他现在不宣布决心者,因为正在开始作调停欧战的准备,结果尚无所知。如果本年即可成功,则他无连任必要。如果永无成功希望,则连任亦无所用。又因民主党方面是否可以推出一个比较进步的候选者,至今尚看不出来。如果能有这样一个人,他何必连任以引起若干不可免的纠纷。如果推不出这样一个人,则或须有连任的必要。在这里,我们应声明,从新政派眼光看起来,保守派人如上台仍可将新政推翻,虽则照我上面所说,新政的精神及大体是推不翻的。

罗斯福而外,民主党方面已正式宣布为候选人者仅副总统迦纳一人。迦纳为老年政客,代表民主党中的保守者,不为新政派所喜。他无被推可能。他自己也知道,他所以坚欲为候选人者,亦不过欲获一议价余地,在民主党代表大会开会时,阻止急进派人被推而已。前菲岛总督莱克纳颇有意目荐,但他觉于总统方面的空气于他不利,近已暂停进行。国务卿赫尔的呼声亦高,但他的高年是他的大不利处。此外,邮政部部长诺莱与党务人员接触最大,也是办理大选的常胜将军。他也有意荣升,但他是天主教徒,且对新政不甚热心,不为新政派所信。莱克纳自号为新政派,但不为嫡派人所喜。赫尔虽非新政派,但各方对之俱无恶感。新任司法部部长杰克逊(纽约邦人)最为总统所宠且为嫡派新政派,惜少被推可能。如果罗斯福决不连任,或由赫尔杰克逊分任政府总统候选人亦未可知。至少,这是目下可能性最大的办法。

依我的看法,如果罗斯福决定连任,则他一定得到民主党代表大会的公推,被推后他多半可以获选为总统。他是当权的总统,民主党的正式领袖,党中的保守者无力阻止他的被推。他的人望仍佳,他对和战大计又处理得当,被推后共和党候选人不易和他对敌。如果他决不连任,则两党各推何人,现时尚难猜测。惟我敢说,共和党决不会推出著名保守派如霍佛或加纳特之流,而被推者,即素被称为保守派者,如范登堡,也一定要采取较进步的政纲。民主党也决不推出著名保守派如迦纳之流,但也不会推出著名的新政派。因为新政派人除总统本人外多少年轻进,不易得到代表大会三分二的同意。换言之,两党所推之人,就其所号召的政策而言,恐不会有多大距离。

在大选前,政府在外交方面,除试为调停外,不易有何种前进的举动。一切前进的举动(成功的调停除外)都附有若干可能的危险。大选在即,政府决不愿有此，而予反对者口实。但选举过后，无论何党当权，均可向前迈进。共和党今固偏向孤立消极，但这不是他的向来面目。他尽可一变今日无为的态度。他可不畏舆论的指摘。而且共和党是多数大报的东家，舆论也不会指摘。至于民主党，则除若干很少有机会当权的孤立派外，本主迈进。大选既过，自可少有顾忌。

我的结论是一九四〇年在美国大选之年，也是寡为之年。大选过后，内政不见得有多大更张，更张者只是人事及口号。外交方面多半当较今年及过去为积极。

工业化与伦理

张德昌

前些年，国内有一部分的人，关于东西文化问题，有过一度讨论。（本文不涉及那些问题，所以顺便提及者，因为间接与本文立场略有关联。）有一部分人认为中国之所以未能走上工业化的途径，主要的原因是因为中国社会的旧伦理在作祟。本此见解，他们以为欲求中国之工业化，当自打倒中国之旧伦理始。所以认为中国工业化的问题不仅是工业技术，资本，组织，管理等本身的问题，而先决的条件是要打倒这个充斥旧伦理思想的社会。这步工作做到家了，工业化的问题便可按步进行。这一种看法我们不愿再多加讨论，不过我们可以说他们未免把旧伦理支配的社会过分的看得大了。相反的，近来常常听到有人说中国现在的社会，旧伦理已失之净尽，新的又未产生。轻一点说是青黄不接的现象，认真一点的看是一种令人失望兴叹的事。这一般人之过分低估现存的旧伦理的势力和前一种人适相反。还有一种事实，原不自今日始然，而却现在广为人所传述，就是日本人的守旧和迷信甚于我们。日本社会深深地受儒粹思想支配，保守迷信，一如往昔，自天皇，神社以及兵士带的千人针，护身符等，都是旧而又旧的一套。但是在这种社会的基础上，日本居然建立了一个近代工业国。似乎旧伦理思想和新兴工业制度可以并行不悖，这件事情使我们联想到我们自己的问题。如果日本可以为例，则中国工业化过去之失败，不全在旧伦理的阻力。今后的方针，当在工业问题本身注意，所有这些讨论都可以使我们关心中国工业化前途的人发生一种疑问：究竟所谓旧伦理支配的社会是否是阻碍工业化进展的力量？新的工业制度的树立是否需要一种新的伦理？

在讨论工业化与伦理关系之前，我们当注意一切伦理观念，以及由伦理观念支配的各种经济关系，其原始皆为传统主义。传统主义的中心思想用一般的话来说，就是后代的人不肯离开祖上以前的作法，"先王之道"不可改，今日之所做都遵循昔日之旧章。传统主义的伦理思想，在经济关系上，有对"我"对"人"的两个不同的圈子。在对我的圈内，经济行为受伦理的支配。而在对人的一方面，则可以完全看成"敌人"似的，无限制的剥削，随意的待遇，那就是说，毫不受伦理的支配。不过说到对"我"对"人"，这"人""我"之圈子太小，又是随地随时而不同的。在西洋中古社会，犹太人对于基督徒，回教徒之与基督徒，彼此之间，常把在自己社会应用的伦理原则撇开不用。有些地方，尤其是低下民族之间，此一部落对于彼一部落，互相欺诈，仇视，但他们自己之间又各有礼法。在我们中国多少年来，人我之分，伦理上划分甚严。"我"这个圈子是以家族为出发点，再大一点，向外推及与家族有关之人。对于这一圈内的人，我们不但有一套伦理，而且繁文琐节耗时费事，我们可以看出来，在中国无论哪个社会里，"相识""不相识"关系非常重大。办起事来，亲戚胜于非亲，非亲又胜于一面之识。如果一面之识都没有，十九是不大容易办得通的。我们传统主义的伦理思想，使我们对于一个属于"我"的圈内的人，要作很大的让步，无理性的牺牲，过分的勇为。但是对于一个居于"人"的圈内，不相识的人，我们的行为可毫不受伦理原则的支配。我们可以任意批评，攻击，拆台，破坏。我们对于"我"的圈内的人，如果他犯了重罪，他的案子是介乎"人""我"之间的，我们的良心，我们的责任，义务都使我们运用全部精力，发动"我"的圈内，全副直接间接有关的人马，产生一种大的人情的力量，使伦理力量所生的情面作用超过法律的权威，私谊的力量胜过正义的制裁。可是对于一个不相识的人，陌生的人，一个居于"人"的圈内的人，所有伦理的观念都可抛弃，我们可以以"外国人"待之，以"敌人"待之，我们可以毫不犹疑的予以"见面仇人"的接待。我们只要一出我们自己的门口，走到街上，就可以看见许多这种的例子。愈是人多去处，这种现象愈昭著。我们的同胞上下舟车，出入娱乐场所，无不攘臂力争，以无礼貌为得意。何以故？因为所挤的对象，四周的那些人，都是我们不认识的人，都是不属于"我"的圈内，而被划分在"人"的圈子内的人。在那个圈子内的人，我们传统主义的伦理思想传授我们，可以不引用伦理原则，在那些人身上不必一定讲人道，讲正义，我们可以对于一群相识的朋友，送出门的时候，浪费一刻半点的时间，你客气我让不敢占先。但你在街上碰着一个生人，甚至碰落他的帽子，你很自然的只是瞪瞪。我们社会上常有万里寻亲，割肉疗亲的至孝格天的事，但街上很多惨不忍睹的老弱乞丐，行人，无论知识高下，都视若无睹的过之而不动心。邻居失火失盗，无人过问，我们相认识的人，发生事故，则星夜奔赴。这种极端的事情，很容易给人一种片面的认识，有些人单举那些为"我"而作的格动神鬼的例子，则觉得我们的世界是黄金色的世界。有些外国人专挑另一方面的事来看中国社会，又呈现出一副如蛇如蝎的社会。其实那些例子并不能证明我们社会的人无同情心，无正义观念，无见义勇为等美德。客观的说，我们社会的同情心，人道观念，正义观念，只限于在"我"的圈子内才有，也只有在"我"的圈子内才充分发挥出来。

这种对"人"对"我"的圈子的划分，是很复杂的，许许多多单位的。如果我们不说有多少家族，就有多少"我"的单位及"人"的单位，我们可以说其复杂性是超过地理上的省县府镇的。在这许多单位之间彼此的关系上，最重要的是"人"的问题，不是"事"的问题。事应当如何，是一回事；但可以不可以如是办，又是一回事。换言之，人事问题成为最重要的问题。在一个社会里，人事问题变成了最重要的，甚至于唯一的问题，欲求工业化之进步，是很艰难的事。

工业化的精神是一种合理主义（Rationalism）的精神，是一种反于小"我"圈内引用的伦理精神。由钢铁作的机器，以至工人，组织，管理，而至于账簿，都讲合理的经济伦理（Rational Economic Ethics）。只讲事与法，不论个人情素，我们也可以说工业化的精神是一种"非人事的精神"。（Impersonal Spirit）。这种"非人事的精神"应用起来有两方面，其一为谋利而谋利。凡与此目的相违背者，皆排除之，这里面没有其他作用。其二，合理的计算。一切都要合算。开办一种工业，主持人的目的就是赚钱，赚钱的原则是要以低的成本，廉价广销，积薄利为巨资。为达到此目的，要一一精计，组织求合理，管理求合理，记账求合理，技术求合理，因为合理就是经济，合于经济者即合于伦理。此其间无人事，情面，安插，照顾等观念。在每一个企业家目光里，自亲戚外甥以至远在外乡的不相识者，都是同等地位的消费者。他对于消费者都是要得到信用，不会特别为自己的女儿制造好的丝袜子，而以假充的麻袜子卖给不相识者。在一个大市场之内，无人我之别，只有一种经济的伦理的原则。

我们要求工业化进展，必须以工业化的精神来代替传统主义的精神。这种交替过程在其他工业国家原都是经过的。工业革命以后西洋各国，明治维新以后的日本，都获得这种合理的，非人事的精神，不过程度不同。他们改变的步骤是怎么样呢？简单的说来，在一个国家范围之内，人与人彼此之间都是"我"的圈内之一人，或都是"人"的圈内之一人。大家的地位相同。把许多小圈化而为一个大圈，在这一个圈内彼此都引用一个伦理标准，都遵行一种社会的束缚，自一国东边到西陲，商店的人不问承认你与否，全看你是主顾，不当外国人看你，不拿乡下佬待你，你出一分钱买一分钱的货。工业方面也是如此。自原料至工人，都可计算，都有行市，只问经济不经济，不问人情与相识。这样的做法，无论生产机关，商业机关的市场统一扩大了，统一扩大的市场是工业发展的主要条件。在这种情况下，企业家才可以计算现在推论将来，计算，是合理化经济伦理的精髓。传统主义的伦理思想和工业化精神是背道而驰的。我们不能单举出些片断的，枝节的例子作为两者可并行不悖的证据。在任何工业国家里，你都还可以寻出些保守迷信的事迹来，但是那些都是不涉大体的枝节琐事，这种看法同许多人举墨子的飞鸢为中国之有飞机，古代中国科学之早已发达的证据一样可笑。

前后，连带有一个问题可以提到的，就是如何培养这种新的合理的经济理论的问题。有的人以为伦理的问题是物质生活现状的反映，将来我们工业化了，自然而然因为事实上的需要，人们会改变过来，另外有的人以为这是倒因为果的看法，旧的伦理观念不被新观念所代替，则工业化之进度将遥遥无期。我们认为两者都有理由，但是在提倡工业化的阶段，我们应当从教育方面着手来培养这种新伦理观念，使现代及来代的人不再受旧伦理观念的支配，使方在进行中的工业化运动减少旧的阻力，得到新的伦理基础的帮助。

谈两性差异

陈雪屏

　　近来对于男女的职业以及在社会与家庭中工作的分配问题，由于潘光旦先生的发动，又重新唤起相当的兴趣。在本刊一卷第十四，二十一，二十三，与二卷第十五，二十各期中曾有几度热烈的讨论。我在最初便颇想参加助兴。但我始终觉得这是一个方面极广而又极不易解决的问题，牵涉到生物学，心理学，社会学，人类学，甚至于伦理学等各个不同的观点。各从若干特殊的立场出发，在中途偶然接触，旋又交叉而过，背道而驰，并不能彻底获得任何的结论；所谓殊途同归，在目前似乎还很难做到。我以为在各方面的事实未充分明了之前，与其欲以自己的主张强人苟同，不如各人先就所知的事实分别尽量提出，以供大家参考。我愿意将有关两性差异的心理事实，在此简单地择要加以叙述，作为转变讨论方向的引端。这似乎是解决妇女问题的一种重要根据。

　　自来谈两性差异者，除开生理的差异不许以主观的见解随意增减外，总免不掉会受传统，习俗，或个人成见所影响。在男性占优势的社会中，不但对于女子的特性认为都比较低劣，而且还定出许多标准来规范女子的行动。人类为理性的动物，所谓人类，仅男子足以代表，女子则属于另外一类的动物，情感的动物。男子具有豪勇，睿智，进取等美德；女子一味顺从，贞静，保守。于是一阳一阴，一刚一柔，一强一弱，成为最理想的配合。社会对于女子的制裁又加倍的严厉，特别是关于性的行为方面，如守贞与守节。正因为她富于情感，缺少远见，而且不明大体，所以不得不加上一重桎梏，以免随意逾越范围。生长在这样一种社会制度之下，男子一向对于自己的优越毫不怀疑，女子也甘于雌伏，虽然若干特权被剥夺了，也觉得那是理所当然的。近数十年来社会的急剧改变，产生了女权运动，女子已逐渐在收复失地。从前以阈为界，男治外女治内的主张渐难维持，男女所享受的机会，如教育与职业，开始有趋向于均等之势。但这一个运动并不能顺着直线进行，仍随时引起强力的反动。在男子，总不肯放弃固有的地位，每当女子侵入一种职业时，初则要追究她的能力是否足可胜任，继则怀着藐视的心情袖手旁观，或者过分的吹毛求疵，等待着她的失败；在女子，她由笼中逃出，羽毛未丰——至少在目前并未摆脱精神上的束缚——便想振翅高翔，以为凡是男子所能做的事女子无不能做，而且往往做得过火。现在实际的情形，不幸便是如此，因而造成无数个人适应的困难，家庭组织的破裂，以及社会的不安。一方面坚持男女生来禀赋不同，工作的范围应有区别，另一方面根本没有看清楚两性差异的问题，认定这是无足轻重。男女的心理差异，也同生理差异一样，确实是存在。但差异的范围与程度为如何？遗传与环境是如何支配着这种差异的？一部分的差异是否也可逐渐泯灭？关于这些根本问题，不但一般人误解颇多，即所谓专家有时也会忽视或不顾已知的事实，轻率下肯定的判断。

　　成见的影响实在不容易排除。在十九世纪初年有一位解剖学家梅克尔 Meckel 提出，在躯体构造方面，女子的变异量（Variability）较男子为大的主张。当时很多人都附和：男子的发育整齐划一，趋于完备，正足以表明男子胜过女子。等到达尔文的进化论发表，证实一种生物的变异量大者更适于生存竞争，大家又感觉到困惑，难道女子竟会优于男子。以后生理的变异量问题渐少有人谈起，而心理的变异量问题便成为讨论的中心。蔼理斯（Ellis）在《男与女》一书中虽然同时提到生理与心理的差异，但更着重在后者，认为在智能与成就两方面都以男子的变异量为大。根据于历史与社会的调查，男子成名者远超过女子，至作恶犯法之徒也以男子为独多；在男子似乎天才之高与低能之低均非女子所能及。这一种学说立刻风行一时。但社会对于男女的期望自来不一致，教育与职业的机会不均等，我们不能仅因女子成名者少，即断定女子缺乏担当大事业的能力。霍林华士夫人（Hollingworth.L.S.）曾感概地陈说，从前女子的事业限于家庭之内，助夫教子，同样可有伟大的成就，但不足以耸动庸俗者的听闻，因此在表面上被埋没了，这虽然是女子卫护女性的说法，其中确包含一部分的真理。现代成名的科学家中，男子所占的百分数固仍远过于女子,而女子的数目却在继续不断增加,这也是很值得注意的。在智慧方面,经过脱尔门(Terman)与霍林华士等的研究,已推翻了旧日的学说。至于一般的变异量,包括生理与心理各方面,自皮尔孙(Pearson)首先在方法上加以批评之后,迄今资料的积累已极丰富,所谓女弱于男或男过于女,这样一个笼统的原则同是不能成立。

遗传支配机体,不能直接支配机能。复杂的心理特性,如兴趣,态度,气质,品性,特殊才能与职业选择,都属于机能方面,当然受环境的影响更多。从前误信艺术的造诣,甚至于某一种事业的成功,与反抗社会的行为,都是世代相传,像眼珠的颜色一样。即高尔顿(Galton),蔼理斯诸大家均不免将遗传现象看得太单纯。到现在,普通人对于任何一种特性的来源总还是归之于遗传,这是最省事的解释。两性的心理差异,如完全为遗传所决定,则无论社会环境如何变动,男女行为之间将永远保持一条深不可越的鸿沟。我们试比较同一家庭中三个时代的女性,在思想,情感,行动方面,表现怎样的隔绝。一个二十岁左右的女子可以走在热闹的街道上撩起长袍来紧一紧袜筒;可以独自陪着尚不甚相熟的男友去上馆子,去游泳,去看电影;可以在大庭广众中站起来争辩,遇有可喜之事便纵声狂笑。看到这些举动,她的母亲会觉得过于放肆,但还勉能包涵,她的祖母将大吃一惊,而且要替她脸红。我们常用摩登二字来形容大部分的年青女子,正明示她们似乎成一种类型,与中年妇女大不相同了。现在的女子已走出家门,有机会受较高的教育,她们的体格变为更强健,态度变为更外向,情绪变为稳定了。她们要在若干实际事业中和男子相角逐。特别是在美国与苏俄,男女受教育的机会几乎相等,她们不但霸占了小学与中学的教师,不但到工厂中去劳作,不但得护士,书记,会计等职务,她们还挣扎着想闯入向来所认为需要细密头脑与敏速判断的重大事业中去。少数女子实际上已走进了尊严的国会,已在市场中作大规模的投机,或者已肩荷外交的折冲。男子最初紧守固有的阵线,托词男女生来在才能与性情方面迥然有别,男子的事业绝对不许女子问津。现在形势一变,已渐渐退让,但仍不断用家庭作牢笼,想约束住这不羁之马。在我们这一种文明制度之下,仅凭最近数十年来教育的效果,女性的行为在表面上似已脱胎换骨。这是摆在我们面前的事实,我们不可预为成见所蔽,而轻视环境的力量。

男女间的差异确实存在着的:一部分完全为遗传所决定,如体格构造,生殖作用等；另一部分大都为悠久的社会环境所决定，如以上所已谈到的行为现象等。我们试进一步，再就心理差异作一较详的分析，说明差异的范围究为如何。在感觉敏度方面，男女可以说是没有差别。男子的动作能力，特别是运动的速度与确度，略胜于女，但有一类动作需要时时改变注意方向，则女反略胜于男。在智慧方面，除关于变异量一点前已提及，根据智力测验的结果，在十岁前女孩所得的分数均过于男孩，在十四岁时约略相等，以后男又稍过于女。这是因为在测验情境中，有若干因素不易控制，如最初女孩的发育较速，至青春时期男女的选择作用不同，而且测验的内容在后渐偏重于数理，所以得到这样参差的结果。在特殊才能方面，男长于机械与数理，女长于文字与记忆。在学校成就方面，凡与数理有关的科目，以男为优，凡与文字有关的科目，以女为优；而各科总平均则女似略胜于男。至于兴趣嗜好，态度等，男女由于家庭环境的陶冶，很早就显出差别。在品性方面，如诚实，自制，服务精神等，因男女个人间的差异过巨，用团体来比较，反而不甚确定。向来我们认为女子多愁善感，但情绪这一个名词意义极为含混。可以有种种不同方面的表现。近来各家的研究发现年龄是一个重要的因素。男女儿童在情绪方面几乎没有什么差别，但年龄加长，男女的喜怒哀乐便渐渐分出相异的倾向，女子似更趋于不稳定。

  自简单的心理作用而至复杂的行为与习惯，在男女间都显示相当的差异。差异的程度很不一致，有的是男胜于女，有的是女胜于男。普通所谓女子在各方面都较男子为低劣，是绝对不能成立的。再就生物学的观点而论，究竟以何种特性为更适宜于生存竞争，因人类的社会环境不断在变动，我们也很难作一种价值上的估量。而且以上所举均属程度的差异，并不是"有或无"的差异。我们平素运用文字最不谨慎，譬如我们常说"女子缺乏理性"，从字面上解释，似乎是指任何女子的推理历程都不能合于逻辑。这一种文字的误解实际上确影响于一般人的态度。心理学家告诉我们，以男女二团体相比较，男子团体在各种推理测验中所得的平均分数略高于女子团体；以个人而论，后者至少有百分之四十左右高过于普通男子，我们不能根据团体的结果来预测男女个人之间的高下。这一个统计观念的认识是极其重要的，而且在两性差异的各方面都可施用。

  汤姆生（Tomson.H.B.）与勃尔脱（Burt）的分析都表明男女儿童的早年环境直接影响他们的兴趣与态度，再间接决定他们活动的趋向，因而在特殊才能方面显出差异。譬如女孩子对于机械测验所感到的兴趣远不及男孩子为强，当然成绩也就比较低劣。平常我们将男女间的心理差异看得太严格，实则差异的产生往往是若干因素综合的结果。

最近脱尔门及其弟子们费了十一年的时间，编造成一种男性与女性的测验（Masculinity Feminity Test），共用七类问题，包括四百五十余种项目，从知识，情绪，想象，意见，兴趣等各方面来度量整个的所谓男性与女性。就团体而言，男女在测验分数上确有显著的差异。男子团体得分自正二百至负一百，平均为正五十二，女子团体自正一百至负二百，平均为负七十（正者表示所谓男性反应，负者女性反应），二者平均相差一百二十二点。男子的反应中竟有很多是属于负的，女子中也有很多属于正的。脱尔门又分析若干极端的例子，其中竟有男子比普通女子为更女性化，而女子为更男性化者。他并不是一位环境论者，但根据大量的测验结果，他不得不承认年龄，教育，家庭，职业等都是形成所谓男性或女性的重要条件。他的研究对于两性差异的范围与相覆问题，给予我们不少有意义的启示。

最惹人注意的是米德（Mead.M）在新几内亚岛上调查三个野蛮部落的报告。这三个部落所处的物质环境不同，生活方式也各有区别。Arapech 族的男女表现相似的特性，极温和，不进取，同情于稚弱，对于家庭的合作与服务彼此不分轩轾，相当于我们社会化中的女性。Mundugumor 的男女则恰相反，共同表现相当于我们社会中的男性行为，急躁暴烈，喜斗争，勇于进取，有仇必报。Tehembull 族的男女在性情与行动方面彼此相异。女子处于优越的地位，支配经济权，善于计算，主持一切实际工作；男子反而非常柔顺，乐于听命，在家中优游自在，闲来跳舞，绘画，抱孩子，与我们社会中的男性与女性换了一个地位。这三个部落都认为他们所特有的男性与女性是最自然的。无论男子或女子，凡具有一种性格与社会所公认者相违反，便为众所共弃。据米德的观察，他们的生活也和我们一样，由快乐与烦恼交织而成，习之已久，并不因为男女性格的异同而产生额外的困难。社会的压力使男女共同或分别助长若干特性，同时又抑制若干特性，究竟男女的特性是否宜于相异或相同彼此变换，颇足耐人寻思。

根据以上所举各家的研究，足征所谓男性与女性有一大部分是随着环境而转移的。不但我们不可武断地来判分二者的优劣，而且应更进一步，将两性差异看做是相对的现象。

我们不妨想象：刚性与柔性的品德，如相混合，同在男子或女子的行为中表现出来，也许成为一种更完备的人格。少数女子如具有卓特的天才，能在科学、艺术或事功方面作伟大的贡献，而一定要将她拘禁于家庭之内，为生育与盐米琐屑所困，岂非为社会的损失。男子如庸懦无能，又何尝不可让他在家代主中馈，抚养儿女。过去东方与西方的文明同样使男女的性格趋向于分歧。近代美国在无意中由于教育的影响渐造出一种与欧洲传统相异的女性；苏俄是在努力，想打破男性与女性的差异；最近德国似乎从相反方面要将两性差异区分得更加显著。我国的社会受儒家思想所支配，所谓乾道与坤道向来是判然二途，不容混淆，而现在也渐有变化的趋势。变化将至何种地步？听其随外来的风向而变，或预作控制使循一定的途径而变？

我们固然不妨想像将来可能的变化，但现存的两性差异是数千年的传统结晶，来源愈远，惰性愈大，断乎不可忽视。妇女运动方开始未久，一般的新女性总不免兴奋过度，把事情看得太容易。谋生应有的知识，技能与态度尚未习得，精神上的束缚尚重重在身，便想抛弃家庭，避免生育责任：在个人是一种危险的尝试，在社会是一种不易补救的伤害。未能学步，先要奔跑，无情的社会不必撞她，她自己也将倾跌。我们耳闻目击，这一类不幸的例子实在太多。

两性差异的一部分是可以改变的，男女的活动趋向与职业选择是可以重加分配的，但女子本身是否已有充分的准备与决心？在解放初期，她们一定要经受种种适应上的困难，苦痛将远较快乐为多。家庭是一个牢笼，但也是一个安身之地。任何女子想要放弃家庭，应先运用理知——所谓男子的特长——作一番审慎的自我分析，且看自己的个性在各方面是否与欲做的事业相合。因为除开两性差异，我们还有一个更基本的差异存在，即个别差异。即使男子，也不能忘却自己资质的高下与情感的倾向而妄图非分，何况女子还有生育这一重生理的阻碍。现代的女子如完全不顾自然所赋予的差异，并忽略过去与当前的社会环境，而唯求痛快地与男子争胜，她将永远成为情感的动物！

节约运动与民族

潘光旦

去年底中央成立了一个"节约建国储蓄运动委员会",并决议在今年元旦举行国民月会的时候,以节约作为宣传的中心题目。这无疑的是抗战建国运动中应有的一个节目。抗战要钱,建国更要钱,不节约,试问这钱从何而来。不过节约的意义决不止此。节约是民族生活所以臻于健全之境的惟一的路径,尤其是今日中国的民族生活,敢借这个机会为主持和赞助节约运动的人进一解。

节约不止是一个经济的原则,更不止是一个用钱的原则,节约是一个生活的原则。人生而有情欲,情欲不能完全遏止,也不能完全满足,比较做得到,行得通,而要得的是一个"有分寸的满足"。寥寥六个字便足够了。所谓做得到行得通与要得,至少要参考到三种事实,一是环境中的物力,二是别人的情欲与利益,三是个人的健康。物力有限,完全的满足是做不到的。别人也有他的情欲,也需要相当的满足,一个人的欲求无餍与放纵不已势必影响到别人的利益以至于安全,而招致外来的制裁,这是行不通的说法了。就个人而论,禁欲与纵欲是同样的不卫生,唯有节约是维持健康的良法。能维持健康的事物行为,是要得的,否则,是要不得的。

节约是中国民族教化里很重要的一个成分,大凡有过健康生活的民族总有这一部分的教训,它和健康生活原是互为因果的,即真正健康的人才可以讲节约,也惟有节约的生活才能保持健康。古代民族如希伯来与希腊的这种教训,如今还流传着一部分。中国这方面的教训是特别的丰富。全部的礼教是为了节约生活而设的,是从节约生活的企求与努力里推演而出与累积而成的。这一点，近年来随口攻击礼教的人可以说完全不了解。讲乐，我们要乐而不淫；讲哀，我们要哀而不伤；讲饮食，有饮食之礼；讲男女，有婚姻之礼。《乐记》上所称的酒礼便是饮食之礼的一部分。可见生活的一切是要受节约的原则所支配的。

说起酒礼，是最有趣的，也是最足以表示节约的原则的，不妨说几句话。酒与各民族发生关系，多者数千年，少者数百年，当其发生关系之初，任何民族会发生一种危险，就是饮而无度；要是没有一个节约的原则加以制裁，这样一个民族是可以灭亡的。近代北美洲的印第安人就可以算一例。有人著书讨论条顿民族的前途，也承认酗酒是这个民族二大恶德之一，与好勇斗狠的另一恶德合作的结果，怕终于不免断送这民族的生命。中国民族在这方面的经验是最足称道的。相传仪狄造酒的时候，禹王便有"后世必有以酒亡国"的话。无论如何，饮食必须节约，而饮酒尤须节约的道理，是很早就有人提倡的。所以一个卮字，《说文》就说所以为饮食，像人卪在其下；一个醉字，《说文》所说的原意是卒其度量，不至于乱。所以臣陪君宴，酒不过三爵，卜昼而不卜夜。所以大臣之家，嗜酒无度，就不免受史笔的谴责，例如郑之罕氏，齐之栾高两族。这些不是酒礼的一部分，便是有酒礼以后应有的笔墨了。

不过民族的教化是一回事，民族的经验，尤其是后期的经验，也许是另外一回事。中国民族以节约为教，而后世的民族分子似乎十九不能节约，更没有能收获节约的利益。我们有的是一种似节约而非节约的操守。这种似是而非的节约行为大概有下列的三种表现。

（一）是一般人经济生活的水平的低落。经济生活有取予两途。取的时候，我们但知一味的迁就，一味的减少欲望，逆来顺受；一箪食，一瓢饮，在陋巷，人不减忧，回不减乐，虽然可贵，总嫌过于消极。在一个争权夺利的时代，这种消极的操守也许是唯一的求我心之所安的方法，若说读书人应该如此，和不问时代的丰啬，那就有问题了。这种消极的操守，与禁欲主义一样，是会引起反动的，而这种反动便在予的一方面。一壁有极端禁欲性的取，一壁便会有极端吝啬与刻薄性的予。一壁有视富贵浮云的人，一壁便会有铢锱必较，专逐蝇头小利的人。二三千年来，读书人则不要富足，看不起富足，不读书的工，农，商分子则一味以博取小利的方法来图温饱；两种人合作的结果，试问经济生活的一般水平还会有多少提高的希望。而这两种人的所以有此行径，假如我们追寻起道德的设词来，还是不出于节约两个字。

但我们知道，减少欲望与禁抑欲望，不是节约；俭朴到一个吝啬的程度，也不是节约。

（二）是一部分人的穷时俭啬而通时奢侈。穷时俭啬的人，初看去好像是一个真能节约的人，但同一个人，至通时便奢侈起来，可知他的当初的节约，不是真节约，而是由环境逼迫出来的一时的迁就行为。这种人在民族里是不少的。我们在亲戚朋友中间就可以随时找到这种人。工，农，商贾中间，这种人所在而有，大抵白手起家，一生产业都从手足胼胝中来的，稍稍好些，但一到子孙手里，便不可知以至于不堪问了。但人事不常，"无端富贵逼人来"的例子也不太少。这种例子就很少不因穷奢极欲，而自取败亡的。有一个在美国业洗衣的华侨，十年辛苦，好不容易积蓄了五六千元的美金，便打点归国终老，在太平洋上，十几天的呼卢喝雉，便把所有的积蓄输一个精光，据说这个人后来没有上岸，坐了原船回到美国，依然开他的洗衣店。这故事究有几分可靠，我不担保，但这一类的人是可以有的，并且不会很少，是意想得到的。血汗赚来的一些富足既可以如此的浪费，其它多少带几分侥幸性的富足可以不必说了。那个华侨，其侨居前后的艰苦，与其归国途中的豪放，都值得我们几分赞叹，尤其是那前半的艰苦，但被后半的豪放戳穿以后，我们知道那艰苦也不过是一种不得已的应付的行为，而与节约很不相干了。

（三）是一部分的俭于私人经济而侈于公家经济。这种人的数量也是不少的，上自政府的官吏，下至家庭的仆妇，有很可观的一部分便是这种人。一个仆妇替你家里烧炭煮水，你的家庭并不大，但一个月可以烧到三四百斤的炭，两三只黄泥炉一天到晚不断的烧着；这里就有问题了，问题并不在她作什么弊，或揩什么油，问题在她公私太分明！她知道这炭不是她自己的，而是主人的，假若她在自己家里烧炭或烧别的东西，她的烧法便大大的不同了，也许她在没有当仆妇以前，她自己家里的燃料是完全靠在煤渣堆上拾荒而来的咧。不过这种仆人，主人还是应该谨谨的防着，要知道第一步的公私分明，会很快的引进到第二步的公私不分或以公为私的。官吏或其它有处置公物之权的人也正复如此。抗战开始以来，听说汽油是愈来愈贵了，但公务人员依然可以有坐汽车的权利，为公务计，这自然是应当的，有时候所务在公私疑似之间，我们也不必求全责备；但我们敢断言，假若公家另有公费，交给他作专买汽油之用，即汽油不是直接开公账，我们以为他就是为公事公务，也未必趟趟坐汽车，为公私疑似的事务，他更是一次也未必坐了。这其间的问题也就在公私认得太分明！同一用汽油，直接由公家取用是可以不在乎的，要从自己的公费里掏来买，便又当别论了！今日中国官场与公务界的第一大病，就是这个。我们大声疾呼的说，就是这个。严格说来，浪费公物，就是一种贪污，就所费的物力的数量论，这种贪污的罪名，比营私舞弊要大得多。营私舞弊是比较看得见查得出的，而这种的浪费却是比较无形的，唯其无形，至少到现在为止，这几乎完全没有受到道德的指摘与制裁。

节约的民族教训沦胥到这般地步，当然有它的原因。这原因我以为大要不出两个，一属于思想与教育的方面，一属于地理与经济的方面，而两者又相为表里，彼此推挽。关于这一点，我暂且不预备多说。这里篇幅事实上也不容许多说。节约之教后来终于退化为清心寡欲之教，而不断的水旱兵燹之灾所造成的凋敝的经济生活，事实上也不容我们不清心寡欲。在这一壁，既有教我们非清心寡欲不可的事实，在那一壁，一派清心寡欲的说法自然更来得牢不可破，振振有辞。"节欲"是一个生活的原则，是一个健全民族应有的生活哲学，到了"清心寡欲"，就只剩得一种文饰事实的饰词了。

讨论到此，可知节约运动，要是解释的得当，推行得有效，影响所及，应远不止替抗战建国的事业，多添上几个法币。以储蓄金钱为节约运动的目标，实在是小看了节约运动，实在还不了解节约的真正的意义。假若节约仅仅等于省俭，那我以为便无须乎什么大吹大擂的运动，至少就绝大多数的国民而论，这是无须的，难道国民省俭的程度还不够么？在目前的物力与物价之下，凡有血气之伦而想保留这一点血一口气的人，还敢不省俭以至于吝啬么？目前生活上最不能省俭的决不是大部分的工，农，商贾，而是一部分领袖政治，经济，与社会生活的人，他们中间，就有不少的人，就犯着上文所说的两种通病，即，穷时俭而通时奢，与夫啬于私人经济而侈于公家经济。这种通病诚能革除，则不只抗战的经济基础可以渐臻稳固，即国家一般的经济生活亦可大见昭苏，更无须在已经疲惫不堪的民众身上想什么方法了。石子里是榨不出油来的，目前不要说一般的民众，就是一部分薪水阶级的人，也就等于石子，他们何尝不想榨点油出来搁在一边，但油又从何而来呢？

总之，节约运动应当把眼光放得远些，应当领导民众慢慢的向不奢不啬的中道走去，使凡属国民，对于基本的情欲，前途都有一个可以有分寸的满足的机会。假若只图一时的国家经济的比较宽裕，有如运动大纲中所缕述的种种，则应先从一部分侈于消费公家经济的人身上做起。

群 众

叶 金

一条××街从西城门口起挺直地在晨曦的阳光里静卧着。人睡了一晚，早晨起来睡眼朦胧，颇有懒态。清晨的这条街也带有这种光景。大照墙旁边那块空地在米线摊上市的时候，各式各样的人川流不息的来往。热气腾腾的一碗米线捧在手里，装进肚子，抹抹嘴掏腰包，付零碎小票，当炉的瘦女人接了纳进桌柜，各遂其心的完成一次买卖，红红的从炉中喷出的火光，瘦女人惨白的脸给烘出了一点春色。在早晨那一角地却显得格外懒。烧剩的煤炭一堆堆的，干黄的青菜叶子一块块的，看来行径有点不雅。

到得尘灰飞扬的时候，每天照例一次打扫这条街的矮妇人便出现了。这矮妇人的脸在行人心目中引不起什么作用。只有在飞尘中她的老态龙钟的影子，给三十步外的行人远远看见，如得了警告，抽出荷包里的白手帕，蒙上鼻脸，把头用力向前冲，冲过一团飞尘。

好了，卖报的戴小鸭舌帽的小孩，臂弯里挟着一摺报纸，飞跑的叫喊："《中央日报》啊！朝报！"在这条街卖报要算他露面最早。街上人似乎被他的声音陆续叫了出来，便渐渐增多。

开始有三个穿黑色棉大衣的学生，一个把棉大衣罩在青布大衫上，还戴一顶灰色便帽，向着另一个圆脸戴白边眼镜的指指点点有一番议论似的，一同走上三层石级的黑色大门，旁边黑墙贴着大大的白纸告示，贴得不高不矮，圆脸的戴眼镜的学生凑上一看，头正对着纸的一半。

"老乡，八点半开始。"

他报告了纸上的消息，戴便帽的就接着说：

"二千人注册，要一天注完，还不提早一点，看着挤吧。"

"进去，不用废话，等着买头票。"

第三者冷冷地说了一句，三个人走进了大门。院子里鸦雀无声，中间两排冬青树久已不加修剪，乱得像茅草堆。

"真差劲，你看两边屋子的窗子全没有玻璃。只怕三十年没人住了，我们来到了这地方好像是派来垦荒，不是读书的。"

"在哪儿注册，鬼没有一个。"

三个人看了一周，坐在石阶上骂起太阳来了，大门口慢慢的络续的人越来越多。起始也不外先欣赏欣赏这地方，后来找一个适宜的地方聊天。这时大约四方的院子里每隔十步有一小集团。左边的窗子前出现了几个人忙着贴纸条。四散的人自然走拢来，等到看明白纸条上的文章，自然又聚在第一个窗口前。人越聚越多。顷刻间排成密层。后来的不必看墙上的纸条，本能的向这阵势一层加一层。大约在前三层的中间有一个头发贴着头皮光得显出轮廓，加上一副白色边的眼镜，被阳光照得头的四周微微有光采，突然伸出脖子向窗子里叫：

"老李，老李，帮帮忙。"

他所打招呼的那个男子本来在这窗口忽然走开了。头上发光采的学生有些气，嘴里打了一个咕噜。后来两个女子走到这窗口，递出一张一张的白纸，一群人全体伸出手来了。"劳驾 Pass 一张，劳驾 Pass 一张。"大约有四五层的人拿到纸，又停发了，每个人都随地拿出笔。最前一层的人贴在墙上写，后边的人就贴在前一层的背上写，一时忙碌起来。在这后面的人却站着看，反没有声息了。约在第七层里孤单的站着一个蓬松的头发高出半个头，穿红旗袍的女学生，四周围包着人，时常把头旋转四望，头发碰到了旁边高身子男学生的嘴里，那男学生觉得不大舒适，嘴唇时时上下牵动，女学生忽然退出重围，痛痛快快的伸手把头发理了一理，鼻上的微汗也顺着揩拭一下。回头看见门边走进来三个同志，就奔着过去。

"啊！刘小姐，这时候才来，好安闲的小姐，看你挤得上去！"

那被称为刘小姐的，头发整整齐齐略起微波，加上描摹很均称的脸，手里挟了个大红皮夹，小嘴一撇：

"谁爱挤，没有她俩来约我，我真懒得来呢！空就注册，不空就算了，像你也充好汉，一早就来挤。"四个人虽说着话，脚也不由自主的来到大群后面，刘小姐把眼四周一扫，看到站在左边的穿皮夹克的学生。

"老王，你注册了吗？"

"还没有。"

"好极了，请你代我办吧！"

"好的，好的，照片二张。"

刘小姐打开皮夹一看：

"啊啊，今天真巧带来这两张照片，要三张就不成了。"

刘小姐把事情委托了人。事情办妥后，扭转头对两位同来的很娇声的说："我们走吧。"

"你看他们的手伸得多高。"

高头发的女学生还有些恋恋，这时站在后面的人不知道什么时候搬来了几条凳子，站在上面，竟是像看戏了。

"喂，搞什么？……挤你妈，……打……你打……好，用刀……血……衣服，……用刀……血……"

前面的三四层突然起了一次大扰动，带动了后面的几层。除了站在凳子上的人外，其余的忽然都移动了。

"这小子用刀！"

从人群里举出一只血手来。那是一个穿黄制服的学生，他右手被人戳了一刀，脸急得惨白，嘶声说：

"大家看，有用刀杀人。大学生，有蛮不讲道理！"

"什么，哪一个敢用刀杀人，把他拉住。"

"拉住，别让跑了。"

这件事竟激起了群怒，像在戏院子里生事情形叫声四起：

"别让跑了，揍这小子。"

"打，打。"

"这小子溜走了。"

"在那里，打，打。"

本来许多骤然间发生的事没有旁观的热心家呼喊是不成为事的，旁观的热心家遇到这种机会也像不愿放弃责任似的努力把事态扩大，仿佛慈善家的求"心之所安"。

这时候最早进门的那个戴便帽穿棉大衣的学生，还在石阶上太阳底下。

他自认有先见之明，知道要有什么发生的，气愤愤的像对什么人说：

"没有计划，没有布置，就这样叫人乱挤。蠢货，不注册就不读书吗？穷挤，打，打给谁看。"

然而事情也不是让他一骂就完了，一群人离开窗子，被那称为"杀人"的人引得走远了一些，窗口又换了一批人，用力叫打的一大部分赶到前面去。

"诸位大家是同学，不要打，人不会走，我负责。"

一个自信有领导群众天才的穿马裤的学生出来说话了，那一只鲜红的血手顶在一个人的头上，这拥有血手的学生身子较矮。从旁举起手，把那人的头遮住了一半，脸看不清，是一个穿棉大衣的学生，他是用刀杀人，身子左边给穿马裤的学生遮住。

"打。打。"

叫打的声音还没有停止，现在窗口的人却有几个注了册。

"不要打，你们看血手。"

穿黄制服的学生想用"血手"来抑住大家的愤怒情绪。

"训导长来了！"

训导长从一间屋子里出来，匆匆的挤入人群，提高嗓子说：

"大家不用叫喊。哪一个用刀杀人，在哪里，把人交给我，到这屋里。"

一个挺长身子的冬瓜脸学生被带进一间屋里，四周没有玻璃窗户太多，许多人看着，那人像什么气都在一挥刀之间都出尽了，现在反很镇静，看不出一点"杀人"的气概。

"秩序太坏，注册暂停。"

训导长下命令，把一些仍留在窗口的人也带累了。

这荒凉园子的半边是乱哄哄的，与那两排久不修剪的冬青树，可以互相辉映，那晨阳微弱的光却是一个最温和的旁观者，终是静悠悠的照在每样物件上。右边一排无人站立的房子，连太阳也照不到，阴沉沉的残败的呆着，南边形成一个对比。

散漫的情绪，如像大海的水，被狂风掀起了一阵波浪，渐趋平静。

旁观者究竟是旁观者，左边窗口仍旧站着一大批学生等着，还怀着细微希望，被称为"杀人"的人的屋子四周也聚满人，有的撑着下颌，两眼注着那屋里的人,像想在他身上研究发现出些什么来。有些集成小集团在议论,也有无所谓的等着,候什么消息。而大部分的人却渐渐的走出大门去了。

隔了一天戴小鸭舌帽的报童叫"朝报,《中央日报》"的时候,报纸到人们手里,看报仔细的可以看到"……因秩序太乱而滋生殴打事"的新闻一则,一时又变为舆情。

本期撰者:

钱端升先生新自美国回来,特撰《一九四〇年的美国》,《美国当前的外交政策》及《美国今后的外交行动》三文,自本期起分三期连续登载。

西南联大教授陈雪屏先生是心理学专家,近著有《谣言的心理》一书由商务印书馆出版。潘光旦先生对于节约运动的意义,颇有独到之见;其文曾刊登在《云南民国日报》,本刊特为转载,以飨读者。